I
配方

羽他 / 著

SPM
南方传媒　广东人民出版社
·广州·

图书在版编目（CIP）数据

维度．Ⅰ，配方 / 羽他著． -- 广州：广东人民出版
社，2025. 7. -- ISBN 978-7-218-18524-8

Ⅰ．I247. 5

中国国家版本馆 CIP 数据核字第 2025CF5693 号

WEIDU · I. PEIFANG

维 度 · I. 配 方

羽 他　著

出 版 人：肖风华

责任编辑：钱飞遥　赵　丹
责任技编：吴彦斌
书名题字：戴寒松

出版发行：广东人民出版社
地　　址：广州市越秀区大沙头四马路 10 号（邮政编码：510199）
电　　话：（020）85716809（总编室）
传　　真：（020）83289585
网　　址：https://www.gdpph.com
印　　刷：广东信源文化科技有限公司
开　　本：787 毫米 × 1092 毫米　1/32
印　　张：12.25　　字　数：300 千
版　　次：2025 年 7 月第 1 版
印　　次：2025 年 7 月第 1 次印刷
定　　价：65.00 元

如发现印装质量问题，影响阅读，请与出版社（020-87712513）联系调换。
售书热线：（020）87717307

目　录

引　子

2086 年，冬，夜色早已降临。

京郊山间小院的套房里，一位老人坐在壁炉旁的椅子上，昏昏欲睡。

他年近 90，由于多年坚持运动，又常年在世界各地游走，他的身体状况良好，但毕竟年事已高，精力渐渐不如当年。手中那本厚厚的《资治通鉴》，不知看过多少遍，今天看着看着，竟然睡着了。

年轻时，他听从父亲的建议，开始研读史书。随着阅读的深入，他对人类历史产生了浓厚的兴趣。他是一位商人，创办的公司规模并不大，所以他有时间定期在世界各地游走。"读万卷书，行万里路"，年轻时的梦想，他用了一生去践行。

"盖明者远见于未萌，而知者避危于无形，祸固多藏于隐微而发于人之所忽者也。"

小睡后，精力似乎恢复了些，他再次拿起书，盯着这句话，沉思了起来。

"要来了"，他想着，"五十年了，他们该动手了！"

突然，楼下门铃声响起，不多时传来了开门声，他听见管家与来人交谈了几句。他听不清他们在说什么，但是能感觉到他们都很激动。紧接着，房门外传来了急促的脚步声。

老人将目光转向房门，进来的是两位青年，一位西装革履，帅气英俊；另一位是军官，上尉军衔。身着西装的青年看到老人时，顿了一下，仔细地观察了他一会儿，确认无误后，激动地说道："爸爸，我终于找到您了！"

听到这个称呼，老人不由得愣住了，爸爸？

他扶了下眼镜，仔细看去，这个青年确实与自己的儿子文杰长得非常像。不，应该说与他离家时长得几乎完全一样，可那是四十多年前的事了。这位年轻人如果叫他爷爷，或许他可以接受，可是，他方才叫的明明是"爸爸"呀！

西装青年见老人露出疑惑的神情，笑了笑，解释道："爸，我是您的儿子秦文杰呀！这些年，我一直从事人类基因工程的研发工作，就在五年前，我们的基因技术取得了质的突破，成功实现了灵魂保鲜技术。现在只要人类死亡时间不超过 24 小时，我们就可以轻松地将他复活，而且可以订制任何年龄；也可以通过药物辅助，延缓身体的衰老。如果他在十年或二十年后再次进行基因提取，就又可以恢复到之前订制的身体年龄。我们创造了奇迹。人类，从此永生了！"

老人慈祥地笑了笑，又摇了摇头，并没有接着他的话题，而是淡淡地问了一句："你们是怎么找到我的？"

见问，文杰的表情严肃起来，看了眼身旁的年轻上尉。

上尉立正，向老人敬了个军礼，说道："秦先生，您好，我是国家安全部上尉参谋王海。杨将军派我来接您。他让我跟您说，'他们要动手了'，您就明白了！"

被称作秦先生的老人眉毛扬了一下，目光陡然一炯，光彩顿现。这凌厉的目光，与他的年龄完全不符。

"好，我换下衣服，马上出发。"老人答道。

说完，老人噌的一声一下子从椅子上弹了起来，那身形与他的面容完全不是一个状态。两位年轻人不觉在心中暗暗称奇。

可就在那一瞬间，天空一声巨响，紧接着一束闪电刺破夜空，划破了长夜的黑暗，穿过别墅的窗帘，如尖刀一般，刺向了老人。

　　一闪过后，老人的身体晃了一下，还没来得及做任何动作，便倒在了两位年轻人的身旁。

　　秦文杰眼泪夺眶而出，高喊着"爸爸"，便冲了过去。

第一章　国家安全部会议

就在秦文杰与参谋王海身处老人的海边别墅时，中国国家安全部 AAAAA 级保密会议室内，气氛异常凝重。

司令员杨志诚坐在椭圆形的会议桌前，正通过 AAAAA 级（最高保密级）专线与美国、俄国、德国、法国、英国等五国三军总司令进行视频会议。

这时的视频通信技术已经发展到了极高水准。无线微波的保密度虽然很高，但这次面对的敌人能力实在深不可测，他们不敢掉以轻心。他们甚至不太确定，采用最高保密级 AAAAA 专线召开会议是否安全。但事态严重，如果不进行会议沟通，坐以待毙，情况则更为危险。

"先生们，我们得到友邦无极星系和赤焰星系的通报，乌岩星准备向地球实施军事打击，一举摧毁地球。"

视频会议是通过三维全息影像进行的，各国参会的司令员和总参谋长，都以虚拟状态坐于同一张会议桌前，与在同一间密室内开会无异。会议配备各语种同传，确保语言沟通无障碍。

杨将军继续说道："无极星系正在进行全星系生命体投票表决。如果支持保护地球的源者超过半数，地球将得到无极星系的保护。但问题是，无极星系投票需要一天的时间才能完成，因为六维星系太过浩瀚，信息量巨大，源者又都处于不同的生命状态。另外，六维星系的一天，相当于太阳系地球两个月的时间，所以我们需要想办法拖住乌岩星，不让他们在两个月之内发难。

"另一个解决方案是，想方设法争取赤焰星系的支持。那样，保住地球，也是有可能的。"

听完杨将军的话，各国将军们的脸色都变得铁青。

如果连无极星系都确认乌岩星要对地球动手，那情报的准确度就不用再怀疑了。

无极星系是一个维度远高于地球的星系，那里的生命体是六维生命状态。从表象上看，与地球上相似，有生命百态，万物万生。不同的是，无极星系中的化学元素比地球上的要多几十倍，生命体，也就是源者们的物理形态不是三维，而是多维的！那里的公民的生命状态可随心意而变化，今天心情好，可以是位风姿绰约的妙龄女郎；明天心向自由，可以化影成鸟，在天空翱翔；后天可以化形为参天大树。无论哪种生命状态，生命体都可以跨越千古，入地升天。

赤焰星系，层级略低，那里的生命是五维状态，他们的生命形态同样可以随意订制，与六维星系的不同之处在于，他们需要外力辅助才能改变，不能像六维空间中的生命那样随心而变。

从1980年起，地球上的各主要国家纷纷成立外星生命联络部，试图与外星生命取得联系。大众及官员的观点一直分为两派：开放派表示，宇宙纷繁，友好共生，我们需要找到组织，融入宇宙大家庭；保守派则认为，宇宙外太空世界我们一无所知，必须优先遵从黑暗森林法则，现在地球文明层级太低，千万不要主动联系外界，否则一旦被外星高级文明发现我们的存在，等待我们的可能就是灭顶之灾。

虽然争议不断，但开放派最终占据了上风，他们孜孜不倦地与外太空联系，终于在 2034 年找到了赤焰五维星系。

　　赤焰星系的发现，其实纯属巧合。这一切，还要从秦鹏宇说起。

第二章　罗布泊黄羊

2034 年，自从儿子秦文杰入学，不需要每天看着，秦鹏宇夫妇可算撒了欢儿，每年至少安排两次旅行，一次国内，一次国外。他们跑的地方很杂，从无定数。只要美好，能够吸引他们的地方都可以去，一开始两个人还为去哪里旅行有过讨论和争执，后来干脆定成一人做一次主，便再没有任何争议。

秦鹏宇的妻子韩月在单位上班，时间自由度不高，但每年有二十天假期。而秦鹏宇自己开公司，时间自由，尤其公司开创的闪钨项目在业界大获成功之后，他已经不需要为公司业务发愁，加上他有几位忠心耿耿的股东兼部下，于是经常脑子一热，和股东们打个招呼，就与妻子天南海北地玩儿去了。

这天中午，秦鹏宇正在自己公司巨大的办公桌前浏览旅游网站，一则罗布泊自由行的招集广告吸引了他。罗布泊？哎呀！这是个好地方。几年前他听章鱼播讲的《罗布泊之咒》时，就对那里莫名地向往。估计妻子对这类地方不会感兴趣，于是他按照网站留的电话号码，自己拨了过去。一番沟通，两人聊得十分投机，秦鹏宇就报了名，之后按照网站要求，开始置办装备。

在秦鹏宇看来，罗布泊是个神秘无比的地方，尤其是听完那部充满神秘色彩的《罗布泊之咒》，他就暗想，有生之年，一定要到那里看看。

罗布泊曾是中国西北地区最大的湖泊，面积曾达 5350 平方公里，但至 1972 年却完全干涸了。这么大的一个湖竟然干涸了，让人觉得不可思议，各界也众说纷纭。干涸后的罗布泊看起来像是一只巨大的耳朵，因此又叫"地球之耳"。更为神奇的是，从太空看向地球，罗布泊的另一面是著名的百慕大魔鬼三角洲。据说，百慕大魔鬼三角洲的下面，还有地球的另一只"耳朵"。秦鹏宇内心深处，一直非常想放下世俗的一切，走到大自然中，走进罗布泊，像那些探险家一样，用生命去感悟这个世界。

转眼便到了集结时间，由于七月之后罗布泊便会进入雨季，到那时不要说流沙和风暴处处横行，仅阴雨连绵，道路泥泞就能愁倒大片"驴友"。他们决定在六月六日这天，向这片神秘的区域进军。

出发前秦鹏宇得知，这次自由行活动一共招募了 13 名成员，其中男性 9 名，女性 4 名。大家都是资深"驴友"，不想像常规旅行团那样走敦煌东线。旅行更是一种体验，尤其是去罗布泊这样的地方。大家一致决定，前期各自前往，在指定时间到米兰镇集合。在那里租车，从西向东北进发，穿越罗布泊。

之前秦鹏宇对罗布泊的了解并不算多。别人去旅行都是做足功课，了解哪儿风景好，哪家餐馆口味地道正宗，当地有什么风土人情，等等。而他所有功课一概不做，只是到了当地，与当地朋友聊天，不停地用他的相机记录风景，记下所见所闻，回家后写成游记，希望有朝一日将那游记结集成书，也算是对自己一生的交代。

他从北京乘坐中转航班飞达阿克苏机场，在那里叫了一辆出租车。

他原计划是租车，考虑到夜里还要经过很长一段荒凉地界，怕不太安全。加上罗布泊给他的神秘感，有个当地司机相伴总是好的，于是他决定打车。

司机是个健谈的本地人，普通话虽然不太流利，却丝毫不影响交流。只是他的眼神有些飘忽不定，这让秦鹏宇有些不自在，心里嘀咕着别还没开始旅行，便先遭了暗算，被强盗打了埋伏，那可真是出师不利了。

秦鹏宇将行李放入后备厢，自己坐在司机边上。这里视野好，方便与司机聊天，就算万一有什么突发情况，至少可以防止司机对自己发难。

正当两人天南海北地东拉西扯时，汽车遇上一个急弯，由于路熟，司机根本没减速，弯才转到一半，突见一个黑影冲来，司机反应极快地刹车，但已然晚了，只听见轰的一声巨响。

车速太快，他们不知撞上什么了！

秦鹏宇身子往前猛地一冲，头差点撞到玻璃。他下意识地警觉地看了眼司机，以防有诈，见司机也是吓得面如土色，不像是假装设局的模样，便定了定神，解开安全带，跟着司机下车去看个究竟。

只见一只体形肥大的野生黄羊，正在地上痛苦地抽搐着，显然受了重伤。不知它为什么大半夜突然横穿马路，被他们这辆飞速行驶的汽车撞个正着。它那双尖尖的、如兔子般的耳朵，正随着身体的抽搐而抖动着，两只大而圆的眼睛似乎充满了泪水，无辜而惊恐地看着两人。它通身长满短而齐密的黄毛，后臀处至下腹却是一片白色。短小而粗壮的四肢间，殷红的鲜血正沿着白色腹部汩汩地向外流淌着，格外扎眼。司机抬头看了秦鹏宇一眼，说道："咱们需要返回，刚才路边上有一户人家，我认识，这只羊需要马上治疗，要不它会死的。"

秦鹏宇扫了眼司机，又看了下黄羊，内心十分犹豫。说实话，他真的不想为了这只受伤的动物返回，倒不是时间问题，而是他对这位司机实在有些不放心。那司机一路上眼神飘忽不定，总感觉好像哪里不太对劲，可又说不出什么地方不妥。好在言谈举止倒没有什么破绽，想着他那块头，跟自己差了一大截，应该不至于出什么事吧？

于是点头表示同意。两人合力将羊抱起，小心地放入后备厢。掉头，车朝反方向飞驰而去。不到十分钟，他们已经看到那间路边的简易小屋。屋内灯光明亮，在这寂静而广袤的深夜原野中，十分抢眼。

这次司机没让秦鹏宇帮忙，自己一使劲，将黄羊抱起，边走嘴里边喊着："阿衣古丽，阿衣古丽……"

门开了，那位被称作阿衣古丽的维吾尔族打扮的中年女性迎了上来，也没废话，配合司机，一起迅速而利落地为受伤的黄羊，上了些不知名的草药做了简单的包扎。显然，这位名为阿衣古丽的女性精于此道，绝对没少为受伤的动物做类似的处理。

她与司机用当地方言闲聊着，听语气，不像是密谋什么谋财害命的事，加上他们两人刚才专注救护黄羊，秦鹏宇已经非常放心，这种对野生动物都愿意精心呵护、无偿救助的人，应该不会是什么恶类。

处理完毕，阿衣古丽起身，冲秦鹏宇笑了笑，又热心地张罗着给秦鹏宇倒了杯奶茶，嘴里叽里咕噜地说着些什么。

秦鹏宇含笑客气地接过，打量了一下阿衣古丽。她四十出头，如当地大多数中年妇女一样，身体已经开始发福，看上去慈眉善目，面容清秀，年轻时应该是位美女。当地有个风俗，新娘过门后，一定要每天足吃足喝，长得越胖、越丰满，才越发显得主人家里财力雄厚，家底殷实。

房子显然是放牧时用的临时住所，摆设极为简单，右侧是炕，中间放着一个煤炉，上面烧着水，左侧摆着张方桌和几把椅子，炕上放着一堆被褥，再无他物。这是一间再普通不过的牧民小屋。

此时夜色已深，两人无意久留，喝了两口热茶，秦鹏宇和司机便告辞离开，继续赶路。

经过这次变故，秦鹏宇对司机的印象好了许多，那飘忽的眼神，此刻看着也顺眼了很多，或者说，理解了很多。司机可能是因为普通话说得不好，每次说话时都要在心里将想说的内容从当地方言翻译成普通话，又时常想不起合适的词语，所以眼神显得十分怪异。在一起相处时间长了，加上他刚才救治受伤黄羊的表现，秦鹏宇对他已经十分放心。

很快又到了刚才出事的弯道处，这次司机非常小心，放慢了车速。等弯道转过，司机正要踩油门加速时，只听见轰的一声巨响，车身猛地一晃，又有东西狠狠地撞到了他们的车上！

司机显然有些蒙，秦鹏宇也是一脸茫然。今晚什么情况呀？

停车后，司机并没有熄火，先打着强光手电，四周扫了一圈，见无异常，两人才再次小心下车，查看车前情况。

天呐！又是一只黄羊！而且，与刚才那只大小、颜色、长相非常相似。

什么情况？秦鹏宇心里说，之前因为车速太快，刹不住车，撞上并不奇怪。可这次，司机特意放慢车速，再提速通过。这只黄羊好像是故意撞上来的！这算是蓄意报复，替前面受伤的那位兄弟报仇吗？秦鹏宇莫名其妙地想着，心里不由生出一丝寒意。

司机正蹲着仔细检查那只黄羊的伤势。可看着看着，秦鹏宇发现他的脸色不对，惨白异常。

秦鹏宇不觉奇怪，问道："怎么了？"

司机抬起头，结结巴巴地说道："太奇怪了，咱们好像撞上了同一只黄羊。可这怎么可能呢？"

"什么？"秦鹏宇没太听懂，"什么意思？"

"你看这只黄羊，左侧胸下一片白毛中有一撮黄毛，脸的左侧有奇怪的胎记与纹路，左侧脸受过伤，伤口长得吓人，几乎到脖子。这些特征和前只的一样，并不奇怪，奇怪的是，连那个老伤口的角度、位置都完全相同，这就有点诡异了。"

"咱们不会撞上鬼，走死循环了？"秦鹏宇大惊失色，"咱们再送它回去治伤，再回来，再撞上它，再回去，再回来……可别！"

"别管它了，咱们走吧。这样，咱们将黄羊放到后备厢，到米兰镇再救它吧。今晚的事，有点邪门。快点吧！"秦鹏宇接着说。

司机想了想，也没反对，两人将黄羊抬到车上，怕路程远把羊憋坏了，于是将后备厢开着，用绳子将后备厢盖固定住，便向集结地驶去。

到了米兰镇，司机并没有先送秦鹏宇，而是在一家兽医院门口停下，想先将受伤的黄羊处理一下。等两人下车，来到后备厢边，全都愣住了，那只与前面受伤的长相高度相似的黄羊，竟然不翼而飞了！

第三章　罗布泊旅行团

　　司机仔细检查了一下后备厢的外沿，并没有发现任何划痕，不能确定是半道小羊被颠下去了，还是它自己跳车了，或者，干脆是真的遇见鬼了！

　　秦鹏宇愣了一会儿，看了眼司机，嘴里嘟囔着："真是见了鬼了，今晚太邪门了。"

　　顿了一下，又说："算了，随缘吧，走，咱们去宾馆。"

　　不多时，司机在一座三层楼的建筑前停了下来，说了声："到了。"

　　伊顿宾馆。

　　秦鹏宇核对了地址，确认无误，长舒了口气，总算到了。

　　看了下手表，已经是凌晨两点多了。这一路，四百多公里，还一波三折，真够累的。

　　秦鹏宇用微信将车费付给司机，伸手将随身的野外大行囊从车上拿了下来。

　　宾馆不大，却有一个不小的停车场，里面停了四辆九成新的路虎卫士，一看便知是旅行团租好待用的。秦鹏宇兴奋地围着车转了一圈，是路虎卫士冰火限量版。这款车配有 2.4T 涡轮增压发动机，最大功率 122 马力，最大扭矩 360 牛·米，6挡手动变速箱，全时四驱底盘转向，托森式差速器，前后悬架为螺旋弹簧整体桥结构。开这种车去罗布泊，绝对给力！

　　此时，宾馆寂静无声，秦鹏宇进门喊醒服务员，登记入住。

第二天秦鹏宇睡醒时，已经是上午九点多，睡了六七个小时。他精神很好，毕竟在新疆，空气清新异常，远远还能闻到淡淡的芳草清香。

　　简单洗漱后，他便向楼下餐厅走去。

　　这里与东部地区理论上是有时差的，只是中国与美国的处理方式不同，中国实行的是统一北京时间，虽然东西共跨五个时区，但时间却一致。所以这里大多单位都是上午十点才上班，下班时间是晚上七八点。

　　早餐虽然简单，却令人极有食欲。有粥、馕、牛肉面、鸡蛋和几样可口的小菜。那西红柿炒鸡蛋口味极佳，因为日晒时间长，这边的西红柿、黄瓜都特别好吃。

　　正吃着，门口说说笑笑地进来一群人。走在最前面的是位大美女，个子高挑，一米七上下，身材偏瘦，极具骨感，穿着牛仔裤，上衣套了件红色冲锋衣，系了条亮蓝底镶黄丝边、黑绣花的丝巾，头上顶了副太阳镜，风姿绰约。

　　随后是一位精壮大汉，身材高大，分头，戴了副眼镜，身材匀称，四五十岁的模样，上身穿了件绿色野外冲锋衣，下着淡绿色迷彩野战裤，脚下蹬一双添柏岚大头鞋，干净利落。一看就是经常锻炼，体型保持得极好。

　　后面陆续又进来几位，不及秦鹏宇细看，那位精壮大汉已经笑呵呵地走向秦鹏宇，热情地伸出手，笑道："您一定就是秦鹏宇吧！"

　　秦鹏宇连忙笑着起身，问："您是群主喻天格吧？"

　　喻天格笑着点头，说道："行了，到了九位，还有四位今天应该都能到。怎么样，路上顺利吗？"

　　秦鹏宇犹豫了一下，说道："顺利。"他并没有将昨晚的怪事说出来，他不想让大家在旅行之前就留下阴影，毕竟他们要去的地方是罗布泊，充满神秘色彩的罗布泊。

客套完，喻天格转身，指着第一位进来的美女介绍道："这位是茵茵。"

茵茵已经笑盈盈地伸出手，自我介绍道："我是茵茵。"

秦鹏宇微笑着与她握了下手："您好，幸会！"

喻天格指着后面进来的介绍道："这是程良宙。"握手后，又依次介绍另外几位："马武、春妮儿、冷荒、丁涛、胡兵。"

介绍完，大家握了手便各自去拿餐食。之后围坐在一起，热情地交流着。

上午陆续又来了四位，十三个人全都到齐了。

喻天格通知，下午五点，大家到宾馆会议室，正式见面并交流出行安排及注意事项。

当下午四点五十分的闹钟响起时，秦鹏宇便抱着笔记本电脑来到会议室。会议室里已经坐了不少人，中间有一张很大的椭圆形会议桌。服务员正忙着给大家倒水，喻天格在前面摆弄着电脑，调试投影仪。看来，他的准备工作做得非常充分，这是要给大家讲个PPT。

队员们陆续进来。秦鹏宇看了一圈，不觉笑了。一看就是一帮喜欢户外运动的，连穿着习惯都极其相似。一色儿的冲锋衣，牌子不同，颜色各异，看着都觉得气味相投。

喻天格坐在偏前的位置，笑呵呵地看着大伙儿。等所有人坐定，他便站了起来，说道："大家一路辛苦了，咱们这样，先自我介绍，相互认识一下。大家都是旅行爱好者，能有兴趣来罗布泊的，应该都是资深'驴友'了。咱们将会在一起待上十天，正好利用这段时间，相互学习交流一下。也许通过这次旅行，大家能成为好朋友，将来还能一块儿结伴出行。"

会议室内顿时响起热烈的掌声，有几个爱起哄的还用手掌拍了几下桌子，以示声援。

"我呢，叫喻天格，北京人。酷爱旅行、摄影，也喜欢音乐、舞蹈。今晚咱们在餐厅举行壮行酒会和卡拉 OK 晚会。大家开怀畅饮，引吭高歌，用美酒和歌声开启我们难忘的旅行。"

又是一片掌声和欢呼声。

"我叫程良宙，开饭馆的。今后各位来广东出差，一定找我，我来做东，大家一起坐坐。"程良宙理了个板寸，一米七几的身高，说话时，还没开口就一脸堆笑，一副笑容可掬的模样。他身材保持得很好，一看就是个极自律而又注重养生的人。

"我叫柳洪辰，在法院上班，喜欢科学、历史、天文，每次出去旅行都做大量功课。大家都是同道，有机会多交流呀！"柳洪辰身材高挑偏瘦，相貌英俊，风度翩翩。

"我叫马武，自个儿做生意，开加油站，没事儿就喜欢出来玩儿。"马武并不算高，不到一米七，但一看就经常上健身房，上身肌肉非常显眼。

"我是春妮儿，武子的媳妇儿。我可爱摄影、旅行了，希望能与大伙儿成为好朋友。"春妮儿一股东北大妞儿的劲儿，长得不是特别漂亮，性格却非常开朗，属于特别爱聊、特好接触那种，大大咧咧的。

"我是冷荒，在外企打工，喜欢旅行、摄影。目前已经去过四十多个国家，五年内的小目标是北极。"秦鹏宇不由得多看了他一眼。冷荒留着分头，尽管出来旅行，依然梳得一丝不乱。他上身也穿了件冲锋衣，品牌虽不熟悉，但显然品质极好。衣服色调蓝中带灰，脖子处围了一条白色丝巾，一尘不染。黑色框架眼镜后面，目光深邃，透着一丝令人难以捉摸的忧郁。

"我是茵茵，模特儿，酷爱旅行，喜欢被拍。"茵茵说完，冲大伙儿，尤其是男士们摆出一个拍照姿势，妩媚地一笑。大伙儿被她逗乐了，男士们又起哄、喝彩起来。

"丁涛，退伍军人，现在开了几家健身房。没事时，喜欢出来走走。"丁涛倒是军人气质，说话干净利索。中等身材，却是虎虎生威，肌肉劲爆。他的冲锋衣敞开，里面紧身服下的两块胸肌，清晰可见。

"我叫吴莺，大学老师，喜欢旅行、音乐、舞蹈、瑜伽。"吴莺淡淡地说着，她很美，气质高贵，一头秀发如波浪般披在肩上。一件雪白的冲锋衣，配了条鲜红底色、蓝黄相间纹路的丝巾，延颈秀项，玉质天成，一副风华绝代的模样，楚楚可人。

"我叫胡兵，在海军服役十五年，现在是名刑警。有我在，你们绝对安全。"胡兵起身冲大伙儿打招呼，信心十足地说道。他身材匀称，孔武有力，四方脸，鼻直口阔，一双丹凤眼炯炯有神。也许是出来旅行，他有些不修边幅，显然已经有些时日不曾刮脸，胡子拉碴的。上身穿了件暗灰色冲锋衣，下身搭了条黑色休闲裤。在室内居然戴着一顶西部牛仔帽，嘴里还叼着一根牙签。

"我叫秦鹏宇，也在海军服过役，不过时间有点短，只有三年。之后尝试了几种不同的工作，觉得还是自由些好，于是自己创业开了家小公司。"说完，他看了眼胡兵，友好地点了下头，接着说道，"我爱好的东西有点多，历史、书法、羽毛球、吉他、旅行等。玩儿的东西多，都不算精，希望这次能与大伙儿一起，经历一次精彩的旅行。"秦鹏宇穿着件红蓝相间的冲锋衣，浓眉大眼，目光清澈，神情从容而练达，言谈间，一股书卷之气扑面而来。他身形高大，微微有些发福，在美食与身材的岁月争斗中，身材显然已经开始处于下风。

"我叫高娟，公司职员，喜欢旅行，我每年都会出来几趟，可惜目前还只是在国内转。希望再过几年，能把我的旅行拓展到国外去。"高娟戴了副无框眼镜，知性优雅。眉毛显然经过精心修理，十分抢眼。略施粉黛，身上散发着淡淡的香气。她上身穿一件绿色冲锋衣，配了条方格丝巾，下身穿了条米色紧身休闲裤，显得稳重而恬淡。

"我是李彬，自由作家，目前呀，以写网络小说为生。最近想写篇探险小说，所以来罗布泊体验生活。我写了好多网络小说，最好时曾经在某网站排名第十五，有几百万的粉丝！当然不止一个网站，还有很多其他网站看中我的小说，想跟我签约，可是呀，那个网站是我的福地，我不愿意离开。"李彬年龄并不大，三十岁上下，个头不高，戴了副宽边远视眼镜，显得他目光四散，看着有些奇怪。他似乎有些饶舌，嘴有些碎，喋喋不休地念叨着。可能突然意识到这个场合他并不是主角，不适合长篇演讲，便悻悻地住了口，坐了下去。

秦鹏宇看着团队成员，第一印象都不错。大家有很多共同的爱好，都喜欢旅行、摄影。从自我介绍来看，成员们都有不错的生活状态，也十分自信，是一群追求生活品质的人，想来应该可以玩在一起吧，他暗自想道。

自我介绍完毕，喻天格笑着点点头，很有风度地对大家说道："行，大伙就算认识了。下面，我介绍一下咱们的导游桑格，一位资深的罗布泊导游，已经带团穿越罗布泊上百次。要知道，罗布泊不比其他旅游景点，穿行上百次，可是经历过各种难以想象的困难了。"

桑格听领队介绍他，站起身，腼腆地笑了笑，举了举手，在一片掌声中不知该说什么，站了会儿，尴尬地又坐下了。

喻天格接着说道："行，下面我说下咱们这一路的安排。请大家拿起面前的日程表。"

队员们拿起了桌上放着的日程表，其安排如下：

第一日：米兰至315国道，露营，350公里。

第二日：阿尔金山段，露营，250公里。

第三日：余纯顺墓地，200公里。

第四日：楼兰古国，露营，300公里。

第五日：罗布泊镇—罗布泊湖心，280公里。

第六日：龙城雅丹，300公里。

第七日：罗布泊矿区，400公里。

第八日：吐鲁番—火焰山—迪坎儿乡，500公里。

喻天格将行程仔细地解说了一遍，又接着说道："咱们这次算是罗布泊深度游，一定要强调一下，罗布泊不比其他旅游景点，游玩过程中一定会有许多突发情况发生。所以日程上虽然是八天的行程，但是大家一定要有心理准备，咱们得用上十天甚至更长时间才能走完全程，因为路上可能会出现意外天气、车辆故障、疾病等情况。作为活动发起人，我感谢大伙儿对我的信任。我也希望咱们这次探险之旅成功。下面咱们再看一下装备情况，相信大家都是有经验的'驴友'，使用这些装备都不是问题，但安全起见，会后，晚餐前，咱们都去车上熟悉一下。检查一下个人装备，没有备齐的，请大家出发前，一定都准备好。"

他接着啰啰唆唆地重复了一遍装备与药品，之后又说道：

"有一点我想强调的是，大伙儿来罗布泊之前，多少都对罗布泊有所了解，甚至是对神秘事件都有所耳闻。大家一定注意旅行纪律，这里是广袤的无人区，是一个非常危险的地方。希望大家从出发起，不要再单独行动。任何时候外出，无论是去厕所还是去散步都至少要两到四人一组。咱们一行一共 14 个人，四辆车，四位女士，我建议四位女士分开坐，每辆车一位，便于男士们照顾。你们都是祖国的花朵，得让我们男士关心照顾你们吧！"说完，他呵呵地笑了两声。

他又接着说道："明天出发后，咱们可能有近十天的时间需要在野外露营，男士们都辛苦一下，像搭帐篷之类的体力活，咱们来。女士们负责埋锅造饭。还有一条，虽然咱们准备了充足的水，大家还是要节约用水，要防止意外情况出现时缺水。"

看来喻天格真的是资深"驴友"，而且没少组织旅行活动，在单位或许还是领导，说起话来滔滔不绝。

不过大家并不反感，相反，每个人似乎都处在激动甚至可以说是亢奋的状态。毕竟，他们已经身处罗布泊边缘，很快就要深入这片神秘的区域，一个充满奇妙传说的地方。

秦鹏宇也异常兴奋，因为他也向往罗布泊已久。可是他没有想到，从他进入罗布泊的那一刻起，他个人的命运就发生了本质的改变。命运之神就这样将他的生命轨迹拖到了一个他连做梦都无法想象的空间中去。

第四章　进入罗布泊

　　或许大家在城市生活中压抑得太久，出行前一晚的壮行宴，大家都非常尽兴。不过"驴友"们清楚，他们将迎来一段非常艰苦的旅行，所以酒喝得非常节制。毕竟不是旅行的终结，而是开始，第二天还有 350 公里的无人区长途行车等待着他们。

　　虽然有九位男士，但餐桌上只预备了两瓶白酒。武子、阿涛、兵哥能喝，但都控制着量，白酒见底儿后，加了几瓶啤酒。女士们就更节制了，只喝了一瓶红葡萄酒。不过从称呼上已经看出，只第一晚，大家关系便熟络很多。马武、丁涛、胡兵的称呼，已经被武子、阿涛、兵哥替代。

　　餐厅的前面装有麦克风与音箱，墙上是投影屏幕。见大伙儿吃得差不多了，喻天格便拿起麦克风，点了一曲《蓝莲花》，他低沉但有力地吟唱道：

　　没有什么能够阻挡，
　　你对自由的向往；
　　天马行空的生涯，
　　你的心了无牵挂……

　　壮行宴进入高潮。

　　茵茵和吴莺不愧是才女，只要与表演相关的事情，就没有能难得倒她们的。茵茵一曲 Celine Dion 的 *My Heart Will Go On*，吴莺的一曲《哭砂》技惊四座，满堂喝彩。两人也惺惺相惜地对视了一眼，低低商量一下，又合作了一曲《相约1998》。那首金曲，让出行前那晚变得曼妙迷人，令人追忆。

那场面让后来在五维空间中的秦鹏宇怀念不已。那短暂的美好，竟然成了永恒！

喻天格也多才多艺，充当了"麦霸"角色。一晚上他几乎没让宴会出现冷场，只要间歇超过十秒，他一定是第一个冲出去引吭高歌的。

因第二天要起早出发，大家也没贪玩儿。每人一两首歌后，便高歌一曲《朋友》，尽兴而散。

大家约定，第二天上午七点起床，七点三十分吃早餐，八点整出发。罗布泊！

喻天格有些亢奋，他是个非常爱操心的人。说是七点起床，他六点就起来了，拉着桑格一起，先把头车给擦干净了。丁涛、胡兵远远见他们俩在那里忙活，也过来帮忙，将其余三辆车也收拾得干干净净。

出发前，喻天格根据之前做的功课和昨晚在餐桌上的观察，决定每三天换一次车友组合。一则大家多些增进了解的机会，二来在路上多些新鲜谈资，省得路上烦闷。他还在四辆路虎越野前后挡风玻璃上贴上了01、02、03、04号车的字样。

第一轮是这么安排的。

第一辆车，即头车：喻天格、秦鹏宇、茵茵、导游桑格。

第二辆车：程良宙、马武、春妮儿。

第三辆车：冷荒、胡兵、吴莺。

第四辆车，也就是殿后的车：柳洪辰、丁涛、李彬、高娟。

四辆擦得锃亮的路虎卫士浩浩荡荡地离开了伊顿宾馆。

喻天格开着第一辆车，桑格坐在副座上。

喻天格的右手边放着一个强力传输的对讲机，十公里内的山区都能收到信号，接近警用对讲机的水平。十多分钟后，他的头车已经离开米兰镇。

他拿起对讲机，对后车说道："雄鹰车队注意，雄鹰车队注意，信号测试，信号测试。"

"雄鹰二号，抄报。"二车马武回答。

"雄鹰三号，抄报。"三车胡兵回答。

"雄鹰四号，抄报。"四车丁涛回答。

喻天格看了眼手机导航，前方三岔路向左，进入315国道。他一边打左转向灯，一边拿起对讲机说道："前方裤衩路，向左踹一脚。"

马武回复："二号抄报，前方裤衩路，向左踹一脚。"胡兵、丁涛依次回复。

茵茵虽然经常出来旅行，但这种阵势却是第一次遇到。她兴奋地对喻天格说道："天哥，这个好玩。教教我该怎么说，让我也试试。"

喻天格微微笑了下，将对讲机递给了她，连说带比画地介绍着对讲机的使用方法与规则。

秦鹏宇含笑听着，目光却四下搜寻，手里端着相机，时不时拍上一张，这是他的习惯，只是做个旅行记录。

米兰镇并不大，出发半个多小时后，车辆便渐渐稀少。沿315国道行驶几十公里后是哈罗公路，又开了几十公里，在一个分岔口左转，路变得颠簸起来，视野却瞬间感到无比开阔。

他们感受到的不是像非洲大平原的那种原始感觉，一马平川，旷野里充满生命的气息，到处是绿色，是生命，你随时会遇到角马、斑马、麋鹿，甚至狮子、猎豹。这里可没有，什么都没有。

映入眼帘的是一望无际的硬壳盐碱地，坑坑洼洼。他们沿着路小心地行驶，说是路，其实只是前车留下的车辙，也只是相对好走。因为它并不平整，车速此时已经降在四五十迈的水平。

好在他们的越野车底盘高，减震效果非常好。虽颠簸，却并不难受。

这时，虽只是六月初，可是罗布泊的温度已经不低，车外已是 38 摄氏度高温。要是到了正午，估计车外温度得到 40 摄氏度以上。四周几乎见不到树木，也没有任何地表植被。偶尔，能见到几株小灌木在那里坚强地生长。但显然极度缺水，真不知它们是靠什么才能在这样艰苦的自然环境中生存下来的。

上午九点半，喻天格见到前方一处土堆略高，似低洼小雅丹地貌区域，适合休息。他扫了一下反光镜，用对讲机喊道："前方小雅丹，休息，放水。收到请回复。"

"抄报。"

四辆车陆续停下。

喻天格等大家陆续下车，笑着说道："大家休息会儿，放松下。男士在车队左边，背向车队，女士们绕过小雅丹台，车队右边。这里是天然屏障，不用拉帘，估计下站起，咱们就得使用准备好的幕帘了。"

"咱们在这里休息十分钟。接下来换换司机，大家都体会一下。再跑上两个多小时，中午十二点，咱们安营，午餐。"

女孩子们嘻嘻哈哈地凑在一起，绕到小雅丹台的后面去了。说是小雅丹，其实与真正的雅丹群根本不是一个概念。这只是狂风通过时，在地面吹出了一个通道，只有几条断断续续、不到一人高的土台。

毕竟是第一次停车，大家放松过后，姑娘们便嘻嘻哈哈地开始各种摆拍。同行的都是老"驴友"，全是资深摄影爱好者，一看美女们连连摆姿势，自然也不放过机会。

尤其是茵茵，原本性格外向，又是模特儿出身，见先生们捧场，更是各种妩媚妖娆、百媚千娇地摆拍起来。吴莺虽相对文静，但昨晚酒会与茵茵处得非常愉快，见她玩得开心，也不再拘束，与茵茵扮起了姐妹花。

在这一望无际、飞鸟不进的罗布泊，竟来了这么场美女秀。

高娟只拍了几张，便躲在兴奋的男士摄影师们后面，微笑着，静静地看着队友们。柳洪辰心细，眼睛瞄到便友好地走了过来，也不对话，举起相机便上下左右地拍了起来。

高娟发现，倒也不扭捏，大方、文静、淡雅地笑着，配合转了几下身，拍了几张照后，笑着摆了摆手，示意不用了。

见高娟拍照兴致不高，柳洪辰就陪着她一起离开了人群，走到小雅丹台的边缘，默默地望着远方。

柳洪辰轻轻叹了口气，低声说道："千年前，这里是一片充满生机的土地，遍地牛羊。再往前两百公里，便是楼兰古国和千里罗布泊。人类对自然的过度索取与自然变迁，到头来，剩下的只是一片荒芜与生存条件极为恶劣的神秘之地。"

高娟看了他一眼，又看向远方，低声说道："嗯，是呢。人类真的应该警醒了。人类历史上下百万年，却在近四百年高速发展，对地球环境造成了这么大的伤害。按这个速度发展下去，再有几代人，可能就把地球的资源全部耗尽了！"

说着，她抬起头，继续低声说道："也许未来，人类就真的不得不向太空发展了。"

柳洪辰点了点头说："可不，最近我一直在研究天文，小有心得，太阳系内似乎没有适合人类生存的星球。宇宙浩瀚无垠，一定存在很多文明！但是像适合人类这种生命结构形态生存的星球也许就要少得多。因为人类对生存环境要求很苛刻，咱们需要适当的温度、充足的氧气，还不能有过度辐射等。

"宇宙中有许多生命形态是以不同方式生存着的。比如维持他们身体新陈代谢的根本物质不是水，而是液态甲烷等，这样对温度的要求就会低得多。按照这个思路推想，有的外星生命也许根本就是以人类无法理解的形式存在，他们赖以生存的星球我们也无从知晓。那样智慧生命的定义就将完全不同，他们可能是以我们无法想象的形式与方式生存着。

"即便按现在与地球类似的生存环境作为标准，我们也不清楚有多少星球适合人类生存，也许银河系里就有。因为仅银河系就有1000亿颗恒星以上，很多恒星也都有自己的行星系统。而像银河系这类星系在宇宙里又是数不胜数，仅目前已发现的就有几千亿！试着想象一下那恢宏的宇宙，再用心感受一下我们生活的世界，有没有觉得心气会完全不一样？"

他抬头看着天，继续说道："罗布泊虽然地表状态极差，但这儿是无人区，是极佳的观测星空地点，等晚上我带你研究星系。"说完，他笑着指了下车，"我可带了高倍天文望远镜"。

"真的？"高娟听完，惊奇、兴奋地看着柳洪辰，"太好了，柳老师，那我可得向您好好学习了。"

柳洪辰也没客气，不再说话，只是默默地凝望远方。

在这方面他十分自负，他时常在微信朋友圈发些与天文宇宙相关的知识，自视甚高，常以"国师"自诩。他在天文方面很自信，觉得甩大部分人几条街肯定不是问题。

十五分钟过后，大家也尽了兴，低头将他们的和之前"驴友"们留下的垃圾都围在一起，一把火烧了。又挖了个小坑，将燃烧废料埋了起来，然后登车扬尘而去。

柳洪辰依然在最后一辆车，他坐在司机位，挥了挥手，一声长啸，似是激励自己，也似是向过去这小站告别。他朗声吟诵道："轻轻的我走了，正如我轻轻的来；我轻轻的招手，作别西天的云彩。"

硬壳盐碱地持续了近百公里，大家渐渐适应了这种路面。现在能看出桑格是位有经验的向导了。有几处路面，明显有车辙，可桑格示意秦鹏宇绕开。秦鹏宇初时不解，后来恍然大悟，那些绕开的路段，已经出现了几处极难开的大坑。虽说这个车队一色儿豪华装备，可长途漫漫，后路艰险，保护轮胎也是一大要务。

别看平时大家在越野俱乐部玩时，开车越过的高难度系数障碍不少，可那只是几个而已。罗布泊里这类障碍无论是难度系数还是数量都要远远高于训练场的。所以作为头车的司机，他需要选择的不是最有挑战的路，而是最好开、最平整的路。

罗布泊表面沙海茫茫，理论上开往任何方向都是路。开的人多了，甚至可能成为公路。可是公路的等级却有很大的不同。要是不小心，尤其是夜间行车，落进一个大坑，车轴可能损坏，车轮可能爆胎，当然如果运气不好，再遇到沙暴、流沙，可就不是换轮胎、修车那么简单了，可能会整辆车陷进去，没等叫出声，流沙就会像个张开大嘴的怪兽，一口连人带车全部吞没。

秦鹏宇专注于前方路面，他感觉到车轮与地面的触感在发生变化，之前是那种坚硬的接触，而现在却变得柔和起来。

"后车注意，后车注意，这里是一号头车，这里是一号头车。我们已经进入沙漠地带，我们已经进入沙漠地带。收到请重复，收到请重复。"

后车陆续抄报。

冷荒坐在三号车的司机位上，激动地看向左右两侧的漫漫黄沙，阴郁的性格似乎也被这份恢宏所感染，他喃喃地说道："太美了，真是太壮观了。这样壮美的沙漠风光，撒哈拉也不过如此呀！"

吴莺目光清澈，眼里充满了激情。她轻声吟道："单车欲问边，属国过居延。征蓬出汉塞，归雁入胡天。大漠孤烟直，长河落日圆。萧关逢候骑，都护在燕然。"

冷荒见吴莺诗兴大发，开口赞道："吴老师好记性呀！我也挺喜欢古诗，可总是今天记明天忘，干脆不背了。"说完，自嘲地笑了。

胡兵在后排，豪气大发，朗声吟道："'黄沙百战穿金甲，不破楼兰终不还。'我若生在古时，定会从军，在这片土地上为国征战。"

吴莺听说，淡淡地接道："楼兰，这么美的地方，为什么在诗歌中总是被破、被斩、被取。像王昌龄《从军行七首》中的'明敕星驰封宝剑，辞君一夜取楼兰'。

"辛弃疾《送剑与傅岩叟》中：'镇邪三尺照人寒，试与挑灯仔细看。且挂空斋作琴伴，未须携去斩楼兰。'

"尤其过分的是李白，还不止一首。什么'愿将腰下剑，直为斩楼兰'。再有'画角悲海月，征衣卷天霜。挥刃斩楼兰，弯弓射贤王'。

"你们说，楼兰那么美的名字，那么美的地方，为什么命运却那么悲惨，多年夹在大汉和匈奴两个强国之间，迫使他们不得不做墙头草，左右逢源。他们倒是想硬气，可哪边也得罪不起呀。"吴莺不愧是大学文学老师，国学功底深厚，愤愤地替楼兰道着不平。

几位谈兴正浓，沙漠怀古，对讲机中马武的声音响了起来。"天哥，天哥，您看左侧大沙坡，和京郊越野俱乐部的沙坡比怎样，咱们挑战一把行不？收到请回答。收到请回答。"

秦鹏宇听到，笑吟吟地将对讲机交给了后座上的喻天格，眼中已经跃跃欲试。

喻天格看了眼桑格，问道："危险吗？"

桑格笑着："领队，没事，主要看你们车技，之前很多车队试过，有成功，也有失败，不过，肯定没有危险。要是能翻越，咱们可以从外侧走。不仅同样安全，而且，外侧沙漠风景更漂亮。要是成功了，咱们在沙坡顶上搭帐篷休息，午餐。"

喻天格见说，也玩心大发。"同志们，咱们挑战一下左侧大坡？同意请回复。"

武子兴奋地接着："抄报，必须可以呀！"

冷荒回复："三车同意，抄报。"

柳洪辰坚定地说："四车同意挑战，抄报。"

喻天格拿着对讲机说道："大家注意保持车距，注意安全，各位好运。坡上见。"

秦鹏宇目光炯炯，一转方向盘冲向沙坡。车靠着强大动力与惯性冲上沙坡近二十米，在感觉车辆动力逐渐减弱时，秦鹏宇迅速将车换入二挡，右脚慢慢地轰踩着油门，仔细听着发动机的声音。他不敢用力过猛，因为他知道，沙坡上沙土松紧程度不一，需要根据沙坡与轮胎的吃力情况调节。油门过猛，可能会使车轮空转打沙；太松，可能会溜车。他的双手紧紧握着方向盘，紧张地关注着车的状态，不时地根据车况调整油门。

茵茵双手已经紧紧地抱着自己的双肩，张大嘴，激动、兴奋，却不敢出声，生怕影响秦鹏宇开车。

他们都能感觉到秦鹏宇脚下发动机传来的澎湃动力，稳定而持久。喻天格初时还有些紧张，车程过半后，已经对秦鹏宇的车技非常放心，也不说话，回头看着后车的情况。

四五十米之后，马武的车已经轰然加速，冲上了大坡，他们走的是同一条车道。第二辆车这么做相对安全，但第三辆、第四辆，可能因为前车开过，沙土松动，抓地力会受少许影响。

轰的一声，秦鹏宇的头车如脱弦之箭冲上了天空，那一瞬间，他们飞了起来，两秒钟后又轰然落下。坡上竟然是一望无际的大沙漠，如平静的海面，高低起伏，连绵不绝，他们像是穿越到了一个沙的世界，漠的海洋。

秦鹏宇兴奋地举起双手，让车自由地向前冲去，百余米后，在一平缓处停了下来。几人下车，小心地离开车道，跑到大坡边缘，看队友们冲坡情况。

喻天格不愧是领队，心细之至，在秦鹏宇还兴奋不已、激动难平时，他已经冲在坡边，举起相机，噼噼啪啪快门不断，替队友们留下珍贵的瞬间。

武子顺利冲了上来，不约而同，他也兴奋地举起双手，冲向前方。

三车却不顺，可能冷荒离合换晚了，车冲着冲着居然在坡上停住了，之后，竟向后滑去。

喻天格连忙抓起脖子上挂的对讲机，高声喊道："三车握紧方向盘，千万不要打轮，找机会慢慢将车控制住。"

冷荒正想找机会掉转车头，将方向转过来，向下开去，经喻天格提醒，连忙稳定心神，一点点加力踩刹车，感觉车速控制住后，才试着将车停住。然后再小心地挂倒挡，将车掉过头，下了坡。

柳洪辰正要冲坡，见三车突然失控，吓了一跳。他倒冷静，连忙将车停住，迅速倒车，让出了安全距离。

等三号车停下，确认安全，柳洪辰也不再等待，留冷荒在原地稳定情绪，自己加大油门，冲向坡去。

胡兵见冷荒心神不定，连忙与他换了座位，安慰了几句，也加大油门冲向大坡。

两分钟后，四辆车，全部安全到达坡顶。只是胡兵在冲顶飞上天穹那一刻，车速没控制好，油门过大，冲劲过足，车落地后反弹那一下，安全带都没能帮上忙，吴莺在那一瞬间没控制住自己的身体，头冲到玻璃上。

好在她不娇气，车停下后，定了半天神，她才缓缓打开车门，边揉着头顶边打趣胡兵："您这是要上天吗？还是想不开，想跳坡自残呀？"

胡兵一脸愧色，想伸手，又感觉不便，不知怎么才好。他嘴中喃喃："吴老师，真是对不起，真是对不起，油门踩过了。想着咱们车再上不去，就会被他们笑话。"

吴莺嘴上说："没事没事，就算开门迎了头彩吧。"不过，她的头因猛烈撞击，眼冒金星，缓了半天，才回过神来。

队友们也都围了过来，问长问短，见人都安全，也不再计较，开始欣赏起那绝美的沙漠风光。

此时是正午，阳光炽烈，天空几卷白云，挂在湛蓝的天穹上。那蓝的天，白的云，金色连绵不绝的沙丘，仿佛一直延续到世界的尽头。云投在沙漠上的阴影，斑驳交替，让单调的沙漠世界充满了生机。微风吹过，卷起一层轻沙，在空中飞舞。这沙漠世界，伴着午间骄阳所蒸腾的热浪，如梦似幻，散发着神秘的色彩。

第五章　张骞，楼兰王，双鱼玉佩

公元前 126 年，元朔三年。

大汉朝廷。

汉武帝刘彻高坐朝堂之上，宝相威仪。他即位十五年，已经创下了一系列扬威立信、开疆拓土的丰功伟业，大汉版图也拓展到空前状态。

郎官张骞出使西域十三年，历尽千辛万苦归来，正激动地向武帝和同僚们描述西域各国的风土人情。

"我国西部正西方向约一万里，有一国名曰大宛，他们与周边游牧民族不同，却与我中原相似，以定居生活为主，也以务农为生。该国出产一种名马，名叫汗血宝马，可日行千里，其汗如血，色鲜红，此马名贵无比。臣此次出使，大宛国王仰慕我天朝，特命小臣带回十匹汗血宝马，敬献给陛下。他们与我大汉相似，有城池、市镇、宫殿、房屋，百姓也安居乐业。

"大宛国的东北是乌孙国，东南是于阗国，还有楼兰、车师等小国，西南有大夏国（今天的阿富汗），西北是康居国。于阗国的西边，水向西流入西海，它的东边，水则全部流入盐泽（今名罗布泊）。罗布泊除了有数千里方圆的湖面之外，还形成了无数暗河，往南就成为黄河的源头。罗布泊距长安约五千里，匈奴国的西侧边界在罗布泊的东面，东侧直到我大汉的陇西长城，南面与羌人部落接壤，正好将我们通往西域的道路隔断。

"乌孙、康居、奄蔡、大月氏等国，风俗却与匈奴一样，都是游牧国家，随牲畜水草而居。臣在大夏国时，曾见到我国邛山出产的竹手杖和蜀地的细布，臣就问他们：这是哪里来的？大夏人回答：这是我国商人从身毒国（今天的印度）买来的。身毒国在大夏东南几千里之外，当地民俗与大夏一样。据臣估计，既然大夏在我国西南一万二千里外的地方，而身毒国又在大夏东南几千里外，且有我国蜀地的东西，说明身毒距蜀地不会太远。如今我国出使大夏，若取道羌人地区，道路既险恶，又会遭到羌人的阻碍；若从稍北一些的地区走便会落入匈奴人手中；只有通过蜀地，应当是条宜径，且没有强盗。"

汉武帝听说大宛及大夏、安息等都是大国，多产新奇之物，人民定居，这些特点都与中国相同，但军事力量薄弱，喜爱中国财物；北面大月氏、康居等国虽然兵力强盛，但可以通过商贸与他们达成合作。如果真能不通过战争就争取到他们的归附，那么，国家疆域可以扩大万里，各种语言不同、风俗各异的民族都将归入中国版图，天子的威德将遍布四海。

因此，汉武帝欣然同意了张骞的建议，命张骞主持其事，从蜀郡、犍为郡秘密派使臣，从駹、冉、徙及邛、僰间四道向身毒国进发。

为鼓励朝臣们为国家开疆拓土，扩大汉朝影响力，武帝下诏，凡自荐为汉使出使西域的，一律配备装备和侍卫随从，封为大汉使节。一时间，西域各国使者云集。大汉威名，在西域上空飘荡。

张骞休整一段时间，也再次辞别汉武帝，踏上了出使西域的征途。

此时又到秋收季节，汉朝北部边境再度遭匈奴大小部队侵扰。匈奴对大汉国土并没有兴趣，他们只是在秋熟时到大汉麦田中抢夺成熟的粮食。因为匈奴地区冬季极寒，无法耕种。没有粮食，他们根本无法生存。

战争的阴霾再次笼罩了下来。

张骞一行是三天前入住的楼兰国驿馆。楼兰国王非常热情，连续几天用好酒好肉招待张骞一行。更关键的是，昨晚的酒宴上，那楼兰美女的优美舞姿让张骞兴奋不已。他很想接受楼兰国王的美意，将那位妖娆的楼兰美女带回驿馆。可他没有，因为他知道，那位楼兰美女是楼兰国王最心爱的姬妾。虽然他也知道，西域人性情豁达，说了要将美女送他，一定不会计较，但张骞不能，因为他需要替朝廷笼住楼兰国王的心。楼兰虽是小国，可是它是通往西域三十六国的必经之地，是要害之处。

他必须谨慎。

盐泽，他心里想着。在闽越边境作战时，汉军已经学会水战，或许可以在盐泽东岸多建船只，组建水师，一举切断匈奴的后路。那样，倒可能是一种一劳永逸的方法。

望了望日头，已近中午，按前两日的安排，楼兰王的近侍早该来请他们去王宫宴饮了。可天已这般时分，却为何丝毫没有动静？

又过了一个时辰。

张骞觉得有些饿了，有些烦躁，心里隐隐地觉得不对劲。第六感告诉他，似乎哪里出了问题。

他又仔细回想了一遍昨晚酒宴上的情形，酒半酣后，与楼兰王称兄道弟。楼兰王请出了自己最心爱的舞姬，为他献舞。

当时他色眼迷离地看着那妖美又凹凸有致的身材。真的，那身材太美了。丰乳肥臀的美女，火辣香艳的舞蹈，是中原根本见不到的。可楼兰王不可能为他那眼神而生气，甚至不见他。酒后，楼兰王非常开心，甚至有些讨好，献宝似的要将那美女送给他。

不是这个原因，那会是什么？

张骞走到门口，叫来副使甘斧，低声地吩咐了几句，又叫手下上几样小菜，对着窗户小酌起来。

不多时，甘斧与几位干练的兄弟回来，施礼后，回报："侯爷，果不出您所料，匈奴使者今天上午也到了楼兰，与楼兰王密谈了一个上午。据报，他们相谈甚欢。中午楼兰王与匈奴使者喝得烂醉，酒宴这才散去。"

张骞的博望侯爵位虽因故被废，但此时已恢复为中郎将，所以手下恭称张骞为侯爷。

"哦，"张骞心中一凛，抬头问道，"知道他们达成什么协议了吗？"

甘斧回道："这楼兰王真是墙头草，昨天还说让草原上的雄鹰作证，他与您是一辈子的兄弟，将与您同生共死。今天匈奴使者一来，他又马上表示，楼兰是匈奴国最忠实的伙伴，他们之间水乳相融，都是喝着罗布泊水长大的人，有着共同的草原母亲，楼兰国一定与匈奴站在一边与汉军决一死战。"

张骞目视远方，久久不语。

一炷香工夫后，张骞猛地回头，他已做了决断，坚定地吩咐道："命令全体兄弟集结，包围匈奴使团驿馆，火烧匈奴使团。"

"诺！"甘斧没有二话，果断转身，与兄弟们准备片刻后，一行人翻身上马，带着引火之物，直奔匈奴使团驿馆。

楼兰在西域虽繁华，却也不过是一个数千人小国。不多时，一行人冲到匈奴使团下榻驿馆，门口两名护卫见来人气势汹汹，正想转身向使者通报，早被甘斧连珠双箭射翻。

这甘斧，可是汉军著名的神射手！

张骞冲着手下百余名兄弟一挥手，沉声喝道："烧！"

一时间，火光冲天。

屋内匈奴士兵反应过来，夺路要逃，早被围在四周的汉军使团一行射了回去。数十名匈奴武士葬身火海。

楼兰王早得到通报，吓得酒醒了大半，连忙翻身上马冲了过来。

匈奴驿馆早烧了精光，哪有半个活口。

楼兰王在马上一顿足，愣怔了半晌，策马来到张骞马前，翻身下马，拱手施礼，说道："侯兄有礼了，小王正在派人请您，不想却在这里相遇。匈奴国上午派人来我国，企图让我们与他们一起出兵偷袭大汉边境，我国与大汉是兄弟友邦，怎么可能做这种事情。小王已经将他们使者灌醉，看管起来，正想向您请教主意，没想到您已经果断行动，而且这么干净利索，真是让小王佩服。"

张骞连忙从马上翻身下来，冲楼兰王深施一礼，朗声笑道："大王来得正好，兄弟唐突，正要去向大王请罪，不想大王先来了。"

说罢，两人四手相握，相视大笑。

"走，侯兄，贼人已除，你我兄弟接着喝酒去。小王方得了一件宝贝，还没参透其中好处。您乃雅士，正好送给侯兄，也好悟出宝贝的妙处！"楼兰王拉着张骞的手笑道。

楼兰王宫。

楼兰虽是小国，在草原上已属富庶，王宫经几世扩建，也显得高大威严。

殿内，火烛通明，亮如白昼。

乐师们正演奏着欢快无比的音乐，那位妖艳无比的舞娘，正伴着音乐热情地扭动着腰身。

楼兰王举杯敬向张骞，仰头干掉后，回头吩咐："来呀，将宝贝取来，献与侯爷。"

应声，侍者从内室转出，精美的托盘上垫着彩绣织锦，上面放着一个黑色物件。

楼兰王道："数日前，正当午时，城外狂风大作，一时间天昏地暗，电闪雷鸣。从东南方天空中远远出现一团火球冲向王宫，冲断了宫殿周边的数株胡杨树，险些走了火。宫人浇熄大火后，天也骤然大亮，那火球落地处，出现乌黑陨石一块。陨石已经开裂，中间镶嵌了一块黑云铁双鱼玉佩。说是玉佩，却奇沉无比，不似人间之物。侯爷是大汉上使，想必见多识广，小王愿将此宝献与上侯，也不枉你我兄弟一场。侯爷请在天子面前替小王多多美言，也希望汉国天朝能多多关照小国，以免我国臣民再受匈奴蛮人的侵扰。小王还有个不情之请，希望侯爷转告天子，楼兰国虽地处边陲，却十分仰慕汉朝天国，如蒙天朝不弃，小国愿意内迁至天朝境内，永为臣属。"

说完，不觉泪下。

张骞瞄了一眼楼兰王，心里似明镜一般，他非常理解和同情这位楼兰王，夹在汉朝与匈奴这两大强国之间，左右为难。而且这两国没事还打个仗，一打起来，就要求楼兰王站在自己一边，真不知如何选择。

兹事体大，他可不敢替汉武帝做主。

于是点头，举杯，豪气冲天地回道："王兄放心，小弟一定拼死向天子进言，一定保全王兄。"

说完，伸手从侍者双手举过头顶的盘中取过双鱼玉佩，端详起来。

就在他伸手碰到双鱼玉佩的一瞬间，仿佛雷击一般，一股劲道从手心传来，一道灵光打开他所有心智，就在那一瞬间，他看到了自己的前世今生，突然明白了自己此生的使命。

他哈哈大笑，道："冥冥之中，自有天数，原来天意如此！好，小侯我替霍将军收下了！"

说完，便含笑将那乌黑发亮，上有奇怪双鱼雕刻花纹的双鱼玉佩收入了怀中。

第六章 霍去病，双鱼玉佩，罗布泊

公元前 121 年，骠骑将军霍去病带领万名汉军轻骑出陇西，击匈奴，在短短的六天之内，奔袭了匈奴治下的五个小国，翻越焉支山一千多里，斩杀匈奴折兰王、卢侯王，俘获浑邪王子及相国、都尉等，并斩杀匈奴近九千人，夺得了匈奴休屠王用以祭天的金人神像。

汉武帝大喜过望，这可是汉军与匈奴作战以来所获得的最大胜利，亲下诏书，赐骠骑将军霍去病二千户食邑，参战将士也各有封赏。同时还为霍去病在京城安排了豪宅，谁想那霍去病一句："匈奴未灭，何以家为。"竟然又率军返回前线，从此武帝对霍去病更是关爱有加。

公元前 119 年，西北大漠，汉军军营，霍去病正静静地站在沙盘前，计算着如何能进一步击垮匈奴，至少让匈奴在数十年内，不能再为患中原。

若羌、精绝、且末、楼兰、焉耆、龟兹、车师、乌孙，他清澈的目光在沙盘上游走，最后定在了盐泽上，陷入了沉思。

以他与匈奴作战两年多的经验来看，匈奴国力强盛，尤善马战。战前，必准备充足的水、干粮、肉干，将老弱妇幼及重要辎重留在安全的地方，再与汉军周旋决战。问题是，那个安全的地方在哪里？

这次他学习匈奴战法，全军轻骑只带着够数天饮用的水与干粮出征，果然一战成功。可尽管他走了上千里的路程，却依然没有找到匈奴主力。

沉思间，亲兵来报，原博望侯、现中郎将张骞求见。

霍去病眼睛一亮，朗声说道："快请！"

张骞是他的好友，年长他24岁，可两人都是性情中人又极对脾气，加上张骞熟知匈奴及西域诸国地形和风土人情，每次长谈都让他收获不浅。

"恭喜将军，贺喜将军！"

随着爽朗的笑声与贺喜声，军帐门帘已经挑开，张骞风尘仆仆，笑呵呵地进来，亲热地向霍去病拱手，笑道："只怕焉支山此战过后，匈奴上下，提起霍将军大名，都要闻风丧胆啰。"

"张兄莫笑话末将了，这次只不过抓了些虾兵蟹将，待来日小弟擒获匈奴单于，大哥再贺我不迟。"霍去病含笑接话道。

"张兄不是出使西域了吗？却如何跑到我军中来了？"霍去病微笑地看着张骞。

张骞收了笑意，脸色变得郑重却兴奋起来。

"愚兄此番前来，是为将军送一件功名的！"

"哦，此话怎讲？"

"贤弟说得不错，愚兄确实奉天子之诏再出使西域，意图联合更多友邦或属国。不想前日在楼兰国时，恰遇匈奴使节也到了楼兰，并威逼楼兰王再度背汉降奴。情势所逼，愚兄不得已火烧了匈奴使者驿馆，射杀、烧死了所有匈奴使者，逼得楼兰王不得不再次支持我大汉。

"楼兰王为了买通愚兄为国求情，允许他们国家迁入我大汉境内，送了愚兄一件天上掉下来的宝贝，你且来看。"张骞说着便从怀中掏出了那块黑云铁双鱼玉佩。

霍去病接过玉佩，仔细端详。

那玉佩并不大，约男人手指长短，三指宽，却奇沉无比，似不是普通玄铁。双面精雕阴阳双鱼，其纹理精妙无比，细看竟有三分炫目的感觉，如梦似幻，他连忙收住心神，不敢深入。翻过面来，也是一番精工细雕，阴阳双鱼外形，中间通体镂空，镶嵌了一块晶莹剔透的水晶，伸手摸去，一阵眩晕。眼前似乎出现许多影像，却又看不清，于是他连忙将目光收回。

张骞看着也觉新奇，心下暗道："这也奇了，莫不是霍将军并未看到我所见到的景象？"

见霍去病手一离那镂空处镶嵌的水晶，神态就恢复了正常，张骞连忙问道："将军看到或感觉到了吗？"

"看到什么？"霍去病一脸茫然，见张骞怪异地看着自己，便补充道，"似有许多幻象，但晕得紧，看不清。怎么回事？"

张骞见霍去病如此说，便将他触到双鱼玉佩时所见如此这般地与霍去病细细说了一回，说得霍去病目瞪口呆。张骞也不理会，又引着霍去病来到沙盘前，说道："将军请看，这是哪里？"

霍去病顺手望去，他太熟悉整个沙盘了，便不假思索地回道："盐泽呀！"

"您再看这里。"张骞说着，指向盐泽西北处约二十里处的一片土地。

"焉耆？"霍去病有点困惑。

"不错，焉耆！匈奴单于正是将他们家眷及所有重要辎重藏匿于此！匈奴主力部队就驻扎在焉耆东部百里地区。"张骞肯定地说道。

"此话当真？如此机密，张兄从何而知？"霍去病兴奋地问道。

"天机不可泄露！"张骞见霍去病摸双鱼玉佩时并没见到任何影像，便开始装神弄鬼。

此时，他已经非常确定他摸到双鱼玉佩时所看到的一切都是真实的。通过它，他能看到过去与未来的一切，如身临其境。他似乎就在那个时空，却又像不在。他能感受到不同时空所有的一切，可那个时空中的其他人却感知不到他。他很高兴，可以随时回去看自己的母亲，她离开他已经很多年了。见到她时，他虽然没法与她交流，可是能够看着她，感知着她的音容笑貌，他已经非常知足了。

这次他找到霍去病，并没有人告诉他霍去病在哪里，但他就是知道霍去病在这里，因为他能看得到，或者说感觉得到，他就在这里！只是他没想到霍去病摸到双鱼玉佩的反应竟然与自己不同。

莫非,这玉佩是上天赐予他的宝物？他再次摸向双鱼玉佩，这次他看清了一切，他笑了，也明白这是上天赐予他机会去协助霍去病完成不世功业的。

"将军，您看，我军可在这里打造船只，北渡盐泽，水路奇袭焉耆，拿下匈奴老巢。从后包围，切断匈奴大军后路。您再亲领一支骑兵，沿漠北而上，直扑匈奴主力。为保万全，您可请卫青大将军率部队从东西两路出发一起北上，配合您一举击败匈奴。"顿了顿，张骞继续说道，"不过，水渡盐泽这路奇兵，您千万不要对任何人说，连卫将军也不能说。这关系到此战成败，风声走漏不得。"

霍去病听着，不时点头，又不时摇头，等张骞说完，便提出心中疑问："兵分三路谋划得不错，完全合理。只是这水路奇兵，想法虽然极好，可这大漠荒沙，上哪里去打造这许多船只？"

"呵呵，天机不可泄露。将军只需给我五百名精壮军士，余下一切就交给愚兄了。将军只管去与卫青大将军商议部署，十日后，你我兄弟在楼兰国北盐泽湖畔誓师出征便是。"张骞神秘而笃定地说道。

霍去病飞报武帝及卫青大将军，武帝与各位将军商议计定："翕侯赵信常为单于计谋，他们常认为我大军不可能穿越沙漠，即使到了，既不知他们所在，也不可能久留。此次我们大举出兵，一定要一战功成。"

于是下令，挑选骑兵十万，由大将军卫青、骠骑将军霍去病各领五万。同时配备备用马匹四万，在骑兵之后，又派出四十万大军随后跟进。

大将军卫青出定襄，骠骑将军霍去病出代郡。李广为前将军，太仆公孙贺为左路将军，主爵都尉赵食其为右将军，平阳侯曹襄为后将军，由大将军卫青统领。

卫青出塞后，得知匈奴去向，便带主力骑兵挺进，前往截杀匈奴主力。命李广与右将军赵食其从东路配合包围。东路路远，水草也极少。李广心下不满，来到卫青帐下求情："末将是前将军，本应是大将军的开路先锋，您却派我去侧面配合。末将少年时就梦想与匈奴决一雌雄，今日好不容易有了这个机会，希望大将军成全末将，让末将能在有生之年实现平生夙愿。"

因出行前，武帝悄悄嘱咐卫青，李广已经年迈，运气又一直不好，不可让他攻打头阵。于是卫青坚决不许。李广无奈，只能愤愤带军离开。

霍去病完成部署后，引军出代郡。

数日后已经行军到敦煌郡。算着明日便是与张骞约定的十日誓师之期，于是安顿部队驻扎，只带了数十骑亲兵，一路狂奔，赶到了楼兰国北的盐泽湖畔。

令霍去病吃惊不已的是，远远便望见湖畔搭起了一座数丈高台，那是水军指挥塔。而湖里，已经停放着浩浩荡荡数十艘楼船！

船上旌旗招展，将士盔明甲亮，好一队水军！

霍去病简直不敢相信自己的眼睛，但为大将者，必须有雷霆加之而不惊的素质。他也不多停留，策马直奔中军帐。

张骞早笑盈盈地站在船前。见他来，拱手一笑："将军请登船。"

霍去病满心狐疑，踏船而上。进入骑楼后，张骞屏退左右，笑道："请将军再次品鉴玉佩，不过，请先用清水净手。"说着，伸手让向边上水盆。

是了，既是天物，必须恭敬。霍去病想着，便在盆里净了手。

双手接过双鱼玉佩，只一瞬，霍去病醍醐灌顶，瞬间大悟，哈哈大笑："原来如此！"

笑着，便又用手蘸了些水，用右手食指按向玉佩背面那块水晶。

蓦然，如分身术一般，另一个"霍去病"出现在张骞的面前。

张骞手捻长髯笑道："愚兄先预贺霍将军立下这千年奇功。这为患数百年的匈奴从此怕是要大伤元气了。"

霍去病定睛看向另一个一模一样的自己，并没说话。欣赏了片刻，便向镜像般的自己和张骞拱了拱手，说道："就此别过，瀚海见！"

转身下船，带着来时数十骑飞驰而去。

船上的霍去病，静静地看着另一个自己飞马远去，也冲着已经下船的张骞拱手作别，扬帆带船队北上。

船下，张骞含笑看着船队远去，便与他从闽越带来的数百名船工一起消失在盐泽湖中。

霍去病带着五万骑兵一路北上，与在焉耆登陆的双鱼玉佩复制出来的另一个"霍去病"里应外合，顺利地拿下匈奴老巢，命手下军士向卫青大将军复命。自己则与随船而来的五百死士消失在盐泽湖中，从此再没有人见过他！

正史记载：霍去病带五万骑，出代、右北平二千余里，绝大幕（漠），直左方兵，获屯头王、韩王等三人，将军、相国、当户、都尉八十三人。封狼居胥，禅于姑衍，登临瀚海，捕获匈奴七万四百四十三人，成为永远的军神！

第七章　罗布雅丹

　　喻天格见大伙已经到齐，便与秦鹏宇一起打开车后备厢，拿出折叠桌椅，开始准备在罗布泊内的第一顿午餐。

　　说是午餐，其实非常简单，只是新疆大西瓜和馕。

　　因已经正午，原本气温就高得吓人，此时又在沙漠之中，放眼望去一股股热浪腾腾袅袅。胡兵、丁涛、马武、李彬、程良宙、柳洪辰等人利索地支起了一个遮阳篷。那是一种野外常用装备，轻质金属框架结构。四腿支撑，未撑开时只是四个一米多长的包袱，正好横着放入后备厢。帐篷为迷彩绿色，隔温防雨，边带双层加固，每隔10厘米便有一金属穿孔口，便于篷面的固定。支开后，顶篷撑开，房顶结构安装就已经完成。这时呈现出来的是四方结构，四面如门帘一般，如果是晚上露营或风雨天，则将四周卷帆全部放下。如果是白天或临时休息用，可以只是半卷垂悬，微风一吹，随风飘动。

　　棚内，喻天格抱来了几个大西瓜，虽然不是冰镇的，但新疆光照充足，其甜度极高。而且这里的西瓜都是长熟后才摘下，沙沙的口感，水分充足，一口咬下，如初恋般的甜润感，令人难忘。

　　茵茵一口咬下，享受地轻声赞了一句："太爽了。"

　　秦鹏宇忙着切瓜，高娟捧了几块，送给了正在搭凉棚的队员们。

　　春妮儿拿了一块递给了马武，甜甜地笑着，轻声问着：

"累吗？"

马武看了她一眼，嘴里嘟哝了一声："不累。"接过瓜，一边吃着，一边看向沙漠的远方，继续说："这片大沙地，咱家小马敦儿要是在，不得开心地在上面来回打滚儿呀。"

马敦儿是他俩的宝贝儿子，才三岁多，长得虎头虎脑，正是最皮的时候。他喜欢在海边沙滩，拿着他的小桶小铲子，堆起宫殿、城堡、水渠，折腾个不亦乐乎。

春妮儿见他提到儿子，也呵呵地笑着："哎呀妈呀，那小虎头在这儿，还不得玩儿疯了。那咱俩就别消停了。"

说着两人走到桌前坐下，马武拿起一块切好的馕，一口咬下，没等咽下就口齿不清地喊道："咦，老大，这馕怎么一股汽油味儿呀？"

喻天格听说，连忙抓起一块尝了一口，哈哈笑道："完了，咱们把馕与备用汽油放在一起了，没封好，可不串味儿嘛！对不起大伙儿了，没考虑周到。"

秦鹏宇笑道："小事，不打紧。晚上咱们支烧烤架，烤羊肉串，在荒野上喝个痛快，再吼上几首歌。"

茵茵一听大喜，喊道："真的呀，二哥，不许骗人哟。"

秦鹏宇回头："必须的呀，可惜没有电烤箱，要不哥晚上就给你们做烤羊腿了。今天，咱就先上简单版，羊肉串配新疆大拌菜，绝对正宗，担保您吃了这顿想下顿。"

茵茵听着眼睛雪亮，一副心驰神往的吃货模样。

柳洪辰笑着说道："二哥行呀，考虑得周到，晚上我给您打下手。"

秦鹏宇笑着回道："好呀，兄弟们一起。"

"柳洪辰，"秦鹏宇接着问道，"听说你对历史很熟悉，西域三十六国相关书籍，看得多吗？"

柳洪辰见问，回道："看过一些，不算多。有段时间对西域三十六国特别感兴趣，在网上搜索，买了不少书，零星翻过。其中 F·B·于格的《海市蜃楼中的帝国》、斯坦因的《西域考古记》、伯希和的《伯希和西域探险记》印象较深。书中不仅详细叙述西域三十六国，还提到很多周边国家，如匈奴、回鹘、塞人、花剌子模、大月氏、印度、吐蕃、波斯、粟特等。西域本身就是一个多元文化相互重叠、相互影响的地区，也是一个中西文化交融的主要区域。那段时间，都在研究这个地区的历史，不过后来，新的兴趣替代了区域文化的研究。"

说完，他停顿了一下。

秦鹏宇听着十分有兴趣："哦，是什么？"

"宇宙，"柳洪辰说完，抬眼望向一望无际的沙漠，淡淡地说道，"其实咱们实在是一批幸运的人，我是说，不仅是咱们这个团队，包括咱们地球上所有的人，都是幸运的人。人类能够经过上百万年的进化，在这个地球上生存与繁衍，真是一件幸运的事。"

吴莺听着他们的讨论很有趣，也坐近了些，认真倾听着。

柳洪辰看了眼吴莺，微微一笑，点头示意，并没有停止话题。"你们看，这片土地，虽然现在是黄沙一片，但几千年前可完全不是这个样子，当时这里是芳草遍地、牛羊成群的。史书记载，当年汉卫大将军出塞征讨匈奴，一战便夺得匈奴数十万匹牛羊。这么些牛羊，在哪儿放牧呀，不就是这一带吗！"

秦鹏宇一听柳洪辰提到汉史，乐了。他也很喜欢史书，尤其《汉书》，通读多遍。他接道："那倒是，就像咱们现在的罗布泊，汉朝时称作盐泽，那时应该至少还有两千平方公里的巨大湖泊。可如今，你们都看到，咱们脚下的土地已经是黄沙漫漫，那如烟的往事与西域三十六国的辉煌，随着时间的流逝而尘封在了这片黄沙之下。

　　"再往前几百公里，咱们就能到达楼兰古国遗址，它的发现也真是奇迹中的奇迹。1895年2月，瑞典人斯文·赫定沿克里雅河穿越塔克拉玛干沙漠，到达罗布泊地区，沿途进行了艰苦但收获极丰的地质学、生物学和古代文物遗迹的考察，初步探索了塔克拉玛干沙漠中重要古代遗址的大致情况。

　　"1899年9月，斯文·赫定开始了他的第二次塔克拉玛干之行。这次中亚探险得到了瑞典国王奥斯卡和百万富翁伊曼纽尔·诺贝尔的资助。斯文·赫定在空寂而清冷的若羌县稍做停留，便继续向塔克拉玛干东端的罗布泊沙漠前进。

　　"1900年3月29日，一件戏剧性的事情让一个非常重要的古代城址重见天日。赫定一行抵达罗布泊北岸后，找到一处看来可打出淡水的地方，决定掘井取水时，发现唯一的铁铲丢失了，随行的一名向导被派回去原路寻找。不料路上狂风大作，漫天的风沙使他无法前行。沙暴过后，在他眼前突然出现了高大的泥塔和层叠不断的房屋，一座古城奇迹般地显露出它的芳容。向导将这一发现做了汇报。斯文·赫定立刻来到这里。当他从遗址中找到几件精美的木雕时，他异常兴奋，断定这是个非常重要的古城遗址。斯文后来回忆：'我是何等幸运，要不是铁铲偶然丢失，我也绝不会回到那块区域，也就无法发现古城。这一切好像是命中注定似的，楼兰古国因此而重现人间！'"

　　吴莺听着也不觉心生向往，她在网上看过有关楼兰美女的介绍及许多背景知识，她甚至有一个想法并开始构思一部有关楼兰古国、楼兰美女的小说。她开口说道："当年的楼兰不只有征战与杀戮，它也有自己美好的一面。就像当年三十六国之一的大月氏，虽然前月氏王被匈奴冒顿单于杀害，甚至残忍地用他的头盖骨做了酒具，可是，当月氏的后人们逃到更北方的大夏国，找到了一片可以安顿的土地时，他们想的不再是复仇与战争，而是重新开始新的生活。即使汉使张骞找到他们，许诺汉朝将派出军队协助他们复国，他们也不再心动。他们已经厌倦了战争，厌倦了无休止的仇恨。"吴莺说时非常动情，仿佛已经化为古时西域的美女，在为她的故国述说过往的故事。

秦鹏宇看着她，颇为感动，转头看了眼团队的其他成员，心中充满了感恩。他越来越喜欢这个团队，是罗布泊让他们走到一起。他在网上见过罗布泊的相片，这里绝不是风景秀丽的地方。他不确定团队其他成员来的目的，对他来说，此行是一趟灵魂之旅，在一片广袤的荒野上，用心去体会生命的意义。生命绝不该只是柴米油盐，不只是金钱、名车与豪宅。他需要一种原始力量与激情，他不确定那是什么，但他知道，那种感觉应该在远方。

往北开了一百多公里后，车队走出了沙漠地带，再次开到盐碱地硬壳地面。这时车速变得更慢，那坑坑洼洼的路，不，甚至不能叫路，就像一处没有完工的工地。程良宙看了下仪表盘，对边上的马武说："阿武，你看这速度，估计你下去走，都比车快。"

程良宙是广东人，虽然大家喜欢叫马武为"武子"，但他更喜欢按广东习惯称呼他为阿武。反正无所谓，怎么亲切怎么来。

马武说："行呀，老大，你停车，咱俩赛一个，看看谁快。"

程良宙转过头，认真地看了一眼马武，想确定他是在开玩笑，还是当真。

马武也不看他，笑盈盈地看着前面。程良宙看了眼车外温度，41 摄氏度，自嘲地笑了，摇了下头。他小心地打了下方向盘，绕过一个大坑，嘴上还调侃着："有没有搞错，我们纳税人的钱和过路费都用到哪里去了，怎么也不派人把这里的路修一下。"

马武讪笑，接口道："就是，打电话投诉他们，看把咱这轮胎给磨的，回头胎爆了，找他们报销去。"

春妮儿坐在后座上，递了瓶水给马武："喝点水，老公。"

马武也不回头，伸手接过，说道："你瞧我这媳妇儿，多会疼人。老大，怎么这回没带嫂子来？还是你媳妇太多，不知带哪个来，干脆一个不带？"

不等程良宙回答，春妮儿用手轻拍了下马武的后脑袋："别没正形，人家程老板是好人，谁像你那么花心。"

马武呵呵乐着，没再接话，反正在这里，时间大把，汽车的马达在轰鸣，轮胎在不停地转动，时间似乎是静止的，有种说不出的感觉，让人放松，他喜欢这种轻松。也正是这个原因，他喜欢出来旅行，尤其是与春妮儿一起的时候，他有一种难以言表的放松。

程良宙呵呵笑了下，并不答话，踩着油门，冲向一望无际的旷野。

就这样行驶了两个多小时，车中突然传来秦鹏宇的声音："雄鹰车队请注意，前面有情况，请靠边停车，请靠边停车。"

程良宙、冷荒、柳洪辰简单回复后依次停下。

武子性急，刚停下车，便开门喊道："二哥，出啥事儿了？"

秦鹏宇并没有回头，他早已下车，茵茵、天格、桑格站在他的身边，怔怔地看着前方。

前面是一片一望无际的雅丹地貌。

在新疆，雅丹地貌并不少见，有几百平方千米的魔鬼城，最瑰丽的乌尔禾、最神秘的白龙堆、最壮观的三垄沙，都各具特色。而这片雅丹群却壮美得令人窒息，让他们之前见过的所有雅丹景色都黯然失色！

只见一排排土丘连绵起伏，沟壑纵横交错，如乌龙出水，蛟龙戏珠；若艘艘战舰，列阵迎敌；似猛虎踞山，威不可当。

秦鹏宇看得痴迷，激动得无法自持，张着大嘴，不知如何赞美这壮观景色。

他激动地看着喻天格，说道："天哥，咱们可真是幸运，如果没搞错，咱们可能发现了一片新的雅丹地貌！"

过了一会儿，他似乎冷静了些，继续说道："可是，好像不太应该，咱们才进入罗布泊不到一天，理论上不应该有这样的地方啊。"说完，他看了一眼桑格，问道，"桑格，你确定咱们的路线是对的吗？"

桑格并没有回复，只是一脸茫然地看着前方。雅丹地貌他见得很多，但这个实在太过壮观。而且，好像不应该在这里，不应该在他们刚刚进入罗布泊的第一天。

这儿是哪里呢？

几辆车陆续停了下来。

大家静静地望着前面的雅丹群，大自然的美已经超越了一切，在它面前，人类显得太过渺小。

茵茵看了眼喻天格，她并不知道发生了什么，只是激动地喊着："太美了！"顿了下，她又接着说道："只有神，才能创造出这样的奇迹！"

不等喻天格回答，茵茵又喊道："天哥，这里正是我想找的感觉，快帮我拍几张。"

原来茵茵接了个广告，资方拍了几遍，总说照片韵味不对，说是要拍出大自然的味道，之前茵茵并没完全理解，就在这瞬间，茵茵突然明白，原来资方要的是那种虚无，那种来自自然界的空灵之感。

那种一望无际的虚无与包容一切的霸气！

她已经等不及了，回头望着喻天格，说道："天哥，就是这感觉，我突然理解，我想找的就是这种空灵！哥，咱们今天就在这儿宿营吧？我找到感觉了！最原始的美就是自然界空灵之美！就是这个味道！"

喻天格并没注意她在说什么，转过头，一脸疑惑地看着桑格，他非常明白，这里不应该有什么雅丹地貌，罗布泊的雅丹，应该是在腹地。那是大自然千百年吹凿，对坚硬的地表无数次风蚀后，才可能出现的自然变迁。

那坚硬无比的如混凝土般的土质，并不是用普通金属器材或工程机械就能顺利完成开凿的，这是怎么形成的呀？

如何形成还不是最重要的，问题是怎么会在这里！喻天格有点困惑，他并没有说，他不想在第一天就让队友们陷入一种恐慌，虽然他知道，这里是罗布泊，可物理范畴内能理解的罗布泊，不应该是这个样子的！

他犹豫了一下，含糊地应付着茵茵："没问题呀，这是咱们行程内的内容。今天晚上，咱们的宿营地就是这里，罗布雅丹！"

就在那一瞬间，喻天格不禁赞叹自己的应变能力。是呢，他怎么那么聪明，他怎么能想到这么优秀的名字——罗布雅丹！

可，那是什么鬼！

连他自己都不知道！

第八章　罗布泊之夜

反正大家是来探险的，既然美景当前，哪来那许多顾忌，先享受再说。

喻天格下车，端着相机对茵茵爽快地说道："走，茵茵，本摄影师亲自出手，绝对不会比你们公司专业的差。"

他倒不是吹牛。他玩相机已经二十多年，每年出行几次，每次都得拍几千张照片，磨也磨出些许经验。更何况，他们还有个摄影群，没事儿相互秀照片，切磋技艺，所以水平确实是日新月异。

茵茵真不愧是专业模特，钻进车里，不多时便换了套行头出来。她接的是旅行户外产品广告。她身材本就极好，换了颜色鲜亮的服装后，更显青春活力，楚楚动人。

模特似乎有天生的夺眼球本领，只要往镜头前一站，那份舍我其谁的霸气便立刻充盈全身。

大家都被茵茵的状态所打动，纷纷举起了相机。

吴莺并没有上前，虽然茵茵的精彩表现也勾起她想像昨晚那样秀段姐妹花表演的冲动，可她知道，茵茵现在是在工作，是敬业的表现。此刻她应该也更愿意在一旁默默地欣赏。

约过了二十分钟，茵茵收住了表演。她拿过喻天格的相机存储卡，走进柳洪辰、丁涛、胡兵等迅速搭起的帐篷中，在笔记本电脑上细细地看了一遍，满意地冲天格笑了，说道："谢谢天哥，您这水平，绝对大师级的。这组片子，资方肯定会用。"

喻天格得意地笑着，说道："茵茵真是太敬业了，出来玩儿还想着工作，居然还带着行头！"

茵茵笑着解释："倒也不是专门带着，因为接他们的广告，厂家也送了我一套。刚才看这雅丹地貌太过壮观，一时兴起，状态对了，也亏得您抓拍得好，将我想表达的意境全都展现出来了。"

说完，茵茵将电脑收起来，冲着柳洪辰笑道："国师行呀，够有眼力见儿，看本公主进状态，主动将行营给本公主预备上了！"

柳洪辰也会凑趣，顺手从小桌上抽出两张纸巾，双手献给茵茵，说道："是，公主还有什么吩咐，属下马上去办。"

茵茵端庄地接过纸巾，学着清宫娘娘们挥手帕的模样，挥了一下，说道："走，小柳子，陪本宫到外面看看这是什么所在！"

就在茵茵等人在帐篷中看相片时，秦鹏宇、胡兵、丁涛等已经沿着营地周边的雅丹群走出数百米。眼看营地已经越来越远，若隐若现，而前方雅丹群却依旧看不到头。想登高远望，四周的雅丹却又显得高大无比，好容易瞄了处相对容易着力的地方，三人手脚并用，狼狈无比地爬到了雅丹顶上。

雅丹群的基色是红色，如在一片广阔无垠的红土地上开凿出来的一垄垄山丘。从上空俯瞰，可以感受到巨大的红色雅丹，如一支巨型航海编队战舰正从天际行驶而来。此刻，天色渐晚，彩霞满天，那舰队在夕阳照射下，熠熠生辉，充满了生机，仿佛在下一刻，在霞光散去的瞬间，这支来自天外的无敌舰队将变身显形，在无边的罗布泊上踏波而行。

秦鹏宇向四周望去，至少在这个高度上，雅丹群看不到头，不知有多大。他心中充满了不安，这片雅丹群本身看起来并没有什么不正常，可他们才踏入罗布泊不到 400 公里，桑格又是非常有经验的老导游，怎么可能会不知道这片雅丹呢？第一天就迷路了？这也有点太匪夷所思了！

想着，他不由得低下头观察起来。

他们站着的这条雅丹带是由红土、碎石、盐壳构成的。土质坚硬，外表坑洼不平。表面与四周是流体轮廓，可能是被风或是流水冲刷而成。上面还有一些贝壳类的东西，显然当年这里是湖底无疑。也许这下面还隐藏了许多秘密，蕴藏了无数过往的痕迹。

这么想着，他便蹲了下来，手在雅丹层上抚摸起来。

很硬。

正出神间，只听丁涛咦了一声，他用手努力地搬开了一块石板，吃惊地喊着："你们快来看！"

秦鹏宇、胡兵连忙冲了过去，围蹲了下来。

竟然是一副骸骨！

只剩下骸骨了，也许是因为暴露在空气中太久，他的所有皮肉毛发全部被腐蚀风化。周边什么也没有，甚至没有棺椁。看来这位逝者是意外死在这里的，也许是渴死、饿死、被杀、自杀，太多疑团。

可就算知道又有什么意义，生命已经逝去。当生命逝去时，与他相关的一切都消失了。他生时的喜、怒、哀、乐、爱、恨、情、仇，都失去了意义。生命在大自然面前，实在太短暂、太脆弱了。

"对酒当歌，人生几何！譬如朝露，去日苦多。"不知为什么，曹操的《短歌行》在秦鹏宇的脑中冒了出来。那一瞬间，他说不清自己是为逝者惋惜，还是在为生命哀叹，一份悲情在心中激荡。

看了下周边，没有更多东西，骸骨边也没有什么陪葬品或随身的物件。秦鹏宇叹了口气，看天色渐晚，说道："兄弟们，下吧！准备晚餐，咱们烤羊肉串！"

人生就是这样，当你无法改变命运时，试着笑着去面对它！只要你的心情依然愉快，意志依然坚定，你就是生命的强者！

能否成为生命的强者其实与你拥有多少财富、有多高的社会地位毫无关系。当你觉得生活充满了欢乐，能够自由支配自己的时间，去做任何自己喜欢的事情，你就已经是生命的强者！

为一个已经过去且根本无法改变的事情悲伤、苦恼且无法自拔，完全是自寻烦恼！

秦鹏宇起身，张开双臂，拥抱灿烂的余晖，冲着将退去的晚霞，突然喊道："I'm king of the world!"

在这貌似巨轮的雅丹上喊出这话，虽然没有露丝，没有背景音乐 *My Heart Will Go On* 烘托，有些缺憾，但秦鹏宇心里依然美得不行。"都是茵茵昨晚那歌闹的，怎么好端端的，整了这么一句！"秦鹏宇边往下爬，边自嘲地想着。

丁涛、胡兵并没在意，他们也都是性情中人。能抛开世俗，行走在罗布泊的人，都不是常人。更何况，他们刚才一起经历了刺激的冲坡，享受了大自然的壮丽，感受到了生命的无常。

心悟佛，我即是佛。王就王呗，反正不是我的王。

走喽，烤羊肉串去啰！

三人立刻进入没心没肺状态，脑中又想起了无数的美食。他们一边咽着口水，一边向雅丹台下爬去。

高娟、吴莺、喻天格等人正忙得不可开交。高娟洗了手，将青椒、红椒、黄瓜、洋葱切成丝，拌上酱油、糖。看切菜的动作与熟练程度，她显然是位厨艺高手。

喻天格、马武、春妮儿、吴莺他们将秦鹏宇专门采购的上好羊肉切成肉丁，撒上盐、胡椒粉、孜然。一帮子都是吃货，个个业务熟练，吃法讲究，在每个肉串中还特意加上一两块肥肉，说是这样烤着出油，吃着香！

在无人区，璀璨的星空下，居然能吃上羊肉串，真是满满的幸福！

璀璨星空，是的，不用这个词根本无法形容出那晚天穹的壮丽！

柳洪辰有些激动，久久凝视着星空，那里是他最向往的地方。

若是在几年前，也许这片土地，罗布泊或西域三十六国，会是他最向往的地方，可今天，是星空。如果有条件，有机缘，他真想去太空遨游一番！不，不是一番，是要一直在太空遨游！

柳洪辰正沉浸在美好的遐想中，喻天格举起了酒杯，高声说道："各位，我们终于来到了罗布泊，感谢二弟秦鹏宇这么周到，让我们在罗布泊这样的无人区里吃到新疆大肉串！来，我提三杯酒！"

他朗声说道："这第一杯酒，敬大家，有大家的支持我们才能将这次旅行计划变为现实。在这里，我预祝咱们这次旅行一切顺利，大家玩得尽情、尽兴、开心！干！"

一片碰杯声与起哄声。

喻天格继续说道："这第二杯酒，要感谢二弟秦鹏宇准备的羊肉串和高娟等厨师们的高超厨艺，让我们在这无人区享受到了人间的美食与温暖！"

起哄声更加强烈！

酒量好的，已经干了第二杯，又纷纷相互满上。

喻天格再次举杯："这第三杯，我要敬这美丽的夜色、璀璨的星空和神奇的大自然，我为能够生活在这个世界而感到幸福，为有你们这样的队友同行而感到自豪！"

干！

"我有个提议，"喻天格继续发扬他滔滔不绝的口才与活跃气氛的能力，"下面由每一位队友出一个节目，可以唱歌，可以讲故事、朗诵诗、表演小品，等等，形式不限，时间不限，只要您别把一晚上的时间都占去就行！大伙儿说，好不好？"

"好！"赞同声与起哄声响起。

"我能力最差，只会吃与唱歌，我先唱首歌热热场吧，活跃一下气氛！你们也都想想，准备一下。"说完，他开始低头捣鼓手机，在唱歌软件中搜索喜欢的歌，又打开随身小音箱。

他喜欢在开车时听各种小说、广播、音乐，手机声音太小，他就在网上买了蓝牙小音箱。实际上他有两个，一个放在车里，音质好些，但偏大，不好带，所以他又买了一个小的，随身带着。

昨晚出发前散步时，茵茵就发现了，还开玩笑道："天哥，您这随时准备摆摊卖唱呀！什么时候您唱，我给您伴舞，一块儿赚点外快！"

"下面，我给大家唱一首汪峰的《怒放的生命》，献给依然坚强活着的我们！"天格喊着。

> 曾经多少次跌倒在路上，
> 曾经多少次折断过翅膀，
> 如今我已不再感到彷徨，

我想超越这平凡的奢望。

我想要怒放的生命，
就像飞翔在辽阔天空，
就像穿行在无边的旷野，
拥有挣脱一切的力量。

曾经多少次失去了方向，
曾经多少次破灭了梦想，
如今我已不再感到迷茫，
我要我的生命得到解放。

我想要怒放的生命，
就像飞翔在辽阔天空，
就像穿行在无边的旷野，
拥有挣脱一切的力量。

我想要怒放的生命，
就像矗立在彩虹之巅，
就像穿行在璀璨的星河，
拥有超越平凡的力量。

　　此时的喻天格，已经忘记了他的所在，忘记了时空。茵茵与吴莺不知什么时候站了起来，在场中随着喻天格激昂的歌声而起舞。那罗布泊的夜色，他们在星空下展示着怒放的生命，仿佛真的拥有了超越平凡的力量。因吴莺的加入，茵茵的舞姿变得阳刚起来，如草原上翱翔的雄鹰，而吴莺的舞蹈愈发柔美，如水中曼舞的天鹅！

音乐进入重复，喻天格的歌声越来越高昂，两人的舞蹈从一阴一阳，刚柔相济，变得有力量、明快起来。吴莺的舞蹈风格跟着高亢的结尾改变，她们如雄鹰冲天与暴风雨搏击，也似万马奔腾，驰骋于旷野之上。

曲终了，场中一时寂静无声，良久才爆发出雷鸣般的掌声与叫好声！

茵茵与吴莺同时后撤一步并双手一摊，向大家躬身行礼！

喻天格兴奋地拿起酒杯，举向茵茵和吴莺，笑盈盈地说道："我唱了这么多年的歌，今晚的待遇最高，也是最开心的一次。来，敬你们！"说完一饮而尽。

大家依然沉浸在刚才的美好之中，尤其在罗布泊的夜晚，在这浩瀚星空之下，从未感觉繁星离得这么近，人们的心境，从没有这么宁静，也从没有这么激荡过！

宁静，源于大自然的美！今夜，仿佛只有他们存在于这片土地上，世间所有的纷杂与繁华，都被那壮美的银河与星空所净化。说激荡，似乎只在今夜，他们才真正感觉到生命的渺小与伟大。在这般宏大的星空之下，他们如蝼蚁般渺小，敬畏着浩瀚的天地。而此时他们又分明感受到天地之间的浩然之气，他们才是伟大的万物精灵！

秦鹏宇几次张嘴，想唱首歌，或说个笑话，又几次停了下来。

见众人依然沉浸在音乐与舞蹈的世界之中，想着此时再唱什么，未免有些煞风景。他心思已定，端着酒杯笑吟吟地站了起来。

"各位朋友，我来接龙吧，我既不是唱歌，也不是表演，它算一种分享吧，是一个关于生命的问题，包含着此时此刻我心中的感悟，感觉与现在的氛围非常贴切，说出来，大家一起参悟。"

秦鹏宇向大家举起杯，环敬一圈，抿了一口，他喝的是白酒。他清了清嗓子说道："大家都知道，这片土地在两千多年前是一片湖泊，曾经是中国境内第二大咸水湖，仅次于青海湖。当年的西域三十六国有不少是围湖而居。那时的社会结构，嗯，在公元前一二百年吧，也就是西汉初期那段时间，人类的生存方式主要分为农耕与游牧两种，像咱们汉朝、大宛、身毒，都是以耕种为主，也就是农耕民族，而像当年的匈奴、乌孙、康居等，则都是游牧民族。很奇怪，农耕民族，就有一种归属感，而那些惯于游牧迁徙的民族，几乎没有什么故土观念，他们只是心向草原、心向远方。当年的苏武，在北海牧羊十余年，始终不忘故土，不肯投降匈奴，被传为千古佳话。进入这片土地之后，我在想，究竟什么是故乡？什么是故土？我们常说的根又是什么？是不是从某个历史节点起，在文化的影响下，人们为某种情怀注入了过多情感，而那种情感，其实未必真实？

"就像刚才，我与胡兵、丁涛，在雅丹顶上见到了一具千年骸骨。他周边没有任何陪葬，他也许只是一个路人，他留在了这里，生命也从此画上句号。那他应该属于哪里？哪里才是他的故乡？

"看到那骸骨的瞬间，我深感生命的无常。有时真的不愿意去深入思考生命的意义，只是坚强地活着。可咱们的生命其实隐藏着深刻的秘密。刚才我听着天哥的歌，看着茵茵与莺莺的优美舞蹈，感觉这一切我仿佛曾经见过。会不会咱们的生命，其实是在重复？一切的一切，真的如佛家所说的仅仅是虚幻？

"像李白，他的境界就是诗仙的境界，他的生命已经永恒。他虽然已经走了千年，可他的灵魂，他的神、气、韵依然都在！就像刚才，我突然喊出'I'm king of the world！'的那一瞬间，突然有一种感悟，其实每个人，就是自己生命中的王。我们决定我们的生，我们的死，我们的人生路，我们未来的一切。好像只有在这空旷的天地间，人类才能真正感受到生命的意义！人生无论长短，死亡是永恒的结局，关键在于你是如何走向死亡的。视死如归，向死而生，才是生命的最高境界。"

说着，他看向星空，那浩瀚无比的星空此刻尤为炫目，他淡淡而又缥缈地说着："在这宇宙中，我们实在太渺小了。何必去做那些无谓的争夺，人生不过百年，用这有限的生命，去做那些抗争有意义吗？此刻，我真的很感恩生命，感恩你们。因为在这一刻，我真正感恩与珍惜生命！咱们这一生的三万多天，每一天都非常珍贵，我很欣慰，至少这段时光，我没有虚度！谢谢你们！"

说完，秦鹏宇一饮而尽，不再多说，冲众人扬了下杯底，坐了下去。没有掌声，但此时无声胜有声，大家都沉浸在秦鹏宇的话语之中，没有走出。感悟，需要的是用心体会，并不需要掌声。此刻他们有的，是深深的感动与思考。

柳洪辰端着酒杯站了起来，冲队友们微笑致意，又看了眼秦鹏宇，举了下杯，以示敬意。他说道："太同意二哥说的话了，尤其在这样的夜晚，我感同身受。我特想顺着二哥说的话，往前延伸一步。我觉得今晚，天哥二哥开了个好头。在这氛围下，在这星辰满天的夜色中，在罗布泊之上，咱们特别适合探讨一个话题：生命的本源！

"来，请大家抬起头，目光离开咱们营地、咱们周边的一切，甚至离开地球，试着将我们的灵魂放空，让我们的心神遨游于太空之中。

"能感受到吗？其实我们是宇宙的一分子。不只是咱们这个太阳系，我说的是宇宙，这个无穷无尽的宇宙。我特别欣赏和喜欢刘慈欣的作品《三体》中的一句话，'太阳系人类很可怜，直到最后，大多数人也只是在那一小块时空中生活过，就像公元世纪那些一辈子都没有走出过山村的老人，宇宙对他们仍然是个谜'。

"想象一下，咱们的地球在宇宙中真的只是一粒尘埃。太阳系所在的银河系据估算有1000亿颗以上的恒星，宇宙中大约有2000亿个星系，你说宇宙有多大。所以，地球在宇宙中真的很小很小。

"能想象出来吗？不要说我们，就是地球，在这浩瀚的宇宙中，都太过渺小了。所以，咱们真的不要太在乎自己，不要太在乎别人怎么看你，你怎么做别人会怎么想。不是说咱们可以胡作非为、为所欲为，而是生命太不容易了，咱们以智慧生命的形式存在，太不容易了。大家应该好好地珍惜，好好地愉快地度过这一生。

"我不想当一辈子没有离开大山的老人，我想出去看看，在没有条件之前，我先离开钢筋水泥，先离开城市。我可不想这一生，只为生存而活着，成为金钱的奴隶。

"顺便，我必须对上古的人类表示一下尊重，也对发明货币的人类表示蔑视。表面上看起来，货币的发明推动了人类文明的进步，但正是因为货币的发明，其伴生品，财务的观念植入了人类的心灵。贪欲在货币出现后变得无止无休，明白为什么吗，没有货币之前，人再贪，又能怎样？他总不能每天抱着几大车粮食、布匹活着吧。那时大概强盗也少，因为抢劫成本太高，抢劫性价比太低。人类真的需要开始跳出现有思维模式，重新从大宇宙的角度构建生命观，构架一个全新的命运共同体。"

柳洪辰正侃侃而谈，眉飞色舞时，秦鹏宇突然吃惊地张大嘴，伸手指着柳洪辰身后的雅丹群，失声喊道："你们快看，雅丹群在动，它是活的！"

第九章　险象环生

只见那雅丹群，仿佛妖神附体，如巨龙般挪移起来。起初还只是嘤嘤作响，雅丹体貌在轻轻地移动，如冬眠已久的巨蟒开始苏醒。但渐渐地，那运动速度、节奏逐渐加快，因喻天格、茵茵他们坐得离雅丹群很近，眼看离他们就只有几米的距离。

众人大惊失色，秦鹏宇连忙高喊："上车，快跑！"

喻天格伸手拉起坐在边上的茵茵，冲向了一号车。

"各车注意保护好女士。"秦鹏宇边冲向一号车边喊道。

情势紧急，大多人根本顾不上拿帐篷里的东西，纷纷向各自的车冲去。

喻天格拉开后门让茵茵上车，自己迅速拉开前门跳了进去。秦鹏宇、桑格动作也很快，几乎同时拉开右侧前后车门，右手握住门前侧抓手，左手一借力，人就窜了上去。

车已经打着，喻天格他们是一号车，停在最里面，离巨大雅丹群最近。此时，他们不确定是地震，还是雅丹群是一堆活物。现在赶快逃离现场才是要紧的。

喻天格车技不俗，迅速向左侧一个急弯，车轰的一声窜了出去，他们迅速逃离了现场。

柳洪辰离吴莺最近，拉起吴莺就跑，发力过猛，吴莺未曾防备，一个趔趄，摔在地上。好在柳洪辰手握得紧，只一提，吴莺人又轻盈，一借力，顺势而起，冲向三号车。他伸手将左侧后座门拉开，将吴莺推入，胡兵几乎同时拉开车门跳到司机位将车发动，准备逃跑。吴莺顺势往右侧一倒，将柳洪辰拉了进去。

眼见雅丹群如巨蟒般游移了过来，扑向他们，胡兵顾不上等马武他们的车走，见其他队员还没上来，扫了一眼前后两辆车，发现队友们正手忙脚乱地上车，估计是情急之间都冲向最近的车，便不再犹豫，向左一打轮，车便冲了出去。

春妮儿、马武他们离车最远，等他们冲到车边上，雅丹群已经如巨蟒般挤了过来。速度虽然不快，但其势如排山倒海，已经挤上了二号车，如刚刚启动的火车撞到铁轨上横卧的汽车一样，那辆路虎卫士被挤得横移起来。

春妮儿、马武见势不妙，也不敢上车，转身就跑。

此时，高娟已经在丁涛的保护下，冲上了四号车，李彬跳上了副座。见二号车被横推向前，丁涛吓了一跳，忙向左侧一打轮，车窜了出去。在春妮儿、马武旁边停了一下，高娟利索地开了右侧后门，伸手将春妮儿拖了上去。车已经再次启动，马武利索，跟车跑了两步，瞬间发力跳上了车，迅速关上门逃走。

马武回头看时，吃惊地发现程良宙、冷荒没来得及上车。他们一人拿着一个包，在那里发愣。这两个财迷，在逃命的关键时刻，居然冲到帐篷里去拿包，错过了逃跑的黄金时间。

李彬在飞驰的车上摇下窗玻璃，想看清到底出了什么事。

不看不要紧，一看，惊得他嘴张得老大，半天合不拢。

这时他才看清，那雅丹群的形貌没变，只是，它看起来是那么地诡异。它全身的每一块泥土似乎都是活的，或者说是在活动着，每一瞬间，泥土都在快速地运动与重组。在任何一个瞬间，静态来看，它依然是雅丹，可是它全身每一秒钟都在动，都在不停地变化组合着。它像是一只巨蟒，可又不像巨蟒那样运动。因为巨蟒身体上每一个部分是相对固定的，头就只是头，眼睛就只是眼睛，但雅丹群就像有某种动力在推动一样，促使泥土在迅速地排列组合着、推进着，而且运动得越来越快。

风，罗布泊的上空突然刮起了大风。

伴着平地而起的狂风，天空渐渐灰暗起来。方才皎洁的月色、宁静的星空，此刻已经被呼啸的狂风与浓密的沙尘暴所替代。整个天空不再有一丝亮色，世界被突如其来的伸手不见五指的漆黑所笼罩。

喻天格神情紧张而专注地开着车，他们已经跑了很远。随着夜色与沙尘越来越浓，能见度越来越低。虽然已经开着强光灯，可是他只能看见前面两米以内的路面，他不敢分心，也不敢停车。车外的风沙越来越大，沙尘暴已经笼罩了他们的世界。

"天哥，沙尘暴太大，这么持续开，太危险了。咱们应该离那怪物很远了，不如咱们稍微停一会儿，等沙尘暴稍小些，能见度上来了，咱们再走。也许，我们应该去找找其他队友。"

喻天格犹豫了一下，看了一眼桑格，似在询问。桑格点头支持道："是，这么大的沙尘暴，能见度太低，这么开太危险了。"

喻天格闻言，不再说话，踩一脚刹车，将车停了下来，但并不敢熄火。

他们能感觉到车身在摇晃，无数的沙粒狠狠地砸在他们车上，唰唰作响。

仿佛世界的末日已经来临。

他们谁也没说话，每个人都是愁容满面。他们在为自己担心，在为队友们担心。

此刻，胡兵、柳洪辰、吴莺的车也在无边的狂风沙尘中踽踽独行。一开始，他们开车一路狂奔，似在逃避来自地狱的魔鬼。他们都在后怕，除了胡兵，柳洪辰和吴莺都清楚地看到那诡异雅丹群的形貌。他们不知出了什么事，此刻都非常担心其他队友。胡兵有些内疚，关键时刻他并没有等候队友，而选择了驱车离开。车里还有一个空位，那应该是冷荒的。他希望冷荒一切安好，他也不想丢下他先走。可是当时情势逼人，他清楚地知道，如果晚一秒，车上的三人可能也都留在那里了。希望冷荒在慌乱中也上了其他队友的车，就如柳洪辰一样。

胡兵当过兵，在警察队伍又打拼了多年，深知关键时刻的取舍有多重要。虽然不忍，但在那一刻他必须那么做。如果让他冷静下来，再重新来过，他还会这么选择。

黑，四周是无边无际的黑，还有凛冽的狂风。这一刻，似是妖界大门被打开，人间已经被妖魔所占领。

不是吗？刚才那雅丹群的状态不科学呀，他们白天还爬上去过，那么坚硬，而且他们仔细看过它的表面，抚摸过它，判断它的质地，它甚至还有石板、骸骨。"难道是那骸骨在作怪，成妖了，来祸害我们？不能呀，我们白天也没对它不敬呀！"胡兵心想。

这雅丹质地坚硬，密度那么大，怎么会像游龙那样轻盈？它怎么做到的？而且就算它做了伪装，底下是个妖精或怪兽，也不该是这个样子呀。那雅丹群，本身好像就是个生命体，是由一堆小土颗粒组成的生命体！可它们又是靠什么聚合在一起的？完全不符合物理学呀！

能见度太低了，什么也看不见。

柳洪辰在后面伸出手，拍了拍胡兵的肩膀，喊着他的名字。

柳洪辰不得不用力大喊，因为风声太大。"胡兵，咱们停下避会儿风吧。现在能见度太低，这么走太危险，如果爆了胎或陷到流沙里，可就麻烦了。"

说完，他看了一眼边上的吴莺，凑近了些，在她耳边轻声问了句："你还好吗？"

吴莺微笑地看了他一眼，点了点头，轻声说了句："刚才多亏你了，谢谢！"

是，要不是柳洪辰反应快，拉着她跑，差个几秒，或许她就出不来了。

柳洪辰不以为意，笑着："咱们相互救了一次，刚才若不是你及时拉我上车，我估计这会儿已经被那怪物给吞了！"

"看清了吗？那究竟是什么？"柳洪辰问吴莺，也看了眼胡兵。

胡兵已经停下了车，车身晃得厉害。他摇着头，嘟囔了一句："这罗布泊，也太邪门了！这才第一个晚上，就给我们这么个下马威！"

丁涛的四号车上人最多。李彬坐在前排副座上，高娟、春妮儿、马武坐在后座上。

春妮儿也顾不上其他人在，一路只趴在马武的怀里哭，嘴里不停地叨咕着："早知这样，我就不出来了。"马武并没接话，他知道她的个性，她只是太紧张了。刚才那阵势，把她给吓坏了。

他们差点就死在那里。

想到这儿，马武冲丁涛、高娟真诚地说道："丁兄弟、娟儿，刚才真要谢谢你们，要不是你们，我们两口子，可能就交待在那里了。"

丁涛笑了一下，开了句玩笑："不客气，因为，我是雷锋。"丁涛莫名其妙地想起网上的段子，接了一句。

他对自己刚才的表现很满意，也很得意。在那么关键的时刻，可以说是生死攸关的时刻，他没有想着自己逃跑，而是停下来勇救队友。而且，那个急转弯，那个点刹，瞬停，再加速，简直一气呵成！

简直太满意了，太完美了，必须找人分享一下。

他转向高娟，说道："娟儿，行呀！咱们俩刚才那配合酷毙了，干净利索对吧！你那开门的节奏与时间点找得简直太好了，咱们出去以后，一块儿去国家安全局毛遂自荐吧！国家不能少了咱们这样临危不乱的人才！"

高娟愣了一下，马上反应过来，接口夸道："可不，涛哥，刚才您那一系列组合动作，干净利索，帅爆了。这也就时间紧，任务重，要是上天能够再给一次机会的话，我愿意与您配合，再玩儿一回。不过，不同的是，咱得安排人准备好多号摄影机位，我不喊停机不许停下来，必须把涛哥那高大英武、舍己救人的英雄形象给拍下来。这要是再放到网上去，得迷倒多少小姑娘呀！"

高娟平时其实很文静，不过，她喜欢上网，上网时的状态与生活中的完全不同。丁涛英武威猛，帅气逼人，只是牛哄哄的，喜欢耍酷。刚才他们配合救人展示了丁涛柔情的一面，高娟着实有些喜欢，便童心大发，哄他开心一回。

李彬见他们对话有趣，哈哈大笑，接口道："中，等咱们回去，我就把咱们这次经历写成小说，必须把丁帅哥、高美女塑造成金童玉女式的完美特工搭档形象。再将小说改成剧本，请你们本色出演，不得红遍大江南北。到时，别忘记请我当你们的经纪人哟！"

他们的心情很好，尤其春妮儿、马武他们经历这一番生死大战后，有一种劫后余生的快感。虽然车外依然狂风大作，到处都是飞沙走石，可那不要紧，丝毫不影响此刻车内笑语欢声。

李彬看了眼趴在马武怀里的春妮儿，以及刚才配合愉快、眉目传情的高娟与丁涛，不觉心中一动，瞬时文思泉涌，开始构思起他的小说了。

正专注间，只听轰的一声，他们的车轮陷到盐层壳里了。车内所有人全都不由自主地往前一冲，由于极大的惯性，接着他们又被弹回了座椅。丁涛的右脚失控，极重地踩了一下油门。尽管车外狂风肆虐，车内依然能清楚地听到汽车发动机传来巨大的加油声。车并没有因此瞬间加速窜出去，只是传来车轮的空转声及轮胎与盐层地面尖锐的摩擦声。

他们的车"挂"了。

丁涛怎么试都不行，换手动模式，一挡、二挡，缓加油、急加油，各种加油，都不行。

前驱、后驱、四驱，无论哪种模式，听到的只是轮胎空转与摩擦的声音。

车外，狂风依旧，四周依然漆黑如墨。丁涛伸手从衣服内兜掏出防沙镜戴上，不顾狂风，开门下车。李彬、马武见状，示意春妮儿、高娟留在车里，他们也戴上防沙镜下车配合。黑暗中，不知何时他们驶入了坑洼不平的沙化盐壳地，四轮已经全部陷在其中。那是一种外表硬底下松软的地质结构，一旦外壳破裂轮胎陷入其中，根本无处着力，必须在车轮下垫石头找平，在外车牵引的帮助下才可能摆脱困境。

他们对视了一眼，没有说话，狂风中也根本没法交流，于是默契地转身回到车里。丁涛抓起对讲机，喊道："雄鹰一号、雄鹰一号，我是四号。我们的车陷在沙化盐壳地里了，收到请回答，收到请回答。"

几秒钟后，对讲机里传来喻天格的声音："收到，四号车，这里是雄鹰一号，请报告你们方位，共享一下你们的位置。"

他们的北斗车载导航系统功能强大，如果在城市路段，普通手机就可以共享位置，轻松发送相对坐标。可他们是在罗布泊，这里大部分是无人区，根本没有手机信号。他们的车载北斗系统是靠卫星实现导航。现在科技发达，不要说人类聚居的城市可以轻松实现导航对接，就连罗布泊这样的无人区，都可以轻松搞定。

喻天格看到车载导航上出现了四号车的共享位置，将它设为导航终点，不顾狂沙飓风，毫不犹豫地驱车前往。

他们相距并不远，也就十多公里。但能见度太低，喻天格实在不敢开得太快。

胡兵他们所在的三号车也收到求救信息，同样核对位置后，驱车前往。从进入罗布泊那天起，他们就是战友，虽然相聚不到 48 个小时，他们已经视彼此为生死兄弟。他们坚信，如果自己的车出了意外，对方也会毫无保留、义无反顾地前来救援。

狂风依旧。

虽然只有十多公里的距离，但喻天格花了一个多小时才赶到现场。

此时沙尘暴已经过去，风势也小了很多。

风虽小，但在空旷的无人区，再小的风也劲道十足。

喻天格在离四号车十多米的位置停了下来，并没熄火，与秦鹏宇一左一右下车，戴着防风镜，走向四号车。丁涛、马武、李彬见状，也连忙下车，迎向喻天格和秦鹏宇，边交谈边围着四号车转了一圈。喻天格回到一号车，将后备厢打开，拿出救援绳索系上挂钩，一头挂在四号车头拉环，另一头挂在一号车的尾部拉环。秦鹏宇小心翼翼地驾驶着一号车慢慢用力拖拽，其他人用撬杠配合，没多时，四号车终于脱离险境。

此时三号车的胡兵他们也出现在视野里。

天已经完全放亮。

大家将车停成一排，围成一圈席地而坐。经过这一夜的折腾，所有人几乎没睡且惊魂不定，脸色都极难看。

喻天格看了一圈，昨天上午出发时，他们是四辆车、十四个人，仅不到24小时，他们就少了两个人、一辆车。

喻天格无法接受，他严肃地看着大家，沉重地说道："相信大伙儿与我一样，不知道发生了什么事情。在昨晚的突发状况中，咱们少了两个队友，到现在还生死未卜。"

停了一下，他继续说道："我有个建议，由秦鹏宇带着桑格、马武保护春妮儿、茵茵、吴莺、高娟四位女士，开两辆车回基地，寻找救援。我需要两位兄弟陪我，回去查看情况，看看是否可以救回程良宙和冷荒。"

说完，他看向丁涛、胡兵、李彬等三人，深沉地问道："你们有谁愿意跟我一同回去？"

秦鹏宇不等三人表态，马上阻止道："天哥，情况危急，他们没有经验，我陪你回去，让他们全部离开。昨天晚上你并没看清楚，情况非常诡异！他们都年轻，让他们回。咱们俩人生阅历丰富，应变能力相对强些。再说，咱俩是大哥、二哥，毕竟比兄弟们多活几年，多享了几天的清福。这种好玩有趣的事，就让咱们老江湖去吧！"

茵茵侠义，挺身说道："天哥、鹏哥，你们这就不对了，咱们有福同享，有难同当！既然一同出来，我们怎么可能当弱女子，让你们来保护呢！我要留下，与你们一同前往。"

吴莺也不示弱，豪气接道："就是，茵茵说得对，都什么年代了，你们还打出一副保护女性的大丈夫模样来。要说体力，我们可能不如你们男士，可论智谋，论学识，我们可不一定输给你们哦。"

说完，吴莺看了眼春妮儿和高娟，柔声说道："她们两位小妹先回去吧，我与茵茵可是最喜欢冒险探奇的，遇到这种'好事儿'，你们可不能独享。"

秦鹏宇见此场景，笑着看向喻天格，并没接话。连他都被排除在外，现在女生们冲上前辩驳，他乐得在一边观战，看喻天格怎么应对。

喻天格正要答话，突然脸色一变，喊道："先别争了，快上车。你们看，龙卷风！"

说来也奇怪，风势刚平少许，未等全退，便开始转势回旋，变成了一股股旋风。初时，风势还相对较弱，仅卷起层层沙粒，茵茵不曾防备，一下被迷了眼，连忙搓揉。大家都忙着就近上车，并没人注意她。

只见忽然一股强劲的旋风袭来，瞬间将茵茵裹在了中间，风力骤强。别看茵茵身材瘦削，毕竟是一米七的个头，也有近百斤的体重，竟然被卷得左摇右晃，站立不住，眼看就要被吹走。

喻天格刚要上车，回头一瞥，见茵茵东飘西荡，像是要被风卷离地面，连忙转身去拉。没等碰到，忽感风力一强，茵茵竟然被平地拽起，一股力量将她卷上天空。

喻天格反应极快，一个箭步冲了上去，想将茵茵扑倒。可那风更快，在天格扑到之前，茵茵已经离地，飘向天空。

感谢地球引力，茵茵虽苗条，但毕竟不似纸般轻盈。喻天格一击不中，稳住重心的同时，二次跳跃，伸手将茵茵的双脚抓住。

满以为这下应该能救下茵茵，谁知就在天格发力抱住茵茵双脚的瞬间，风力骤强，喻天格竟然同样被龙卷风带起离地。喻天格不敢放手，也不能放手，只能紧紧地抓住茵茵的双脚，希望自己的体重能将他们两人留在地面，或至少不要离地太远。

他想错了！

只那一瞬间，茵茵与他一同被卷入天空，不知所终。秦鹏宇正要开门上车，余光突然看到一股旋风铺天盖地袭来。他连忙下意识地一低身，死死地趴在地上。

说时迟，那时快。就在秦鹏宇趴地的瞬间，那股强劲的旋风竟然将他们的一号车凭空卷起，甩向天空，旋转了十多圈后，远远地抛在了数百米之外。

等他再从地上爬起，风势已弱，茵茵、喻天格已经不知去向。

远远地，他们的一号车已经被摔得不成模样。

剩下的秦鹏宇、柳洪辰、丁涛、吴莺、高娟等十人，或站或趴，个个都是大惊失色、不知所措的神情。

他们真是有些不知所措，这罗布泊，到底出了什么状况？

第十章　疑团重重

龙卷风来得急，去得也快。

几分钟后，罗布泊又恢复了平静。

天已经大亮。

秦鹏宇愣愣地站在原地，但他的脑子却在迅速地思考着眼前的局势。

看了下身边的队友们，柳洪辰、丁涛、胡兵、李彬、马武、吴莺、高娟、春妮儿，还有导游桑格，通过这两天的相处，感觉柳洪辰、丁涛、胡兵应该是很有战力的，临危不乱。李彬书生一个，手无缚鸡之力，虽文章可能写得不错，但这时，文章写得好有什么用，不添乱就不错了。马武虽然干净利索，但他得照顾春妮儿，用不得。

思虑已定，秦鹏宇说道："各位……"大家正六神无主，听到二哥说话，便齐刷刷地看了过来。

"相信大家都能感觉到，我们像是遇到了奇异的超自然现象了，而且情况非常诡异。咱们已经有四位队友生死不明，现在必须先想办法搞清状况，再争取营救他们。"秦鹏宇说道。

顿了几秒，他理着思路，继续说道："丁涛、胡兵，你们马上去看下一号车的情况，看看是否还能开动。"

丁涛、胡兵不愧是当过兵的人，毫不废话，干脆利索，略一点头，便转身跑向一号车。

说来也巧，那一号车在天上转了十来个圈，重重地砸到地上时，是轮胎着地。虽然由于惯性在地上又翻了几个跟头，车身已经摔得没有正形，但点火一试，车居然还能打着，发动机没坏。

二人跑回众人面前说道："二哥，发动机没坏，应该还可以坚持。"

秦鹏宇点了点头，说："好！"

秦鹏宇看向众人，说道："丁涛、胡兵，你们两个分别开车，桑格带路，和吴莺、高娟、春妮儿、马武、李彬回米兰镇求援，沿途注意喻大哥和茵茵的踪迹。我和柳洪辰回到咱们昨晚宿营的雅丹地带，探探情况，同时也找下程良宙和冷荒。"

语音刚落，丁涛、胡兵就急了，说道："二哥，那怎么行。刚才天哥还说带我俩去，让您回去的，怎么这会儿就变了？"

秦鹏宇坚定地看着他们两人，说道："兄弟们，你们的心情我理解，心意我也领了。今天这事太诡异，不是我自夸，哥的人生阅历终究丰富些，遇到事情，尤其是突发事件该如何处理的能力也强些，有柳洪辰帮我已经足够了。"

说完，眼光看向柳洪辰，用目光询问。

柳洪辰目光坚定，充满斗志，微微一笑，看向丁涛、胡兵及众人，说道："二哥说得对，今天这事太诡异，我感觉它与罗布泊的诡异传闻大有关系。哥们儿岁数虽然和你们差不多，可是看的书，可比你们多多了，要不怎么敢号称'国师'呢！有兄弟陪二哥，你们放心吧。"

停了停，他继续说道："再说，我们去也不是为了打架，是观察敌情，有机会再顺手救回程良宙和冷荒，人多了车上没地。如果去的车太多，遇上事目标太大，不便撤退，二哥的考虑很全面。"

吴莺看了眼柳洪辰，急急地说道："不行，你们两个人太少了，势单力薄，三个臭皮匠才能顶上诸葛亮。这里是古代西域，这方面的书我也没少看，遇到奇怪的事，也许需要我的知识。再说，你们男人粗心，我得替你们把把关。"

秦鹏宇盯着吴莺坚定的目光，犹豫了片刻，看了眼柳洪辰，征求他的意见。

没等柳洪辰表态，吴莺再次开口："别婆婆妈妈的，就这么定了，时不我待，机会稍纵即逝。出发吧！"

此刻，她仿佛成了她笔下的楼兰女王，飒爽英姿。

秦鹏宇不再说话，拍了拍丁涛与胡兵的肩膀，轻声说道："路上小心。"

说完，转身走向三号车，柳洪辰、吴莺紧随其后。

在众人注视下，秦鹏宇走到驾驶室边，开门，上车，打火。柳洪辰上了副座，吴莺上了后排右座。三人并没看众人，他们要去面对的是不知情的危险，此时头也不回地离去，有种"壮士一去兮不复还"的豪情。

丁涛、胡兵等却五味杂陈，他们真想一起去。可二哥说得有一定道理，情况诡异，真的不能冲动行事，要不连个后招都没了，那可是兵家大忌。

见车走远，丁涛与胡兵简单交流了一下。丁涛带着桑格、马武、春妮儿、高娟等人挤上了四号车，在前面带路，胡兵与李彬开着惨不忍睹的一号车紧随其后。

一来他们人多，需要足够的交通工具；二来，毕竟车是租来的，出来一趟，少了两辆车，损失也太大了。车带回去，再加上有保险垫底，应该多少能好些。

秦鹏宇小心翼翼地开着车，并没有与柳洪辰、吴莺交谈，他们都在快速地思考着现状与对策。

天气越来越热，虽然还是六月，可罗布泊是不毛之地，不要说树，连株草都没有。太阳的能量传递到地表后，将原本干枯的盐碱地烘烤得如烤箱一般，远远地望去，地面已经开始冒着腾腾的白气，那是极度炎热之后产生的热浪。

秦鹏宇是按北斗数据记录反向执行导航的，从地图上看，他们离昨晚宿营地并不算太远，只有不到五十公里，按现在的车速，不到两个小时肯定能到。可是现在已经将近中午十二点，不要说程良宙、冷荒、他们的二号车，就连雅丹群都丝毫不见踪影。

现在日照很强，看清前方一二十公里都不是问题，可前面除了错落的低矮山丘，有的只是无边无际的干枯盐碱地和遥挂在天边的几朵白云。

整个世界仿佛只剩下他们三个人和一辆车。

三人的表情越发凝重，秦鹏宇能感觉到柳洪辰投向自己的目光，他转头看向他，又回头看了眼吴莺，轻轻地说了一句："真的有点诡异。"

说完，他轻轻踩了下刹车，不再加油，让车自由向前滑行了几百米，慢慢停了下来。

他将电动座椅往后推了半米，打开天窗，拿出军事望远镜，从天窗爬了出去，站在车顶，向四周张望。

依然什么也没有发现，有的，只是无边无际的盐碱地、低矮的山丘，远远的也只是一片片起伏的沙漠。

他爬回座位，查看了目前定位。这时他才意外地发现，不知从什么时候起，导航仪已经完全没有信号！

这下他吃了一惊。在这片一望无际的无人区，没有桑格，如果导航仪再失灵，那可真是一个坏到极点的消息。

他看了眼柳洪辰，急急问道："你注意到什么时候导航仪没有信号的吗？"

柳洪辰也是愁眉紧锁，一脸凝重，他当然清楚秦鹏宇在急什么。他并没有表现得太过强烈，已经出了问题，现在更重要的是思考如何应对。

秦鹏宇将导航仪重新启动，再次搜索，还是没有信号。反复试了几次，依然没有信号。

他又拿出手机看了下，同样没有信号。

他抓起对讲机："雄鹰一号，雄鹰一号，我是雄鹰三号，收到请回答。"

除了对讲机发出的杂音，没有任何回音。

他们好像与外界失去了联系。

柳洪辰望向太阳，又看了眼车右前方的小队旗杆在地上的投影，拿出指南针，看了一下方向，说道："二哥，咱们现在车头方向应该是南偏东约15度，咱们稍微向西调15度，向正南开。理论上，咱们开上几公里，应该能回到信号覆盖区。最不济，再往南300公里左右，应该能回到附近城镇。"

秦鹏宇点点头，没有反对，又看了眼吴莺，见她也没有反对的意思，便将车打着，调了方向，向正南方向驶去。

奇怪的是，他们开了将近两个小时，已经将近下午两点，导航仪还是没有恢复正常。

柳洪辰手里拿着指南针，看了眼头顶上偏西的太阳，又将多功能户外电子手表调到指南针模式，突然冷汗直冒，声音有点紧张地说了句："二哥，好像不对劲，怎么咱们的指南针指的方向与通过太阳判断的方向不太一致呀？"

秦鹏宇神情变得非常严肃，他已经明确感知到，他们正面临着的是什么情况！

罗布泊的神奇程度丝毫不亚于魔鬼三角洲，那里也发生过无数次诡异事件。比如，1949年，一架从重庆飞往迪化（乌鲁木齐）的飞机在鄯善县上空突然失踪，直到1958年，才在罗布泊东部被发现，机上人员全部死亡。1990年，哈密有7人乘车去罗布泊找水晶矿，全部失踪。1995年夏，3名农场职工乘坐一辆吉普车去罗布泊探宝时失踪，后来人们发现了其中2人的尸体，令人不可思议的是，汽车完好，车上还有水、汽油。所有的诡异事件当中，著名科学家彭加木的离奇失踪最为传奇。1980年6月17日，彭加木带队在罗布泊进行科学考察时，在库木库都克失踪，此后国家出动大批人员进行多次拉网式搜寻，但都不见其踪影，直到现在仍未找到他的遗体。

今天他们也遇到了类似的诡异情况。

他们并没有惊慌，相反，秦鹏宇和柳洪辰还有些激动。他们很早就开始向往神奇的探险之旅。

今天这一梦想正在实现，该来的，都来吧！

柳洪辰回头望了眼吴莺，目光中透着关切与鼓励，吴莺冲他莞尔一笑，耸了耸肩。

秦鹏宇说："不用理会指南针、导航仪什么的了，咱们看准太阳的自然方向，锁死一个角度前进，应该可以走出去。咱们的后备厢有备用汽油、几箱矿泉水和够咱们三个人吃十天的干粮，不会有问题的。"

说完秦鹏宇抬头瞄了眼太阳，停下车，从后备厢抱出一堆小红旗，在地上插了一面，说道："咱们有一百面这样的小红旗，每隔两三公里插上一面，再通过望远镜观察，可以确保咱们在两三百公里内保持直线行走。这样咱们应该能走到信号区，甚至回到城镇中了。"

柳洪辰点点头，说道："好的，二哥，我与吴莺负责观察。"

又过了一个多小时，柳洪辰已经插了十多面旗子，吴莺突然指着右前方喊道："二哥，你看右前方两点钟方向，好像有块牌子！"

柳洪辰见说，忙顺着吴莺手指方向望去，接着举起了望远镜。

"军事禁区，严禁入内！"

"二哥，像是个军事禁区。1964年，中国第一颗原子弹就是在罗布泊试射成功的。现在应该还是有不少秘密军事基地在这里。"柳洪辰放下望远镜，说道。

秦鹏宇听闻，右转，朝右侧两点钟方向加油冲了过去。

牌子不大，木质结构，约一米长，六七十厘米宽，背面钉在两根方木上，插在地里。字是用红油漆喷上去的，方方正正的字体，严整肃穆，是军队一如既往的气势。

秦鹏宇在海军服过役，对军队并不陌生，尤其在这种情况下，见到人类文明标志，见到军队的标志，一种安全感油然而生。

"太好了，咱们向前继续，要是有驻军就好了，正好向他们求援。"秦鹏宇说完，无视牌子的警示，继续向禁区深处驶去。

往前开了约十公里，一个土坡出现挡住了前方视线。秦鹏宇并没有犹豫，换了低速挡，冲了上去。才刚上坡，眼前的景象就让秦鹏宇吃了一惊，赶忙踩住刹车，将车停住。

前方出现了一座巨大的下沉式半球体城堡建筑。这座建筑并不高，目测仅两米上下，但径长却极大，最长处不小于百米。其顶端呈球形，给人的感觉更像是一座巨大的坟茔。它的四周有若干条长短不一的一人高通道，如太阳光线般照耀四方。

"走，咱们过去，看看是否有人。"秦鹏宇看了眼柳洪辰、吴莺，边说边走向那座建筑。

他们车所停的位置，相对于城堡更高些，从远处看，只能看到这座小坡，根本发现不了下面这座巨大建筑。

下坡的路并不陡，只有几十米长，约两米的落差。

三人走得非常小心，一路警惕地看着四周。

他们没有武器，下来时，秦鹏宇顺手抄了个手电筒，柳洪辰手里拿着那个沉重的军事望远镜。万一有事，多少是个防身的家伙。

不消片刻，他们便顺着其中一条通道来到建筑前。

建筑是由泥土烧制的墙砖堆砌而成，虽是土砖，但工艺极其讲究，砖与砖之间的搭接极具美感，缝隙极小。那弧形更是精妙，每块砖本身都有极小的弧度，整体配合在一起，构成巨大的弧面，似打磨过，如现代的玻璃幕墙建筑。

他们沿着建筑转了半圈，发现在正南方向有一扇精致的下沉式小门。门约两米高，一米五宽。门为木质，门上有如故宫大门上的那种铜钉，红漆，铜边封角，甚是庄严。

秦鹏宇上前扣了几下门环，并无动静。他轻轻推了一下，似能推动，加重力道，发现门并没扣上，竟然打开了。

里面很黑，显得有些空空荡荡。

秦鹏宇将手中的手电筒打开，一道强劲的光柱射进黑暗。

内部比外面看起来要高大许多，是一种典型的下沉式建筑。狭小的入口后是二十多级向下的台阶，之后是一个古风浓郁的议事厅，中间有一平台，平台上的一把将军椅上端坐着一位古代年轻将军，两侧各放着六张椅子，赫然坐着十二位天神般的人物。左班武将，威风凛凛；右侧文士，气宇轩昂。

竟然像是个雕像馆！

三人小心翼翼地向下挪去，生怕触碰到什么机关。

什么事也没有发生。

顺着手电筒的光，三人观察着这群雕像，在罗布泊，竟然搞出这么个古代雕像馆，也太俗了吧，到哪里去找游客呢？

秦鹏宇拿着手电筒向屋子四周扫去。墙上，竟然有颜色鲜艳的壁画！

这是一组长卷叙事画，宫廷画画风。

第一幅：一位汉服长须将军带一群汉兵包围并准备火烧驿馆，同时用弓箭射杀企图翻墙逃出的番邦士兵；边上一位异族首领正策马赶到，面色仓皇。

第二幅：那位异族首领正在设宴招待那位汉服长须将军，并双手捧上一块黑色玉佩。

第三幅：那位长须将军在一艘船上与两位英武的年轻将军开怀大笑。其中一位年轻将军手中拿着的正是那块玉佩。

第四幅：那两位年轻将军登山临海，把酒言欢。其中一位将军胸前挂的还是那块玉佩。山的边上注了小字——狼居胥山，而海边有一处小字——瀚海。

秦鹏宇看到这里，心中顿时明白："封狼居胥山，禅于姑衍，登临瀚海。"

这位年轻将军，不正是那大司马骠骑将军霍去病吗？

可是为什么画上有两位霍去病呢？船上是两位，狼居胥山上也是两位。

秦鹏宇看到这里，满腹怀疑。

吴莺突然喊道："刚才主座上的年轻将军，不就是画上的这位吗？难道这里是霍将军的墓地？"

秦鹏宇听闻，心中已是豁然开朗。转身，又来到主将座前，先是恭恭敬敬地双手合拳向座上年轻将军行礼。

"霍将军在上，晚生秦鹏宇在此有礼。我们三人无意间闯入贵府宝地，如有得罪，望将军在天之灵多多海涵！"

说完躬身一礼，起身后将手电筒照向霍将军雕像，仔细观瞧。

好个帅儿郎！

只见他头戴紫金冠，上插红缨，鲜艳夺目；唇红齿白，面若梨花，目光炯炯；身穿黄金甲，紫金搭扣，宽肩窄背，端坐帅堂之上，英气逼人，气宇轩昂，不怒自威，好一位少年将军。

吴莺眼尖，手指雕像胸前，说道："二哥，你看，这不是画中那块黑色玉佩吗？"

秦鹏宇听了，着魔似的看向那玉佩，不觉已经心迷神摇。恍惚间，伸手抓向那玉佩，从霍去病身上取了下来，放在手中仔细观察。

那玉佩并不大，长五六十毫米，宽约四十毫米，虽不大，但奇沉无比，显然这玉佩的材料密度极大。正面不知用什么工艺雕刻着一对鱼的图样，似阴阳八卦图一般，奇妙无比，目视之，心荡神迷。秦鹏宇不敢久视，忙去看那玉佩的背面。与正面相似，也是双鱼雕刻图案，不同的是，中间有一处镂空的地方，似有无限玄机，伸手抚摸把玩，更觉心神恍惚，飘飘欲仙。

突然，吴莺颤抖地说道："柳洪辰，你看！"说完控制不住地扑到了柳洪辰的怀里，身体兀自不停地发抖。

秦鹏宇突然意识回归，清醒了过来，抬头向吴莺看去，只见吴莺在柳洪辰怀中，两个人都张大嘴看着自己。

秦鹏宇低下头，看了下自己，并没觉得有什么异样，突然觉得不对，猛地转头，自己也不觉惊呆了。在自己的对面，霍去病雕像旁，赫然站着一个秦鹏宇！

另一个秦鹏宇！

第十一章　天外来客

在霍去病雕像边上，竟然站着一个秦鹏宇，另一个秦鹏宇！

那一瞬间，秦鹏宇有些迷茫。

他只在镜中看过自己，有意或无意。

但那毕竟是镜像，大多时候只是在他早晨洗漱刮须时。这个世界不知由谁发起的一种自我激励方法，每天清晨起来，要凝视着镜子中的自己，为自己加油打气。就差把裤衩穿在外面，试试是否可以变成超人了。

可秦鹏宇从来不这么做。

他不需要，从很小开始，也许是三岁或四岁，总之，从记事起，他就觉得自己已经是个超人。他从来不需要对着镜子鼓励自己，他一直非常自信。虽然长大以后听母亲说过，他小时候，奶奶每次听他们抱怨他长得很丑时，总是说，丑什么丑，又不少鼻子，又不少眼睛的。

今天，他第一次面对一个与自己长得一样的人，一个真正的、三维的、立体的人！他觉得好亲切，又好陌生，但是没有丝毫恐惧。

他看着"他"，"他"也看着他。

两个人都在仔细地打量着对方。

对面那人已是中年，身材结实而匀称，个子不矮，也许与他一样，也是一米七八。不胖，但绝不算瘦，这应该是经常锻炼的功劳。脸微胖，不像在镜子中看到的清瘦挺拔的样子，也许镜子里的容貌是选择性视觉造成的偏差，只看自己喜欢看到的，头发依旧乌黑，只是鬓角已经见到几丝白发；目光清亮，炯炯有神；鼻正，双唇温润。相貌虽早已不如当年帅气，但英气依旧。那人身穿红色冲锋衣、牛仔裤，脚蹬一双带气垫的跑步鞋，两腿一前一后错立，两手微张，身体略微向前倾斜，随时准备应急搏斗。

愣了数十秒，秦鹏宇定了下神，低声喝道："你是谁？"

几乎同时，对面的人也发出了同样的呼喝。

"哦，声音并不像自己。"秦鹏宇想道，肌肉一发紧，准备发力。

对面那人也是一怔，身体拱起，似要进攻。

"二哥。"柳洪辰突然喊道。

柳洪辰所受的冲击绝不比秦鹏宇的少，昨夜的历险让他与吴莺的关系亲近许多。之前吴莺在他眼中如同女神一般，他怎么都不敢相信，两分钟前，吴莺竟然下意识地扑到自己的怀里。虽然，在突然看到两个秦鹏宇时，他也非常吃惊，可就在吴莺扑入他怀中的一瞬间，他骤然感到豪气冲天，那一刻，他觉得自己已经拥有与天地神鬼同台竞技的勇气与能力。

此刻，他格外冷静。

"二哥。"他再次轻声叫道，两手在轻轻拥着吴莺的同时，将她缓缓地推到身后。

秦鹏宇，应该说，此时对面两个像秦鹏宇的人，同时求助般地看着他，目光中充满询问、困惑和不安。

柳洪辰看着他们，判断着形势。

其实，在叫秦鹏宇时，心中稍有感觉，但也有疑虑，他也想通过呼唤，进一步判断情况。

见两人同时转向他，目光切切，心中已经略有所知。

"都别动，听我说。"柳洪辰说话期间，吴莺已经缓了过来，不好意思地看了眼柳洪辰，满怀歉意，羞涩地笑了下。柳洪辰此刻顾不上与吴莺计较，看都没看她，只轻轻地拍了下她，眼睛盯着对面两人，右手举着望远镜，不是在看，而是将望远镜举起当作防身的武器。毕竟，那军用望远镜有些分量，打人未必多痛，但拍到脑袋上，多少还是有点威胁的。

对面两个秦鹏宇都看着他，并没有发难的意思，好像都在等着他协助，目光中透着渴望。

"都冷静。"柳洪辰说道。

说完，看向左边的秦鹏宇，问道："二哥，喻天格现在怎样？"

左侧的秦鹏宇当下明白，目光明亮，心领神会，略一点头："天格兄为救茵茵，与茵茵一起被龙卷风卷走，现在生死未卜。"

说完，目光如炬，扫向对面的秦鹏宇。

柳洪辰心如明镜，目光扫向右侧的秦鹏宇："请问，咱们昨天午餐吃的是什么？"

"西瓜，馕。"右侧的秦鹏宇毫不犹豫。

接着右侧的秦鹏宇突然看向对面的秦鹏宇问道："你到底是谁？"

可就在同时，左侧的秦鹏宇问出了同样的问题，他们心意竟然相通！

双方同时一愣，不再说话，静静地凝视着对方，几番目光交流之后，突然两人同时放声大笑，已然明了。

柳洪辰倒被他们吓了一跳。

此时吴莺却非常清醒，定定地看着两人，又转头看了眼壁画上的两位霍去病，若有所悟。

柳洪辰突然明白过来，脱口而出："难道是传说中的双鱼玉佩？"

他伸手就想去拿右侧秦鹏宇手中的玉佩。

右侧秦鹏宇手一缩，阻止道："吉凶祸福还不清楚，兄弟不要鲁莽。"

说完，看了眼左侧的秦鹏宇，冷声问道："你到底是我，还是复制的我？"

左侧秦鹏宇此时已经毫无敌意，冷静地看着对面的秦鹏宇，淡淡地说道："原来双鱼玉佩是真的，你非常像我。其实，我正想问同样的话。既然你这么问，已经足以证明你是我的复本，或是另一个我。"

吴莺突然变得有些兴奋，看着两个秦鹏宇，突然说道："要不你们相互说些往事，证明一下符合度吧！"

右侧秦鹏宇说道："好吧，我是与柳洪辰、吴莺他们一同先进来的，我先说。"

左侧秦鹏宇不等他说完便打断了他："等等，我承认你可能就是我，但是，是我与柳洪辰、吴莺他们一起最先进入这个神秘地方的。"

右侧秦鹏宇并没有太多耐心，说道："我三岁时，曾随母亲、哥哥、姐姐在福建省政和县灯源前村生活过一段时间。"

左侧秦鹏宇也不犹豫："村并不大，村头有一株老树，树下有几个陶罐，里面装了许多死人骨头，左侧是供销社、小学，坡上面是村委会，右侧是村落，村后有小河，河对面是后山。"

右侧秦鹏宇："小时候，我们放学，经常与同学们一起满山遍野地疯跑，玩游戏。"

左侧秦鹏宇："二十一岁时，我写过一首名叫《故乡》的小诗，纪念的正是这段记忆。"

右侧秦鹏宇："八岁时，爸爸来接我，我们一同回到福州，但没有直接回城，而是先回到爸爸下放的农场。"

他们依然说着，但其实只几个回合，他们就已经确认，完全确认，对面站的人，就是自己，完完全全的自己，一模一样的自己。

他们继续说，只是因为他们有点不知所措，不知到底发生了什么事情，也不知下一步该怎么办。

"来了趟罗布泊，多了个自己，那自己的公司、媳妇、儿子，该算谁的？"秦鹏宇想着。

"难不成从今天起，两个人得轮流值班，一、三、五打鱼，二、四、六晒网"，两人在同时胡思乱想。

突然，从悠远的时空传来了一串充满笑意的歌声。

> 欢乐的气氛，
> 可喜的画面。
> 神奇的状态，
> 不是寻常能见。
> 放飞第六感，
> 用元魂品鉴。

"欢迎你们，欢迎来到赤焰，伟大的赤焰基地。"

是中文，而且发音标准，但好像并不是人声。或者，并不是他们熟悉的由人嗓发出来的声音。有一点可以确定，这声音不是机器发出的。声音有一份空灵的质感，仿佛来自遥远的太空。

三人，不，应该说是四人都同时吃了一惊，四下张望。

突然，霍去病身后的墙上闪出一道柔光，越来越亮，却依然柔和。光线变成一道门，那声音又从空中飘来。

"请进来吧，欢迎来到赤焰星系地球基地！"

赤焰星系？

秦鹏宇看了一眼对面的自己，又看了眼身后的柳洪辰和吴莺，略一犹豫，便向那光走去。

他没有任何畏惧，相反，那光让他感觉极为舒服、亲切，如心中的圣光，在天上召唤。

他坚定地走着，虽然看不清光后面是什么，但他没有任何犹疑。两个秦鹏宇都神色凝重，崇敬而庄严地迈进光门。

柳洪辰也想跟过去，吴莺轻轻拉了下他，示意不要鲁莽，突然出现两个秦鹏宇，这已经让人难以接受，谁知那似门的光后又会发生什么？

柳洪辰紧张地看着两个秦鹏宇先后走进光中，并没有发生什么状况。他这才放心，看了一眼吴莺，拉着她，小心翼翼地向那柔和的光门走去。

进入光门的瞬间，两人忽觉通体舒畅，如同新生，来到一个新鲜的世界。那里的空气散发着迷人的芬芳，不是草香，不似花香，却沁人心脾，令人心醉。他们似在走，也像在飘，好像在进入光门之后，地球的引力场完全发生了变化。他们的行动变得异常敏捷，步伐也极为轻快。

四周色彩明亮，却又异常柔和，即使是春天万物苏醒的清晨也不过如此。这是一个流光溢彩的世界，几十种、上百种或许是上千种的颜色映入眼帘，平时他们绝对看不到，甚至想不到的颜色，此刻都霸道异常地冲击着他们的视觉神经。这反而让他们什么也看不清，甚至有些晕眩。

似有影像在动，极快地跳动，像影院中快进的影片，无声寂静，却美不胜收。

一个柔美万分的女声传来："欢迎来到五维世界。

"你们可能需要一段时间适应，人类的眼睛无法看清四维的物体。也许你们一生都无法想象五维世界是什么样子的，等你们适应一下这里的重力场之后，系统会自动检测你们每个人的身体状况，并为你们配上维度眼镜，那时你们就能看清了。

"人类目前的大脑还无法跟上五维空间的计算速度，我们会为你们进行一些基础训练，提高你们的运算能力，估计短则一两个月，长则一两年。当你们的大脑利用率达到30%时，就能与我们正常沟通；当你们大脑利用率达到50%时，能看清五维空间的状态；当你们大脑利用率超过80%时，至少在地球上，你们已经足够强大，没有其他对手。到那时，如果你们愿意，我可以安排你们前往赤焰星系考察学习。"

秦鹏宇有些兴奋，眼前的一切清楚地告诉他，他们来到了一个奇异的世界，他喜欢这里！其实，从进入罗布泊遇到古怪现象起，他就异常兴奋，非常希望能有奇遇。但他没有想到会是这样，更没想到的是，竟然会变出了另一个自己，而且，竟然有外星人正在对自己讲话。

"你是谁？能出来说话吗？"秦鹏宇望着四周，喊道。

"暂时还不行，"空灵的声音传来，"你们需要一个心理平复期，等我们觉得时机成熟，自然会与你们见面。"

"你们？"秦鹏宇重复道，"好吧，那么，请告诉我，你们是谁？从哪里来的？"

"我们来自赤焰星系，离你们地球很远。准确地说，有35万光年的距离。我们的星球与你们地球隔着两个星系呢。"

"赤焰星系？"柳洪辰喊道，他虽然熟知天文，可是并不知道这个名词。也许是因为太遥远。"你们是怎么来到地球的？来了多久？"

空灵的声音："其实我们一直关注着地球的情况，从来没有间断过。根据赤焰星系古籍中的记载，早在几亿年前地球还处在恐龙时代时，我们就来过。那是个辉煌的时代，当时的恐龙已经掌握了很高的科技，军事力量也非常强大。可惜当时地球龙族首领错误地判断了星际局势，发起了与珈力星系的战争，结果惨败。不仅全体恐龙灭亡，甚至，还惨遭灭史。

"虽然他们的骸骨在地球各地都还可以找到，但是所有恐龙时代的科技、文化、军事、城市，全部被毁。留下的，只是恐龙们可怜的骸骨。世间最悲惨的事情莫过如此！"

秦鹏宇、柳洪辰、吴莺听了惊诧不已。"您是说，恐龙统治地球时，科技曾经非常发达？"

空灵的声音："这是赤焰星系古籍中关于地球的介绍，据说，你们人类现在的水平，与他们当时比，差距甚远。按你们地球现在的学制，好比幼儿学前班与大学生之间的差距。"顿了一下，他又充满敬仰地补充道："那时的恐龙地球科技，比当时的赤焰星系还要发达。可惜自然规律，天道循环，没有哪个星球可以常盛，要升维实在是太难了。"那声音似乎很难过，也替那时的地球惋惜。

"那时地球已经处在四维半的水平，据我们了解，在整个宇宙空间，超过六维的都很少。赤焰星当时也不过刚刚超越四维，正在向五维进化。可惜，那一战地球全军覆没，恐龙以及地球上所有生灵不得不重新来过。

"你们现在所处的环境，就是模拟我们星球的情况创建的。等你们适应一下，系统会为你们体检，我们还有很多事情要谈，很多事情要做。"

"你们把我们带到这里的目的是什么？"秦鹏宇突然问道。

"我们没有恶意。从恐龙灭亡后，我们一直持续关注着地球的重新崛起。按星际自然法则，任何高维生命或层级更高的生命不得干涉低维度生命晋级、进化，但是我们没有放弃对不同星系的研究，以便掌握宇宙发展规律。这对我们赤焰星系升维到六维空间极有好处！"

"六维空间？您的意思是在宇宙中，很多星球上不仅有智慧生命存在，而且还是在六维空间里的？"柳洪辰兴奋、吃惊地喊道。

那空灵的声音竟然笑了一下，道："当然，不过，你要知道一个对你们很残酷的事实，目前人类的进化与发展水平在整个宇宙中只算中等偏下。按你们地球上的学制比喻的话，你们现在顶多算是小学三年级的程度吧。当然，也有不少比你们还弱的。他们实在太可怜，还处于极为原始的相互掠杀阶段，谈不上任何文明。在我们已知的星系中，无极星系维度最高。他们已经到了六维偏上，很快就要升到七维空间。"

四人有些哑然，想问，但似乎有太多问题，不知从何问起。

秦鹏宇突然着急地问道："对了，请问我们的队友冷荒、程良宙、喻天格和茵茵他们，也在你们这里吗？"

空灵的声音似乎愣了一下，过了许久才回道："刚才我说了，我们不会干涉你们的进化进程，顶多偶尔给你们暗示一下，因为星系法律不允许。你们说的那四个人怎么了？"

秦鹏宇忙将来龙去脉简述一遍。

片刻宁静后，空灵声音再起："这么说，乌岩星系又犯规了。他们为了升维，又在抓取地球人样本。"

秦鹏宇连忙问道："抓取样本？乌岩星系？您的意思是，还有另一个星系的外星人在罗布泊也有基地，可能是他们抓了我们的队友，而且只是为了采集样本？他们会有危险吗？"

"很难说，乌岩星系的维度与能力与赤焰星极为相似，我们之间既有友好互联，也有竞争。好在我们的生存资源都还能满足各自星系的发展需要，所以我们之间没有直接的矛盾。但对四维星系的态度，我们与他们却截然不同，他们激进，我们温和。情报显示，乌岩星系出了份地球分析报告，他们认为地球人类在过去的四百年中，基因突变，导致科学技术呈几何级爆炸增长，以这个速度，要不了五千年，就可能超过乌岩星系的水平，一跃成为五维星系中的最强者。他们同时认为，以地球人类过去几千年好战的习性，一旦他们掌握了星际飞行技术及对应的军事能力，可能很快就要对周边星系产生不利影响，所以他们加快了对地球人的研究。并且，他们还开展了一个潜伏计划，但具体细节，我们也还没掌握。"

秦鹏宇、柳洪辰、吴莺听了面面相觑，他们明白，四位队友的失踪可能与乌岩星系有关，情况非常不乐观。

秦鹏宇张口问道："既然你们与乌岩星系都处在五维状态，他们这么做，显然已经违反了星际法律，你们为什么不阻止他们呢？毕竟，如果他们得逞，对赤焰星系也不利呀！"

空灵的声音，似乎在沉思，许久，并无回复。

第十二章　五维世界

见那声音并不回应，秦鹏宇也没有再继续追问。

柳洪辰突然问道："请问上仙，秦二哥为什么会突然变成两个人？"

"上仙？"那声音甜甜地笑了下，"呵呵，你怎么突然想起这个词来了？"

"我可不是什么上仙，我只是赤焰星上一个普通的源者而已。只不过，"那声音顿了一下，继续说道，"源者，也许你们不习惯，好吧，按你们的习惯，一个普通的生命而已。我们的生命形式是可以订制的，我们从母体分离之后，首先只有意识存在，之后，可以根据每个源者的意愿去选择和决定生命的形态。"

那声音似乎在措辞，在寻找一种合适的方式或语言去表达。

"首先你们要理解，我们星球的生命繁衍与地球不同，完全不同。据我们了解，地球生命是在基因变异与自然选择的驱动下，逐步演化出有性生殖系统的。这一进化突破使得生物体出现了阴阳交合、怀孕、生长，继而离开母体的过程。你们大多数的幼小生命在刚刚出生时，都非常弱小，可这种方式只是宇宙中的少数派，是一种非常小众的繁衍方式。

"在赤焰星系中，并没有绝对阴阳，或你们所说的男女、雌雄。我们更多都是单一的个体，我们的社会，更多的是个体的生存，更主张自由的意志。只有在需要时我们才会聚在一起，讨论一些事情，做一个社会性的决定。但绝大多数时间，我们都是独立地生存。不过，在需要时，我们可以迅速地组合在一起，成为一个更大的生命体，因为我们的生命形式可以随时转换。

"能听懂吗？"那声音突然停下，问了句。

秦鹏宇、柳洪辰似懂非懂，面面相觑。

吴莺突然说道："我好像明白了，您是说，你们的生命既可以单独生存，也可以融合在一起，成为一个更大的生命体？"

"嗯，这一点是对的！"那声音略有赞许之意。

"可是，您不是说，你们的生命不是因母体怀孕而产生，那你们是怎么繁衍后代的？你们的生命体就没有性别之分吗？"吴莺一脸迷惑地问道。

"有一个本质，你要是明白就不难理解了。灵魂是不死的，灵魂是一种精神与意识，他永远存在。他可以是个体，也可以混为一体。当我们觉得一个生命体成熟时，我们可以分离或衍生出新的生命体。就如秦鹏宇一样，你现在看到的两个秦鹏宇，就是我们星系生命繁衍的主流手段。

"另一点，你们见到的其实只是肉身，是你们灵魂的载体。灵魂需要寄托，他需要载体去完成。当多个灵魂交织在一起形成新的生命时，有时性格会相互冲突。这就是你们所说的多重性格的人，你们并没有发现，或者说在时光的流逝中，你们忘却了一个宇宙中最重要的秘密，生命其实是不朽的。你们人类先哲曾经说过生命不朽、灵魂永生，它并不是口号，它是生命的本真。可不知什么原因，后来变成了人类现在理解的样子，成了一种信仰。"

秦鹏宇问道："那我不就成了两个人了吗？"

"呵呵，不是，你还是你，依然是一个生命体。你们是四维世界的生命，目前还很难理解五维世界的情况。"顿了顿，似乎在找一个合适的说法，然后继续说道，"其实，世界并不需要那么多生命个体。或者说在一定时空下，智慧总量是相对固定的。这种新生命的繁衍，只是变化的过程而已。不过，有一个基本理念你们必须懂得：五维是什么。"

柳洪辰应声回答："我们世界物理状态是三维的，加上时间轴，便是四维世界。那么五维是否是增加了某个新的维度选项呢？"

"从你们的维度理解，可能是这样。可是，我们的世界本身就是五维的。它含有你所说的时间轴概念，但似是而非。时间的取向，我们那里是第六维。那种时空感，有点类似你们世界的时间，但也不完全一样。将来有机会，时机成熟时，我带你们去五维世界，到那时你们就能完全明白。现在先试着想象一下吧：五维的时空维度中，每个生命体相当于有无数个人生，每一个生命体都可以有无数种命运选择。每一个生命体都可以预见或演算未来的生命轨迹与事件发生走向，继而决定未来方向。而每一个事件都真实发生并存在，且这些时空又都重叠在一起。"

三人似懂非懂。

秦鹏宇张了张嘴，老实地说道："好像懂了，但好像又没懂，我只关心我的现状。"说着，他指了下对面的秦鹏宇："您是说，他也是我？"

"可以这么说。"

"可是，在这个时空，出了两个我，以后可怎么生活呀？"秦鹏宇一脸郁闷。

"哈哈，不会。当你回到你们的世界生活时，你们又会合体。

"咱们是有缘人，我会为你们提供培训，让你们的大脑利用率极大提升，这对地球是有帮助的。"

吴莺突然想起来，问了一句："您是说你们的星系没有两性？那是不是就没有爱情了？"

"是这样，我们也在研究地球的这种现象。我们星球也有两个生命体或多个生命体相互爱恋，并同居或群居的情况。我们并不排斥，因为我们是高度文明社会，有着极大的包容性。但更多源者对此不以为然，似乎并不理解一个完整的生命，为什么会对另一个生命体有如此的爱恋？"那声音回答。

"可爱情是人类最伟大最纯洁的感情呀！"吴莺不可置信地说道，"我们真的无法想象，一个没有爱情的世界，会是怎样的世界呀。"

"确实，对你们来说，爱情很感人，我们星球的生命也对它非常感兴趣，甚至还为它专门派生了一种新的情感文学，极其唯美。而且，这也是我们非常感兴趣的地球生命研究课题之一。"

"如果你们的生命没有性别之分，那是不是就意味着在你们的世界中没有性爱这回事了？"柳洪辰追问道。

"的确如此。"那声音突然也显得饶有兴趣，"我们对人类这方面的行为也进行了深入的研究，甚至派专员记录下阿姆斯特丹性博物馆的全部内容，送回赤焰星系研究。这些内容在赤焰星系引起了极大的争议，很多源者也不理解，人类历史上那么多事件发生的本质原因都是性爱！"那声音回答。

"性爱引发的历史事件？"柳洪辰低声重复着，他虽年轻，却也读史无数，迅速理解了这个观点，他知道，这位外星人说的是对的。

"您是说，你们的世界不仅没有爱情，也没有性爱？那样的世界，将是多么无味的世界呀！"吴莺低低地嘟囔了一句。

秦鹏宇突然想起，又回到了之前的话题："这个话题将来再向您请教，我想跟您确认一下，您是说，我们的队友可能被乌岩星人劫走。这么说来，他们会有危险，我们需要去救他们。"

那声音再次陷入沉默，许久没有回应。

就在秦鹏宇等与赤焰星系的生命交流时，喻天格与茵茵也正经历着他们有生以来最大的震撼。

茵茵被龙卷风旋起的瞬间，喻天格眼疾手快，伸手抓住了茵茵的双脚，本想通过他的力量和体重，将茵茵抓住，使她不至于被狂风吹走。可是，喻天格万万没有想到的是，就在那一瞬间，一股千钧力道，竟然将他原地拽起。凭他八尺大汉，年轻时使出吃奶的劲儿，跳高也终是没能及格的他，竟然在一瞬间内腾空数丈，飞了起来。

不，那不是飞。他是被一股力裹挟着，推向上空。

他的双手还抓着茵茵的双脚，在这全身没着落的空中竟然成为一种安慰。那触感，让他感到踏实。否则此时，他一定会像茵茵一样，大喊起来。

茵茵正在惊恐地大喊大叫，虽然不雅，但这至少说明，她还活着。

他们飞得很快，不久，竟然变成一种稳定的航行。喻天格突然有了兴致与心情去感受飞翔。他此刻在空中飞，而不是在狂风中被卷得狼狈不堪，他是在稳定地飞行着。

当他感受到这一点时，突然变得非常冷静，他在想，这究竟是出了什么状况。

没等他想清楚，突然眼前出现一道白光，他感到了一股气流，他与茵茵似乎飞入了那道气流之中。气流稳定了，他们稳稳地落在了一个五彩斑斓的空间里。

不，不是五彩斑斓，是万彩斑斓。

眼前的世界，流光溢彩，波光粼粼。茵茵被那多彩世界所吸引，早已忘记了害怕。她试着迈出脚步，确实是站在坚实而稳定的陆地上。

可是，几秒钟前她明明是在天上飞着，怎么突然来到了这里？

这是哪里？

好在，喻天格在她的身边，这让她很踏实。

她看了一眼喻天格，微微点了下头，轻声说了声："谢谢天哥。"

接着，她顾不上客气，开始兴奋而紧张地问："咱们这是在哪儿？这里好漂亮呀！"

他们身处一个万彩斑斓的世界。他们能感受到无数色彩与线条重叠交错，这让他们眩晕。这里像是一座巨大的城市，可建筑又极不稳定，在不停地扭曲着，如现代派摄影家的超现实作品，那感觉实在太超前，以至于他们的肉眼与身体根本无法承受。

好在他们脚下的感觉是踏实的。

喻天格此刻倒十分镇定，伸出手，拉住了茵茵，轻轻说道："茵茵，别怕。这里的氛围好怪异，咱们要小心。"

他记得，他们是在没有任何飞行器材协助的情况下飞行到这个空间的，这里一定有蹊跷。

他还清楚地记得，他们在罗布泊，就在昨天晚上，亲眼看到那土质的雅丹群，居然如巨蟒一般腾挪移动。

他们应该是进入了神怪世界，或者是遇到灵异事件了。

既然已经遇到，着急害怕也没用，冷静地应对吧。

他环视着四周，除了光怪陆离，什么也没看见。

"有人在吗？"他喊着。

没有应答。

他试探着向前走去，手拉着茵茵。

他有点紧张。他不像茵茵，对所有新鲜事物都充满了好奇。他虽然喜欢到处旅行，号称"活地图"，对中国，甚至对世界很多地方了如指掌，可这里的一切太过恐怖，他不喜欢。

这色彩过于鲜艳的世界，不知为什么，让他想起毒蘑菇和鸡冠蛇，一种是植物，一种是动物，两者之间毫无关联，但它们都色彩鲜艳，充满危险。

直觉告诉他，这里很危险！

很危险！

就在茵茵与喻天格手足无措的时候，三个外星生命正在暗中饶有兴致地看着他们。

三个外星生命的身形各异，与人类的长相完全不同，名字音节也过于古怪。为了便于记忆，此处按人类的习惯记录他们的名字。

那个高大肥硕的身体上长了无数脑袋的是麦克，他是乌岩星系地球基地的总司空。是的，司空，从意思上来说，实在想不出更适合的词来翻译了，就叫他司空吧，总司空。他已经活了几千年，甚至连自己都记不清生日了。乌岩星系离地球有近40万光年，比赤焰星系略远些，也是五维星系，同样度过漫长岁月，经历了无数的苦难进化修行而来。

他们长达 30 多亿年的文明发展史中记载着无数可歌可泣的故事，那长长的历史河流中，也曾记载过与地球的交往。乌岩先源们不断在告诫子孙，要以地球上恐龙族群的灭亡为戒，珍爱生命、珍惜当下来之不易的生活，不要让贪婪与欲望控制生命与社会的走向。

　　他们没有国家，只有一些社团组织，整个乌岩星系并没有国界。

　　那些社团，不过是一些不同爱好者的俱乐部，其中最强大，他们也最喜欢的是音乐俱乐部。音乐是他们的生命，也是他们的语言。这一点，与他们邻居赤焰星系非常相似。

　　他们的沟通方式有许多种，心情愉悦时，他们最喜欢的沟通方式是音乐，他们的身体简直是为音乐而订制的。不喜欢时，他们则会采取最简单的模式，用脑波传达讯息或情感。他们可以将身体订制成任何模样。当他们不喜欢当下的样子时，只要向社区服务中心发送信息登记，就可以随时改变之前的生命形状，生活也不会受到任何影响。反正也无所谓，五维世界中，一切都在变动，在无限变化中遵循一定的规律。五维生命源之间能感知到那是同一个生命源，按地球观念讲，那是同一个生命体，就足够了。

　　他们的生活方式很简单，只是享受着生命的历程。如果想，他们可以随时补充营养，注入能量。如果不开心，或正修炼，他们可以许多天，甚至在以年为单位的时间段中都不需要补充任何能量。按地球的习惯说，他们不需要任何食物。他们的寿命很长，甚至可以永生，可是很多源者并不想那样。因为他们的思想观念是，生命过程中，你无须在意生死，你甚至可以向死而生，专心享受这一生命的历程。也许当完成了这一生所预定的目标时，生命会进化到更高的维度。何必为过程中些许不快而烦恼，每一个生命都是各自独立的修行，生命终将孤独。

他们向往无极星系的生活，那里的生命比他们更加高级。无极生命可以随心改变他们的生命形态，今天可以是高山，明天可以化身晚霞，可以随意念而动，入地升天。他们可以化为微风细雨，将生命挥洒在六维星系的多层空间里，也可以凝神聚气，专心修行，向七维境界升华。

他们真的很向往。

六维无极源者在分享生命感悟时提到，宇宙中道法无穷。最高的生命维度已经修炼到了六十四重，而且并未到尽头，那种生命状态简直让五维星系仰视。可在了解到地球恐龙错误地发动与珈力星系的战争，被灭族、毁史之后，他们就有些无所适从了。这几亿年进步得实在有点缓慢，仅从第四维度进化到五维初级，维度只比当年的地球恐龙时代高半级，甚至有些方面还赶不上赤焰星系的水平。

赤焰星的源者有些高傲，不太愿意与他们交往，一心只向往六维，可乌岩星系并不敢对他们怎样。他们都是五维生命形态，乌岩星系略弱些，又有好战必亡的星训，所以绝不敢向赤焰星系表示出半点不友好。他们很看不上地球，但同时也非常害怕地球这个小东西。无论是他们的母星还是星系都比地球和太阳系大四倍，可这地球似乎受到上天先知们的眷顾，虽然恐龙遭受灭族了，整个生命形态回到四维初始，但仅过了几亿年，又出现了高智商生命，四百年前，人类的生命再次基因突变，科技水平呈几何式发展。照这个速度，要不了几千年，地球再次出现冲维、升维的局面就只是时间问题，甚至在升维后，超过乌岩星系也不是没有可能。

不，绝不能让这一切发生。

两千多年前，麦克以乌岩星地球基地总司空的身份被派到地球来。随行的还有九十九位源者。他们不是来打仗的，加上他，一百位乌岩源者已经足够了。他们是通过维度边界穿行而来。虽然他们只在第五维度，但他们的技术水平已经足够让他们理解并利用维度边界技术穿越时空。

乌岩源者并不是人，他们也不喜欢人这个称呼，他们是源者。经过两千多年的研究，他们对人类很多方面的表现极其反感，比如他们贪婪、虚伪、好战。可又有一些细节让他们非常好奇，那就是他们的生命体大多都分阴阳两性，尤其难以理解的是人类男女间的性爱以及他们的爱情，那实在让他们难以理解。还有那种爱情的衍生品，叫父爱、母爱的东西，尤其是母爱。这一点无论是乌岩星源者，还是赤焰星源者都无法理解，究竟是什么力量可以让一个生命为另一个弱小的生命付出自己的全部，包括生命？

乌岩星系几乎每一个生命都非常强大。他们与赤焰星系一样，需要时，可以通过生命中心无限复制，生命可以分裂成无数的小生命，也可以将不同生命组合成更强大的生命体。但即使是刚完成分离的新源体，也具有足够的智商与能力，可以迅速进入角色，面对和处理任何问题。

他们不理解人类为什么那么贪婪，也许是他们的维度太低，社会资源太少，也许是地球上曾经过穷苦日子的人太多。可是，他们为什么没有仔细算过一笔账。其实他们只要平等地分享，以地球现在的资源，足够让地球上的生命使用上千年。而以生命衍生法则，从永恒的时间角度看，不等旧资源用完，新的资源又会源源不断地出现。

最不可理喻的是，地球人居然为了争夺资源，经常发动战争，真是恶习不改。这珈力星系真是够狠的，他们不仅将仇敌恐龙灭族，而且将恐龙曾经创造过的辉煌历史在地球上全部抹去，让地球生命忘却了地球史上最惨痛的教训。

他清楚地记得在他们的音乐作品中，有一个描写恐龙英雄的悲壮故事，那位名叫轩的恐龙，为了地球，上天入地，指挥数百万大军，一直战斗到最后。每每那优美的音乐旋律在脑海中奏响时，麦克都会为之感动，为之震撼。

此时，麦克晃起了他那些数不清的脑袋，看着他的两位副手，发出了一串串优美的音节，那音节中的信息是，"也许咱们来到地球的时间真的太久了，居然习惯了地球的审美。索尔，你不是一直很想体验人类的性爱与感情吗？这次抓来的人质似乎很漂亮呀！这次实验就交给你去完成吧！"

第十三章　索尔

索尔在五维空间的订制形象是一座山。很难准确地形容，因为从四维世界的角度来看，山是不能动的、静态的。而五维不是，对于五维源者来说，他们可以感知任何的生命源，只要有生命气息的存在，他们都可以感知并交流。

当乌岩星系的源者第一次在人类时代登上地球时，他们为如此低维的世界所震惊，这里的时空让他们太过压抑。但当他们发现低维地球上再次存在生命体时，他们兴奋极了，他们急于了解人类时代的地球与资料中熟识的恐龙时代的地球有什么不同。

很快他们就发现了，地球的维度级别已经降得太低，降到四维偏弱。他们甚至有些幸灾乐祸地想，他们怎么没有掉入二维平面呢。不过他们理性地想到，也许没有降到二维是对的，如果真是那样，太阳系的能量平衡会被打破，整个空间会被挤压，而太阳系的能量失衡又可能使周边星系失衡。天知道那连锁反应之后，是否会间接影响到乌岩星系。

不，那不重要，五维源者的境界不会那么低的。

乌岩星系是个矛盾的星系，星系中有许多热爱和平、专心修行的源者，他们在努力探索、思考生命的本真，但也有很多是战争狂人与屠夫，他们发自内心地享受着杀戮与嗜血，对低维文明充满了蔑视与嘲弄，而对高维文明却噤若寒蝉，谦卑无比，唯恐一丝不周，阻碍了自己的升维。那些战争狂人曾多次试图对周边同维星系发动战争，以获得更多资源以利升维，可都被境界更高的和平派源者阻止。维护和平，需要更加强大的实力。

有史以来，乌岩星系虽然几次处于星内大战的边缘，但都被乌岩星系上的和平派源者强大的理性与感知未来的能力所挽救。他们都能预知到，那是预知，不是人类所说的预见，是真真切切的一种生命能力，他们能感知到未来时空的势态与任何事件的走向。每个生命源都是计算或感知高手。他们星系内的任何事情，他们都能事无巨细，感知得一清二楚。

星系之外，他们却一无所知，也许星系之外的事离他们过于遥远。他们生命源无法感知到那里，所以他们在星际事务上的表现并不理想。比如，他们的内心一直对不远的赤焰星系感到一种无以言表的嫉妒与惧怕，可是，他们却无能为力。

其实论实力、智慧、科技能力，他们与赤焰星系差距并不大。只是不知道为什么，也许是内心的格局所限，他们感觉赤焰星系的生命源总在他们面前展示出一种他们无法具备的高傲，一种发自内心的高傲。

有时，他们很难接受，可是修养让他们克制，祖训让他们理智。当赤焰生命源在他们星系旅行或访问时，他们清晰地感知到，他们与赤焰星系之间不可能存在战争。无所谓谁强谁弱，他们都是具有预知能力的生命。他们都能看到，他们之间的战争，谁都不可能最终获胜，结局只有两败俱伤。

他们还能清楚地感知到，赤焰星源从来没往战争那里想，他们只是心向六维，而且周边星系，无论五维还是六维都一致看好赤焰星系，认为他们一定是下一个升维的星系。

为什么？对于这一点，乌岩星源者根本不能理解，也毫不服气。可那又有什么办法，客观未来就是那样。未来真实的时空，他们感知得一清二楚。

赤焰，让他们得意去吧，反正他们也不会把乌岩怎么样。

但地球不同，这个蓝色星球似乎有上苍的眷顾。曾经被灭族的星球，居然在短短的三亿年内再次恢复元气。这个时代由人类主宰，人类似乎有超过恐龙时代的运势。当然，目前的预判只是运势。

让乌岩星源者极为懊恼的是，他们的时空感知能力对星系之外的事件以及在身处星系之外时都不是很稳定。甚至有时，一无所获。

所以不得已，他们必须派源者到地球去，近距离观察与评估地球的状态。当《乌帮先锐》媒体发表预测，地球将在五百到一千年后成功升维，并对五维世界产生巨大威胁时，他们更是如坐针毡。

不，绝不能让这一切发生。

他们了解地球，那是一个好战的星球。而且，让源者无法理解的是，就那么个小星球，居然上面有几百个国家，国家之间、国家内部还战争、争议不断。他们简直不需要运用源者能力都可以分析到，这样的星球升维了，一定会影响到整个五维世界甚至六维世界的稳定。

不管其他星系怎么想，反正乌岩星系是不能接受的。

于是麦克带着两名副手索尔、黑德以及另外九十七名源者来到了地球。

他们的飞船是乌合金制造的。乌是乌岩星系上一种特殊的材料，比重高达 198 克/厘米^3，其密度是地球上纯铁的二十五倍。它的耐高温、耐冲蚀能力及韧性都是一流的，是绝佳的宇宙飞船制造材料。

他们为此很自豪，有不少星际的掮客曾经出高价收购，他们也不出让。资源是他们的生存之本。

他们在地球上考察了很久，最终选择了罗布泊作为基地。这里人烟稀少，便于活动。他们曾经想在百慕大驻扎，可是那里外星驻地太多，太惹眼，而且，各星系的飞船出入磁场过强，已经影响了那一带的航道，再到那里凑热闹，效果肯定不好。

他们很早就关注了喻天格的旅行团，当发现团内有一位容貌美艳、超凡脱俗的女子时，副指挥使索尔更是激动万分，于是设计将茵茵带回了飞船。他对人类的情爱太感兴趣了，整个乌岩星源都很感兴趣。他们曾经做过各种检查、实验，包括思维能力、脑容量、反应力，以及性实验，前三项已经有了比较清楚的结论。但性与情的关系，作为五维生命，他们始终不能本质地理解。为什么这些四维虫子会出现男女两性，为什么会因情相悦，甚至会为爱而献身？他们真的不理解，有必要进行深入的实验与研究。

是时候与人类零距离接触了。要深入了解人类，必须进行正面接触。当然，他们不能以他们原来的形象出现，人类的眼睛根本看不清，但如果真的看清了搞不好会把这群低维生物吓坏了。

他需要做些准备，索尔进入了生命转换室，订制了人类体态，虽然他不喜欢人类的样子，可是又有什么办法呢，为了乌岩星系，这点小小的委屈算不得什么。

茵茵听到边上似乎有脚步声，转头看去，四周依然是一片炫目的色彩，什么也看不清，于是问道："天哥，你听到脚步声了吗？"

四周没有回应，茵茵又问了一声，依然没有回复，她突然心里一空，猛一回头，不禁大吃一惊，一直站在她身边的喻天格，不知什么时候不见了，而且消失得无声无息。

"天哥，喻大哥！"茵茵有些害怕了，声音中透出恐惧。

"是谁在那里？"迷雾中，突然出现了一间房间，很漂亮的房间。房间布置得也非常整洁、考究，像是一间书房。书房很大，有几百平方米，其中一整面墙都是书架，摆满了各式书籍。屋子很高，有五六米。书架前，有一个带轨道的椅子，装在 XY 轴上，显然是主人升降取书用的。

前方有两扇巨大的落地窗，淡青色的窗帘，带着欧式丝绦的挂饰，图案极其典雅优美，勾有暗花纹路，是欧洲中世纪的经典图案；内层，纯白色的纱帘，在微风中轻轻地摇曳。暖暖的阳光照进来，照在窗前的一把欧式高背椅上，充满了诗意。一位高大英俊的年轻男子，捧着本精装版的书站立起来，正吃惊地望着她。

茵茵有点蒙，这种场景在她少女时期的梦里出现过无数次。家庭原因，她从小对传统文化、中国古典文学涉猎很少，可是翻译小说却看过很多，什么《安娜·卡列尼娜》《巴黎圣母院》《一千零一夜》《十日谈》《莎士比亚全集》等，不知从哪本书中来的印象，她的少女怀春梦居然落在了这样的场景之下。有时想来，有点矫情，可她就是喜欢。

但不应该在这里呀，难道她的心上人，竟然以这种方式将她邀请到了天上，以这种方式与她相见吗？

她想起几天前与吴莺闲聊时，谈到明代戏曲家汤显祖的作品《牡丹亭》，吴莺说有一位古典主义大师最近准备筹拍新版《牡丹亭》，主创团队正在为其中经典桥段《游园惊梦》的场景布置争论不已，一派说应该完全回归经典，另一派却认为文学持续的生命力来自创新。当时她还在表述："如果是我，就要将这一切安排到书房里去。"天呐，这就是她原创的欧洲文学与中国古典文学完美结合的梦幻演绎版呀！

茵茵有些不知所措，这种场景让她震撼无比，只可能在梦境中出现，可今天，接连发生的意外事件太多，难以想象，更无法解释。

难道？茵茵有点慌乱，她试图让自己镇定。这一切太戏剧化了，太梦幻化了。她需要冷静一下，确定自己是不是在做梦。不，不应该。她清楚地记得，她在罗布泊与队友们在一起，之后出现了沙尘暴、龙卷风，她被风卷了起来，喻大哥为了拉住她，甚至一起被卷上了天。

之后，他们便来到了这里。

不对，喻大哥呢？

想到这里，茵茵突然变得急切，出于礼貌，她还是尽量克制住自己的激动，尽量用平淡的语气，但是似乎自己都能感觉到颤抖的声音问道："请问，我的朋友喻大哥在哪里？"

说完，她突然觉得不对，连忙用英语重复了一下同样的问题，"Excuse me, do you know where my friend Yu is?"

见对方没反应，茵茵又用会得不多的德语问了一遍："Entschuldigung, wo ist mein Freund Yu?"

那位高大英俊的男子吃惊地望着她，之后突然露出了动人的微笑，在茵茵看来，他是那么有风度，那么迷人。

更让她吃惊的是，他的回答竟然是中文："美丽的小姐，您好！我不知道您的朋友在哪里，不过，不用着急，这里很安全，他应该只是在附近转转，要不了多久，他就会自己回来的。"

"您是谁？难道，您是来自上天的仙女吗？"那位英俊男子继续用中文问道。

茵茵有些不知所措，就在她听说喻天格安全时，她的心里一松，紧接着，心情又被另一种紧张所取代，那是发自内心的紧张。

她用手轻轻地掐了一下自己，痛，不是在做梦，可是，这怎么可能呢？她清楚地记得自己被风卷走，在天空中飞行，来到了一个奇幻空间，这个空间却重现了少女时的梦境。怎么想都不符合逻辑，可是，如果不是做梦，这一切怎么可能？

那位英俊男子，似乎非常善解人意，说道："我是索尔·凯金斯博士，是斯坦福大学物理学教授，我的主要研究方向是星空磁场。请问小姐您是哪位？怎么会突然出现在我的书房？"

"物理学家？索尔博士？您的书房？"茵茵有些手足无措，有点反应不过来，在生活中，她是个非常从容的人，可是今天，她有些失态，有些局促，甚至有些紧张。她实在有点搞不清状况。她很想像之前对待所有追星族、追求者那样，淡然漠视，一副清高、居高临下的模样。可是，今天，好像哪里都不对劲，连出场的方式与时间也都不对。哦不，不止，为什么她的心跳得如此剧烈，好像脸还略有滚烫的感觉。不应该呀，好似瞬间，她回到了少女时代！

茵茵暗暗跺了下脚，可是刚刚跺完，她又有些后悔，这种动作本身就不应该出现。她清楚地记得在她成名之前，导师在她的培训课中强调，须纠正若干小动作，这就是其中之一。不应该呀！今天这是怎么了？

索尔似乎洞察了一切，只是默默地、温柔地看着她，但没有丝毫的嘲笑与不友善。她能感受到一股无法抗拒的亲近。在接过索尔递过来的一杯咖啡时，她的手竟然有些发抖！

天，茵茵咬了下嘴唇，镇定、镇定。她不停地在内心告诫自己。

"请坐吧，美丽的小姐。"

耳边，温柔的声音，礼貌而温存。

茵茵不知所措地接过咖啡，听话地、傻傻地坐了下来。在那一刻，她恨不得像小时候那样，再跺一下脚，以表示后悔与对自己不当行为的警告。可是，停、停，不能再有任何动作了，今天已经太过反常了。

茵茵开始刻意控制自己，不让自己再有任何举动，她需要控制一下情绪。可有点难，她竟然能听到自己的心跳，那么清晰、那么强劲，有种久违的感觉！她在心底不停地埋怨自己，可是，在她平复了心情，试图用镇定的目光看向那位英俊的男子时，她意外地发现，一股更为灼热的目光看着她。

她有些慌乱，忙低下头。

她分明感觉到一只温柔的手在抚摸她的脸，她的心跳在加速，那是怎样的一双手呀，轻柔间仿佛滑过了她冰封的心。只在那一瞬间，她的心房彻底被打开，她的激情被点燃，她的全身在为之颤抖。

天哪！

茵茵无法抑制地浑身发抖，身体在不争气地迎合那无比温柔的抚摸，那份温柔让她融化，让她内心的冰山为此消融。

她感觉到了一个温暖而强壮的胸怀正拥抱着她，她不禁轻声呻吟了一下，便用更加热情与温柔的拥抱回应。她能感受到一种无与伦比的热情环绕着她，一份从未体会的温柔环绕着她。不，那不只是温柔，是持续而来的激情无比的热吻。她感到有一股从未体会的温情且充满雄性的力量突然拥紧了她，将她结结实实地搂在怀里。一张温柔无比却坚定的唇印在她的眼睛上，那一瞬，眼睛突然感到一阵湿滑。天哪，那是温柔无比的舌在她的眼睛上来回缠绵。那份湿润，从她的眼出发在整个脸庞上游移，突然吻向了她的唇，她浑身一颤，双唇不自主地轻轻迎了上去，顺着那莫名的、温柔的节奏温存无比地回应着。唇间的互动，她能感觉到一个来自男性的坚定的吻，温存却又霸道地侵占着她柔弱的双唇，那瞬间，她的唇化了，心也化了。来吧，来吧，我的爱。茵茵的身体已经无法自控。颤抖中，那滑湿的舌尖似乎穿过她双唇的防线，滑了进去，与她小巧的舌尖触碰、分开、再相合，激情再聚。

茵茵体内的热情，在那舌尖相聚相合相润相绕中，完全被点燃，她不知从何时起，开始热情地回吻着对方，得到的是恰如其分，更为热情温柔、体贴却毫不退让的激情。

"我的爱！"

他们充满激情地热吻在一起，身体融合在一起。

索尔正激情无限时，突然听到空中传来缥缈的五维乐语："索尔，快停下，你这样下去，会把这地球女人害死的！"

索尔一惊，连忙全身一松，但已无法阻止体内的激情一泻千里，让他惊得无法抑制，让他美得无法自制。天啊，地球人的性爱，原来是这样一种感受，他的内心疯狂地呐喊道！

第十四章　麦克与宇雅

　　程良宙、冷荒醒了。

　　他们是在一间白色房间里醒来的，很大的房间，房间的前方有一扇巨大的落地窗户，暖暖的阳光正斜射进来，平静祥和。

　　外面是蓝天、白云，但那颜色过于艳丽，那蓝深邃到似乎来自宇宙的深处，与地球无关。

　　外面很静，没有一丝声响。

　　冷荒毕竟年轻，清醒后腾地便从床上弹起，向门口奔去，试着拉了下门，发现锁着。他回头看了眼程良宙，试图从他眼中看出些什么，但程良宙没有回应。显然，程良宙知道的并不比他多，只是目光老到、深邃，比他多些镇定。

　　见他并没有反应，冷荒便敲了下门，大声喊了起来："有人吗？有人吗？"

　　毫无动静，整个世界似乎只剩下他们两个。冷荒拍门大喊了声："来人呀！"

　　他沮丧地来到窗前，向外望去，伸手，试图打开窗户。可是，当他的手伸向窗户时，却发现这窗户竟然没有把手，全部是固定的，是玻璃幕墙。

　　他有些困惑，看向程良宙，一连串的问题如连珠炮："宙哥，这是什么情况？发生了什么？咱们这是在哪里？"

　　程良宙看了一眼他，沉声回道："我醒来时，就发现咱们被关在这里。"顿了一下，他补充道："我只比你早醒两分钟。"

他看了一眼冷荒，继续说道："我只记得，咱们在罗布泊吃晚餐时，那巨型雅丹群突然变成了活物，向咱们袭来。那场景十分地诡异，那雅丹群好像变成了一条巨蟒。它像是一个活体，一个由一堆小石头组成的活体，这绝对是某种生物才有的形态。之后，这活体雅丹就把咱们淹没了。可是，怎么可能？这罗布泊，太邪乎了！"

冷荒有些汗颜，他只记得当他看到那活体雅丹向他们盘旋腾挪而来时，人已经瘫倒，应该就在那一刻他昏过去了。所以，他并不知道后面的事情。

"那咱们该怎么办？"冷荒不知所措地说了句。他开始有些后悔，偌大的世界去哪里不好，却一时心血来潮，来什么无人区，真是自讨苦吃。

突然，他举起屋中的一把椅子，向窗户砸去。

一声巨响，可是，除了双臂一麻之外，没有任何的效果。巨大的玻璃幕墙静静地在那里，毫无损伤，阳光依旧温暖。

一切静极了。

程良宙冷冷地看着他，一言不发。

冷荒突然抱着头，无力地坐在床上。

巨大的落地窗边有两张单人床，比宾馆双人间的床略大些。床的上方各挂着一幅画，一幅是美丽的太空，深邃无边；另一幅是一张地球的图片，很远的视角，让人觉得亲切却遥不可及。

"安静会吧，"程良宙开口了，"把咱们带到这里的人，未必有恶意，否则，给咱们的就不是这么好的环境，而是一间阴暗的牢房了。现在需要知道的是这儿是哪里，带我们来的人有什么目的，之后再决定该怎么办。"

冷荒的情绪并没有好转，只是略安静了一些。他走到窗前，向外张望着，希望能发现一些线索。

程良宙不再理他，掏出手机看了下，没有信号。他也站了起来，走到窗前，试了下窗口附近的信号，见并没有任何好转后，便顺势拍了几张相片，转身开始在房间里仔细搜寻起来。

什么都没有。

程良宙仔细地观察起墙面，粗看只是极普通的白色墙体，但看着看着，他不禁惊奇起来。他是开饭馆的，对装修还算熟悉，这种装修材料他从来没见过。他用手摸了下，软的。包布？吸音材料？似乎都不是。他又来到刚才被冷荒举起并砸向玻璃的椅子旁边，摸了一下，确定不是金属，但肯定也不是木材，是一种复合材料。举了下，并不重，但也不轻。

就在程良宙与冷荒在房间不知所措，四周查看的时候，离房间不远处的另一间巨大的控制室内，乌岩星系地球事务总司空麦克和索尔、黑德正看着控制室的四维监控画面，默默地看着他们两个的举动。

黑德用充满笑意的乐调唱道："看这愚蠢的地球四维生命，毫无耐性与修养。这个时空的低维生命，如何能与我们优秀的乌岩源者相媲美。"

索尔还沉浸在与茵茵相处的回想中，也许因为茵茵，他对人类倒是充满了好感。见黑德这么说，他便接口唱道："四维世界精彩之处在大千世界绚烂多彩，虽然他们维度较低，但我仔细观察过，他们也是参差不齐，有鄙陋丑恶的，但也有许多美丽高贵的。"

黑德听后，不觉哑然失笑，直接用脑波将想法发向索尔："索尔，你不会爱上那个地球女人了吧？难道你想降维，与这些低维生命生活在一起了吗？"

索尔收到讯息刚要反驳，麦克打断了他们的交流。

"源者们，不要做这些无谓的口舌之争了。不要忘记我们源队的使命。根据预测，虽然这个地球目前是四维世界，但按目前地球的技术发展速度，不出一千地球年，他们将有可能升维！而以地球的发展历史来看，一旦他们掌握了维度飞行技术，甚至维度虫洞穿行技术，将对五维世界产生不可预计的影响。

"咱们已经到这里两千地球年，你们都看到了，这两千年来，地球发生了怎样的翻天覆地的变化。尤其近四百年，他们的技术呈爆炸式进步。如果不是爆发第一次、第二次世界大战，可能这一进程还要加快。

"别忘了，这里的两千年，在咱们的五维世界只不过是几十个五维年的时间，而在六维空间，只不过是六个六维年的时间。六维世界的高度，当然不是咱们可以仰望的，可是，你们应该很清楚，几十个五维年就想让乌岩星系有巨大发展，谈何容易。

"所以，我已经下定决心，启动配方计划，控制人类心智，让他们为我们所用。"麦克坚定地说道。

索尔听后，神情一凛，连忙用脑波传出："将军，如果实施配方计划，可是违反了《低维生命保护法》的，所有五维星系都有权指责甚至打击我们。而且，无极星系等六维空间的老大们怕也不会坐视不理呀！"

麦克瞥了一眼索尔，没好气地回了一句："索尔，你只是与地球女人相处了一会儿，怎么整个人都变了，你的源者彪悍气质哪里去了？出征前，为乌岩献身的壮烈誓言哪里去了？"

索尔一听，整座山的颜色都变了，急忙辩解道："将军，不是的，我与地球女人相处是乌岩实验程序中制定的，我只是负责实施实验，再说，作为尊贵的乌岩源者，我们怎么会爱上低维生物。您别忘记，在地球，仅五维星系的已知力量就将近十支，在罗布泊，近在咫尺的狭小空间里，同是五维生命的赤焰一族就离我们不远。如果我们贸然实施配方计划，一旦计划暴露，乌岩星将处于极其被动的地位，您一定要三思呀！"

麦克已经有些愤怒，晃起无数个大脑袋，扭动着他肥硕的身躯，用极高的声波唱出一连串的音符："为了母星的安全与未来，我已经不在乎本源安危，如果需要，我愿意用本源的生命与修行替母星承担任何打击与痛苦。现在，你需要做的是，对这四个人实施配方计划，立即、立刻、马上！"

听到这话，索尔有些震惊了，不知所措地看向麦克，而黑德却如嗜血的野兽闻到了血腥的味道，兴奋了起来："将军，早该这么做了！"

他兴奋地继续补充道："索尔与人类低维生命已经有了身体接触，目前尚不确定这种接触是否会感染病毒，请让我来实施配方计划吧！"

索尔见说，一团怒火从心头冒了出来，但依然忍住，用尽量柔和的脑波向麦克发出："将军，请相信我，我依然是乌岩星的源者。如果您决心已定，至少要请示一下乌岩星源首们吧！"

麦克高傲地看了一眼索尔，所有眼睛都鄙夷而气愤地扫向索尔，一字一音地慢慢唱道："看来，你已经被地球人类影响了。你不是要向源者总部报告吗？好，我这就派你回乌岩星系总部，不过，不是让你回去报告，而是回去接受乌岩星源首们的评议。鉴于你今天的表现，我有权怀疑你对乌岩星系的忠诚，就由源首们判定你的状态及忠诚度吧！"

索尔一听，山形一怔，定在了那里。

另一边，秦鹏宇见那甜美声音陷入了沉默，忍不住又问了一句："上仙，您还在吗？"

那甜甜的声音再次响起："不用叫我上仙，你们可以叫我的名字，这样吧，我的赤焰名字发音对你们可能太难，就按你们地球人的习惯，叫我'宇雅'吧！"

吴莺听说，下意识跟了一句，"鱼呀？"

宇雅听闻，人性化地笑了出来："你这是属猫的吗？什么鱼啊、虾啊的。"

"宇，你们宇宙的宇，雅，典雅的雅！"宇雅解释道。

吴莺听说，不好意思地一吐舌头，向空中做了个歉意的表情与手势。

"好的，那就叫您宇雅。请问宇雅，按您刚才的说法，我们的队友可能是被另一个存在于罗布泊的五维生命给劫走了，他们一定会有危险，您能帮我们去救他们吗？"秦鹏宇很有自知之明，他清楚地知道，如果对方是五维的生命，一定与目前这位神龙见首不见尾的存在相同，绝对不是他目前的状态能对付的。所以，最明智的办法是，请求另一个五维生命施以援手。而且，他的直觉告诉他，这个宇雅，这个赤焰星系，对地球应该是友好的。

宇雅这次没有让秦鹏宇等太久，声音再次传来："乌岩与赤焰虽然都来自五维世界，但是我们从来都是井水不犯河水，尤其是在地球这个遥远异乡。我们出面去救他们肯定不现实，不过，我们可以为你们提供一些必要的技术手段与支援。你们自己去救他们吧。"

柳洪辰一听，目光如炬，连忙问道："请问宇雅，乌岩星系的基地在哪里？我们该怎么救他们呢？"

宇雅听说，笑了一声，接口说道："你们稍候，我先查一下他们的情况，一会儿再告诉你们具体方案。"

秦鹏宇与柳洪辰、吴莺对视了一眼，心中充满了感激与希望。

没多时，巨大空间中的色彩发生变化，出现了一个三维立体图形。饶是秦鹏宇与柳洪辰等见多识广，也没搞清这成像原理是什么。不过，此时他们也无心于此，只是专心地看向那图形。

宇雅的声音响起，同时，三维图形中出现了一个蓝色光斑，在三维图中画了一个圈。"你们看，这里便是乌岩星罗布泊基地的地貌图。从四维空间看，并没有什么异常的情况，与你们在罗布泊见到的无数高低错落的矮山低洼没有任何区别。"

"现在，请你们戴上五维眼镜。"说完，秦鹏宇等看到虚空中如魔术般地有三副眼镜向他们飘来。说是眼镜，其实看起来像是一个宇航头盔。不过，看着十分轻便。

当头盔飞近他们，秦鹏宇等并没犹豫，取来便戴了上去。

"刚戴上时，你们可能会有少许头晕，要不了多久，就会适应的。"宇雅甜甜的声音响起。

戴上头盔后，秦鹏宇并没有半点不适应，相反，他有一种久违的亲切感，不禁兴奋地四下张望起来。

宇雅似乎也注意到了秦鹏宇这一异常的举动，不禁暗自称奇，微微露出赞许的微笑。五维空间中，宇雅是一只灵动的巨鸟，似上古时的凤凰，优雅高贵，不同的是，这只巨鸟有九个脑袋，通体羽毛金黄，不要说在阳光或光线下金光四射，即使在昏暗的环境下，周边数米的地方，也如白昼一般。他的羽毛似乎就是一个发光体。

他喜欢自己的形象。当然，在赤焰星系时，偶尔心血来潮，他会换一个形象。有时，只留下三个头，将脑力集中在一起。而心情不好时，也许，他会将自己化为一汪清水，随温度变化而化为不同状态，虽然为液态、气态、固态，但他的智慧体却始终如一，他的灵气永远不散。

他爱赤焰星系，也喜欢地球。当他用降维眼镜从人类的视角仔细研究地球时，他发现自己喜欢这里的山川地貌。他为自己能被外派到地球工作而感到欣喜。他喜欢水，当获知地球智慧生命对水的描述，用水滴石穿来形容坚韧，用上善若水表达境界，用"行到水穷处、坐看云起时"表达胸怀时，他简直爱上了这里的人类。

当他真正用心去品味这里的文化时，他发现，这里有着许多伟大的生命。他们坚韧勇敢，用超凡的毅力使自己在任何艰苦环境下，都能快乐地进步，乐观地生活，尽管有些时候命运对他们不公，可整个人类却依然坚定、快乐地向更高的维度进化着。虽然人类并不知他们未来会是怎样，但他们永远坚信未来会变得更美好。

看着柳洪辰与吴莺似乎也适应了五维眼镜，宇雅用维度笔指向了基地的入口。

其实此时秦鹏宇、柳洪辰、吴莺已经不需要宇雅再做更多的介绍了。他们惊喜地发现，原来，他们之前肉眼所见的世界，从高维角度来看，竟然还有这么多未曾发现的细节。那看起来平淡无奇的表面，竟然隐藏着飞行器的出入口，以及无数的基地建筑。

是因为不在一个时空吗？不应该呀！按说，五维只是比四维多一个轴而已。无所谓了，什么原理都不重要了，现在不是要知其所以然的时候，知其然就行了。刚才宇雅不是说如果有机会可以带大家去五维世界看看吗？以后再理解所以然吧，现在的关键是怎么把队友们救出来，这才是目前的第一要务！

　　该如何去救他们的队友呢？

第十五章　五维营救

　　看着地图，秦鹏宇激动异常，他兴奋地抬起头，想开口问些什么。突然他看到不远处有一只似乎只有《山海经》里才可能出现的、长着好多颗脑袋的金色大鸟。大鸟通体散发着金光，尊贵无比，他大吃一惊。

　　这大鸟身形巨大，是秦鹏宇的两倍身高。每个鸟头都有人类脑袋那么大，头顶长着如孔雀般华美的冠羽，浓密、高傲地立在每一个头上。水汪汪的大眼睛，乌黑而灵动，脖子修长，上细下宽，流畅的线条与身体相连，如骄傲的公主。每颗头都微微上扬，目光向下地盯着秦鹏宇等人。长长的翅膀，通体金色的羽毛散发出夺目的光芒，两只粗大稳健的双腿挺拔地站立着，有君临天下的气势。

　　这时秦鹏宇才数清，那只大鸟竟然有九个头，他的十八只灵动的眼睛都充满笑意地看着秦鹏宇等人。

　　"哇，五维空间也太拉风了，连养的宠物都这么有个性！这大鸟似乎很通人性，不会是这里主人的座驾吧！"秦鹏宇心里想着，同时想起《阿凡达》电影里主人翁的大鸟座驾。

　　可让他大跌眼镜的是，宇雅的声音此时竟然从这大鸟的嘴中发出："你终于可以看见我了，没吓到你吧！"语气中，充满了笑意。

　　"不会吧！这五维空间，真是充满神奇。"秦鹏宇心中暗想。仅一瞬间，秦鹏宇就跟上了节奏。他微微向那九头大鸟，也就是宇雅鞠了一躬，说道："哪里，尊敬的女士，您的形象尊贵无比，如我们上古的凤凰，令人顿生崇拜之心！"

宇雅含笑看着他，虽然他是只有很多个脑袋的大鸟，可是那表情与眼神落在秦鹏宇、柳洪辰、吴莺等的眼里，却感觉充满人性般的善意。

"呵呵，我可不是什么女士，不过，也不是男士。我们的世界并不像你们时空那样有着性别之分的。"宇雅笑盈盈地说道。

"嗯，先不谈这事，有机会再告诉你们。现在，让我们讨论一下如何能从乌岩星基地救出你们的同伴吧。"

两个小时以后，秦鹏宇、柳洪辰、吴莺套上了一身轻便的宇航服，身后还背了一台轻型飞行器。飞行器的操作方式极为简单，通过意念控制即可。飞行的方向、高度、速度将随着穿戴者的意念而改变。如果你的心思够快，它甚至可以让你以超音速飞行。

秦鹏宇他们不知道的是，如果是宇雅等来自五维世界的源者来操纵的话，飞行器的极限速度是音速的三倍。不过，那对操纵者的体质要求非常高，比如耐磨、耐高温、抗压的能力。因为在常温下的三倍音速将接近 1000 米 / 秒。那样的速度，人类的体质根本就无法承受。

宇雅对他们进行了一番交代，并为他们设计了几套可行的预案。同时一再强调，他们与乌岩等外星系之间关系复杂，不宜发生冲突，一切只能靠他们自己。万一救援行动失败，秦鹏宇他们不能说这些支持是来自赤焰星系。当然，说了赤焰星系也不会承认。如果乌岩星系的外交部门上门交涉，赤焰星系一定会义正词严地说，他们是一群来自地球的盗贼！

秦鹏宇等相视一笑，怎么外星人也来这套，但他们并不介意，现在救出队友是第一要务。

而且这很刺激，也许，他们喜欢出来旅行，也是希望生活多些新鲜、多些刺激的成分。在一成不变的日子中生活了太久的他们，时刻渴望着冒险。

秦鹏宇是他们三人中适应最快的。五维眼镜飞向他们三人，不，当时其实是四人，因为那时的秦鹏宇正一分为二，相互间才拷问完毕，证明并理解了身份，可不知为什么，就在秦鹏宇戴上头盔的那一瞬间，突然能感觉到世界顿时清明，这一瞬间，两个秦鹏宇合成一体。

秦鹏宇，两个秦鹏宇可以清楚地感觉到那一点，他们能清楚地感觉到两个身体在那一瞬间如磁极引力般相互吸引而后归位。也就在那一瞬间，周围世界顿时清晰，如高度近视者突然戴上眼镜，清晰的世界回归眼前。就在那一瞬间，秦鹏宇觉得自己也许根本就是来自五维世界，一切都是那么熟悉，像许多个夜晚的魂牵梦萦。也许他的前世就来自这世界。两个秦鹏宇，在那一刻合成一体！

他是第一个看到宇雅的，虽然他并不认识他，可只一眼，就让他产生无比的信任。那种从五维视角观察事物的感觉似乎非常熟悉，他想问，却不知从何问起。现在并不是正确的时间，先救出同伴再说吧，他对自己说。

此时的柳洪辰还在激动地浑身颤抖，事实上从他走入小房间起，全身上下就一直在不可控制地颤抖着。门在他进入后关上，头顶上方落下一个头盔，与刚才戴的那个类似，只是更大些。这是五维通信装备，因为他明显感觉到戴上头盔后，看到了很多平时根本看不到的维度。

曾经的知识告诉他，四维物体应该只是三维加上时间轴，现在是什么情况？为什么从五维眼镜里看到的物体物理状态，并不是什么三维多一个轴，而似乎是外观完全不同的其他物体！

盲人摸象？不会吧！当这个词突然出现在他脑海中时，他不禁吓了一跳，难道之前他肉眼所看到的一切，其实并不是物质的真实形态吗？怎么会这样！

服装入体的感觉更是奇怪，并不像他想象的那样先套上衣服再穿裤子，或反过来的穿衣次序。什么都没有！那小屋是一间飞行器订制间，现场瞬间完成飞行服制备，衣服从墙体四周传来，直接套在他的身体上，马上自动调整到适合的尺寸，定形。先是服装，继而一套飞行装置从身后直接贴到他的背上，浑身上下顿感轻松至极。他感觉好像这衣服上身之后，地球引力对他的影响已经不复存在，那套装备不仅没有让他觉得碍手碍脚，相反，他像是获得了新生。

他只轻轻地一纵，竟然腾空而起，那违反物理定律的状态让他一时不知所措，身体平衡顿失，跟跄了几下才把握住平衡。身为羽毛球爱好者，在学校田径赛场上是佼佼者的他，这点平衡能力不过是小儿科。在他飞起并回头一望时，竟然看到了一只九头凤凰。

愉悦间，他只顾享受着五维装备带给他的快乐，并没有注意到秦鹏宇与宇雅之间的对话。

吴莺看着秦鹏宇与柳洪辰兴奋的样子，也受到了极大的感染。不过，她矜持了许多，淡定地走了进去。再出来时，因有了柳洪辰的先例，她已有心理准备。平时她喜欢空中瑜伽，借力于垂布，她可以在空中做出各种造型动作。只见她脚轻一点地，人已凌空射出，如凤凰展翅、玉蛟腾空，在空中几个漂亮的回旋亮相之后，一个前空翻，轻盈落地。

秦鹏宇看着两个同伴的精彩表现，不禁鼓起了掌。尤其吴莺那秀美身形在空中画出如弓般流畅的弧线，令他心神向往。太美了！

他看了一眼宇雅，深深地点了一下头，目光中充满了感激。

宇雅让柳洪辰、吴莺兴奋地玩了一会儿之后，才召他们回来，强调了几点注意事项。之后他笑盈盈地说道："好了，就这样。去吧，祝你们好运。营救成功之后，你们不用回来，离开罗布泊，回到你们的世界。这飞行服你们也不用专门送回，它会自动返航的。"

秦鹏宇等听后吃了一惊，急急问道："什么，咱们再也不会见面了吗？"

后面还有句话咽下没说，那句话是："不是还要带我们去五维世界参观学习吗？"他们是既期待又害怕，既极想去五维空间参观学习一番，可又极怕成行之日，就是与家人、与地球的分别之时。

"去吧，后会有期。祝你们顺利、成功！"宇雅倒是颇通地球上的人情世故，笑盈盈地说道。

秦鹏宇等三人不再客套，向宇雅躬身行了一礼，便轻一跺脚，飞行而去，如神仙一般。

"五维的世界，人类真的不懂。"秦鹏宇在空间飞行时，不觉轻叹出这么一句。

那飞行服别看它只是轻型装备，却集各种黑科技于一身，秦鹏宇、柳洪辰对科学技术还算有所涉猎，也大致了解当今人类的飞行器状况，可宇雅给他们的五维飞行服，依然给他们带来了极其强烈的震撼。

先是立体导航功能。

这导航功能简直逆天。它们不仅可以自动巡航驾驶，能自动超音速飞往宇雅设定的乌岩基地，还能预知前端航路的各种状况。

下几秒可能发生的情况，它们已经预知。在飞行过程中，它们竟然感知到或看到前方即将有一群飞鸟迎面飞来，它们只是下意识地侧了一下身，就成功避过鸟群，之后又瞬间自行回到飞行轨迹。

柳洪辰在飞行中玩兴顿起，意念控制提速，向上拉升了数百米，再如鱼鹰捕食般从高空俯冲而下，进退自由。秦鹏宇、吴莺见状，也纷纷使出各自绝活。秦鹏宇一个大鹏展翅，左膝提起，两手左右分开，再变换手势，在空中迅速变换动作，左手在前，右手在后，双腿向前踢出，发出了破空之声。穿上这飞行服后，他们似乎还变成了武术大师，可以凭意念做出各种电影或小说中的动作。

吴莺此时更是如鱼得水，此时她将电影中见过的，以及瑜伽教练指导她多次，她却依然无法完成的动作，都试着演练出来。此时的她只要心念一到，如身上的任督二脉被打通，瞬间成了一位女侠。要是教练此时在场，估计也得张大了嘴，用不可思议的眼神仰视她。

想到这里，她不禁笑出声来。

不多时，三人已到了乌岩基地门口。

三人停止嬉戏，对视了一眼，静静地观察四周并回顾起刚才的部署。

宇雅的声音传来："乌岩的基地入口，你们用肉眼去看，是找不到的，因为他们用了四维障眼法。他们在入口处设置了高频变频器，让入口处的磁场频率加速了数百倍，让入口的物质在高于人类可见的频率范围内变化，所以你们看不到他们。"

秦鹏宇等三人虽然都没太听懂，但不重要，此时他们都是实用主义者，只要知道怎么能看到这入口并能进去就足够了，至于为什么现在能看到以及过去为什么看不到，还有原理什么的，以后再说吧！

五维眼镜的可视范围为十公里，周边十公里以内的所有四维空间建筑细节，都可以通过五维眼镜一览无余。当然加密室和作战指挥室除外，因为那里乌岩星做了加密处理。

秦鹏宇他们刚听到时极不理解，难道五维空间的人类没有隐私吗？宇雅当时笑着解释："首先，要纠正你们一个概念，'人类'是你们地球高智商生命的自称，五维生命不是你们所谓的'人类'，我们已经到了源者的层次！源者的洞察能力极强，相互之间能看清对方的想法，不仅是想法，连意识产生的背景及其可能的发展方向都能感知到。有些源者甚至可能感受源族的意识趋势，甚至可能感知到一个时代的进程。"

基地出现在不远的前方，他们已经在五维眼镜中看到队友们。

程良宙与冷荒在房间内正讨论着什么，茵茵与喻天格则在各自房间内忙着自己的事，都没有乌岩源者看守。

也许乌岩源者根本没想到，居然有地球人穿着飞行服进入五维基地。

出发前，宇雅提醒："目前是非战时状态，所以乌岩基地的防守可能只是三级状态，没有特殊戒备。不过，入口处肯定会有入侵报警，你们千万不能从入口处直接进入，否则会触发基地的报警装置。"

"但正因为非战时状态，所以乌岩基地的管理可能相对松散，甚至不排除有乌岩源者化为人形跑到人间娱乐的可能。地球的维度虽然不高，但你们可比我们会享受多了。"宇雅说完，不禁莞尔一笑。

随即笑容一收，手中的激光笔指向基地角落一处不起眼的窗口，说道："这儿才是你们最好的入口。"

秦鹏宇回头看了眼柳洪辰与吴莺，指了一下基地右后方角落一处昏暗的入口，说道："宇雅说的入口，应该就是这里。莺子，我与洪辰进去，你在这里望风配合。万一我们失利，你马上撤退，回到赤焰基地，求宇雅再想办法。

"洪辰，咱们两人进入后，兵分两路。我去接喻大哥和茵茵，你去救程良宙和冷荒。记住，见面后，要冷静，简明说清情况，让他们穿上五维救助服，马上撤离。"

秦鹏宇说的五维救助服，是宇雅提供的救援飞行服，是一种带有五维眼镜的薄款轻便头盔，但没有动力，只能从动飞行。相对秦鹏宇他们穿戴的，更加轻便，便于携带。

柳洪辰稳重地点了下头，目光中透着坚定。

秦鹏宇看了一眼吴莺，见她并无异议，便身随意动，向基地的右边射去。

茵茵此刻正倚靠在窗前，目光中含着柔情，心里装着满满的回忆。

她此刻正沉浸在满满的幸福回忆之中。就在不久之前，她少女时的梦中情人，竟真的出现在她的眼前，而她竟然与初次相见的他相拥相吻，如胶似漆。她虽然不是一个保守的人，但也绝对不是一个随便的人。

她无法解释自己的行为，似乎那一刻，她的心为那个男人所融化，那一刻，她是发自内心地想与他在一起。她很担心那一切都是虚幻，一切只是幻象。但她喜欢，她愿意。如果一切再次发生，重新让她选择，她依然会说，"我愿意"。

那一切，太疯狂了！相聚时的每个细节，此刻都历历在目。

她虽然有过几任男朋友，可无论是谁都从来没有给过她心灵上的冲击与震撼。

正在她胡思乱想之时，身后传来声音。是索尔吗？一定是索尔！

茵茵激动地回头，充满期待地看着门口。

门开了，竟然是秦鹏宇！

茵茵愣在那里几秒钟，突然，张大了嘴，意外、吃惊、惊喜，她不顾一切，张开双臂，冲向秦鹏宇。

秦鹏宇也热情地拥抱了茵茵。

他也非常激动，终于再次看到队友，而且，是在五维生命的基地里！

不过秦鹏宇非常冷静，简单拥抱后，便急急地低声说道："茵茵，这里是外星五维生命基地，你被他们绑架了，我现在救你出去。他们可能随时会发现，咱们马上悄悄离开！"

茵茵自是冰雪聪明，不需秦鹏宇多说，心领神会，马上噤声。

秦鹏宇从身后一侧取出一包装备，说道："茵茵，快穿上，咱们去隔壁救出喻大哥后，马上离开。"

"喻大哥，"茵茵激动地说了句，"他也在这里？"

秦鹏宇点了下头，再次做出噤声的手势，之后指了下隔壁，轻声说道："是，他就在隔壁。快穿上救护服，咱们马上走。"

不多时，秦鹏宇和穿好五维飞行服的茵茵出现在喻天格的房间。

茵茵此时才发现，她之前反复检查过的、紧锁的、固若金汤的大门，在她穿上五维救护服后，竟然出现了一条若隐若现的通道！

为什么？她不解地看了眼秦鹏宇。

"频率不同。"秦鹏宇知她疑惑，简单地解释道，"咱们从三维角度看，这一切坚若磐石，可是其实它们之间是有频率差的。咱们人类看不见，也感知不到。可从五维角度看，它是在不断地高频开合。只要你踏对频率，从三维看着紧闭的门，实际存在着一个高维度通道。"

茵茵张大嘴巴，无比崇拜地看了眼秦鹏宇。秦鹏宇也没多说，现在没有时间闲聊，再说他已将他所知的一切都告诉了茵茵，至于她听懂没有，不重要了，现在不是讨论这个问题的时候。

当喻天格看到秦鹏宇与茵茵出现在房间时，激动万分，同样张开双臂冲向他们。

"喻大哥，咱们被外星人劫持了，秦二哥是来救咱们的。"茵茵简洁地说道。

喻天格显然有许多问题，不过，看到秦鹏宇进门第一时间的噤声手势，便按捺住心中无限疑问，按指示迅速换上救护服。三人看准频率，一脚踏进维度通道，走出房门，秦鹏宇便握住两人手腕，意念一起，三人早已腾空飞出。

不多时，柳洪辰也一左一右拉着程良宙、冷荒，飞腾而出。众人欣喜，简单寒暄后便一同向南飞去。

他们都非常兴奋，没想到营救竟然这么顺利！

乌岩基地内，此刻，总司空麦克晃着无数颗大脑袋笑着对黑德唱道："伟大的乌岩星系文明，从此将在地球上传播！伟大的配方计划正式开始了！"

第十六章 冷荒

在乌岩星系基地外，吴莺见秦鹏宇、柳洪辰二人成功，不由大喜，回头看了一眼基地入口，见并无异样，也不拖泥带水，便意念一起，腾空紧跟秦鹏宇等飞行而去。

不多时便在空中赶上了秦鹏宇等人的吴莺玩兴顿起，意念提速，直上云霄，一个空中转体，从云端直冲而下，在秦鹏宇、茵茵等三人飞行组前面炫耀式地连续翻滚回旋，在空中来了一个漂亮的亮相。

茵茵以为敌人追来，心还紧了一下，待在五维太空镜中看清吴莺淘气的笑脸时，不由大喜，伸手便抱向吴莺。不承想她的飞行服是没有动力的，一离开秦鹏宇手，茵茵瞬间便在空中自由落体，不由娇声大喊起来。

吴莺并不着急，意念一提，早已窜到茵茵身下，在空中将她接住。两位大美女在空中抱作一团。吴莺此时忙不迭地向好友秀家宝，带着她在空中自由飞行，摆出了各种优美的姿势。只可惜茵茵舞蹈功底虽好，可她穿的只是防护服，远不及吴莺穿的动力服给力，但两人的配合依然完美，如表演空中飞行的杂技演员，看得众人不禁鼓掌叫好！

可怜喻天格、程良宙、冷荒等三人，当秦鹏宇、柳洪辰脱手鼓掌时，他们的动力源瞬间消失，三人纷纷在空中自由落体，惊呼声一片。此时的秦鹏宇、柳洪辰已经成竹在胸，毫不着急。要是他们是大美女，他俩也许会像吴莺那样，飞身过去将他们搂在怀里。现在嘛，等了几秒后两人才相视一笑，一个俯冲，从空中如箭般射下，只一个转身就已将三人拉回队列。

此时吴莺、茵茵也玩闹够了，七人并成一排，吴莺、柳洪辰分列左右，秦鹏宇居中，每人左右手各拉了一名队友向米兰镇飞去。

不多时，七人远远看到罗布泊边缘处有一路虎车队，正是回去求援的丁涛、胡兵等众人。七人对视了一眼，向车队前方几公里处飞去。

落地后，按照宇雅的嘱咐，他们将飞行服全部脱下，打包在一起，并按照宇雅的指导，在飞行器的控制屏上按下自动回航键。飞行器腾空而起，微微在他们眼前晃了一下，像是打了个招呼，便呼啸而去，瞬间不见了踪影。

不多时，丁涛、胡兵车队已经开到。

丁涛正开着头车，他们转过一个小山包，吃惊地看到不远处站着一群人，正笑盈盈地看着他们，正是秦鹏宇等七人！

丁涛不由大喜，兴奋地冲对讲机喊了一句："兵哥，找到了，找到了，他们就在前面。茵茵、天哥、宙哥、冷荒他们都在！"

众人团聚，分别上车，返回米兰镇，当晚自是把酒言欢，自述离情。

秦鹏宇等牢记宇雅的吩咐："成功救出同伴后，尽快回到自己生活。永远不要与你们的亲人、朋友提到我们。否则，会给你们和你们的世界带来无限的麻烦！千万、千万！"

次日，众人便相拥分手，洒泪而别。

冷荒是上海人，毕业后，换过几个工作，在外企圈子里跳过几回。换工作不是他的本意，以全优成绩毕业于上海财经大学的他，一直是猎头公司的追捧对象，工资一份比一份高，不由得他不心动。

因为喜欢旅行、摄影，所以他最终选中并稳定下来的是一家国际顶级投资公司，尽管年纪轻轻，他的年薪已经超过百万，除了每年的法定假期，每个项目成功之后，他都会拿到一份不菲的项目奖金及额外一周的黄金假期！

无论从哪个角度看来，在大多数人眼中这都是一份极为理想的工作。可从罗布泊回到上海的第二天，他来到老板的办公室，恭敬地递上了一份辞呈，没有理会老板的诧异目光与挽留，连东西都没有收拾，便头也不回地离开了公司，驱车直奔浦东金茂大厦。

电梯直上79层酒吧，冷荒在一个安静的靠窗位置坐下，面对着黄浦江，陷入沉思。

服务员轻声走到他的身后，刚要张嘴询问，他头也不回地吩咐了一句："来一瓶82年的拉菲。"

服务员吃惊地看了他一眼，被他凝重的气势和严肃的表情所镇住，没敢多问。她心想："这位先生之前没少来，都是随意点些酒水，最多不过几千块，今天是怎么了，有点酷！"不过，大早上就能开张卖上一瓶顶级红酒，想到自己的提成，服务员也没有介意冷荒的冷淡，笑盈盈地转身取酒去了。

当她端着82年拉菲葡萄酒与擦得透亮的杯子走到冷荒身边，正要弯身确认是否可以开瓶时，一个淘气的小孩突然从身后跑过，撞到了她的身上。她倒没事，可是那未开瓶的82年拉菲一歪，竟然向冷荒的头掉下去。

此时的冷荒面向窗外，背对服务员，不等服务员的惊呼声脱口而出，那冷荒以极其诡异的身段，整个人从沙发上瞬间弹起，以她肉眼无法看清的速度，竟将眼看要砸到他头上的酒瓶握在了手里。

服务员的嘴张得老大，惊呼声卡在嘴边却并未叫出，内心十分惊讶与意外。

冷荒却像是没事儿人似的，看了一眼酒瓶的标签，淡淡地说了句："嗯，就是它，帮我打开，醒着吧！"

当天下午，冷荒买了一张前往赌城的机票。

冷荒是职业"驴友"，他护照上有很多国家五年或十年的签证，也有赌城的多次往返通行证。他是金领，又是黄金王老五，自从他大学毕业后女友因为钱投入了一位大款的怀抱后，他性情大变，显得更加敬业，但人也越发感到孤独。他没有朋友，收入高出手也大方，越来越多的美女开始主动送秋波，抛来媚眼。他有时也接受，甚至有时，还主动去夜店撩妹。只是，从没人见过他与同一个女子约会两次以上。

他的心碎得一塌糊涂，伤得太深。这么多年来，再也不能正常地与一个女子交往。他开始寄情于山水，将所有的闲暇时光都用在旅行与读书上。读万卷书，行万里路，成了他人生的座右铭。

他依然老派地写着博客，偶尔也发些微信文章，但他更喜欢发博客。他拥有数十万粉丝，却从不刻意去讨好粉丝。每天仅挑出一二十条他觉得有意思的留言回复一下。奇怪的是，粉丝们依然如故，而且，他越发受人追捧。

也许现在的人都活得太辛苦。冷荒的文章虽然不是精彩至极，却让他们体会到别样生命，感受到完全不同的生活状态，那正是他们向往的生活。

冷荒的父母离婚了。原因很简单，他的父亲好赌。

他自己虽然已不太能记清往事的细节，但在他成长过程中的无数个夜晚，在吃饭时，他的母亲在他耳边不停地说着她与父亲心酸的过往。

幼小的冷荒心底埋下了苦涩的种子，从此对赌博及贫穷充满了无休止的畏惧！

他太害怕贫穷了！他太想拥有财富了！在无数个夜晚，他对自己说，他一定要离开这贫穷的世界。

他来自苏北的农村，很小的时候，因为父亲的一次豪赌，输掉了家里的房子，也输掉了母亲的清白与尊严。

直到现在他依然记得讨债人将他轰出房间时，母亲那可怜的哀求、痛苦的呻吟声及两个讨债人野兽般的狂叫声！

之后没多久，母亲就与父亲离了婚。受伤的母亲独自带着他艰难地生活。他对母亲既爱又恨，既然他们没有能力，又何必将他带到这个世界上！

从那以后，他将所有的精力都用在学习上，目标只有一个，离开这个贫穷的地方，离开母亲，离开这个让他有过无限痛苦回忆的地方！

他以优异的成绩考上了上海名学，遇到了令他心动的姑娘清儿，他们相识相恋相爱，一起度过了四年幸福的时光。可仅仅毕业不到两年，姑娘的心似乎被什么奇怪的东西所吸引，不再如当年那般清纯，更不再如当年那般爱他。

那时的他是那么绝望，无数次对自己说："我是什么？我有什么？我凭什么让清儿爱我？我有什么资格让清儿爱我？"

将自己灌醉后的次日清晨，他突然前所未有的清醒，看着昨晚差点跳下的黄浦江，他突然明白了自己的定位。他要赚钱，要努力赚钱，要赚好多钱，他不想让自己余生再受贫穷的限制！

他要成为有钱人，让一切美女仰望的有钱人！

冷荒想通了一切，此后无论在哪家公司上班，永远是来得最早的。他总是在同事们到达公司之前，就守候在公司门口，也是在有密级门禁卡员工离开公司时最后一个下班的人。很快，他就成为拥有公司密级门禁卡的人，那意味着信任。于是他成了公司来得最早，走得最晚的人。甚至没有人知道他什么时候来，又是什么时候走的！

有些女同事甚至怀疑他根本没有回家，因为有女同事发现，他似乎总穿着同一种颜色的衣服！

可更加细心的女同事知道，他是换过衣服的，而且，一定洗过澡。他的衣服虽不名贵，颜色相似，可款式确实不一样。她们还为此打过赌，如果冷荒昨晚没换衣服，输方将负责买当天的咖啡。打赌的结果证明衣服确实是换过了。

冷荒母亲不只是给他带来了对贫穷的恐惧，也使他养成了爱干净的习惯，即使再穷，也必须以整洁的形象示人。所以，无论加班工作到多晚，多么辛苦，回家的第一件事一定是洗个澡，第二件事才是吃些东西。他对吃没什么兴趣，对酒也一样。虽然他知道自己的酒量不错，可是他实在没有时间喝酒。

他的努力与付出很快得到公司与行业的认可。没多久，猎头公司告诉他，很多同行公司愿意以两倍甚至三倍的工资请他过去工作。他成了行业内的香饽饽，因为只要是他负责操盘的项目，没有失败的。他的身上，似乎有一种运势！

只有他自己知道，那不是什么运势，只是他做得比别人用心而已。他只不过用别人喝咖啡的时间，看了无数的数据分析而已！

今天，他不用再分析，或者，他已经不需要再分析了！因为，现在的他可以感知未来！

今晚，他要放纵！

冷荒到达赌城的时候，已经是华灯初上！

他并没有兴趣享受赌城夜晚的繁华。落地后，直接叫车前往赌城大酒店，简单洗漱后，便换了一身正装，来到了酒店一层。

之前，他来过几次赌城。父亲的原因使他对赌博有着天生的恐惧，每次来这里，都是陪着公司重要的客户。他来这里的原因只有一个，提供现金，好在无论输多少，他或他的公司都笃定这些客户一定会从其他渠道帮他们贴补回来。金钱对于他们公司来说根本就不是什么事儿，而用权力变换金钱，对于那些大佬来说，也不是什么事儿！

今晚，冷荒却是为自己而来！

他穿的是一身正装！因为今天晚上，他要去的是赌城大酒店的 VIP 室！

站在镜子面前，此刻冷荒已经感知到几个小时以后将发生的事。他冲着镜子微笑，甚至有些兴奋，得意地冲着镜子里的自己敬了一个军礼！

来到一层，出了电梯，冷荒便熟门熟道地向左拐去。

刚来到门口，穿着燕尾服的门童便躬身将门拉开，里面一片豪华景象，数千平方米的赌场赫然在目！

好个赌场！

金碧辉煌、花团锦簇，这边是数十台老虎机，排排相连。老虎机前坐的人不同：有身着高贵服饰的老妇，心无旁骛地按着按钮，打发时光；有心浮气躁的年轻人，不停地重力拍着按钮，不中时垂头丧气，获奖时眉飞色舞。

再往里是十多桌的 21 点卡牌机与骰子机。那 21 点卡牌机前，坐着老老少少，比着大小，赢者兴高采烈，输者面无表情，继续下注，也有顿足捶胸、后悔不已，更有相互埋怨、抱怨不止的。

冷荒喜欢周润发，一直神往周润发所扮演的赌神高进的超酷形象，尤其那发型，今晚他梳得正是那种发型。

今晚，他将是这里的"赌神"！

冷荒正看向左侧老虎机前的一位老先生，赌后的郁闷及酒后的失控，让那位老先生在送酒的婀娜女郎转身的一瞬间，突然兴起用手拍了一下前凸后翘女郎的后臀，哈哈大笑的同时，信手一挥，拍下了红色按钮。

"中！"冷荒低声喊道！

话音刚落，一阵悦耳音乐响起，连绵不绝，引得老虎机群及周边人们的关注与羡慕！除了那老先生，只有冷荒知道，他只这一下，中了上百万！

冷荒得意地笑了两声，转身走向了 VIP 室。

此时他的卡上并没有多少钱。今天下午，在上海金茂大厦喝酒时，他将日夜辛劳、努力工作所得的工资及所有项目奖金全部汇集在了一张卡上，一共有 600 多万元，他准备放手一搏！

行吗？行！必须得行！既然那么多次的预感都应验了，为什么不行？

那个奇怪的外星人与他的对话依然回响在耳边，从他离开罗布泊起到现在，他已经自测过无数次，都对了。那个有着许多脑袋的怪物好像并没有骗他，他确实拥有了预测未来的能力！他们将他放入那个奇怪的交换仪，再次醒过来时，他发现自己无论是身体还是心理都发生了巨变！

不过他竟然非常喜欢这种感觉！

他能够感觉到，柳洪辰将要到来，能预感到柳洪辰将为了吴莺的舞姿而鼓掌，能预感到从天而降的酒瓶，他甚至看到，今晚他将无所不胜！他可以，他有能力赢下所有比赛，所有！是的，所有！

冷荒不禁得意起来。

他太熟悉这里了，他亲眼看到无数人在这里的沉浮。许多来自世界各地的富豪与高官一掷千金，一夜暴富或一夜贫穷。是那种昨天进入赌场，还是当地首富、富甲一方，今天就可能一贫如洗，甚至不如街上的乞丐！

哦不，不恰当，这个年代，有的乞丐也挺有钱。

侍者 William 见冷荒走进 VIP 室，带着职业性的微笑走来，说道："冷先生，您来了！欢迎您！"

说完，向他身后望了一眼，见并没有人跟着，脸上闪过一丝困惑，不过瞬间便恢复了刚才的职业表情，冲冷荒躬身作了一个请的动作，笑嘻嘻地说道："冷先生好久没见，今晚怎么样，老规矩吗？先兑一千万的筹码？"

冷荒并不看他，甚至没等他说完话，便抢着开口："帮我换六百万的筹码。"

"当然可以。"William 依然保持那种职业而友好的微笑，口中还喃喃着，"其实只要是您来，哪怕是十万筹码，我也十分乐意为您效劳！"

"其实只要是您来，哪怕是十万筹码，我也十分乐意为您效劳！"此时的冷荒，口中低声呢喃着同样的话，只是他不是重复，而是同时说出了侍者的奉承。

两人同时说完，侍者表情依然恭谦，而冷荒则哈哈大笑，留下身后莫名其妙的 William，扬长而去。

VIP 室并不大，里面放着四张赌桌，其中的两桌围坐着一些宾客，另两张，此时却是空着。

冷荒看着赌桌，微微一笑，走到其中一桌的桌边，微笑着看了一圈桌边的人。

庄家是一位女士，三十多岁，黑色裤子、黑马甲、白色衬衣。这规矩冷荒知道，这里是赌场，送酒女郎可以穿着三点式的暴露衣装在 VIP 室游走，甚至可以让客人顺手摸几下占点小便宜，可是庄家的衣着必须正式，以体现赌场的职业性，以示庄重。

庄家女郎的对面是一位穿着深蓝色西服的男子，此时他正一脸无奈地看着手中的牌，犹豫不决，不知该要还是不该要。他的手里有两张牌，一张 10、一张 5，15 点，对于 21 点的赌局来说，太尴尬，不上不下。

他的左侧是一位五十岁左右的男子，嘴里叼着一根雪茄，猛地吸了一口，果断地说道："要。"

他的下手是一位年轻人，正兴奋地看着自己手里的牌，说道："一张 A，一张 9，20 点！"他得意地挥了下手，表示过了。

桌上只有四人在局中，台面上却放着一堆筹码。

冷荒是这里的常客，看着筹码的厚度，心中暗笑："已经拼上了，这一把得过百万。"

要是之前，冷荒早就该惊讶到不知如何是好，可是现在他只是淡淡地看了一眼五旬男子，又冷眼看了一下最后那位年轻人，笑着摇了一下头。

庄家的手庄重地从左向右挥了一下，向两位各分了一张牌。

第一位、第二位男子都要了牌。

牌开了，第一位蓝色西服男子，点背地要到了一张 7，爆了。那位五旬男子，手中是 10+7，果断要牌，竟然是一张 4，21 点！

庄家开牌，10+10，20 点，与第三位年轻人打了平手！

蓝色西服男子懊恼地敲了一下桌子。

冷荒微微一笑，此刻的他，真是意气风发，信心爆棚！

别说自己今晚的赌运，就连周边牌桌所有人的赌运他都看得一清二楚。他不禁低声笑了一下，又连忙止住，掩饰了一下自己的得意。

冷荒抬手，向着身后他根本看不见的方位，用手指头勾了两下。William 刚替他换好筹码，见冷荒用手招呼他，便一脸谄媚地小跑到了冷荒的边上，轻声说道："老板，您有什么吩咐？"

冷荒头也没回，指着刚刚结束的赌桌说道："麻烦把我的筹码放在这里，我先在这里玩会儿。"

第十七章　惊心赌局

此时冷荒桌前的筹码已经堆得如小山一般。他是这个赌场的常客，冷眼一瞄，已经知道了个大概，估计，此时的金额已经翻了十多倍都不止。他的起步成本是 600 万元，这小山的金额，如果现在就换成现金，应有六七千万元。

如果是平时，冷荒不会因此心动，他是见惯大场面的人。之前他陪同客户来这里玩时，几亿元的出入也是常见。只是今晚不同，今晚，他是为自己而来，今晚的所有输与赢，都将是个人的。

嗯，也不全是个人，看着那堆筹码，他暗自想着。

此时他已经换了几张赌桌，从刚入场的 21 点，到 Show Hand，到老虎机，到掷色子，无论什么，他想赢时，一定是无往不胜。他非常清楚赌场做人的道理，他不能从头到尾全赢，因为那样，他将很快引起他人的关注，尤其是赌场的关注。他需要进中带退，退中有进，进三退一。这是他做人的风格，他不会也不想太过张扬。

尽管如此，他的桌前，已经堆满筹码，他不想看那里。虽然此时他的心态非常好，可一旦真的看那堆筹码，一联想到他是那堆筹码的主人时，他还是会不禁心跳加速。尽管他今晚完全可以预感到未来，但依然会激动。

他需要更酷些，要不再试试摇骰子吧，之前，他从来不敢试。当然，歌厅里酒后偶尔的娱乐不算。他不算真正意义的会摇骰子，那需要技法，真正的高手是想摇几点就是几点。他没有那个手感，甚至根本不知从何下手。再说，之前的角色是随从，或陪客。只要他的客户高兴了，他就满足了，他的任务是让客户在适当的时候获得恰当的开心。在这点上，他似乎极具天分。

可是今晚不用！今晚仅属于自己，他将是灿烂的烟火，只为自己绽放。Show Hand 不错，不过，那属于下半场，现在，他需要用身体语言与感觉释放自己。

他坐到了桌前，VIP 室的桌前，不像之前大厅那般喧闹。

此时的对手已经是赌场的经理。冷荒今晚太夺目了，虽然他已经足够低调，但是依然引起了赌场的注意。经理出场前，已经同赌场坐场高手一起研究过录像，仔细地看过他的几手大局的监控视频。

没有发现破绽。

也就是说，今晚这位冷先生，可能完全是靠他的高超的赌技及运气在战！

他们调出赌场中冷先生的所有记录。这位冷先生一共来过赌城 31 次，去过 45 间赌场，其中，这间赌场来过 22 次。奇怪的是，冷先生从来没有真正赌过，虽然他玩过几把，但每次都是蜻蜓点水，点到为止。不过让赌场经理和驻场高手震惊的是，大数据的分析结果，冷先生的胜率居然是 76%！

这个数据实在让他们有些震惊，太让人吃惊了！其实，了解赌场的人都清楚，无论赌局大小，从大概率来讲，每个人的胜负率其实是一样的。当然，如果参与的人懂得概率学与心理学，加上临场发挥，他的胜率可能会比一般人高些。可一旦你的胜率超过 60%，就会引起赌场方面注意。如果你的下注金额不大，没有人会在意你，反正你的输赢不会影响到大局。但如果你的金额在百万、千万以上，且胜率出现异常，赌场便会关注你，也会在赌局上做一系列手脚，以控制最终的结果。

细化来说，在牌上、机器上，甚至风水局上，各种作弊手法不同。而今晚，至少目前为止，冷荒的所有参赌录像他们研究过几次了，没有人发现异常。所以店堂经理武先生亲自坐在了冷荒的对面。

桌上剩下的人已经不多了。反正是 VIP 室，玩法可以随着客人的兴趣而定。从 21 点，玩到了 Show Hand，到现在的色子猜大小。

这是冷荒提出的。

这时桌上有五位玩家，同意玩摇色子的只有三位：庄家，即来自赌场的武先生；提议者冷荒；第三位是一间医药公司的老板，姓赵。

他们的约定很简单，桌上只有两副色盅，由庄家及闲家代表，也就是冷荒负责摇。而所有参与方的玩法也非常简单，只要猜大小！

赌场店堂武经理已经在赌场工作了近十年，各种赌具使用手法娴熟。就拿摇色子来说，三个色子，不敢说要几点可以摇几点，但保证胜率在 90% 以上绝对没有问题。关键场次，如果允许，换上他的水银色盅，他可以要几点就是几点。

但遇到熟客或真正的赌场高手时，他不敢出千，仅凭手感，他也能将普通的色子摇到需要的数字，甚至能听出对方色盅里的色子数字。这需要极强的手感与听力。

今晚的冷荒却有些奇怪，也许是过于自负，或许是想赌运气。在提出赌色子大小时，他竟然加了一个附加条件，要求在色盅内蒙上一层内衬，让双方都不再可能有机会听到色子的声音。换句话说，两边都别听结果了，大家一起猜！

武经理的手法够花，虽然蒙上了内衬，没有了色子撞击色盅悦耳的声音，他依然用纯熟的手法，将色盅左晃右摆，向左上回旋，再苏秦背剑，一转身，将色盅倒过，只见三个色子在空中翻了几个滚，不等落下，又被接入盅中。武经理好个身段，一个后躬，接着一个鹞子翻身，将色盅扣在桌上。

然后用淡定的目光，冷冷地看着冷荒。

气场很重要，身为在赌场打拼多年的老江湖，武经理深知，现在没有别的，只能靠气场镇住对方。气势在，再赢上几场，对方赌运、气势就可能被击溃，余下的便好说了。

冷荒似乎有仙人附体，他冷眼看着武经理上蹿下跳，如在北京天桥打把式卖艺般地耍完全套，冷冷一笑，也不多言。他右手举起色盅，螺旋上升，顺时针往上扬去，只见那色子在盅内飞速旋转起来。冷荒夸张地一转身，竟然将色盅向天上抛去，一伸手，从上衣兜取出了一根雪茄，左手魔术般甩出一个打火机，啪的一声点燃雪茄，身体顺势一转，左手闪电般地从走过身边的送酒女郎盘中取下一杯红酒一饮而尽，身体顺势转过一圈后，再将杯子放回女郎的盘托中，雪茄烟雾此时恰巧吐出。而右手，已经离开雪茄，在空中接住正巧落下的色盅，一个回旋，兜住一起落下的三个色子，身体一个奇怪的飞转，360度回旋后，轻盈地落下，将色盅往桌上潇洒地一扣。

整个动作一气呵成。

所有人都看呆了，紧接着，VIP室内的所有人都忘情地鼓起掌来，包括武经理。无论怎么说，冷先生今晚是客，是金主，无论是赢是输，都得陪好。

冷荒此时已经收住身形，右手夹起嘴边的雪茄，吸了一口，吐出一圈云雾，淡淡地冲众人挥了下手，表示了谢意。

他突然朗声对武经理及另一位赌客赵老板笑道："怎么样，两位老板，今晚既然这么开心，咱们这局来把大的？我赌我摇出的是豹子，三个6！如果我猜对了，我通吃；如果我错了，桌上我的筹码归你们！"

听到这话，赵老板看了一眼武经理，目光闪烁。

显然冷荒的提议让他极为动心。冷荒那小子在桌上的筹码可有六七千万，刚才他耍那一下，动作虽然很酷，要只是比大小，他不一定敢赌，可他居然敢直接把自己封在作死的路上，那谁还拦得住。"您要敢送，我就敢接。"赵老板说道，眼睛里闪烁着贪婪的光。

他看了一眼武经理，目光中有贪婪，也有征询之意。

武经理也是愣在那里，手感告诉他，他的盅里也是豹子，而且是三个1。他原本想与对方拼大小，只是因为听不到声音，没法判断冷先生的骰盅里的数字。只是没想到这位冷先生竟然直接放弃了其他所有选择。

这，是不是一个圈套？想着刚才他在监控室内见到的情形，这位冷先生今晚如同开挂，所有大赌，只要他想赌赢，无论多么奇葩，他一定是战无不胜。可有几局，他们分析冷荒肯定得押大，因为赢的胜率极大，可冷荒却退了。

冷先生今晚一定是开作弊器了，怎么开的，他不知道。可是他一定开了！

想到这里，武经理冲赵老板笑了笑，接着看着冷荒鼓起掌来，笑道："冷先生好手法，兄弟服了！冷先生今晚大杀四方，兄弟不敢接了。赵老板财大气粗，我个小打工仔，如果再输了这把大的，老板非把我杀了不可！"

赵老板听说，呵呵一笑，确认道："武先生，这位先生可是赌的豹子三个6，只要不是，咱们可就通吃。你确定退出？如果这样，我一个人可就吃下了。"

转身，赵老板面露贪婪地看着冷荒，再次确认道："这位先生，您是说，这个盅内的数字，如果是豹子三个6，您通吃，反之，只要不是三个6，您桌上的所有筹码都是我的了？"

赵老板实在不敢相信，因为他可以确认，冷荒在摇色子时，肯定没有看。他是多年的赌客，也是摇色盅高手，以他多年的耳力，根本听不出刚才的色数，不要说听点数，垫上内衬后，他几乎都听不到色子的声音。他不信这位年轻人的手法有这么精湛，能抛空后，再摇出豹子三个6，打死他都不信。

那么，剩下的只有一个解释了，这兄弟今晚赌疯了，太顺了，顺到痴狂了。人就是这样，有些时候，路走得太顺了，会把自己当作天神，会不知所以，不知天高地厚！

此时的赵老板，眯着眼，看着冷荒，看着他年少轻狂的样子，不禁内心狂喜。"兄弟，你想死，我就可怜你一下，送你一程吧！如果你输了，想不开，跳楼了，哥哥明天还会帮你烧香，送你些纸钱。"

见到冷荒淡淡地点了下头。赵老板毫不犹豫，喝道："好，我与你赌了！"

冷荒看着他，目光渐凝，又看了一眼武经理，伸出右手食指一点武经理，又换为大拇指，冲他呵呵一笑。

冷荒又转向赵老板，轻声询问："开？"

"开！"

前一声开，是向赵老板确认；而后一声，是冷荒向武经理说道，此时，他不想动手，以免有争议。

让赵老板不可思议的是，三个6！怎么可能？真的是三个6！

他的脑子此时一片空白，几秒钟后，闪电般速度回放了一遍刚才的场景，不可能呀！这位冷先生之前也是认识的，虽然没和他一起赌过，因为他之前只是陪同，陪阔佬来玩的，但没见他手法这么厉害，今晚是怎么了？去武当少林练功夫，还是上了赌神速成班了？

"我还不信了！这点钱，爷还输得起！"

服务生很快确认了筹码，赵老板冲着冷荒一笑，说道："冷老板好手法呀，大开眼界。"

"要不咱们再赌一局，这回，我来摇色子，咱们赌大小！"赵老板笑眯眯地说着，声音却不带着任何感情色彩。

冷荒静静地看着他，突然笑道："要不这样，您摇色盅我来猜数字，如果我错了，刚才我赢的，全部输回给您。当然，如果我猜对了，您输给我同样金额！"

赵老板一听，心里一阵感动，想道："冷先生这人真实在，肯定是刚才那局赢得有些不好意思，现在找个理由，用不着痕迹的方式再还给我。这个朋友得交呀！嗯，赌完这局，我得请他消夜，看看他有什么需要，我帮他好好安排一下。"

冷荒没有再说话，只是淡淡地看着他，见没有异议，便示意可以开始了。

赵老板倒也干脆，看了一眼冷荒，便右手抓起色盅，向空中一挥，三个色子在空中转了几圈后被他从容接住，顺势摇了起来。继而赵老板试图倾听色子在色盅内的声音，想辨别将出的数字。只几秒便放弃了，他想起来这骰盅是冷荒要求加装过内衬的，这里不会有鬼吧？

想到这里，赵老板手一停，将盅扣在桌上，说道："不好意思，冷老板，带着内衬的骰盅我摇不惯，咱们还是用之前的骰盅吧。"

说完，他便直直地面无表情地看着冷荒。

冷荒看着他，莞尔一笑，明白他的意思，笑着说道："赵老板，要不，咱们玩儿把大的，好吗？"

"怎么玩儿？"冷荒声音刚落，赵老板不自觉地紧接着问道。

冷荒抬起眼，挑衅地看着对方："我理解您担心我能听到你摇骰子的声音，听出您摇的点数，咱们这样，我先说点数，您再摇，如果我说对了算我赢，如果说错了，算我输，怎样？只是，这个赌法，您占了太多先机，我也不占您便宜，按概率来说，三个骰子，理论上会有216种组合。今天我就托个大，刚才我赢您6000万元。那么现在，如果我猜错了，我输您6000万元，如果我赢了，我只加一倍，您输我1.2个亿怎么样？"

此时赵老板内心更加笃定，冷荒只是想将这6000万元送回来，想找个体面的方式让他接受而已。这兄弟，太够朋友了！

赵老板已经开始想之后该怎样回报这位冷先生才合适了，脑子飞快地思考着，这位冷先生是否有什么事需要自己帮忙。

赵老板有这个资格，因为他是一家飞速发展中的药业集团董事长。他投资的几种新药，尤其抗衰老、抗癌症的新药广受市场好评！由于出色的业绩，公司已经在美国纳斯达克上市，上市仅两年多，股票市值上涨了将近50%！在短短的两年时间里，他已经从亚洲财经新人，成了亚洲富人榜上的前十强！

他当然有这个资格。

赵老板看了一眼冷荒，心里想，无论你有什么需求，只要不太过分，我都尽量满足你，帮你或你的公司这个忙，毕竟是6000万元的面子，怎么也得给呀！

想到这里，赵老板心神已定，不再多虑，说道："好了，我准备好了。你猜吧！"

冷荒看着赵启天（赵老板的名字），良久，突然笑道："赵董事长今晚红运当头，我就再猜一个豹子，三个4吧！"

赵启天也不再多话，武经理、冷荒刚才都已经显过手段，他也不能太差。更何况，现在的色盅已经没有内衬，色子在盅里的回转之声是如此悦耳。三个4？呵呵，好吧，兄弟，你也太仗义了！要摇出三个4，我可能没把握，但摇出三个4之外的任意组合，哥哥还是有这个把握的！

想到这里，赵启天使出浑身解数，将色盅向左侧一甩，将三个色子在空中抛出又顺势接回，转起色盅在空中兜住色子轻摇起来，向左，向上，向右。什么数？三个4，让开。赵董的手法一变，让几乎成形的三个4打乱，再重新汇聚。

咦，赵启天突然觉得不对，虽然他的手法不停地变换，想将色盅的数字打乱，变出不同的阵型，但那色子好像被固定住了一般，似乎在不受控制地向三个4靠拢！难道，这冷荒在玩什么手段，让我中招？

刚要变色，突然明白，自己内心哈哈一笑。"我也真是，想什么三个4，越想，自己便不由自主地向三个4摇去，这不是给自己找麻烦吗？"

转念一想，"不会是冷荒在控制自己的想法吧？不应该，刚才所有想法应该都是自己的意念，现在起，不多想，平平淡淡才是真，216 种概率呢，我随便摇一个，便可以将今晚输的钱拿回，简单！"

想到这里，赵启天不再犹豫，将色盅在空中往上一举，不再用任何手法，一个漂亮回旋，将色盅往桌上一扣！

所有在场的人，此刻都屏住了呼吸，全都盯着赵启天的色盅。只有冷荒一个人淡淡地坐着，目光如水，静得不见一丝波澜。

寂静之后，店堂武经理突然开口，喉咙似乎有些哑："赵老板，您摇定了吗？"

赵老板心里讥笑了一下："这小子，还是没见过大阵仗，几千万元的局，嗯，是，如果我输了也只是个 1.2 亿元的局而已，至于声音都变了吗？"

想到这里，赵启天优雅地笑了一下，风度翩翩地将手一抬，用极其平静的口气说道："当然，您开吧！"

武经理用不可思议的目光看了赵老板一眼，又看了一眼冷荒，不再犹豫，向赵启天、冷荒以及在场的诸位贵宾示意后，伸手将色盅打开。

干脆利索。

冷荒并没有看色子，他依然是淡淡地带着笑意看着赵启天，武经理只是迅速地瞄了一眼色子，确认了一下自己的听力，便用怜悯的眼光看向赵启天。

在场的除了冷荒、赵启天、武经理之外的所有人，此刻都盯着桌上打开的色盅，发出了不可思议的惊叹声！

赵启天还在优雅地看着冷荒，尽力表现出风度，但当他听到人群发出的惊叹声时，突然产生了一种不祥的感觉，低头瞥向色子。天呐，三个 4！

就在那一瞬间，赵启天简直被那个数字给惊呆了，墨菲定律？不能吧！爷今晚是走背运吗？没道理呀，这都能让我遇上！

第十八章　神奇新药

赵启天的嘴张得老大，一脸的不可置信。怎么可能，216种组合，平时要他摇出豹子，概率也只有七成。但是要他摇出不是豹子，那可几乎是百试百成。今晚是怎么了？这冷先生在捣什么鬼！

可是，盅在自己手上，数字是自己摇出来的，而且数字对方早就说过，自己非往上碰，这真是赶着去送死的感觉！这还能说什么呀？不会他在色子上做了什么手脚吧？想到这里，他拿起三颗色子仔细地看了起来，不像有问题呀。色盅，内外又仔细看了一遍，也没什么特别。

他突然抓起色盅，随意摇了一下，往桌上一扣，继而打开，3、5、6。又抄了起来，在头上摇了一会儿，再次扣下，1、3、4，很正常呀！

可这一转眼，已经输了快两个亿了！尽管他现在身价已经上百亿美元，可这随意一晚上豪赌就输了两个亿，他也难受。看了眼冷荒，心有不甘。今晚实在太邪门了，他想继续赌下去，但理智告诉他，不能再继续了。

能够把企业做到这么大的他，还是极有头脑和克制力的，知道什么该做，什么不该做。来赌场玩几把，娱乐一下，没问题，但要是不理智地蛮干，不是他的风格。刚才那第二把豪赌，完全是他判断错了形势。他只是把问题想偏了，至少从表面上看起来，太像是冷荒有求于自己特意卖个人情，之后再找自己帮忙。可谁曾想，按正常逻辑想这么不可思议的事，今晚居然真的出现了。

现在他需要做的事是冷静，想想这一切到底是怎么回事，是冷荒在出千吗？以他对冷荒的观察，应该不像。之前虽然不熟悉，但他是大公司出来的，不至于呀。如不是出千，今晚怎么解释？

冷荒此时笑眯眯地看着他，似乎看穿了一切。

场内气氛就这样僵持着，武经理看着气氛有些冷，便轻咳了一声，说道："冷先生运气真好，真是令人大开眼界！兄弟在赌场混了这么多年，也从来没有见过这么精彩的对决！"

说完，他瞄了一眼赵老板，以他多年的经验判断，此时赵启天并没有冲动继续往前的意思，于是笑着对冷荒继续说道："冷先生刚才那一手真是精彩绝伦，肯定能成为今年十大赌局的精彩桥段。"

不等他说完，冷荒轻轻挥了挥手，示意他不要继续。他转向赵启天，缓缓开口说道："赵总，今晚不好意思了，让您破费。不知您现在是否方便，咱们换个地方，兄弟有事，想与您谈谈。"

赵启天用充满深意的眼神看了一眼他，淡淡地一笑，了然地说道："好啊。"

他转身冲着武经理轻声吩咐："武经理，麻烦你帮我安排个房间，我与冷先生有事情要谈。"

顶级富豪赵启天是这家赌场为数不多的钻石级会员，赌场早就有眼色地帮他准备了独立包间。

冷荒当然也知道，听赵董吩咐后，并没多说，只是笑着点了下头，便在众人的注视下，与赵启天并肩走出了赌场。

两人在赵启天的 VIP 包房内坐定，冷荒微笑地看着他，淡淡地说道："赵总一定还在想，刚才我是怎么做到的吧？"

　　说完，他顺手举起了茶几上的红酒杯，轻轻晃动了几下，浅浅地品了一口，接着说道："不瞒您说，我们公司考察您很久了，觉得您是一位做大事的人，所以今天派我来，是想与您谈一项合作。"

　　说着，他瞄了一眼一脸淡定的赵启天，平静地继续说道："您知道我曾经服务于 K 集团，不过我已经从那里辞职，并加入了乌岩集团，一个极具潜力的新公司，我相信未来该公司会迅速在全球市场中站稳脚跟。资方的背景与实力，我今晚暂时不便详细向您报告，因为还不到时候，为了表示合作的诚意，我可以代表集团，将今晚所赢的两笔赌资，原封不动地还给您。"

　　赵启天的眼睛跳了一下，但依然保持着平静。虽然 1.8 亿是个不小的数字，但对于他的身价来说，还不算太多，他想要知道冷荒真正的目的。

　　冷荒看了一眼赵启天，继续说道：您一定很奇怪，今晚我是怎么做到的？这点我可以向您全盘托出。我们集团开发出了一套极其先进的未来预测系统，在生物工程、医疗、人工智能，甚至未来趋势分析等诸多领域，表现抢眼。比如今天晚上我做的所有一切，都是经过我们公司慧眼软件精确计算完成的。

　　"没关系。"冷荒低低地说了一句，几乎就在同一时刻，赵启天由于过于吃惊，不小心将茶几上的红酒杯碰倒，装满红酒的高脚杯应声倒下，碎了一地。

　　赵启天吃惊地看了一眼冷荒，他不太确定冷荒刚才说的没关系是否指的是下一秒他碰翻酒杯的事情。

冷荒没理会这事，继续说道："本质上来说，我们集团是一个投资企业，投资参股全球各行业看好的企业。当然，为了轻资产，我们集团很少自己直接投资，只是将我们研发出来的产品和专利与该领域的专业公司合作进行生产与销售。我们的业务范围囊括了航空、航天、人工智能、医药、机械制造，当然，机械制造我们只涉及那些高端产品。

"而其中，人工智能与医药是我们集团的重点投资方向。我们研发出了许多新药，比如治疗艾滋病、癌症方面的药，效果极佳。与我们集团的药相比，现在市场上的药简直是垃圾。"冷荒说道，同时做出了一个鄙夷的表情。

他看了一眼赵启天，继续说道："我想您已经猜到我们找您的原因，贵集团旗下拥有亚洲最大、最健全的医药生产体系和最高效的药检体系。与你们合作，可以将我们的产品以最快的速度推向市场，实现产品利润最大化。关于产品的疗效您完全不用担心，明天我会安排助理，将所有药品的检测结果及样品送到贵公司的研发部及质检部。"

顿了一下，冷荒继续说道："至于产品的销售业绩，现在我可以将慧眼软件的预测结果告诉您。我们有关抗癌治癌、抗衰老的特效药，以及美容养颜产品等三款产品的前三个月总业绩预测将会是 15 亿美元，产品年销售额将达到 100 亿美元，在未来三年将持续翻番，即第二年 200 多亿美元，第三年将超过 400 亿美元。您能想象吗，仅这三款药的业绩就将超过您集团旗下现在医药类产品的销售额总和。"

冷荒再次优雅地品了一口红酒，笑着说道："不用怀疑慧眼软件的预测能力。这样，我给您两支股票的走势预测结果，明天开盘半小时内，您安排买进。这两支都将是明天股市的黑马，当然，购买时每支股票的资金量不要超过 5000 万元，以免影响大盘及股票原有趋势。

　　"如果您觉得不够，我再告诉您明天港城六合彩的彩票中奖号码。不知道您想中一等奖、二等奖，还是三等奖呢？当然，我建议您只选三等奖，因为这中奖金额对您来说是小钱，而对普通人来说，那可是一笔不小的财富。把这些获得意外之财的机会留给他们，算您做的一件善事吧！

　　"有点逆天对吗？对，就是这么不可思议。"冷荒看着赵启天，目光清澈，停了片刻，他接着说道："还有更多不可思议的事，今天不过是咱们合作的开始，未来，在您能够接受这一切时，我再与您说更多。我能感觉到，咱们未来的合作将会是非常愉快的。"

　　冷荒起身，优雅地向赵启天欠了下身，说道："明天上午我会将产品的第三方检测报告及样品送到贵集团，同时将发邮件告诉您推荐的那两支股票及六合彩的中奖号码。您会发现，我所预言的一切都将成为现实。那时候，您将对我们的合作更有兴趣。明天晚上，我们还在这里见面，讨论下一步的合作细节。"

　　说完，他与赵启天握了下手，潇洒地转身离去。

　　留下的赵启天有些不知所措，不知是喜还是忧。无论如何，至少他刚刚输掉的近两亿元已经失而复得了。

　　那可是近两亿元呀！

　　第二天上午，当赵启天走进港城舜宇医药集团总部办公大楼董事长办公室后，秘书 Sindy 便敲门进来，在他左手边轻轻放下一杯浓咖啡，那里是他的习惯位置。Sindy 轻声说道："董事长，刚才一位自称是乌岩集团亚洲区执行总裁秘书的 Amy

小姐送来了一份资料，说是与您说好的。"

赵启天点了下头，轻声说道："好，请放下，我看一下。"

之后，他一边打开电脑一边吩咐道："请投资部贾总过来。"

说完，赵启天便专注地看向电脑，打开私人邮箱，很快，他便从几十封邮件中找到了冷荒的邮件。邮件的内容很简单，写了两支股票的名称、代码、开盘价、建议买入数量与时间。下一行是一组六合彩的数字，还有一个备注：三等奖。

敲门声响起。

"请进！"赵启天朗声说道。投资部总经理贾亦学西装笔挺地走了进来，他是一位三十多岁的青年人，目光炯炯，精明外露。

"Ethan。"赵启天冲贾亦学笑了下，叫了声他的英文名字，顺手一挥，指着身前的椅子说道。

等贾亦学坐定，赵启天开门见山地说道："Ethan，公司近期有项投资行动，你先不要问为什么，请你现在马上回办公室，买进两支股票。每支股票的总金额都不要超过 5000 万元，不要犹豫，果断下单，一步到位，争取在股票大波动前完成进货。之后，不管出现什么情况都不要动，收盘后再来我办公室向我报告。去吧。"

等贾亦学离开办公室，赵启天又按下桌上电话的免提键，说道："Sindy，请进来一下。"

几秒钟后，敲门声响起。

"请进。"

Sindy 轻盈地走到赵启天的办公桌前，轻声问道："董事长，您有什么吩咐？"手中还习惯性地拿着纸笔。

赵启天抬眼看着 Sindy，问道："Sindy，你买过六合彩吗？"

"六合彩？"Sindy疑惑地看着赵启天，不解地低声重复道。看赵启天的表情显然她并没有听错，便不再询问，直接点头，轻声回应。

"是的，董事长，偶尔心血来潮，会买几支玩下。但，没什么收获。"Sindy诚实地说道。

赵启天满意地点了下头，这也是他最喜欢Sindy的地方，做事周到、井井有条，从不拖泥带水，而且，对他绝对忠诚，对他的任何问题，从来都是知无不言。而在她无法准确回答时，也会以最快的速度找到正确的答案，在第一时间内回复。他不喜欢张扬的秘书，更不喜欢借着董事长秘书的特殊地位狐假虎威的人。

"Sindy，昨晚我做了一个奇怪的梦，梦中的我竟然去买六合彩，而且还中了个三等奖，太有趣了。请你去帮我买一张。只买这个号码，只买一张。你回办公室吧，具体号码我马上发你。"

赵启天喜欢网络办公，只要部下理解了他的意图，一些精确的指令或数字，他都喜欢通过微信或邮件传递，一则精确，不会出现转述或记录时的失误，二则有据可查，将来回顾时，知道出处。

Sindy见老板没有更多吩咐，微微笑了一下，对赵启天说："好的，董事长，我马上去办。"

赵启天见Sindy离开，立马充满好奇地打开文件档案袋，只浏览了一下各文件的标题，就已经让他吃惊不已！

这些是来自国际上著名评级机构FDA、TUV以及中国药监局的检测文件，对乌岩集团所提供的抗癌、抗艾滋、抗衰老等医药进行了评估与药效分析，并已经进入认证程序。

赵启天对医药的审批流程极为清楚，任何新药如果是初入市场，必须经过一系列的药理实验与临床试验，经过漫长的流程后，才可能得到批文生产，AAAAA 级评价则可以不同，那是只在研发部门发现疗效极佳且市场急需的药剂时才可能有的特殊待遇。令他震惊的是全球最权威的三大机构，竟然都给了乌岩集团的这些新药以 AAAAA 级评价，即疗效表现极佳的顶级好评。下面只需要有资质的厂家小批量生产、临床复核，一旦确认相符，就可以直接组织听证会准备量产面世了。

要知道，这些特殊待遇仅适用于市场极其需要的个别病症，如艾滋、癌症等危重疾病的特效药。这个乌岩集团什么来头？一般情况下，这些领域任何一种药要想突破都很困难，他们是怎么同时做到的？

仔细看了一下文件上的三大机构的章，确实无误。

赵启天不再犹豫，按下免提键，说道："Sindy，请研发部 Tim 博士来我办公室一下。"

几分钟后，办公室敲门声响起，医药研发部 Tim Kaller 博士走进赵启天的办公室。

"Tim，"赵启天开门见山，"我得到一个医药研发集团送来的药检报告，麻烦你尽快研究一下，下班前告诉我你的结论。"

Tim Kaller 毕业于哈佛大学医学院，听了董事长的介绍，不觉有些好奇，抽出文件粗粗看了下标题，便面露喜色，一脸的不可置信。他郑重地点头说道："好的，我马上拿回去研究，尽快回复您。"

下午两点五十五分，Tim 便兴冲冲地再次敲响了赵启天办公室的门，他是为数不多的不需要 Sindy 通报就可以直接敲董事长办公室门的人。

"Sky，您是从哪里搞来这些资料的？简直太棒了！我已经安排人对随资料一同带来的药品进行了检测，目前初步来看，效果极佳。这个乌岩集团是哪里冒出来的，太神奇了！如果咱们公司能够将这批药投入市场，咱们将创造奇迹！"

Sky是赵启天的英文名字，只有Tim这几位老朋友、老同学才会这么叫他。

正说着，赵启天的办公室电话响起。看了一眼来电显示，是贾亦学的。

赵启天抄起了电话："Ethan。"

电话中传来贾亦学兴奋的声音："董事长，神了，您让我买的两支股票，全部涨疯了。这两支股票今天走势都极为奇怪，开市低走，咱们买进时，几乎是最低点，后来走高，但有波动，极不稳定。下午开市后才一路高歌，封在了今天上涨标王榜上。"

说完，贾亦学便不再多言，也没有任何阿谀拍马的言语，因为他知道，赵启天不喜欢。

赵启天是位极其冷静甚至有些高傲的人，也许是在国外留过学的原因，他既有英国绅士的贵族气质，也有美国人的开朗幽默，他最不喜欢的就是部下献媚与阿谀。每每遇到这种情况，如果是低层员工，他并不说什么，只是冷眼看着对方，转身离去。如果这位员工有第二次，员工的主管一定会及时警告该员工不要再自讨没趣。如果这位员工犯第三次，假如是他的直系下属，便会被叫到他的办公室遭受一顿臭骂。如果是底层员工，就几乎没有再见到他的可能，因为不用他开口，Sindy肯定已经给员工的主管打电话，将该员工调走。

赵启天是个完美主义者，他最终选择医药事业是想专注于人类的健康，他希望在他和旗下集团的努力下，能减轻更多病患的痛苦，挽救更多的生命。

听完Tim和贾亦学带来的这两个消息，赵启天沉默了片刻，对电话那一端的贾亦学说道："知道了，Ethan，下班后，你陪我一起去趟赌城赌场，有项目要谈。"

接着，赵启天抬头对Tim说："Tim，晚上你也陪我去赌城，咱们去会会乌岩集团的亚洲区执行总裁，也就是送出这份文件的人。"

Tim点头离去。

赵启天陷入了沉思，他在回想昨晚冷荒对他所说的一切，慧眼软件真的能预测未来吗？乌岩集团，他怎么从来就没有听说过呢？这个集团是从哪里冒出来的？这些新药又怎么会毫无声息地就通过了检测？赵启天非常清楚目前医药产业研发的现状，虽然人类的科技水平、医疗水平在不断提高，人类寿命也在不断延长，但赵启天希望通过他的努力，能让人类的寿命延长到120岁，甚至150岁。

他旗下的集团已经有很多针对各种疑难杂症的特效药，比如艾滋、癌症等的特效药，但他还不满足，他就像一位具有强烈欲望的收藏家那样，拿下这件，就开始惦记那件；又好像不知疲倦的攀登者，征服了这山，又想征服下一座更高的山峰。

而今天，这大好机会竟然出现在眼前。

沉思中传来敲门声，是Sindy，她一脸兴奋。

"董事长，太奇妙了，您的梦竟然应验了，真的是中了三等奖！"Sindy用尽量平静的口气汇报道，但赵启天能感觉到，她内心极为激动并感觉不可思议。"有没有搞错，董事长怎么这么逆天？生意做得顺风顺水也就罢了，连做梦都可以做出个三等奖来。"她心想。

赵启天看着Sindy，笑了笑，说道："好呀！替我把这笔钱，捐给慈善协会吧。"

Sindy笑盈盈地点了下头，见赵启天没有更多吩咐，便转身离去了。

赵启天坐在大班椅上，脚轻轻一蹬，椅子便滑到玻璃幕墙前，他凝视着窗外，虽然这件事有些匪夷所思，但严格来说，股票与六合彩都可以通过人为手段操纵，不过医药检测实在是不可能，再联想到昨天晚上冷荒在赌场的表现，不由得他不信。

不管怎么说，如果冷荒是个骗子，那他的行骗手笔也太大了！因为1.8亿元已经到手，如果他想骗，他已经获得极其丰厚的收益，他还想怎么样？

想到这里，赵启天仔细推敲了一下自己被选中的原因或者说冷荒能从他这里得到什么。合作，冷荒就是为了合作。今晚就能看到他的底牌，看看冷荒想要的合作到底是什么！

反正现在主动权在自己手里。如果冷荒手里真的有这些极为珍贵的医药研发成果，希望通过他的集团走向市场，他不仅不会拒绝合作，相反，他要让冷荒或冷荒的集团赚大钱，多年来的商业经验告诉他，只有分享与双赢才是真正的完美的长期合作。

现在，就看冷荒手里有什么底牌了！

第十九章　一炮而红

当晚，依然是那家赌场。

不同的是，今晚赵启天一身正装，他并没有像平时一样进赌场玩上几把放松一下心情，而是坐在赌场的 VIP 室内，静静地等待。与他一起的还有公司研发部总经理 Tim Kaller 和投资部总经理贾亦学。

三人并没有交谈，而是各怀心思，思考着今晚的对策。

激动的心情早已经平复，当 Tim 刚刚看完赵启天给他的所有资料时，他着实兴奋了一会儿，他太激动了。他做医疗产品研发已经十多年，知道这些药将给市场、给人类带来怎样的震撼！先不说商业潜力无限，就从社会价值来看，已不是一般公司与机构可以企及的。

仅艾滋病而言，人类已经为它吃了近百年的苦头，虽然出了不少试用药，但没有一个是能治本的，最多只有 50% 左右的延迟率。也就是说，根本没有根治的可能。而癌症，这个让人类医疗难以攻克的疾病，全球的医药界"大神们"为之奋斗了一生，也无法根治它。可在这份报告中，竟然说研发出特效药，那一刻，他竟然激动得流下了眼泪。

这份报告从药理角度分析了解决方案以及药物用量，那用药的精准程度，让身为哈佛大学医学院博士的他，都感觉有些匪夷所思，但推理后又觉得十分合理。

可是，他还有许多问题想不通，想请教一下对方，只是不知道，今晚那位乌岩集团的亚洲区执行总裁冷先生是否懂技术。

投资部总经理贾亦学的思绪却与 Tim Kaller 完全不同。

他是医学本科生，了解医学的基础知识，也有少许临床经验，但攻读硕士与博士学位时，他转行学习了金融与投资，那是他更感兴趣的方向。他相信生命科学与医疗将有更广阔的发展前景，随着社会的发展，在他看来，人类健康以及寿命延长等问题都将带来无限商机。人口的老年化，导致寿命延长成为极为强劲的市场需求。加入舜宇集团后，他的能力得到充分的发挥。舜宇集团有着一支非常优秀的团队，他在那里干得顺风顺水，公司业绩也是扶摇直上、一路狂奔。集团业绩已经稳居亚洲第一、世界第三的位置，与世界销售排行第二的欧风集团相差无几，从发展形势看，要超过欧风集团只是时间的问题。下一步则是如何挑战并试图超越巅峰医药集团了。

赵启天此时表面看起来极为平静，但脑子却在飞速地运转。他在回忆昨晚与冷荒会面的所有细节，也在反复审查他下午通过所有渠道找来的有关乌岩集团的资料及冷荒提供的信息。他实在想不通，就凭资料上介绍的那么多好药，按说应该找巅峰医药集团合作，那才是最明智、最合理的选择，可对方为什么会选择舜宇集团？

他并不是妄自菲薄，可那么多优秀资源可供冷荒选择，就这么选上自己，还附带送上 1.8 个亿的现金！当然，那钱原本属于自己，可已经输了呀，那就应该算是冷荒或乌岩集团的了。为什么对方要还给自己呢？

敲门声响起，随后赌场的武经理推门进来。他冲赵启天、Tim、贾亦学等三人躬了一下身，之后笑着看向赵启天说道："赵董，冷总来了。"见赵启天挥手示意请进，便转向门外，微笑着做出了请进的手势。

冷荒从容地走进房间，只见他一身深蓝色休闲商务西服，黑色衬衣，没戴领带，脚下穿着一双花纹精美的意大利手工皮鞋。他笑盈盈地走向赵启天，伸手说道："赵董好啊，真高兴您今晚能来！"

赵启天热情地与冷荒握了握手，不管合作与否，对方已送自己这么大的一个人情，面子上必须做得漂亮。

相互介绍后双方坐定，冷荒笑呵呵地看着赵启天说道："赵董能这么快就带着您的左膀右臂前来，一定是对我上午送到贵集团的资料感兴趣了。大家都是爽快人，咱们的合作一定会非常愉快。昨晚与赵董一战真是痛快淋漓，说实话，我真是非常佩服赵董的魄力与赌技。如果不是有慧眼软件的帮忙，兄弟我早就望风投降了。"

赵启天见状，也是笑呵呵地拱手，说道："说来真是惭愧，技不如人呀，让冷总见笑了。既然您主动提起了，我倒真想问个究竟，您或您这慧眼系统是怎么做到的？据武经理说，他并没有发现您有任何不对劲的地方。"

冷荒从上衣掏出一根雪茄，点上，轻轻地抽了一口，之后笑着说道："严格来说，慧眼并不算出千，不过从某个角度来说，无论怎么赌，对您都不公平。因为，我能看清每一场赌局的结果！"

话音一落，赵启天等三人都惊呆了，不知其意。他们三人都是聪明绝顶的人，一点就透，可此时却没完全明白冷荒说的"能看清结果"指的是什么。

赵启天并不着急说话，而是静静地凝视着冷荒，等着他的下文。

冷荒看着他的表情，笑了一下，顺手从茶几上拿起一副没开过封的扑克牌，递给赵启天，说道："麻烦赵董随意洗下牌。"

赵启天依言，将牌洗了 7 遍。这是新牌的最佳洗牌次数，可以将一副新牌彻底打乱。

"现在，请您随机抽三张牌，反扣在桌上。"冷荒笑着看着他的眼睛，并不看牌。

赵启天依言完成。

冷荒继续看着赵启天的眼睛，微笑着说道："现在，麻烦您从左到右将牌翻过来吧，它们分别是黑桃 K、梅花 9 和方块 3。"

Tim 和贾亦学从旁观者的角度可以看到，从头到尾，冷荒的眼睛甚至都没看过一眼赵启天手中的牌，其实，即使看了，区别也不大，因为赵启天手里的牌始终是朝下的，看也没用。

冷荒笑盈盈地看着赵启天，说道："这就是慧眼，它给予我对任何关心事件未来短期趋势与结果的预测能力。当然，类似咱们合作的成功与否，以及合作之后咱们的产品营业额这类大事件，仅靠我现在这样现场预测可就不准确了，必须通过系统精确计算才能得到准确的结果。"

赵启天吃惊地看着冷荒说："你是说，你能预测到我抓到的下一张牌是什么？"

冷荒看着他，笑着点点头。

赵启天抽出一张牌，偷偷地看了一眼，用目光询问冷荒。

"红桃 8。"冷荒含笑说道。

赵启天又抽出一张。

"方块 J。"冷荒继续说道。

赵启天不可置信地又抽出一张，这回他干脆不看了，他想，是否可能是他看牌时，冷荒通过什么渠道也看到了。他小心地用手遮盖着，在手掌下面抽出一张后，自己看也不看，直接压在桌上。

"黑桃 Q。"冷荒抽了口雪茄，继续微笑着说道。

听言，赵启天连忙将牌翻了过来，果然。

不再测试了，他已经服了。虽然他很感兴趣他是怎么做到的，可是他们现在谈的是几百亿美元的生意，他现在更关心的是冷荒及乌岩集团对这事的态度与原因。

于是，他正色说道："冷总，谢谢您选择舜宇集团。不过我很想知道，贵集团有这么好的产品，为什么要选我们，而不是选择与巅峰医药集团或欧风集团合作？"

"原因很简单，"冷荒淡淡地从容地说道，"第一点，我们需要利润最大化，虽然贵集团的营业额目前世界排行第三，但是你们拥有与第一、第二同等水平的生产能力与市场分销能力。据我们的了解与分析，如果我们与贵集团合作，我们的项目分成会高于与巅峰医药集团或欧风集团合作的。"说到这里，冷荒有意无意地看了一眼赵启天，然后笑眯眯地继续说道："会高 3～5 个点吧，我说得对吗，赵董事长？毕竟贵集团制造厂大多在中国、印度、马来西亚，生产成本较低，质量管理体系却与巅峰医药集团不相上下。这是我们集团愿意与贵集团合作的重要的先决原因！"

赵启天被对方点中商业机密，一点也不懊恼，相反有些欣喜，甚至有些自豪起来。因为这些情况他看得非常清楚，贾亦学也完全认同公司现在的做法，只是公司有几位股东并不满意，不断吹毛求疵，提出各种不足，要求企业整改。个别目光独到的股东指出，集团需要加强研发能力，否则迟早会被市场淘汰。理论上是对的，这是企业发展不变的真理，只是凡事都需要合适的机缘。

集团运营，千头万绪，他必须先从成长速度最快的生产与销售环节入手，研发虽然很重要，但毕竟见效慢，是个慢活。他请了老同学，哈佛大学医学院高才生 Tim Kaller 入主研发，但研发毕竟是个大投资、见效慢的长线项目，不能急。在 Tim 的努力下，公司的市场竞争力明显增强，但赵启天很清楚，公司后劲不足，所以冷荒这几款新药让他有种雪中送炭的感觉。

"第二点，其实也是我们更看重的一点，贵集团从上到下都生机勃勃，充满斗志与创业激情，也充满了对病人与生命的关爱。当然这与赵董事长您本人的理念有极大关系。"冷荒不失时机地给赵启天戴了顶高帽。不过，他知道赵启天不喜欢阿谀奉承，所以点到即止。他继续正色说道："这些新药代表着一种新鲜力量与血液，要完成并落实这些项目，需要激情与努力。我们相信，贵集团可以做得更好。

"第三点，也是最后一点，我个人更喜欢的理由。我们董事长说，我们有这么优秀的产品，如果与巅峰医药集团或欧风集团合作，显示不出我们的强大。但是，如果我们双方联手，一起努力，在一年之后超越欧风集团，三年之内超越巅峰医药集团，一跃成为全球第一大医药销售集团，那份荣耀与成就感，又怎么能从与他们两家的合作之中获得呢！"

冷荒说完，目光深沉地看着赵启天、Tim Kaller 和贾亦学。

过了良久，在他感觉赵启天等三人已经完全消化他话中的信息之后，他看着贾亦学，递出了一份文件，说道："贾总，这是我们集团的投资意向报告，我们集团提出的投资条件与给予巅峰医药集团的合作标准完全相同。我们公司的投资理念是，必须让每一位投资者都能得到超值的回报。我们是发自内心地为每一位员工、每一位股东的切身利益着想，为他们编制职业规划。所以，我们给予你们与巅峰医药集团完全相同的投资条件。希望你们也能拿出同样的诚意，以高水平的服务与利润回报我们，大家一同开创全新市场。

"艾滋病与癌症的防治只是我们的小目标，延长人类生命甚至让人类永生才是我们集团奋斗的终极目标。先生们，让我们为了这个目标，一起努力吧！"

冷荒说完，走到 VIP 室的酒柜边，拿了一瓶红酒和几个空杯，走回，将酒倒满。他拿起一杯递给赵启天，Tim 和贾亦学见状，也纷纷拿起酒杯。冷荒举起最后的一杯酒，冲着赵启天等人诚恳地说道："祝咱们合作成功，为人类健康，为人类永生，干杯！"

四人的酒杯轻轻地碰在一起，相撞的水晶杯发出了清脆悦耳的声音。

三个月后，港城舜宇集团与乌岩集团签署了合作协议，半年后产品上市，一鸣惊人。果然，如慧眼系统所预测，产品上市三个月营业额轻松超过 5 亿美元，第一年几种新药的营业额超过了 100 亿美元，加上原有产品销售，舜宇集团一举超过欧风集团成为全球第二大医药集团。两年后营业额翻番，几款新药在第三年的营业额超过 400 亿美元，一跃成为全球销售排行榜榜头，年度总营业额一举击败巅峰医药集团，成为世界医药行业的老大。

一切似乎发展得非常顺利，赵启天本人春风得意，舜宇集团顺风顺水，顺势与乌岩集团开展更多合作，收购了几家医药公司，公司总部也从港城搬到了曼哈顿。

三年后的一天，赵启天正在曼哈顿总部办公室看着舜宇集团一跃成为全球医药巨鳄的新闻报道时，Tim Kaller 突然急匆匆地走了进来。

"Sky，有个坏消息。"

赵启天放下手中的报纸，喜悦的情绪被冲淡了几分，他静静地等着 Tim 的下文。

"Sky，我刚从实验室和病房回来，服用咱们治疗艾滋病、癌症新药的病人出现了奇怪病变，趋势不明！这一点，非常奇怪。三年来，咱们这款新药治好了不少病人，不知这个病变的源头是哪里。"

赵启天听到这一消息，不由得浑身一震，抬起头，急忙问道："大约有多少案例？"

Tim 连忙回答："据不完全统计，全球已经有数千例，而且实际数量还在增加，情况比较严重，目前主要地区在非洲，但是北美洲、南美洲、欧洲、亚洲均有类似案例。病变出现得很奇怪，都是突然发生。我们正在尽最大努力进行病理分析，同时也在与乌岩集团医学研发总部联系，希望取得他们的支持。"

赵启天听完浑身冒冷汗，默默地走到窗前，凝望着曼哈顿岛外的乌云密布的天空与远方依稀可见的滔天巨浪。

第二十章 程良宙

回溯到三年前。

罗布泊，乌岩星球基地。

程良宙吃惊地望着有着无数脑袋，自称是来自乌岩星球的什么总司空麦克，张着大大的嘴，饶是他已经在社会上混了二十多年，已经接近不惑之年，也没见过这阵仗。"外星人，我顶你个肺呀，这个世界还真有外星人，怎么长这么丑！"

见到麦克的第一眼，程良宙心里冒出的竟然是这个念头。

他也为自己的镇定而感到诧异，继而颇为自得。几分钟前，冷荒被人带走又回来时魂不守舍，时而兴奋，时而目光呆滞。可惜没等他抽出时间与冷荒交流，不知怎么，人已经不由自主地离开房间，走到了这里。

好像经过了一道奇怪的门，类似安检的装置，那一刻，他觉得目光一亮，整个世界似乎不同了。世界在他眼中完全变了一个样子，很难形容的感觉。好像，他突然从平面被拉到了立体，世界多了一个维度。

这难道就是传说中的五维世界？程良宙的饭馆里有着形形色色的人，他们总喜欢在茶余饭后谈论各种奇闻怪谈、鬼神异事，那神奇的景象不觉让他心驰神往。

所有的景象在他眼前快速地轮转着，没等他看清，下一个画面已经来了。它们似乎是同一景象，但好像又不同，或许是不同时空的转接？是了，它们之间似乎是有因果关系的。这桌子怎么是这样子，看着很结实，可好像又在不断地变形。明明它就在那里，但当程良宙伸手想去拿桌上的水杯时，却怎么也够不着。

这眩晕感让他觉得无所适从，他下意识地想喝口水，稳定一下情绪。

可盛水的凉水杯形状似乎也不稳定，它在不停地旋转，不过，那造型真的很美。或许，动中的静才是最美的。那水瓶上的纹路竟在流光溢彩般地流动着，它是透明的，因为他分明可以看到水在那蓝色基调的水瓶中荡漾，可那装饰的纹理又是那么清晰。

也许这就是不同维度带来的不同视角。

水似乎也不同，不似四维世界中水瓶中的水，安静得如同静止的湖面。他所看到的，仿佛是水的"前世今生"。那水雾蒸腾着凝聚为水珠，化为雨水，从瓶顶洒下，落到瓶底后，似乎骤遇严寒，瞬间凝结成冰，可那冰未等冻实，却化为丝绒雪花的模样，晶莹剔透，在水杯圣洁的蓝光映衬下，展现优雅的光泽！

程良宙无法控制自己的情绪，有生以来，没见过这么美的景象。虽然他走南闯北，游历了不少国家，可真的没有见过这景象。

五维世界给他带来的感动让他无以言表、激动万分。

他不是一个善于用语言表达的人，实在无法准确地找到精准的语言来形容他所看到一切，但他内心的感受告诉他，太美了！

只是那份感动似乎没维持太久，他忽然一愣，看到了一个多头怪物。

"妖怪！"他的心里大喊，可没等喊出声，那怪物似乎能看透他的内心，投来一个平淡却充满笑意的目光，同时他的脑海中突然响起一组美妙的音符，显然，那是怪物唱出来的。明明听到的是音乐，可是很奇怪，听进去的音乐竟然马上在他脑海中转化成了语音。嗯，不是真的语音，只是好像他听到了语音一般，马上明白了对方的意思。

那声音唱道："不用怕，我是麦克，我来自遥远的乌岩星系。这里是乌岩星系的地球基地，我是这里的总司空。"

程良宙愣住了，哇，真有外星人！

不过，他很冷静，虽然他很想大喊，做出惊恐状，如胆小鬼般地转身便跑，可他没有。他只是镇定地看着麦克，甚至露出一脸谦和的笑容。这笑容常在他的饭店里出现，无论新老客人，只要需要，哪怕心里再苦，遇到再不顺心的事，只需一秒，他的表情都如变脸般化为友好的笑容。

如此刻，他微微地躬了一下身，笑着，友好恭敬，又不卑不亢地说了句："您好，总司空先生，非常荣幸见到您，在下冒昧地来这里，希望没有给您带来麻烦，请问这里是什么地方，感觉像是神仙的所在？"

麦克显然很少与地球人打交道，更没有料到这位地球人竟然会这么镇定，在他的想象中，似乎所有的地球人都应该像冷荒那样情绪激动到难以抑制才对。此刻，他竟然有点懵。

有点意思，他含着笑意地看向程良宙，继而说道："来，让我们相互了解一下。准确地说，让您详细地了解我们一下。因为，我们对您的情况已经非常清楚了。您到了之后，我们已经对您的脑细胞进行了记忆信息获取，我们对您的背景、思想、身体状态已经有了非常全面的了解。可以说，我们已经比您还了解您自己。"

程良宙依然面带微笑，只是他的内心气血上涌："什么？那还怎么玩儿，我在你们面前已经是透明人一个，怎么跟你们斗？"

"您很精明，也非常能干，只是缺少机遇。人类社会太不公平了，怎么能因为您小时候有点贪玩，没考上好高中，便没机会上好大学。我很钦佩您的勇气，即使在那么多人不看好您的前提下，您依然走出了一条自己的路，过上了受人尊敬的生活。"麦克颇有人情味地说道。

程良宙此时真的有些感动。在商场上闯荡了这么多年，自己受的苦甚至连父母、妻子都没对他们说过，偶尔与朋友喝酒聊天，也只是骂骂娘，早已不像年少时那样，怨天尤人。他看得很清楚，万事只能靠自己，只有自己闯出一片天，才能得到周围人的尊重。

没想到，这位素未谋面的外星人，竟然那么懂自己。

仿佛遇到知音般，他对麦克的戒备与抵触已经不像开始时那般强烈。何况，五维世界带给他的那种美感，实在令人震撼。

对了，五维世界。

程良宙想到这个，连忙张嘴问道："麦克先生，请问这里是五维世界吗？"

麦克显然也有些意外，不过，他很快开心地笑了，说道："程先生，您真是与我们有缘，说实话，到目前为止，我们基地的来宾不少了，能一眼看清本质的，只有您一位。"

程良宙听说，也不禁喜上眉梢。

"是这样，程先生，"麦克继续说道，"我们的母星，也就是乌岩星系，就是一个五维时空，与这里的情形相同。准确地说，这个基地是我们根据乌岩星系的情况仿建的。实际上，宇宙中还有六维、七维，甚至更高维度的空间，这些不是您目前可以理解与想象的。

"咱们先不谈那么远，咱们谈谈现实的情况。说实话，您无意中闯进我们的世界，按规矩，我们是不能让您就这么回去的。至少，我们也需要将您的这段记忆删除，将您在这里所经历的、见到的、听到的一切全部抹去。可是当我们读取到您的信息之后，看到您的创业经历，以及您的能力与智慧，坦率地说，我们对您产生了深厚的兴趣，想请您为我们工作。

"您不要误会，也不要想偏了，我们乌岩星系的文明要远远优于你们地球，你们对我们来说，对不起，我坦率地说，是极为低维的生命，你们帮不了我们，但我们的文明、科技能为你们带来很多，会让你们人类少奋斗几百年、几千年，甚至几万年。"麦克越说越上瘾，外屋监测室里旁听的索尔与黑德跟着相视一笑。

"宇宙中有《低维生命保护法》，不允许我们直接参与你们的生命进程，干涉你们的内部事物，即使你们由于自然、人文、政治、战争等灭族，甚至星球毁灭，也不允许我们参与其中。

"不过，那只是原则。事实上许多高维星系对地球的发展依然充满兴趣，也希望为你们的升维提供一些正面的协助。如果作为直接支持方协助地球升维成功，支持者显然将在未来的星际贸易中获得很大的倾斜，得到极大的红利。所以，高维世界的先源们处在这样的矛盾中，既想支持，又害怕触碰红线，遭受高维法律的处罚。"说到这里，麦克晃起了他那些大脑袋，一副有心出力、无从下手的表情。

"所以，我们在想，也许我们可以通过寻找合作伙伴的方式帮助地球。我们将在地球人中挑选出我们认为理想的伙伴，一起合作，通过你们完成我们的目标与使命。"麦克说完，无数双眼睛看着程良宙，观察着他的反应。

其实此刻，不止他，索尔与黑德都在关切地看着程良宙，而且他们的检测仪器正实时监测着这里的动态。

五维不懂四维的黑！

麦克与黑德实在不理解，这么个四维世界，怎么会这么复杂。他们一起从古籍中研究地球史时，无数次地嗟叹、冷笑，"搞什么，这些个低维生物，怎么会有这么多复杂的想法，真是不可理喻"。

他们试图不读某段历史，让程序运算替地球的历史寻求答案。他们吃惊地发现，结论与复盘后的历史轨迹完全相同。怎么可能？他们不敢相信，这难道是历史的必然吗？不过，当他们读到这个星球的初期发展史时，真的很感动。那时，主宰这个地球的是一种叫恐龙的生命，他们似乎比当今的人类更为强大、智慧与执着。

当时恐龙的生命智能状态甚至比这个时空的地球人类还要高级，他们不妥协，更加进取，对生命意义的理解更加透彻。他们的社会更为简洁，他们之间的关系简单而纯粹，有的只是对未来的憧憬与努力，以及对五维、六维世界，甚至七维世界的追求。

他们更喜欢那时的地球世界，那时的生命更加自然，更符合自然法则。那时的世界是多么奇妙，那时的地球其实已经处于四维与五维的空间交替中，有无数美丽的传奇，无数的生命也正冲击修行法度，眼看可以突破维度的限制，在白垩纪迎来地球生命最伟大的时刻。可惜，他们冲维失败，在错误的时间发动了错误的战争，让一切在最关键的一战中消亡。整个太阳系的文明，倒退了数万年。

索尔与黑德清楚地记得，他们来到这个四维空间时，曾经与总司空麦克争论过这个时空的过往。他们猜测，如果当时恐龙时空顺利升维且延续至今，几乎可以肯定，它将会发展为现代时空中伟大的六维世界，一个远优于乌岩星系的六维世界，甚至可能媲美令人仰望的无极星系。

可如今，索尔与黑德怜悯地看了眼正在与麦克交流的程良宙。让他们有点吃惊的是，这个程良宙，在与他们交流时，竟然并不紧张，怎么会？

他们来地球已经两千年，虽然这在乌岩星不过是几十年，可这时间也不短了。好在上苍赐予机会，正当他们有所想，认为该对地球有所行动时，上天意外地派来了这支旅行队，可惜没能将他们一网打尽。

不过他们非常清楚，不能做得太过暴露，罗布泊有太多外星势力，他们所有的行为不能违反《低维生命保护法》的规定。他们不能，虽然他们都清楚，周边的星系都觊觎这个尚未开悟的星球。太难得了，在这资源日益匮乏的时代，竟然还有一个这么原始、尚在四维没有完成进化的星系。

当然，那需要感谢或归功于恐龙，如果不是他们当时过于激进的进化策略，如今这个星系可能早已不是他们所能控制的了。

麦克此时正盯着程良宙，不动声色。事实上，对程良宙来说，那无数个脑袋上的表情确实没有什么区别，虽然那时麦克的心里已经发生过无数次变化，在想着这个地球人，着实有些意思。

程良宙此时盯着麦克并没有害怕，只是在想着，这个有着无数脑袋的肥胖怪物，应该怎么做，才能让肉更为鲜美。

他仔细观察着麦克的表情与动作，"咦，这外星人其实没有穿任何衣服，怎么没有那种裸露感呢？还是五维世界的生命太高级，穿的衣服我们都看不懂？不过，这肉可以呀，外星人，红焖、清蒸、白灼，好像都不能激发这种新鲜特种食材的质感"。他看着麦克，目光贪婪。

思绪只停留了一瞬，程良宙再次将自己拉回现实，"我顶你个肺，自己还在人家手里，怎么还想着怎么烹饪人家"。思绪到此，程良宙的表情马上回到友好恭谦的状态。

他向麦克笑道："总司空先生，我必须向您表达我对您崇高的敬意，不是我奉承您，真的，在我看到您的第一眼就对您无比崇拜，让我对我们地球人类瞬间没有了信心，当时就特想拜倒在您的脚下。您有我们所向往的神的光芒，具备我们想象中造世主所应拥有的一切神迹。"

麦克此时有点懵，以他们星球的文化与习性，从没有受到过这样正面的吹捧。他们虽然来地球近两千年，说长好像挺长，可他们还是习惯用乌岩星系几十年来衡量。而且，由于《低维生命保护法》，他们很少与地球生命进行任何接触，对其进行干预，否则母星将受到严厉的制裁。所以，在过去的两千年里，他们其实与地球四维生命体接触得并不多，不是不想，而是受技术与法律的限制。

面对这么个口若悬河的地球人，身为总司空的麦克也有点不适应。好在他智慧超凡，无数个大眼睛看了下程良宙，相继闭上，又睁开，接着笑着说："所以程先生，我们认为以您的经验与能力，非常适合与我们合作。我们想请您担任乌岩星系地球公司的总裁。

"你们中国人有句古话：民以食为天。咱们就从食品开始吧。知道吗，乌岩星系在地球上的投资目前已经积累了数万亿地球主要货币资金。只不过目前缺乏统一管理，还未集团化、正规化。乌岩总部已经定下目标，要理顺管理，在未来的几年内对乌岩地球资产进行整合，实现集团化经营。程先生加油，我们看好您，并会给您全力支持，希望您能顺利上位，成就一番事业！"

听了这话，程良宙不禁愣了一下，"几万个亿的地球主要货币，那是什么概念。兄弟这是要转运了吗？"

"好吧，运气真要这么来，挡也是挡不住的！来吧，兄弟接了！"程良宙心中想着。

"就让我们从食品做起。"麦克又重复了一遍。

"事实上，我们已经在地球布局，地球上许多国家都有我们的分支机构。亚洲、欧洲、美洲、非洲都有我们的投资部门，并积累了大量的财富。这段时间我们一直在考察地球市场，调研的结果让我们大为震惊，工业、农业、航空航天、运输、机械、食品、医药、太空旅行等所有行业都太落后了。不客气地说，只要我们出手，地球上任何一个行业的相关产业都将不堪一击。可由于《低维生命保护法》，我们不能直接参与。不过，正如你们人类所熟知的，法律都是有漏洞的。虽然不允许我们直接参与，但目前法律并没有禁止我们经由人类参与。知道为什么吗，因为法律制定者们也想通过一些第三方，在地球这个时空获得利益。那太诱人了，他们也不想将路堵死。

"我们分析了一下所有行业的前景与盈利状况，高科技行业最为诱人，因为这绝对是暴利行业，而且它不是所有星系都有能力完成的。只是所有高科技都需要一定的工业基础来支撑，而人类目前维度实在太低，操作起来缺乏物质及人才基础。目前我们又无法直接参与，所以我们决定先行投资医药与食品行业。

"不瞒您说，我们刚与冷荒先生谈完，请他负责亚洲地区的业务，他的任务是发展医药事业。而您呢，如果您愿意，您将出任我们乌岩星系地球事业部总裁，负责乌岩星系数万亿地球币的集团业务运营。您将直接向我汇报。

"除了负责集团的全面运营，您同时还肩负食品行业的发展。"

麦克无数颗脑袋上的无数只眼睛同时瞟了一眼程良宙，他对自己的决定很满意，这个程良宙看起来心理素质真的非常好。于是，他接着说道："如果您没意见，我们将对您进行速成培训。"说完，他呵呵地笑了一下，继续说道："您尽可以放心，我们的培训效率极高，而且以您的资质，培训将非常顺利。

"说是培训，其实是一种智能信息输入。我们将首先激活您的脑细胞，让您的脑力迅速全面激活，三天以后，您的大脑利用率将达到 50% 以上，那时您将是这个世界上最聪明的地球人。虽然是最聪明的，不过依然是四维空间的生命体。此外，我们还将往您的大脑写入数学、物理、化学、太空物理、太空化学、文学、世界历史等学科，并对您的身体进行一系列改造。从此以后，您再也不会生病，而且长生不老。身体改造后，您将战力超群，成为这个世界上最强大的武士！

"在您替乌岩集团服务百年之后，我们将对您的忠诚度与业绩进行考核，如果合格，您将有资格前往乌岩星系培训。那时，您的大脑利用率将可能上升到 70% ~ 80%。那时，我们将为您的身体结构做更为彻底的优化，如果愿意，您可以加入乌岩星籍。那时，您将成为乌岩星系公民。"

麦克目光炯炯地看着程良宙，微笑地问道："您觉得怎么样？如果没有意见，我们现在就签合同，开始我们伟大的合作！"

第二十一章　基因突变

程良宙看着麦克，久久没有说话。

他很冷静，不知为什么，越是面对着极端的诱惑，他的表现越是冷静。

他不知道自己承诺后将面临什么，将付出怎样的代价。不过，细品下来，似乎同意当这个总裁，自己也没有什么损失。也许可以答应，从商业角度来说，他并不吃亏。

可是，为什么是自己，这种天上掉馅饼的事，作为老江湖的他可不敢轻易相信，凡事皆有因果，万事都有渊源。自己并不曾努力，甚至之前压根不信有什么外星人，外星人凭什么请自己做这个总裁呀？自己普通地球人一个，有什么好骗的？

程良宙带着困惑的目光，望着麦克，静了一会儿，他清了一下嗓子，说道："尊敬的总司空先生，我真的发自内心地感谢您对我的厚爱，非常感动，无以言表。这对我来说真的是莫大的荣幸，也是莫大的机遇。可是，虽然我非常想做这件事，甚至，这可能是人类有史以来最好的工作，但我想不通，您为什么会选上我呢？"说完，他静静地用友好的目光看着麦克。

麦克有些诧异，此时，甚至在观察室里的索尔和黑德也蒙了。他们理解的人类不都应该是贪婪成性、唯利是图的吗？怎么眼前这位，请他当拥有几万亿地球币公司的总裁，还问上原因了呢？

索尔与黑德对视了一眼。"想问原因，说心里话，选你还需要理由吗？要是我们能出手，还需要选你们这么愚蠢的地球人吗？"不过，他们还真没想过要解释原因，他们想的只是现状与对策，还有结果，至于为什么要这样，有必要与他们解释吗？

麦克此时显得十分淡定与平和，他晃起了他的无数个大脑袋，笑眯眯地看着程良宙，唱道："哦，程先生，要知道，我们对地球上无数 AB 血型的人类进行了扫描与筛选；继而，对他们的意志力与执行力进行了筛分；最后，也是最为关键与重要的环节，对脑容可开拓量及肌肉骨骼可拓展力进行了测量，在遵循历史背景与就近原则的前提下，我们最终挑中了中国地区作为我们这次总裁人选的生源地。毕竟，罗布泊是我们乌岩星系第一次进入地球的地方，而且，两千年前，一次无意的机会，我们曾经帮助过你们汉朝时期的军队击败过匈奴。那位将军或许你还知道，就是你们汉朝历史上赫赫有名的霍去病。"

索尔与黑德听完，又相视大笑。这麦克也太能扯了，这都什么和什么，这些理由他们都不知道，绝对是他随口胡扯的。唉，也是麦克这几天看了太多的地球史，怎么顺手就用上了！再说，那霍去病与乌岩星系有什么关系，那是赤焰星一次意外地将一块五维陨石失落到地球上才产生的结果，让四维的地球人第一次出现了五维初级反应。这种事情是极少发生的，怎么将乌岩星系扯上了？

程良宙此时却十分感动，虽然他不知道这个外星人说的是真是假，但至少给他非常真诚的感觉。而且，他不过是位普通商人，有什么地方值得一位外星人来骗他？还试图拿几万亿地球货币的资产来骗他！

他有充分的自知之明，无论怎样，这个方案应该对他没有任何损失，完全可以一试。

于是，他冲麦克深深地鞠了一躬，说道："感谢您对我的栽培与信任，良宙今生愿为犬马，誓为乌岩星系殚精竭虑，死而后已。"

麦克深深地看了他一眼，露出满意的微笑，不过心里想道："其实，是你或不是你都不重要，我们需要的是你这个地球人的身份。以我们乌岩星的能力，哪怕你只是个街头的乞丐，经过我们的改造，你也能成为至尊无上的国王！"

"来吧，程先生，让我们签下合同，一起开拓伟大事业吧！"麦克激情地唱道。

程良宙此时也被麦克的激情所感染，深深地点了下头。

在随后的三天里，程良宙接受了脱胎换骨的改造。

他先是进入了一间流光溢彩的房间，在那里，他看到了自己无数的生命轮回。那里如同仙境，而他正如一位修炼的真人，如头陀般看到了自己无数的前世今生。虽然后来他知道，自己只在里面待了 24 个地球小时，但对他而言，仿佛历经了无数次人生。他在那里经历了无数次爱恨情仇，无数次悲欢离合。在那里，他无数次地为人夫，为人妇。他曾无数次疯狂地爱过，也曾经历了无数次失意与痛苦。

只是每一次失意与痛苦，对他已不再造成精神上的打击，而是成为又一次深度参透人生，悟出人生真谛的机遇。在他最终完成思想的锤炼，走出练思房时，他已经看透了世间百态，不再为人世间的爱恨情仇所困扰。

他觉得自己已经不再是人类，不再是这个四维世界中的普通生命，而是这个四维世界的主宰。虽然，当他窥视五维世界时，会深觉自己的卑微与渺小，可当他回首四维时空，又顿时雄心勃发，万里江山尽在胸中。

第二天，他接受的训练是脑力提升。这天，他走进了另一间房间，房间不再是昨日那般万紫千红，出现人生百态，而是似乎走进了知识的海洋，无边无际的学库。那是一个充满数据的世界，他能感受到无数的信息如暴风骤雨般地向他袭来，那种难以用言语表达的震撼让他无数次惊讶得无法自拔，却又无数次感觉大脑快要崩溃，无法承受。可每当他无力承受时，冥冥中就有一股力量灌注到他的天庭穴，让他瞬间头脑清醒。

　　再回头看那些知识时，理解似乎又深了一层。

　　继而，无数的资讯向他袭来，越来越快。初期，他还能记得知识获得的顺序与过程，似乎有老师在给他授课，可到后来，那些知识似乎已经肆无忌惮地在往他的脑子里灌了，根本不管他懂或不懂。他只是感觉到，他的大脑中，瞬间多了一个个知识点，而且清晰明了。初觉时，他的脑海中只是多了一个又一个的标签，可当他顺着标题想下去时，他突然惊诧不已地发现，自己怎么突然理解了那么多曾经仰望却无法企及的知识。

　　他试图回顾曾经让他觉得困惑无比的微积分。记得大学时，他想破头也没想明白微积分，此时却清晰无比。只在那个瞬间，他甚至想马上跑到那所所谓的水木大学，指着那些号称国内超级学霸的学子和自以为是的教授，神气地帮他们解释一下微积分里面可笑的逻辑错误与应当存在的更高级的数学理论。

　　怎么会这样？

　　何止数学，物理、化学、电子学、天体物理、哲学、法律、文学、英语、法语、德语、西班牙语、拉丁语、俄语等，都在弹指间涌入他的脑海。他似乎已经成了地球上最博学的人。

　　第三天，又是一间新的房间。不过，这房间却如广阔天地，时空变幻无常。出现在他面前的是古今中外各门类、各学派的功夫，比如少林武功、西洋击剑、东洋柔道、现代格斗等，甚而还学习了步枪、坦克等各式武器的使用。他的浑身筋脉经历了炼狱般的训练，原本身材就很棒的他，此时更是充满了力量，虽然不似健美先生那样肌肉条条分明，可身上绝对是毫无赘肉，肌肉比重超群，他成了一名无所不能的战士！

此时的程良宙，似乎脑力无限，无论学什么，一学即会，一点就通。

"我已经成为地球有史以来最强的人了，没有之一！"他这么想着。

"可是，这帮外星人想干吗呀？想让我做傀儡，通过哥们儿统治地球？让我统治地球可以，让哥们儿当傀儡，可算了。没门儿。我都这么强了，都会开坦克了，我还会怕你？"

刚想到这里，程良宙突然打了一个寒战。"不会被这帮家伙听到吧？"再想应该不会，刚才自己还想着怎么烹饪对方，也没见对方怎样。嘿嘿，看来对方只会通过仪器读心，并不能实时监测，只要在他们测时，将自己的心态调成对他们忠诚型，不就得了！

"哦，伟大的乌岩星系，我将永远是您忠诚的信徒，将成为坚持到最后一刻的战士！"

哎哟，这么想会不会太肉麻？要不换一套说辞？

"我永远是乌岩集团最忠实的一员，无论发生怎样的变故，我都将永远效忠于乌岩星系。"这个也许能好点。

程良宙一边火力全开地学习着各门类知识，一边胡思乱想着。

他能感觉到，自己的身体、大脑正发生巨变。

三天后，当程良宙再次面对麦克时，麦克已经感觉到他的气质发生了明显变化。他的目光说明了一切，那显示着无所不能、无所不知的从容与自信，是对世间万物尽在掌握的从容与淡定。

看着这一变化，麦克不由地欣喜若狂。"祝你成功，希望你成功，你一定能成功的！因为你的成就，就是乌岩星系的成就。我把这些年在地球基地研发的所有成果全用在你身上了。"麦克面对所有的事都十分自信，只是有一点目前并不确定，就是无法理解人类的思维。地球上发生的很多事情，他到现在也无法理解，但真的没有时间再让他慢慢理解了。

赤焰星系也有所动作，他必须抢在他们之前，完成配方计划。他已经感觉到了，赤焰星系帮助的那几个地球人，正在向他们基地飞奔而来。

来吧，我已经准备好了。

希望乌岩星系能顺利地度过目前面临的危险与灾难，让所有一切都在地球上解决吧。让我们利用人类统治地球，改造地球，将地球升为五维。那时，我们就可以利用目前已经培养的地球势力，一举拿下地球。

星际法则只规定了不能干涉低维生命，又没禁止给低维生命进化的暗示，其间没有任何明确的尺度。尤其当他们成为高维生命后，便不再受那法律约束。无极星系也不能拿我们怎样，相反，他们不得不认同《星际战争条例》，不得不承认这一对他们来说难以接受的现实。

麦克越想越得意，不由得唱起了他在地球上刚学会的意大利咏叹调。

不多时，秦鹏宇、柳洪辰、吴莺出现，"顺利"地救走了程良宙、冷荒、喻天格、茵茵，麦克看着他们远去的背影，开心无比地摇着他无数个大脑袋，唱道："伟大的乌岩星系的文明，从此将在地球上传播！伟大的配方计划正式开始了！"

几天后，程良宙来到北京，将自己关在酒店房间里沉思了一个晚上。所有这一切对他来说仿佛是一场梦，尽管现在他脑力超群，他还是需要时间静静地品味这一切，以及这一切将会给他带来什么。

乌岩星系地球公司总裁，听起来似乎与空壳公司没什么太大区别，可如果麦克说的是真的，他将可能成为有史以来全球最大公司的总裁。那个苹果公司好像也就是万亿美元的市值，而他要管理的是万亿级资产的公司，确实很赚钱，可是它的运营并不涉及人类社会的运作，甚至在投资界都没有引起大佬们的关注，一切都在理所当然的运营中，不显山，不露水，并没有引起国际上的重视。

他现在要做的是整合公司现有资源，在当今如此激烈的市场竞争中脱颖而出。

"外星人其实并不懂地球，他们强大不假，可他们并不懂地球上的经济、文化、情感，所有的一切。当然，他们好像很有钱。这帮家伙哪里来的钱？不过，既然让我来做这总裁，就是我的一个极好的机会，让我成为那世间最灿烂的烟火吧，让我照亮整个地球。"他如是想。

从哪里入手呢？目前集团现金倒是不少，乌岩源者可能是为了不引起地球人及其他外星系生命的注意，并没有太深地介入地球的经济活动。所以，他们对地球的了解只在理论层面，可人类社会是全部社会关系的总和，有人的地方，就有江湖。

人其实才是地球上最复杂的团体。

人类目前各方面的状态都太差了，当前的科学理论研究成果与世界的本真还存在着极大的偏差。当然，人类依然还算伟大，尽管他们的生命维度这么低，却依然执着地努力前行。

有一点，外星人的判断是对的，食品与医药，从这两个行业入手是个好的选择。民以食为天，这肯定是首选。人食五谷杂粮，生病在所难免，医药肯定也是大的获利点。

麦克说，他们已经针对人类生命特征与偏好研发出许多食品，人类在工业化的进程中对自己生存的环境造成了太多的负面影响。这些新的食物将从本质上改变人的生命状态，优化生命元素，提升生命活力，延长寿命。

如果人类在我们的努力下壮大与延续，甚至变得更加强大，我程良宙可将名垂青史了。他转念一想："我这是评书听多了，还什么青史，我就是历史的书写者。将来，我想怎么写，就怎么写。"

正在胡思乱想之时，办公室的电话响了，一个陌生的号码。

"程董事长吗？我是乌岩集团北京办事处主任王玉廷。我们已经接到总部的消息，明天上午十点，北京办事处全体员工将在国贸三期 8068 会议室等待您的接见，并听从您对下一步工作的指示。"

"知道了。"程良宙淡淡地说道。

"明天上午八点十五分，我将安排车来接您。"王主任继续说道，见程良宙没有更多话，便礼貌地道了别，等程良宙挂掉后才轻轻地放下电话。

第二天上午，程良宙一身深色西服出现在国贸会议室。

当他走进会议室时，心里不觉一惊，原想着北京办事处，再了不起也不过是个一二十人的小队伍，谁曾想，乌岩集团仅北京办事处就有上百人之多。

"里面不会有外星人吧？"程良宙心里暗忖。

他扫了一眼王玉廷，这是一个身材姣好的年轻女子，看模样，岁数在三十上下，皮肤白皙，身材修长，身高一米六八上下，体重估计也就一百斤左右。她穿着一身职业套裙，一脸职业微笑，友好却不谦卑。

进入会议室，程良宙并没有立马走向座位，而是用鹰般的目光扫向全场。

会议室装修得极为豪华，他的座位在讲台的后方，比听众区高三四级台阶，讲台上有台笔记本电脑，连着多媒体。距讲台左右两侧各三四米远的地方，分别站着两位黑衣男子，似乎随时等待他的吩咐。

台下坐着百余人，个个精明强干，衣着光鲜，都是些年轻的面孔，没有太老的员工。

他扫了一眼王主任递过来的名单及简历，浏览一遍，他已经将所有参会人员的姓名、职务及主要背景都记了下来。略沉吟了片刻，他走上讲台，并没有像大多演讲者那样走到讲台后的电脑前，而是走到了讲台的中央。

他的身材并不高大，步履却极为稳健，步如千钧。

走到讲台的正中央，站定后转身面向会场，炯炯的目光扫向台下的所有成员。

"大家好。相信你们对我的了解并不多，对乌岩集团的了解也不深入。昨天晚上我看过报表，到现在为止你们的表现并不能让我满意。可是，你们的收入却已经远远高于同行。

"不要紧张，我并不是想减少你们的工资，相反，从今天起我要带领你们做出一番事业，不仅让你们有更高的收入，还将有一种由衷的自豪感与成就感。我要让你们每一个人，将来老去后，与你们的孙子、孙女回顾你们的奋斗史时，都能自豪地对他们说，当年的你们为人类最为伟大的事业做出贡献。

"是我们，让人类的基因从此改变！是我们，让人类从此摆脱了疾病的侵扰，让乌岩的客户成为世界上最健康的人群！

"今天，就在此时，乌岩集团已经成功地与亚洲最大的医药集团签订合作协议，将全面开始生产乌岩药业研发部门制作的几十款新药。这些新药将让人类从此摆脱癌症、艾滋病，甚至是衰老。我要非常自豪地告诉大家，咱们乌岩集团的新药将让人类的寿命延长三十年到五十年。"

在场的所有员工，先是震惊，继而不可置信，随后爆发出雷鸣般的掌声。

"这仅仅是第一步，也是一小步。我要告诉大家的是，从今天开始，乌岩集团将开始一系列的生产与并购计划，而这些计划将由在座的各位去完成。我们将生产由乌岩集团专门针对人类基因特点而研发的新型系列食品。

"咱们乌岩集团将致力于开发人类健康食品。我们要让人类从今天起只吃美味的、健康的食品，打造第一道防线，医药是人类健康的第二道防线。我们，在座的 108 位员工，将从人类身体摄入的每一个分子入手，致力于让这每一个分子都是健康的，都是美味的。

"今天，我希望你，吴熏，"他突然指向会场的第二排喊道，"来自湖北武汉的小伙；陈加印，张采嶷，你们来自陕西；还有翟润谦，来自浙江绍兴……你们每一个人，都能实现你们当初的梦想。我要让你们每一个人都成为百万富翁、千万富翁，甚至亿万富翁。

"只要你们每一个人都努力工作，我担保你们都将过上幸福的生活。我要让你们从今天起，都幸福地工作，都心情愉悦地来到办公室，都发自内心地为自己的事业奋斗。因为你们将看到你的努力，带来家庭的幸福，带来人类的变化。我要让你们每一个人，成为你们周围所有人羡慕的、遥不可及的模样。

"我要让你们每一个人都买得起好房子，开得起自己喜欢的豪车；让你们实现曾经对恋人、家人许下的所有承诺。

"但是，我需要你们从今天起，努力地工作，仔细审定每一份计划书，认真确认每一份合同，实施好每一个食品的生产计划，把握好每一道工序的质量检验，因为这不仅代表着你工作的认真程度，也代表着乌岩集团的名誉，代表着我们对世界的承诺。"

程良宙此时已经变成诗人，他站在台上，潇洒地挥舞着双手，配合着他坚毅的身体语言，向与会者诉说着他的梦想，承诺他将带来的一切。那乍听之下十分缥缈的未来，却那么有煽动力，尤其是刚才被点名叫到的几名员工，他们都是各区销售、投资的代表，业绩均居办事处前几名。

此时，场边的王玉廷吃惊地张着嘴，这位老板真是了得，不显山不显水，只几分钟的时间就已经将在场上百人的简历全部记下，在演讲过程中，不时指向场下员工，准确无误地喊出他的名字。这不到半个小时的时间里，总裁已经在激情的演讲中，不露痕迹地将每个在场的员工的情绪调动起来。

"看来，乌岩集团要起飞了！"王玉廷自豪地想道。

第二十二章　毒发

　　正如程良宙所期望的，乌岩集团在他就任后的三年里，发展得顺风顺水。乌岩集团的每一位员工也都切实感受到这位总裁极为出色的领导力与组织能力，而有机会与程董事长亲近的员工，则更为惊诧地发现他渊博的知识与惊人的记忆力。程良宙的朋友们也发现，他走到哪里都极受欢迎，因为他幽默而睿智，十分善解人意。更让全球所有人都为之倾倒的是乌岩集团食品，准确地说是各色美食。超市、商场、网络上卖的各式速食产品、零食小吃，都颠覆了以往速食、零食类的不健康与单调，他们的产品无论是食品配方，还是速食加热方法，都完美无瑕，无可挑剔。乌岩的速食美味包已经成为野外徒步人员极为喜爱的物资，因为既有营养，又可以在野外任何环境，甚至是在无水、无火的严苛环境中，通过食品包装的自热系统，用简单的加热能量环完成食品的加热，更准确地说，是完成烹饪。而包装本身，通过简单的支架位置调整，花纹、款式看起来竟然可以是中式极美的青花瓷造型，也可以是欧式复古型，或日式简约型，或具有阿拉伯风情，简而言之，您可以想您所想，订您所需。

　　他们的美食原料、各式小点更是突破了所有传统食品的约束，哪怕是最挑剔的女舞蹈演员，都可以找到一款既符合她们精确的卡路里限额需求，又美味无比的食品。即使哪天她们想放纵一下，多吃一些，也绝不会在第二天痛苦地发现，她们的体重增加、身材变得臃肿。

任何的宗教、文化背景下成长的人们，都欣喜地发现他们生活区域内的超市、商场中，有不同的文化美食区以满足生活需要。如果他们对自己的历史有研究，甚至可以通过网络订制到不同历史阶段的食品。比如一位中国人，如果他忽发奇想，想品尝一下楚汉相争时鸿门宴的菜肴，他只需要通过乌岩食品订制网，迅速查到鸿门宴的菜谱就可以输入单人份或多人份，以及希望享用食品的时间，乌岩的无人送货车便会自动将他订制的食品送到他所在地小区的乌岩专用投放冷藏柜中。同样，一位法国人，如果他想订制拿破仑在奥斯特里茨战役前夜所享用的战前美食，也可以通过网络订制。当然，在订制这类复古食品时，需要标注是原味还是创意版。所谓原味，就是完全忠实于历史的味道，但实际上原味食品对于现代人来说是难以下咽的。现代人所熟悉的调味品及很多食材在那个历史阶段根本就没有，或没有在该地区出现，所以那个历史阶段食品的口味与现代相去甚远。而创意版则是古代的食物与配料，加上大厨师根据目前流行的口味而调配的，既显得怀古高雅，口味又不差。因此，后者更受欢迎。

乌岩配送专柜实质上是一种格式存储箱,有不同尺寸空间。当然，如果某小区的订货量激增，人们会发现存储箱边上多出一个新的挂件。那时，人们一定又会在存储箱前的巨型三维广告屏旁多待一会儿，欣赏新食品广告甚至试吃各种新品美食。那是乌岩集团的一种促销活动，是为了感谢小区居民对集团的信赖与喜爱。

主妇们尤其喜欢乌岩产品，因为她们经常收到乌岩的促销小调味品或食品原料。她们非常喜欢参加乌岩举办的各式免费美食培训班。理由非常简单，她们的小宝宝在吃了她们从乌岩美食培训班带回的各种新奇美食后，胃口变得出奇地好，不长胖，而且孩子们都更加健康、更爱运动。那乌岩食品似乎极有魔力，可以帮助改变身材，只需要将孩子当前的身高、体重和家长希望的体重目标输入网站系统，无论宝贝原本是慵懒的小胖子，还是瘦骨嶙峋的小家伙，食用了订制的乌岩食品后都会发生变化。慵懒的小胖子会变得爱动，通过运动与合理饮食，他们身上的肥脂会消失，呈现优美的线条。

　　而那些原先总找各种借口不回家吃饭的男人，也似乎性情大变。因为妻子订制了乌岩家庭美味餐。形式各异、美味多样，令人垂涎欲滴，再配上各式美酒，晚餐已经成为每个家庭一天中最重要的仪式，家庭更加幸福，夫妻生活更和谐。

　　程良宙自然知道这些，他原本就是个精力充沛的人，经过乌岩的培训之后，更是脱胎换骨，感觉自己有用不完的精力。他喜欢乘坐公司专机在世界各地游走，在一两位当地工作人员的陪同下，在超市、商场现场或在公司网络平台与顾客交流。世界各地的顾客都非常喜欢他，一则是对乌岩食品的热爱与感激，二则是更为现实的原因，只要程董事长在场，他们便可以享受到全场乌岩食品的打折优惠。

　　一切似乎十分完美。

　　但不知为什么，程良宙以他高智商的敏感与职业嗅觉，总是感觉哪里不对劲。到底是什么问题，他说不出。只是出于职业敏感，直觉告诉他什么地方都不对！只有他知道，那完美的各式食品配方，都是来自乌岩星系研究院。他所组建的地球研发机构，其实只是表象，因为那些配方完全不是地球人所能体会与感知的。尽管他所组建的团队，成员来自世界各地顶尖学府，有些甚至是经过世界顶级食品机构培训的。团队成员对那些食谱无法完全理解，每次都是以试试看的心态去完成市场实验，可每次都大获成功。可成功之后，他们再回顾与分析那些配方，却发现其实成功的原因非常简单，因为它们完全符合人类的需要。

但越是这样，程良宙越觉得没底。此时他的智商与学识已经非地球人可以比拟。他能从很多表面现象看到事物的本质。他能理解，甚至深悟到事物背后的本质。这一切并不对，他思索着，虽然他领导着集团，一直走在成功的路上。他们聘请的很多外部评估机构给他们的评价是，他们已经成为地球历史上最成功的食品集团。前无古人，甚至将后无来者。他们开创了一个新纪元，这种纪元机会并不常见，正如历史机缘并不是时常出现一样。

此刻程良宙在纽约曼哈顿乌岩总部的大办公室里，静静地站在窗前，凝视着远方，仔细地品味着内心的不安。手机铃响，程良宙虚空做了个手势。办公室蓝牙已经接通，继而在他身前不远处，出现了一个三维虚拟形象。

是乌岩集团亚洲区执行总裁冷荒。

程良宙看了他一眼，说道："阿荒，是你呀，什么事？"问话简单而明了。

程良宙是广东人，他依然保持了广东人对朋友或兄弟的称谓习惯。

他以前并不是这种说话风格，自从做了饭店生意，每天忙前忙后与客户周旋，慢慢地，他的性格因事因人而异。在客户面前，春风满面，笑语如珠，可是在家人与朋友面前，他却越来越惜字如金、沉默寡言。越是熟悉的人，越是这样。

"宙哥，有事向你汇报。"冷荒也是简单直接，"我马上过来。"

程良宙与冷荒磨合得极好。冷荒原本在外企打工，先天练就了极好的职业习惯，是个非常专业的职业经理人。再加上他与程良宙两人在罗布泊同时遭外星人劫持，又加入乌岩集团成为上下级，这段经历让两人更是配合默契，几乎无话不谈，只是两人都有意不再提起当初遭劫的那段经历。

冷荒非常佩服程良宙，不仅是现在的程良宙让他仰视，在加入乌岩之前，程良宙那份从容与淡定就已经让他佩服得五体投地。

冷荒此时正在舜宇集团总部，也在曼哈顿，离乌岩集团总部并不远。不到二十分钟，冷荒匆匆地走进程良宙办公室。

"宙哥，出事了。"冷荒开门见山地说。

程良宙并没有着急说话，只是目光冷峻地注视着冷荒，示意他别急，慢慢说明原委。

冷荒定了定神，继而说道："刚才赵启天把我叫到他办公室，告诉我服用舜宇集团药品的病人，突然出现数千例的病变，世界各地都有，似乎是一种群体性的暴发。

"如您所知，咱们的乌岩慧眼系统一直在宏观监测着咱们旗下各种药品的药理与病人反应。之前一直很正常，但不知出了什么问题，从昨天开始异常的数据突然暴增。过去三年治疗了很多疾病的若干款王牌药，好像同时失效，甚至是起了反作用。不仅没能像以往那样对病人的病症有控制与治疗作用，反而造成死亡。"

说到死亡时，冷荒的声音低了几分，他不敢面对程良宙质疑的目光，似乎是他做错了事，愧对了程良宙的信任。这三年来，他与程良宙无数次品茗深谈后，都发现程良宙的思想深度与广度远不是他所能企及的。兄弟俩曾立志要一起做一番大事业，要让地球在他们的努力下顺利升维，进入五维空间！

当时的冷荒是多么激动，不敢相信这一切竟然是真的。虽然目标那么遥远，但当他看到乌岩星系的实力与程良宙的状态后，他相信了。在过去三年里，乌岩集团、舜宇集团的辉煌业绩让他坚信这个目标不是梦。虽然他没有程良宙的高瞻远瞩，也不知道怎么实现那个宏大梦想，可他相信，按这个趋势努力下去，升维，绝不是梦。

可是，今天，他们的产品竟然同时让数千人失去了生命。究竟是哪里出了问题？

程良宙听完，静了几秒钟，对冷荒说道："阿荒，不要着急。相信赵启天、Tim 他们已经开始进行事故原因的分析。请马上赶回去告诉赵总，要不惜一切代价，控制局面，防止事态进一步恶化；马上组织最强的队伍，分析原因，找出问题的根源，并及时向我汇报。"

冷荒刚要转身出去，乌岩集团北京办事处主任王玉廷敲门走了进来，看了一眼冷荒，欲言又止。程良宙看了她一眼，冷静地说道："廷廷，今天怎么了，阿荒不是外人，你说吧。"

"董事长，不好了。乌岩慧眼系统今天突然监测到咱们的大量客户出现了不同程度的病变，更为恶劣的是，到我进来之前，全球已经出现了 7000 多个死亡案例，而且从身体不适到死亡，都不超过 24 小时。"

王玉廷的话让程良宙与冷荒同时惊异不已，饶是程良宙目前已经是五维境界，也不由得心里吃了一惊。不过没几秒钟，他便镇定下来，说道："马上请各部门总经理到会议室，十分钟后召开全球各部总经理视频会议。"

乌岩集团的全球紧急情况会议警报在世界各地的总经理桌前、床头响起。

十分钟后，程良宙在乌岩总部会议室坐定，与往常一样，是椭圆长桌的首席位置，两侧坐满了"人"。不在总部办公的全球各地的总经理全部是以网络虚拟投影形象出席。他们有的正在出差，坐在豪华无人驾驶车的办公桌前；有因时差，睡梦中被叫醒的，虽然睡意不再，却依然一脸懵懂；还有的正在海边享受假期，接到会议通知匆忙套上了件花衬衣参会。

好在无一缺席。

乌岩的全球无缝会议系统设计得非常出色，即使不在现场，语音效果也如同在场，甚至优于现场。因为会议现场可能由于同步翻译，两种语言会相互干扰，而远程会议则不同，参会者听到的仅是译文。当大会主席或发言者展示文件或视频时，每一位参会者眼前的系统都会自动弹出三维虚拟屏并出现发言人所展示的文件或视频、音频，系统甚至可以多文档相互关联，自动进行数据复核类比，以防止发言者因一时匆忙出现数据错误。

程良宙目光沉静，神情肃穆。

美国市场食品部总执行官汤姆·杰克森首先报告："慧眼系统监测发现的首例事件是 36 小时前出现的，患者是来自美国的年轻白人妇女和她年仅五岁的女儿。与美国大多数家庭主妇一样，她也是乌岩食品的忠实用户。当时，她刚与女儿享用完西部牛排美味套餐没多久，就发现孩子发烧呕吐，母亲以为孩子是生病了，就与社区医生联系预约门诊。可不到半小时，孩子的母亲也出现同类病症，高烧，没多久，母女俩都陷入昏迷状态。抢救无效，24 小时后身亡，医生甚至没查出死亡的原因。

"随后，同类型的病例持续发生，病情有轻有重，表现不尽相同。但慧眼系统甄别之后，确认所有病人都是乌岩长期用户，且都有共同的特点，那就是他们的眉心都出现了一个奇怪的图案，黑中透紫的云斑，他们的腹部全都隆起，像是一种肿瘤，肉眼可见，非常可怕。更关键的是，病症出现10多个小时之后，病人会出现癫狂，肌肉无力、抽筋，继而出现肌肉僵硬或萎缩，身体出现严重供血不足，人体的血液随着时间的推移在不断地变浓变稠，体内还出现中毒迹象。

"目前为止，慧眼系统统计的数据，美国本土已经出现了791例。"汤姆小结道。

接着是乌岩食品集团的中国区总经理吴翼逊，他通过四维联席虚拟系统报告："中国地区的病例出现稍晚，首个案例出现在30小时之前，是一位男性老人，68岁。他初时的表现同样为高烧，浑身痉挛，也许是年纪的原因，他没能熬到腹前的肿瘤突出，就已经因心脏供血不足而窒息身亡。

"目前为止，中国地区已经出现894个病例，其中死亡人数775人，其余病人的情况也不乐观，死亡似乎只是时间问题。"

随后，欧洲、南美洲、北美洲等各区市场均报告了详细的情况。

各地区的慧眼系统分析表明，所有案例确实与乌岩食品有关。因为，从乌岩智能系统投放使用的巨大用户数据库，已经对全球将近80%的常用用户进行了点对点个体数据分析。每位用户的身体状态检测是从乌岩食品进入口中起，到整个消化完成，全部在乌岩数据库的计算与平衡调节之列。不仅可以精准地对每位用户的身体状态、体重、身材进行控制，还能及时有效地监控每个人的所有病症。

乌岩药业公司曾有一则令每位乌岩人都非常得意的广告语："真正的关心，来自时刻精准的陪伴。"通过三维图展示乌岩数据实时统计运算过程，监测着每位消费者的身体数据，为此高端用户每次在下单订购食品时，都会先进行乌岩系统云计算，计算并订制出适合每个个体用户当时身体状态和生命指数所需要的能量与食品，绝不会多一分一毫。

而这一优秀高效的系统却敲响了乌岩危机的警钟。

程良宙默默地听完全球各地区的所有汇报，看了下表，已经过去 45 分钟。仅仅 45 分钟之内，全球的重症或死亡人数已经超过 1 万人，全球患病人数正以指数级的速度向上蹿升。

"Uwe，"程良宙看着来自德国的乌岩全球疾病防控研究室主任问道："你们查到死因了没有？"

Uwe 约四十岁出头，德累斯顿人，年纪虽然不大，但由于饮食习惯与遗传，早已成了秃头，听到董事长问，他有些仓皇地摇了摇头，说道："我们整个团队从昨天首个案例病发到现在，已经近 37 小时没有睡过一分钟觉，可是我非常抱歉地向您报告，到现在为止，我们还没有发现任何可能的原因。"

他犹豫了一下，继而吞吞吐吐地说道："虽然没有查到具体的原因，但有一点已经可以确定，慧眼系统的分析清楚地指明，这一切问题的根源来自乌岩食品的配方。咱们乌岩集团的食品单独食用，都是绝对安全的，可这些食物，在一种特殊的排列组合之后食用，却成为一种毒药，尤其是那些既是乌岩食品用户，又是乌岩舜宇药品使用者的人，更是雪上加霜，那些病发后在 10 小时左右身亡的用户，全部是这个情况。"

程良宙听着，表情依然没有明显变化，内心已经翻江倒海。

沉默片刻后，他对参会者说道："女士们、先生们，请你们和你们的下属，从现在起 24 小时轮流工作，尽最大努力降低死亡率，并找出事发的本质原因及最佳解决方案。

"事关重大，我要亲自去趟乌岩星系研发总部，向麦克先生当面报告。"

说完，程良宙迅速站起，快步走出会议室，来到乌岩办公楼总部楼顶。这次，他没有像往常一样乘坐他公司的私人专机，而是走进平时用得不多的应急飞行室，伸出双手，机械手在系统的操作下，在他的头、手、脚上，分别装上单人飞行装备及护具。

十几秒后，他的个人飞行设备已经穿戴完成，这是一种类似秦鹏宇等在三年前前往乌岩星系罗布泊基地救援他们时的那种飞行服。他意念一起，整个人已经飞至空中，瞬间消失在美丽的蓝天里。

第二十三章　冲突

不多时，宇宙定位时空系统提醒程良宙，他已经到了中国境内，可以择时降落了。这种超人类的飞行系统，地球上的民用雷达甚至军用雷达根本检测不到。为了减少不必要的麻烦，乌岩等各外星高级文明的飞行装备都采用了复合隐身系统。他们所采用的核心材料是地球上所不存在的物质，其密度之高，不是目前人类能想象的，而润波角这一项指标，也不是目前人类技术能企及的。

所谓润波角，是指地球通过物理雷达电磁波感应到物质后的反射角。大部分地球物质的润波角都在 45 度～135 度之间，即在大多数情况下，几乎所有的地球物质，均在各种波长的雷达系统的监测范围之内。而五维、六维星系的飞行器表面，均喷涂了一种高致密涂层，该涂层可将反射角压缩至 1 度以下，并具备吸波透波能力。

吸波是指当扫描设备较远时，对涂层影响较小，能量密度较低，飞行装备的自检装置将根据其能量密度自行吸收其发射的电磁波，让雷达系统显示信息与正常无异。而当飞行装备需要进入某些特殊军事基地时，系统将启动透波技术。这时系统将通过内置的相位共轭器，根据检测到的波长特性，生成一组与入射波同频同幅但相位相反的电磁波。这组波与入射波叠加后会相互干涉抵消，从雷达上看，就像电磁波直接"穿透"了装备而未发生反射，仿佛这个物体根本不存在一样。飞行装备将根据入射波长的特性、周边环境及波长发出的系统级别，自动进行选择。

程良宙超音速飞行时，采用的是折冲法。他先超高速飞行到宇宙时间拐点，即太阳系中多维世界的奇点。在这里，五维及五维以上星系的生命甚至可以决定从这里进入哪个时空，那个时空点是不同维度的出入口，就如将二维平面的纸折叠为三维圆筒，使原本遥远的两点在三维空间中贴近。之后，他选择适当的飞行角度，以超高速飞至所需要的位置。

纽约到罗布泊的直接距离仅一万三千多公里，如果直接飞行，对于目前乌岩单体飞行技术来说，不过几个小时，但这种直接飞行可能被人类发现，惹来不必要的麻烦。五维星系的乌岩生命虽然丝毫不在乎地球人怎么想，但他们在乎因此可能引起的连锁星际反应。毕竟，在这个小小的四维时空中，有许多外星系组织存在。

所以，乌岩导航系统设定回归基地通常采用宇宙时间拐点的方法，只是那个时间奇点极不稳定，不可预测，所以想要进入不同维度的时空并不容易，但如果只是在四维星系内飞行，对乌岩技术来说，却极为容易甚至是最安全有效的手段。

在这个点进行曲率飞行是最快的。正如一位乘客在飞驰的列车上，突然出现某种外力，将他瞬间提起，当他回落时，已经在几米，甚至几十米之后的另一节车厢里了。更关键的是，程良宙的制服上安装了奇点回归引擎，它是遇到紧急情况时，可以瞬间弹回奇点的一种装置，因此他的飞行速度远快于正常的飞行速度。

此时程良宙心急如焚，他只想早些来到乌岩基地，早些见到麦克。

基地已在眼前。奇点后的反弹装置真是惊人，他降落得太快了，血压的变化使他有些头晕目眩。但程良宙的身体结构经过乌岩技术精心改造，勉强能支撑这种超高速飞行。此刻没有心情与时间稳定心绪与身体，他迅速按下去除键，身上的飞行服自动脱落，归位。

他快步走到入口，停顿了数秒，让系统超声波感应了一下自身的波长。密码正确，门旋转向外缩去，程良宙走进了乌岩指挥室。

麦克、索尔、黑德都在那里。

此时，经过训练后的程良宙的感观已经到了一定境界，他或许是第一个可以进入五维境界的四维地球人。此时的他，不需要再戴五维眼镜，已经可以清楚地看到五维指挥室内几位老大的形象了。

麦克用一种奇怪的目光审视着他，想看清他的内心，看清他的所思所想。

此时的程良宙，没有心情再像以前一样，与他们友好恭敬地客套一番，他内心虽然不喜欢这帮外星人，但毕竟他们给了他可以说是人类历史上从未有过的信任，让他一个四维地球人执掌了这么大的一个地球机构。

尤其是经过升级基础培训、脑力开发及知识写入等过程之后，程良宙觉得自己的思想境界已经跨越古今，学贯天下。可越是这样，他反而发现自己的幸运是多么偶然；越是这样，他对这些高维生命的感激之情就越是淡漠。因为这时的他才真正看清，可以是他，也真的完全可以不是他，任何一个阿猫阿狗得到这个机会，也能拥有他现在的智商与地位，他只不过是个巧合而已。

不过，他真的为自己感到幸运，他喜欢这样的心智，他的生命状态已经达到了人类从未企及的高度。

　　他没有时间客套，只是真诚、友好却戒备地看着三个五维生命，说道："各位大人，以你们的智慧与能力，肯定已经知道乌岩集团目前出现的问题，我是来向你们寻找解决问题的最佳方案及应对措施的。"

　　说完，他觉得这样表达太过直接，继而又缓和地说道："当然，我已经安排乌岩研发总部开始 24 小时不间断地工作，希望能够迅速解决问题。不过，我依然真诚地希望高贵的使者们，能为我们提供支持与帮助。"

　　说完，程良宙看着他们。

　　麦克并不急，他摇着无数个大脑袋笑眯眯地唱着："阿宙，怎么了？到底出了什么问题了？"

　　程良宙不解地，但更加不安地看着他，问道："难道您没有看到我安排总部发来的特急情报？因为咱们的医药集团、食品集团的药物和食品，在过去的 24 小时之内，地球出现了上万起死亡事件，这是前所未有的，也是咱们乌岩集团企业化运营以来所发生的最不幸的事件。作为集团公司总裁，我首先检讨，同时，我希望总部能帮助我们迅速改变现状，扭转不利局面。"

　　"可，阿宙，我觉得一切都在咱们计划之内呀，而且一切进行得非常完美。"麦克唱道。

　　程良宙目光冷冷地看着麦克，以他的智商，其实早已看透了一切，只是不愿意也不敢相信。此时，一切如他所预测的那样，而且，已经得到证实。

　　但他没有说话，只是默默地站着，等着麦克解释。

　　麦克并不介意程良宙的态度，只是静静地笑着看向索尔和黑德，得意地晃着无数颗大脑袋，用乌岩星球优美的十八音阶唱道："伟大的乌岩配方计划已经出现成效，我们伟大的母星很快就可以获得更广阔的空间了。"

此时的程良宙已经能听懂乌岩星系的大多数语言。

他的心在发抖，整个人无法恢复平静，但他依然坚强地克制着自己。他知道，他的力量与这些外星人比起来，微不足道，说他在螳臂当车都可能是夸大其词。他知道外星人的强大，根本不是目前的地球人所能匹敌的。即使他已经被开发出50%的脑力，成为拥有几乎人类所有智慧的"超人"，也毫无胜算。

所以，他只是默默地站着，看着眼前的外星来客。

此时的他，已经没有当初那份激昂，那份自信，只是紧张地思考，他将如何自处，如何面对。

过了些许时间，麦克好像终于想起程良宙，他转回几个脑袋，用眼角余光看着程良宙。此时，程良宙能感觉到一种来自内心的强大压力。一种从未体验过的强大的心理与身体的压力，一种真正来自物理的压力，而不仅是精神上的。

麦克在向程良宙施压，他将身上的气场向他压来，他想通过这种方式让他畏惧、臣服。

"阿宙，以你的智商，你应该能看清你所生存的世界已经被破坏到了什么程度，应该理解万物相生的法则。伟大的星系升级法则虽然造成了无数优胜劣汰，但不是你们人类这种做法。你应该能理解星球原本应该有的样子，万物互利共生、和谐共存，有生命存在的世界不该是现在这个样子。看看地球过去的几百年里，你们已经将你们的世界破坏成什么样子。人类无限的贪欲，已经毁灭了曾经多么美好而且本应更加美好的世界。

"世界的平衡与和谐已经不复存在，这里本来应该有数百万种不同的生命形态，不同层级的智慧生命。这个世界，原本在白垩纪恐龙时代就有机会成为五维星系的一员，但恐龙在升级过程中发动了一场不该发生的战争，最终惨遭灭族灭史。你们的地球上还能找到多少恐龙文明的痕迹，能看到的不过是一帮低等生命的化石。可是，你要知道，当时恐龙的智慧层级是在乌岩星系之上的。

　　"可惜你们的恐龙精英们，当时他们的世界是万物相依相存，合乎自然万法，而如今你们人类又怎样？为了你们自己种族的贪欲，不择手段，先是杀害了同宗的所有类人，独占了世界的主导权，继而在学会使用工具之后，竟然将地球当作了满足欲望的私有财产。你们为了所谓的丰富物质享受，肆意地杀害着无数平等的生命。

　　"表面看，你们是主宰了世界，掌握了世界的支配权，依然用你们所有的贪念继续毁灭着本应是世界所有生物共有的资源。人类甚至饲养了无数生命再杀死，只是为了满足你们的口腹之欲，这种无视其他生命生存权的做法，阿宙，以你的生命层级应该能看清，那是一种怎样的犯罪？

　　"再看看你们所谓的科技发展，给地球带来了怎样的伤害？你们的贪欲，毁掉了地球上多少美丽的森林，你应该能看到，即使从四维视角来看，那是多么美丽的家园。你们制造了无数的垃圾，污染了本应更为美好的世界。你们毫无节制地进行低水平的工业发展，毁掉了自己赖以生存的土地、水源、大气层。

　　"我还要告诉你一个地球人无法看清的问题——万物的物法平衡！你们的不合理扩张影响的不仅仅是地球的臭氧层，这种局部区间的物理不平衡，导致整个太阳系的微分子动力平衡紊乱。而这种细微的紊乱，已经导致宇宙的能量分布开始变化。

本来，区区一个四维世界不可能引发五维、六维甚或更高维度的生命场的变化，但问题是，你们在四维世界的表现已经引起高维星际社会的关注，大多数高维星系都在地球上设立了基地。你们的过度开发影响了他们的基地，继而让高维星系因此产生了连锁反应。"

程良宙眯着眼，其实有些事情自从他的心智被打开后，他看得非常透彻。他一直在努力，一直试图找到更合理的解决方案。他在乌岩食品公司努力地工作，带领研发队伍日夜进行研发攻关，也是为了改善地球的生态环境，回归大自然应有的物法平衡。

想着，他终于趁着麦克停顿，平静地开了口："总司空先生，我看到了人类所犯下的错误，但在过去的三年里，我正带领乌岩集团全体员工努力地改变这一局面。"

不等他说完，麦克唱着打断他："不，改变不够，必须进行彻底的革命！人类现在有太多的垃圾人，必须将那些素质低下、品行恶劣的人全部从地球上清除，难道你不觉得地球上现在人类总数实在是太多了吗？真不知道你们是怎么想的，越是落后的地方，越是毫无节制地破坏。那是垃圾，知道吗？对待垃圾的唯一办法，也是最好的办法就是消除，将他们从生命、从灵魂上彻底消除。"

说到这里，他看了一眼程良宙，像是自问自答："你应该知道灵魂消除吧？你应该知道，你的升级库中应该有这些知识点。让我告诉你一些你知识库里没有的信息。知道你们地球上人类的最佳数量应该是多少吗？5亿！而你们现在有多少？80多亿！比最佳数量多了近15倍。真不知你们人类是怎么搞的？什么基因让你们变得如此贪财好色，不知廉耻。你们怎么能从伟大自然界繁衍生息的自然生存法则中创造出性爱与爱情。看看我们高尚的乌岩世界，只有高尚纯洁的灵魂，没有性，没有爱。我们只有行为准则，只有正确的行为方式。你们那产生了无休止的贪欲也就罢了，居然莫名其妙地搞出个性爱。真不知你们那莫名其妙的感情是怎么长出来的？而且为了维护尊严，竟然编出爱情的名字。真是太可笑了！"

程良宙面无表情，但心里已经反感到极点。看着那无数个大脑袋，他又想起了那天想把他烹饪了的念头。但只一瞬间，他便赶走了那个主意，那个想法太危险，到现在为止，他还不确定这帮外星人到底会不会读心术。如果会，他必须更小心些，得换套思维模式："亲爱的乌岩大人，您说得太对了。我完全同意……"

没等想完，程良宙啐了自己一口。别不要脸，宁可死，也不能这么下贱。

麦克显然没搞清楚程良宙在想什么，他只是高人一等地想，他的伟大思想肯定已经完全影响了这个被他改写的地球人。

于是，麦克唱道："阿宙，现在你不要想那么多，你的任务是继续扩大生产，加速清扫行动。你要知道，经过慧眼数据库的精确计算后，咱们的美食配方与医疗配方已经趋近完美。大约只需要三个月的时间，就会产生阶梯效应，有一半地球人将会被我们的配方计划清除。再经过一年到两年的甄别测试，从人类的身体状态、基因、智商、忠诚度等多方面考核淘汰，最终剩下约五亿人。那时，我们再对他们的身体机能进行改进，让他们每一个人都像你和阿荒那么强。到了那个时候，咱们再一起努力，带领人类精英去完成地球升维计划，建设一个完美的乌岩地球。

"现在明白了吧？阿宙，回去吧，努力工作。三个月以后，我会再给你发布指令。要知道，清除第一批地球人很容易，但越往后越难，那时你会发现有时真的很难取舍，但那是下一步的工作了，今天让我们先完成计划的第一步，去吧。"

麦克挥了挥他那数不清的手，不过，此时他才发现，程良宙的面色铁青。突然，他想到了一种可能，于是直接唱了出来："阿宙，你不会不忍心清除这些人类垃圾吧？"

此时，麦克的耳边突然响起程良宙坚定的中文："不，麦克先生，地球人类不是垃圾，没有一个是！我不会为你们继续工作了，我也不会去做这些有违天道人伦的事情！"

麦克看着他，突然笑了："就凭你，想与我们作对？"

"我知道人类目前的力量与智慧根本无法与你们匹敌，但是请您不要忘记，您不可能在地球上为所欲为。宇宙间还有《低维生命保护法》，还有许多高维生命星系，他们会保护我们的。"

麦克脸色一变，这是他第一次被地球人正面顶撞，他有些生气，沉下了脸，说道："阿宙，你可要想好呀，与我们对抗，可要考虑后果。如果我想弄死你，简直就像你踩死一只蚂蚁那么容易。至少，我将解除你乌岩集团董事长的职务，并收回你身上所有的超能力，你又将成为以前那样的垃圾人。"

听到最后一句话，程良宙被激怒了。虽然他喜欢也享受他现在的身体能力与智商，但有时，他也会非常怀念当初简单且无忧无虑的生活。听了这话，他挺了下胸膛，平静却坚定地说道："您错了，我为我曾经拥有的生命状态而骄傲。"

接着，他举起了双手，用坚定的目光看着麦克，说道："拿走你们曾经在我身上植入的一切吧，如果觉得不够，你们甚至可以取走我的生命，我为我是地球上的一个人而自豪！"

顿了数秒，程良宙突然狡黠地看了眼麦克等三位源者，继续说道："不过，我想提醒你们，如果你们从我身上取走了原来不属于你们的东西，那就要小心了，我的信使会带着你们的犯罪证据出现在赤焰星系地球基地、无极星系地球基地。乌岩星系会马上因为你们的违法行为而受到众多星系的惩罚！

"总司空先生，您不会到现在还不理解我们中国人的防身计谋吧？害人之心不可有，防人之心不可无。就冲您长这么多脑袋，不可能连这么简单的手法都想不到吧？"程良宙说完，不由得开心地大笑起来。

他太久没这样了，似乎忘情地开怀大笑已经是很久以前的事情，现在他真的很想笑。也许，这只是缓解紧张情绪的一种手段，但也许，这是他目前能想到的虚张声势的唯一手段。

麦克显然听得懂他说的文字，但好像是第一次真正理解这句话背后的含义。毕竟，地球人很多莫名其妙的想法，尤其是中国人的很多想法，他或他们从来没有真正地理解过。

地球人的心性和乌岩源者不同，和很多他们认识的五维、六维生命都不同！源者们的源心、源性比较简单、直接，没有那么多心思与谋略。不是不想，而是他们的生活环境决定了他们不存在尔虞我诈的"土壤"。原因很简单，生活在乌岩星系的所有生命，都可以轻易看清对方的想法。只要对方关注你，哪怕只是你在脑波中闪过的一个念头，对方也会立马知道。而他们的星系，每个生命即是个体，同时也是大生命或可以组成大生命的个体。每一个小我，随时可能组成一个大我，形成类似人类身体，由心、脾、胃、肾、手、足等共同组成的大我。又随时可以恢复成多个甚至无数个小我。

所以对他们来说，人类的尔虞我诈、无休止的欲望是他们所不能理解的，因为他们没有，也无法想象那是什么。

可此时，麦克突然悟出了什么是心机。

"啊……"一声长啸后，麦克用充满恶意的怨毒的目光看着程良宙，冷冷地唱道："好吧，可怜的地球人，做回你的蚂蚁吧！"

唱完，他只是随意一挥手，一个真空透明罩膜已将程良宙罩住，如泰山压顶。

程良宙没有反应过来，只是他的目光突然凝滞了一下，眼神中的智慧的光芒似乎瞬间被抽了出去。他浑身一抖，瘫倒在地上，不省人事。

第二十四章　神秘会议

冷荒已经快崩溃了。

他没有程良宙"幸运"，乌岩星系没有对他的智商进行任何升级。他被提升的是身体的各种机能和对未来事件的预测能力。他能比常人甚至程良宙看得更远，虽然有时他们两人对未来事件预测的结果完全相同。不同之处在于程良宙是利用高智慧通过分析推演出来的，而冷荒则是靠他对未来的感知力感受出来的，他是真的能"看见"未来。

此时，他正极度痛恨自己的失职，后悔自己为什么没有将他"看到"的未来及时向程良宙报告。

程良宙已经离开乌岩集团总部一整天，毫无音讯。冷荒试图通过卫星电话与他联系，都是关机状态。通过乌岩常规电话、网络、秘密通信线路等联络，也毫无结果。而他听到的、"看到"的坏消息却越来越多。

就在一分钟前，乌岩舜宇集团董事长赵启天刚给他打过电话，饶是赵董那样威风八面、指挥若定的大企业家，此时也已经失了方寸，没了风度。他没法继续平静，因为乌岩舜宇集团出了重大质量事故，全球服用集团旗下产品感染及死亡人数已经超过8000万！而处于濒死状态的人还有很多！

冷荒根本就不敢思考，因为只要他静下来，他就能感知到在未来的几天内，每天都有数百万人死去，他能看到整个地球，都沉浸在对死亡的恐惧之中。

他无法再让自己冷静，他只是一个职业经理人，不知道该怎样做才能拯救人类，阻止乌岩舜宇集团继续滑向深渊。他试着与乌岩基地联系，可乌岩基地的专线好像已经不复存在，准确地说，是个摆设。表面看，通信依然通畅，但没有任何有价值的双向交流。收到的所有信息，都是无关紧要、不徐不缓的研发事宜，一如往常。平时冷荒没觉得有什么奇怪，因为日常运营本来就是舜宇集团自行负责。可现在，他们需要对目前的危机进行紧急处理，而对方却无任何的回应。

突发情况报告从那个通道传递过去，却如石沉大海，毫无反馈，那个通道似乎自动过滤了这些信息。冷荒此时甚至怀疑对方只是电脑自动回复，而不是一个生命体在操作、交流。冷荒多么盼望能有双向沟通的可能，哪怕回复的信息不是提供解决方案，而只是询问出了什么异常情况也好。没有，所有有关此次事件的问题、报警、求救，全部没有反馈。那些信息似乎被一个无形的抽风机给抽走了。

程良宙也杳无音讯，该怎么办？

赵启天来过一个电话，得知冷荒这边并没有任何反馈，愤恨地说了几句狠话后，便摔了电话。他有资格这么做，某个角度而言，是冷荒毁了他，毁了舜宇集团。

可现在不是抱怨与指责谁该为此事负责的时候，发完火，赵启天也冷静了些，风风火火地开始实施应急方案。

冷荒在原地愣了几分钟，他脑子很乱，不知自己现在该做什么。他知道，赵启天此刻马上就要召开集团紧急会议，可他想不出自己去了又能做什么。他突然觉得自己真的太弱，平时表现得威风八面、智勇超凡，此时才发现自己其实一无是处。

技术上，他什么也没参与，管理上，自从加入乌岩舜宇集团后，虽然他每天都在东奔西跑，但现在想起来，全是无用功。只在这一刻，他才由衷地钦佩程良宙，甚至钦佩赵启天。他们才是真正的大局掌控者。

他茫然地看着窗外曼哈顿无数的高楼及远方的大海，失神落魄地走到办公桌后，打开酒柜，给自己倒了满满一杯威士忌，一饮而尽。

头脑依然还有些清醒，不，不够，再来一杯！

时间就这样一分一秒地过去，不知何时，他已经提着酒瓶，坐在窗前的地上，泪流满面。

他好像很久没哭过了。但此时，他如无助的孩子般，失声痛哭。

秘书进来过，看着他的样子，不知所措。愣了几秒钟后，轻声说了句："冷总，赵董的紧急会议已经开始，只有您缺席了。"

秘书见他毫无反应，眼神茫然，便不敢再说话，悄悄地退了出去。

冷荒举着酒瓶，又灌了一大口。

酒真好，是世界上最好的东西了，他想着。

他不用出门就能在脑海中清晰地看到世界各地已经死亡和正在死去的人们。他能看清他们脸上无限的痛苦，他能清晰地听到死者亲人痛彻心扉的嘶喊声，他似乎还能看到人类正走向灭亡。而这一切都是他的错，是他将乌岩集团介绍给舜宇，是他亲手造成了这一罪恶。

这是无法饶恕的罪恶！

"这等于我亲手杀死了几千万人，人类竟然最终毁在我的手上，毁于我的无知与盲目的自大。我竟然天真地以为我是人类的救星，以为我为人类的幸福创下了不世之功。甚至，我还向母亲吹嘘过自己为人类所立下的奇功。"

"哈哈，"他流着泪，敲了一下自己的头说，"你这只蠢猪。你还以为你挽救了人类，你让自己成了外星人的枪了。"

"好吧，犯了错，就要自己扛下。既然一切已经无法挽回，就让我以死谢罪吧。"

想到这里，冷荒突然以诡异的身法直接跃起，一个奇异的空中回旋，双脚在空中旋转数圈后，右脚画出优美的弧线，身体疾速砸向了办公室的玻璃幕墙。

可以承受十吨以上冲击力的玻璃幕墙在他的神功下散成无数米粒大小的碎片，滚落一地。

冷荒也不收力，顺势直接在空中转体，从窗口旋身而出，直接从88层的高楼落下。他张开了双手，背向大地，面朝蓝天，心中默想："让我用我的头或我的背，投向大地吧，因为此刻我实在没有脸再面对地球。让我用我的生命，来补偿我的罪恶吧！"

秦鹏宇此刻正在公司总部，焦虑异常。让他焦虑的并不是公司的业务，这些年公司逐渐顺风顺水，他的主要工作是布局与思考。让他烦躁不安的是公司有几名员工不知什么原因染上怪病，秦鹏宇为人仗义，只要是跟着他干的员工，都被视为公司不可分割的一分子，他会用尽各种资源全力救治，不计成本。

北京有中国最好的医疗资源，但此刻也早已人满为患，无力支撑。他与朋友们都在讨论，这世界怎么了，原本歌舞升平，一片平和气象，怎么突然出了全球性疾病，死神正无声无息地占领全球的每一个角落，而且，还在疯狂地蔓延。

刚才，他在手机上浏览了一下新闻，截至两分钟以前，全球已经有数千万人在这场灾难中失去了生命。官方虽然没有明确报道，但网络与自媒体将矛头全部指向了乌岩舜宇集团和乌岩食品集团。

那是驴友程良宙和冷荒经营管理的企业。

几天前，他就想向程良宙了解一下情况，但想着程良宙现在身价数万亿美元，自己的企业虽然做得不错，但与他还差着几个层级，便没好意思打扰。

冷荒嘛，倒没有什么顾虑，但他也没有与他联系的想法。

虽说几年前在罗布泊，是他想方设法将他们从乌岩地球基地救出，但后来听说他们居然先后又投到乌岩企业旗下，心中十分不满。好在后来看到乌岩企业，尤其是乌岩食品集团做得风生水起，秦鹏宇的心里倒也算安慰了些。

他就是这样的人，朋友不顺时，只要能力允许，他一定会鼎力相助，一旦朋友峰回路转，走上发展的快车道，他便会悄然隐身，主动消失。

可现在形势不同，如果事情真的因乌岩星系而起，秦鹏宇觉得，他真的有责任、有义务再次挺身而出。

"也不知春妮儿现在怎么样了。"想着，他拿起电话，拨通了马武的手机。

"武子，春妮儿现在怎么样了？"秦鹏宇问道。

马武在电话那头，声音沉重："鹏哥，妮儿现在深度昏迷，怕是要不行了。如果妮儿真的走了，我非上乌岩集团总部把程良宙这小子的脑袋给拧下来。

"我早就看乌岩那帮孙子没好东西，老程就是不听。看着这孙子后来脑子好像变得特别好使，我还以为那帮外星人改性了。但说实话，我心里一直不托底，不相信那帮乌岩外星人。你看，这不出事了，害了多少地球人。也就这两天媳妇生病，等我腾出空来，我非去罗布泊把他们老窝给端了不可。"

秦鹏宇听了，只是苦笑了一下，好言安慰了马武几句，便挂了电话。

想了想，他又拨打了高娟的电话，没人接听。

他心里紧了一下，再次拨打。

良久，电话被接通，手机中传来高娟虚弱的声音，语音中带着无助："鹏哥。"

秦鹏宇心里一紧，急忙问道："娟儿，你怎么了。"

哭声，虚弱的哭声传来，几分钟后，高娟才从难以抑制的啜泣中解脱出来："孩子他爸昨天刚走，小虎现在也在重症监护室深度昏迷中。鹏哥，你救救他吧。"

秦鹏宇急急地说道："娟儿，放心，我马上安排，找最好的医生，小虎一定会没事的。你等我下，我试着联系，一会儿再回复你。"说完，不等高娟说话，他急急地挂了电话。

几分钟后，秦鹏宇又拨回了高娟的手机。

"娟儿，我给几个武汉的哥们儿打过电话。他们在全力找武汉最好的医生，之后会与你联系。不过，他们都建议你最好能把小虎带到北京来，毕竟全国最优秀的医生大多在这里。"

"嗯。"电话那头的高娟感激地说了句，此刻，她也无心与秦鹏宇多聊。秦鹏宇又嘱咐了几句："娟儿，有任何事情，随时打我电话。挺住，现在世界都乱了，你一定要小心。"说完，便挂了电话。

秦鹏宇默想了几分钟，又拨通了柳洪辰的电话。从罗布泊回来后，他和柳洪辰成了莫逆之交，他们经常在一起打羽毛球、喝酒。

电话并没有人接。秦鹏宇的心紧了一下，又是一阵莫名的焦躁，开始替自己的哥们儿和吴莺担心。柳洪辰与吴莺虽然没有结婚，但他们已经住在一起。

手机响起，柳洪辰吗？秦鹏宇急急地拿起电话看了一眼，号码并不熟悉。他犹豫了一下，接通了电话，但心是紧绷的，生怕再出意外。

对面的声音很陌生、严厉，但语气很客气、短促。

"请问，是秦鹏宇先生吗？"

"是，您是哪位？"

"我是国家安全部少校参谋霍释之，请问您在哪里，我们有事找您！"

"国家安全部？"秦鹏宇下意识地重复了一下，确认着。

"是，国家安全部参谋霍释之。请准备一下，我们马上派车过来接你，国家需要你。"声音冷静而威严。

秦鹏宇为之一振，他年轻时当过兵，为梦想曾经穿了八年的海军军服。一听"国家需要你"，他不觉豪气顿生，腰杆也不由得挺直了几分。

说了地址，秦鹏宇与公司几位兄弟交代了一下，便看着窗外发愣想着心事。

这世界是怎么了，好像突然之间，一切都变了样。仅在过去的几天里，就已经有数千万人失去了生命，而且这一数据还在不断增加。而这一切都与乌岩集团有关，乌岩星系，难道外星人对地球下手了？

宇雅，宇雅，他想到了赤焰星球，想起了那位优雅的九头凤凰。说来奇怪，秦鹏宇每每想到他，心里便生起一种无限的敬意与崇拜。不是因为他的外貌，而是因为那个没有性别之分的生命体的智慧与思维层级显然高于人类。

宇雅与他的交流并不多，可他超凡睿智的眼神，显露出他的聪慧与思想；他理解地球，洞察着世间万物乃至未来。

秦鹏宇突然灵光乍现，宇雅分别时说过，当秦鹏宇他们遇到麻烦时，可以去找他。"麻烦，麻烦，现在的情况，不正是麻烦吗？对，我要去罗布泊，去找宇雅！赤焰星系既然可以轻易地协助我们从乌岩星基地救出程良宙、冷荒等人，一定也有办法解决地球目前的危机。我怎么早没想到！"

看了下表，正犹豫是马上动身去罗布泊还是先见国家安全部参谋时，手机铃声再次响起，是霍参谋。

"秦先生，请马上下楼，国家安全部的专车已经在楼下等你。不要告诉任何人，也不要带任何东西，马上下来。"

看了一下表，好家伙，国家安全部真有效率，不到十分钟，车已经到了他的楼下。

军人出身的秦鹏宇没有太多犹豫与害怕，只是静想了数秒是否有什么未交办的大事，又向助理交代了几句，便走向电梯。

一位年轻英俊的戎装军人在秦鹏宇走出楼门口时，腰杆一挺，右手敬礼并自我介绍，没更多客套，便带秦鹏宇上车关门，吩咐了一句，车辆疾驰而去。

秦鹏宇坐在后排，扫了一眼前排副座上的霍参谋，想了数秒，问道："霍参谋，可以问下，咱们这是去哪里吗？为什么事？"

霍释之淡淡地看了秦鹏宇一眼，说道："秦先生，我只是奉命行事。车辆正在驶向国家安全部机要会议室。其他的，我一无所知，也无可奉告。"

秦鹏宇扫了他一眼，想说什么，但想着目前国内外局势，只在心里猜测着可能的原因。不过曾为军人的他，任何时候如果国家需要，他都将挺身而出。

于是他不再问什么，如当年一般挺直身躯，目光冷峻地看了眼霍释之，又目光坚定地看向前方。

西山，国家安全部某机密大院。

小车驶入大院后停下，霍释之下车，迅速走到车右后门，没等他伸手，秦鹏宇已经开门下来。两人眼神相聚，霍释之右手一让，说道："秦先生请。"

秦鹏宇此时也无心客套，沉着心，跟着霍释之向一栋两层小楼走去。门口警卫见到霍释之，立正敬礼。

秦鹏宇下意识举了下手，想要回礼，突然想起自己现在早已是戎装不再，便讪讪地挥了下手，又放了下来。

霍释之对他的动作并无反应，推门快速走进门厅后，向右一转，冲门内卫兵再次敬礼，再穿行三道门。当他们走到第五道由卫兵守卫的房门前时，两人停下。霍释之象征性地敲了下门，略推开一道门缝，高声喊道："报告。"

"进来。"

里面传来威严的声音。

霍释之推门，带着秦鹏宇走入。

秦鹏宇放眼望去，不觉吃了一惊。这是一间约一百平方米的会议室，中间放一张椭圆形长桌。上首位坐着几位身着制服的将军，下首位赫然坐着柳洪辰、吴莺、喻天格等三人。

霍释之冲坐在上首位的将军敬礼："岳将军，秦鹏宇先生带到，请指示。"

那位被称作岳将军的人挥了下手，继而友好地点了一下头，示意秦鹏宇坐下。

岳将军表情严肃地向众人说道："女士们、先生们，你们心里一定很诧异，今天为什么会被带到这里来，而我们又是谁。下面先请霍参谋与你们说明一下情况。"

说完，他看了一眼霍参谋。霍释之会意，从下首座位上立正站起，冲着岳将军和众人敬了一个军礼，说道："这里是国家安全部最高机密级别的机要会议室，是国家保密措施最强、防各类窃听能力最高的会议室。"

说着，他环指了一下周边的墙，此时，方才灯光暗淡的屏幕突然亮了许多。秦鹏宇、柳洪辰等四人才发现，原来这些屏幕一直连着世界各地的会议室。各屏幕上显示着各国的国旗：美国、英国、法国、德国、日本、加拿大、俄国等。

秦鹏宇看了眼柳洪辰、喻天格等，只见他们面无表情，一脸严肃，但也一脸茫然。

此时，霍释之报告道："茵茵下落不明，正在查访；马武因春妮儿病危，此时正在医院；高娟因丈夫去世、儿子病危，也在医院；其余三人，胡兵、丁涛、李彬都已经用专机接到北京西山机场，估计半小时内，都将到达会场。"

"很好。"岳将军点了下头，"咱们继续。"

这里竟然是国际多点会议的中国分会场，美国国家安全部相关人员正向世界各国代表介绍目前美国境内危机的最新情况。

会场是同声翻译，就在此时，美国本土因乌岩食品、医药事件，已经有超过 8000 万人失去了生命，还有数千万人正处在死亡的边缘。美国数据更新完毕，法国、德国、英国分别报告最新数据。

秦鹏宇全身已经被冷汗湿透，看来世界正面临着有史以来最严峻的考验。

问题的关键显而易见！

乌岩集团！

第二十五章 人类重任

    会议持续了一个多小时，这是一次全球联席会议，由全球最高级别的突发事件响应组织召开。世界各国的领导人基本都在，并保持着实时连线，以便及时了解全球状态。

    情况太危险了。

    会议结束时，全球死亡人数已经上亿，还有很多人处在死亡的边缘，事态正在持续恶化。

    会议每六个小时进行一次，也就是一天之内要进行四次情况通报。地球已经处于空前的危险时刻，各国必须齐心协力，合力处理现存危机。虽然此前的国际形势并不乐观，中美数轮贸易争端愈演愈烈，俄国与欧美各国关系虽然缓和，但依然矛盾重重，中东地区局势虽然几经协调，略趋缓和，可并没有完全消除紧张态势，非洲地区局部战争依旧持续，等等。

    但这一切人类的内部冲突与摩擦，在三天前都不知不觉地停止了。

    人类面临着前所未有的危机。一直以来，只存在于科幻小说中的画面与臆想，突然真实地出现在世人的眼前，让人类突然觉醒。人们惊奇地发现，所谓的血海深仇，在共同的敌人到来之后，竟然可以消失得无影无踪。冲突双方的领导人只是打了一通电话，讨论了一下局势，便达成共识，同时表现出从未有过的友好。战场上的军人相互热情地拥抱了一下，拍了拍对方的肩膀，双方即刻停火，进入紧急的病情抢救和星球大战备战。

星球大战即将开始！

与以往的人类危机不同，人类第一次受到来自外星生命的威胁。所有的网络与自媒体所讨论的头条与焦点，全都是这。虽然，依然有少数不合时宜的网红在搔首弄姿，想要吸引眼球，但当他们发现粉丝们的兴趣与焦点早已不在他们身上时，便及时地顺从民意，扮演起了人类的急先锋，发出各种声援帖，鼓励人们备战，支持与外星人浴血一搏。虽然那时他们并不知道敌人到底是谁，有什么实力，甚至来自何方。

国际网络会议结束，会议室的灯光缓缓亮起。就在此时，胡兵、丁涛、李彬等人也在几位军人的陪伴下，走进了会议室。

秦鹏宇的眼睛适应了灯光之后，看清了面前目光坚定的将军，也看清了几位当年的驴友。岳将军开口说道："各位请坐，感谢大家从全国各地赶到国家安全部，相信大家都能感觉到当前的形势十分危急。你们应该也能猜到我请大家来的原因。不过，我还是简单说下来龙去脉及请你们来的目的。

"三年前，乌岩集团开始在全球各地活跃，其中乌岩食品集团和乌岩药业集团尤为活跃，而这两个集团的主要操盘手，就是当年与你们一起前往罗布泊探险并从乌岩基地救回的程良宙与冷荒。

"我们查过程良宙与冷荒的背景，应该是清白的，在去罗布泊前既没有任何犯罪记录，也没有任何与外星人有交集的记录。可是，这两位从罗布泊回来之后，突然显示出了与常人不同的种种，具体表现在他们的智力水平、身体能力及对未来事件的预测能力等方面。

"当然，初期，他们进行的仅是商业活动，因此没有受到国家安全部的关注，但一年前的一份内参外星咨文提到了一组足以警示人类的信息，乌岩星系可能对人类采取行动，可惜信息提供人在发出那条信息之后，就再也没有发出任何后续情报，那条信息也与之前那些貌似无用的信息一样，被淹没在情报的海洋中了。

"直到十三天前在美国出现全球第一个死亡案例，到现在，一切零散的资讯才开始联系在一起。所有情报均指向一个事实，以乌岩星系为首的外星人，开始对地球下手了。

"你们看到、听到的一切有关人类近些天的突发疾病，95%以上均来自乌岩星的攻击性病毒。那些病毒机理到现在依然没有被我们的专家所破解，所以很遗憾，正如你们刚才听到的，已经有上亿人失去了生命，从趋势看肯定还会有更多的人将在这场灾难中失去生命。"

岳将军说完，沉默了数十秒，他在控制着自己的情绪，控制着自己的悲伤与愤怒。

秦鹏宇看了下当年的驴友们，心中明了。见将军沉默，他便举手示意后站了起来，说道："岳将军，我大致能猜到您请我们来的目的，我是军人出身，只要国家需要、人类需要，我绝对听从召唤。相信胡兵、丁涛……"说到这里，他停顿了一下，看了一眼柳洪辰、吴莺等，继续说道，"还有我的团友们都是一样。请您吩咐，需要我们做什么？"

说完，两后跟一并，挺直胸膛看着岳将军。

岳将军没有露出意外表情，也没有外露欣喜，只是微微冲秦鹏宇点了下头，目光透出暖意与认可，示意秦鹏宇坐下。

他继续说道："谢谢你们对国家的忠诚。那我就跳过动员这一环节，直接讲解目标。"说完，在他的目光示意下，作战参谋按了一个按钮，会议桌上显示出激光三维地形图。

柳洪辰惊讶地叫了一声，与秦鹏宇对视了一眼，他与秦鹏宇都看出这是罗布泊的三维地形图。丁涛、胡兵也是目光炯炯，显然他们也看清了形势，仿佛都回到了当年的从戎岁月。

岳将军用激光笔指向罗布泊的中间某部，说道："也许你们已经看出，这一带是罗布泊腹地，是外星生命在地球的聚集地。"他略一停顿，眼神忧郁，继续说道："可惜的是，人类目前的科技水平还有限，虽然有很多情报指明，这里有许多外星人基地，但是我们目前的监测手段，一直没有发现他们的存在。无论是用雷达、巡航飞行器搜索，还是卫星探测均无收获。

"但是，从之前情报看，你们中间有些人到过那里，而且与外星人有过正面接触。相信你们曾经见过他们，甚至与他们有过交流，现在请你们仔细介绍一下当时的情况，以及你们对这件事的处理方案和建议。"

说完，岳将军不再作声，看着秦鹏宇等人。

秦鹏宇听后，看了一眼柳洪辰，确认他是否有意先发言，见此时他与吴莺并肩而坐，信任的目光投向自己，便不再犹豫，想着是否应该站起来。目光扫了一眼岳将军，岳将军倒也随和，平静回视，示意不必起立，请直接开讲。秦鹏宇便坐直了开口说道："岳将军，三年前，我们一行进入罗布泊，在第一个夜晚队友就遭遇劫持，他们分别是茵茵、喻天格、程良宙和冷荒。

"程良宙和冷荒是头一天在雅丹地带，遇到如龙般游动的雅丹而被劫，茵茵和喻天格是第二天因龙卷风遇劫。之后我们去寻找他们，无意中发现一个外星人基地，是赤焰星系在地球的基地。继而我们在赤焰星源者的帮助下，前往乌岩星系地球基地，救出了茵茵、喻天格、程良宙、冷荒等四人。"

接着，秦鹏宇将当时的情形仔细地说了一遍，内容尽可能详细。因此事情已经涉及国家与人类生死存亡，秦鹏宇不再有任何保留，将他所知道的、所记得的所有细节，和盘托出，不再顾及宇雅当年的嘱咐。

"你是说，你们是靠赤焰星系所提供的装备才快速找到并进入乌岩基地的，而靠肉眼观察时，你们并没有看到任何东西？"岳将军机敏地确认道。

不等秦鹏宇回答，柳洪辰肯定地确认道："我相信这是由人类的三维感官和神经处理的局限造成的。当我穿着五维飞行服观察关押程良宙与冷荒他们的牢房大门时，看见它是一个形态扭曲的高速旋转入口，身着五维特制飞行服的生命可以随意进出。可当我摘下飞行头盔，却吃惊地发现，哪里有什么旋转入口，完全是如假包换的铁门！"

岳将军皱着眉头，他能听得懂柳洪辰在说什么，但真是有点不可理解，不敢相信。

沉默了片刻，岳将军问道："那你们是怎么进入外星基地，又是如何逃离的？"柳洪辰答道："我们到达时，乌岩基地并没有处于警戒状态，不过现在想起来，他们应该是有意放松警戒，故意让我们进去的，因为整个救援过程过于顺利。后来每次想起，都觉得有些不可思议。尤其是关押程良宙、冷荒的牢房，很奇怪，我们戴着五维头盔时，那门是个旋转入口，可当我摘下头盔，看到的却是一扇普通的铁门！"

"这些外星人是五维生命体，他们的生命状态与咱们地球人完全不同。他们的生命等级与状态要高于咱们地球人类，而且，坦率地说，我能感觉到，他们的科技水平比咱们高出许多层次，完全不是一个级别的存在。"秦鹏宇低声补充道。

岳将军看了眼秦鹏宇，又看向柳洪辰，问道："那协助你们的外星人与他们相比高下如何？他们对人类是什么态度？"

秦鹏宇与柳洪辰交换了一下眼神，转向岳将军："协助我们的外星星系叫赤焰星系，他们与乌岩星系一样，也处于五维空间。他们应该属于同一等级。他们对地球不敢说友好，但至少没有恶意。而且，他们似乎很反感乌岩星球对地球的策略！"

"哦？"岳将军目光闪烁，示意秦鹏宇继续。

"赤焰星系曾经很担心地球人类的安危，因为他们知道同在五维的乌岩星系对地球过去四百年的爆炸性进步非常焦虑，担心地球升维后，会影响星系目前的能量平衡。乌岩星系一直想出手阻止地球进化，可又受《低维生命保护法》的限制及他们同维或高维星系反对，所以迟迟不敢贸然出手。"

在旁一直没有出声的霍释之吃惊地叫了一声"啊"，又自知失态，马上恢复了原样。

秦鹏宇扫了一眼霍释之，继续解释："赤焰星系对地球应该持友好态度，这点从当年他们对我们的态度，及全力协助我们救助茵茵与程良宙他们就能感觉到。他们是一群能力超群，同时对地球心怀友善的外星人。"

"为什么？"岳将军目光炯炯。

"除了友好协助我们之外，他们还很喜欢地球的文化。我觉得，当一个高维生命发自内心地热爱一个低维生命的文化现象时，他们的内心应该是善良的。"秦鹏宇思忖着答道。

"好，如果我以国家的名义命令你们，以人类的名义请求你们，去请赤焰星系地球基地的外星生命协助地球，你们可以去做吗？"岳将军直入主题。

秦鹏宇、胡兵、丁涛唰地站了起来，一同后跟并齐，打了个立正，齐声回答："坚决完成任务。"

岳将军面露喜色，他为部队带出了这么好的士兵而感到自豪。秦鹏宇等人离开部队这么多年，依然对国家、对人民心存崇高责任感，没有任何条件就接受国家赋予的任务。

他看向霍释之，说道："好，下面，由霍参谋给你们下达任务。"

霍释之一个立正，顺手一伸，手中激光笔亮起，他说道："我需要你们兵分两路，一路，如当初一样，由秦鹏宇、柳洪辰、吴莺三人组成，驾驶第一辆车，直奔赤焰星系地球基地，代表地球，请求赤焰星系伸出援手。第二路，由胡兵、丁涛、喻天格、李彬等四人作为第二梯队，在外围策应，如果第一梯队出了意外，由你们继续完成任务。"

吴莺举了下手，见岳将军示意，怯怯地说道："岳将军，我能理解您为什么派我们去，可是，我们行吗？我们只是普通人，赤焰星系凭什么信我们、帮我们。不知是否方便问你们还有没有其他计划？我们对自己可没什么信心。"说完，生怕自己说错了话，她看了眼柳洪辰，目光游离。

柳洪辰伸手，坚定地拍了拍她，以示同心与鼓励，继而望向岳将军。虽然他并不完全赞同吴莺的观点，但也有同样的顾虑。既然吴莺提出了，他必须与吴莺保持一致。

岳将军看了眼他们，并不准备回答，他用目光扫了眼霍释之，霍释之会意，朗声答道："吴老师请放心，一方面，不瞒你们说，国家安全部曾经进行过无数次探测，都没有发现你们曾经到过的赤焰基地，相信你们与他们之间存在着某种缘分或相近的频率，上次你们能发现他们，这次一定也可以。所以，请你们三人作为第一梯队，代表人类行动，争取得到外力支援。另一方面，我国及全球所有军事力量已经全面集结，如果能谈则谈，假如谈不成，我们将倾全力攻打乌岩基地。"

秦鹏宇听着，心中疑惑，不觉瞥了一眼霍释之。攻打乌岩基地？打哪里呀？

不过此时，他没有心思与霍释之抬杠，因为现在他仿佛已经重着戎装，再次回归队伍，他与霍释之已经是一个战壕里的战友，他现在要想的是如何到达赤焰基地，如何说服并获取宇雅及赤焰星系的有力支持！

宇雅，宇雅，高贵的生命，请帮助我们吧！请帮助地球吧！

岳将军凝望着他们，沉默了数秒，缓缓说道："请各位注意，人类已经没有太多选择。你们肩负着的不仅是国人的希望，还有人类的重托。不是我危言耸听，人类已经到了生死存亡的时刻了！请允许我替国家感谢你们，替人类感谢你们！"说完，他郑重地立正，向众人行了一个标准的军礼。

秦鹏宇等人离开了国家安全部会议室，军方的车送他们来到某军事基地。

霍释之下车，顺手关上车门，对众人说："你们有半小时与家人电话告别，但没有时间回家了。要知道，现在每一分钟，都有上千人失去生命。"他看了一下表继续说："现在是下午三点半，半小时之后，也就是北京时间下午四点整，军用专机将起飞，送你们到米兰镇，你们三年前旅行出发的地方。有两辆路虎越野吉普在那里等着你们，型号装备与你们当初完全一致。"

见众人惊愕，霍释之补充道："外星人实在有些行踪不定，我们只好尽全力复制你们当初所有条件，尽量让所有状态与当初相同，至于结果怎样，真的无法预料。不管怎样，我们尽力了。"

说完，他向秦鹏宇等点了下头，便匆匆离开。

秦鹏宇、柳洪辰等七人在一位士兵的带领下，来到驻军会议室。坐定，众人面面相觑，不知怎么开口。

喻天格看了眼秦鹏宇，打破了沉默："鹏兄弟，此行非同一般，我理解你们兄弟三人，军人出身，已经习惯了一切行动听指挥。可这事儿，真的说不清，不是咱临阵退缩，可请外星人出来拯救地球的事儿，真不是说做就能做得了的。你们哥仨儿，怎么能在岳将军面前夸下海口，说坚决完成任务。这事儿，你们有把握吗？"

秦鹏宇面无表情地看着喻天格，沉默了数秒，沉声回道："天哥，天命使然。咱们一行三年前已经遇到了常人所不能想象的奇事儿。不瞒您说，这三年来，我经常做一个奇怪的梦，梦见我化为异鸟在异度空间飞行。可等我醒来，却始终想不真切，每当再次入梦，上一个梦又再次真实地出现在我的脑海里。

"从我在罗布泊进入五维基地，见到了另一个我开始，我就强烈地预感到某一天，我还会与五维空间有交集。我原以为只是重游故地，向宇雅这样的高维生命请教人生真谛，可没想到，我竟然会肩负着为全人类求援的使命再次与外星生命接触。这些天，我真的非常害怕，不全是害怕失去我自己的生命，失去家人。更重要的是，我有一种强烈的感觉，人类不会因此而灭亡，命运让我们见到了五维世界，并让我们从乌岩基地救回你、茵茵、程良宙、冷荒。事情不会这么简单地结束，命运一定还有安排，虽然我不知道会是什么，但我有强烈的感觉。目前所发生的一切，不是故事的结束，而只是故事的开始。

"几年前，美国有种瘟疫流行时，我正好计划带着妻子和儿子去美国旅行。当时一位朋友就劝说我，'你吃香喝辣很多年了，已经饱尝人生美好，可你儿子还小，干吗要带他涉险'。

当时我真有些犹豫，不是为我，而是为我的儿子。我对他说过，今天我依然这么认为，我依然对生活充满乐观与探索欲，我可以自豪地宣称，我没有荒废生命。从现在起的任何一天，如果我离开了世界，我都是带着快乐与满足离开的。

"每个人终有一死，关键要看他因何而死。人类现在面临着空前的劫难，如果能用我们弱小的躯体，挽救整个人类的命运，哪怕前面是刀山火海、我们会万劫不复，我也心甘情愿，而且是带着万分的荣耀与幸福感去执行这一使命的。之所以向岳将军表示坚决完成任务，不仅来源于曾是军人的信念，更来源于多年创业的信心。对自己能力与实现目标的信心，是攻取一切目标的基石。

"公司运营中，我常对公司员工说，真正好的员工，并不是会挑公司毛病、找公司问题的员工，而是不仅指出公司问题，同时还能提出解决方案的员工。注意，不仅要有解决方案，还要有许多解决方案，在当前解决方案都失败或可能出现偏差时，能够通过主要目标，派生出更多可行的、合理的解决方案。这才是合格的轴心，这才是世界进步的源动力。"

接着他自信而又豪迈地说了句："我们已经习惯了成为原动力，我们将自豪地、荣幸地，以源的身份，为地球，为人类，争取一次机会，一次生存的机会。"

喻天格有些莫名地摇了下头，阻止道："兄弟，我知道你自信，但这事儿，不是咱们一介草民能做的。遇事要找专家，这事儿，我觉得咱们还是应该从长计议，请岳将军找外星谈判专家处理。"

秦鹏宇看着喻天格，目光深邃，不再多说。

吴莺并不理会喻天格的担心，也不顾众目睽睽，悄然依偎在柳洪辰的怀中，静静地听着他的心跳。

三年前，在那广袤无垠的罗布泊旷野上，在赤焰五维基地，在扑入柳洪辰的怀抱时，她突然发现，那片胸膛是她追寻了一生的完美港湾。她与他的心，从那一刻起就紧紧地连在了一起。

生命只是历程，他们都是那种不求天长地久，但求今生拥有的人。一生中，哪怕只有一刻，找到了心意相通的人，便足矣。他们已经非常幸运了，已经在一起三年，虽然没有办结婚手续，可那张纸算什么。他们在一起，厮守在一起，心在一起，虽然已经不再像初时那样卿卿我我，可他们在一起的每一天都是那么开心与愉悦，这已经足够了。

所以此刻，她并没有多说什么，虽然她对此行并没有多少信心，但那不要紧，因为她是与柳洪辰一起去的。即使此行不测，失去了生命又怎样！她的生命中已经有过深爱的人。

柳洪辰搂着她，心存爱怜。他并不想阻止她一起去。与她一起，与心爱的女人一起去冒险，为人类崇高的目标去冒险，与她一起去践行一生的理想是多么幸福的事情！生命很重要吗？享受生命旅程，让生命中每一秒都愉悦、满足地度过，这才重要。

喻天格望着他们，不觉耸了下肩。他扫了一眼丁涛、胡兵，更有一种秀才遇见兵的无奈，不觉长叹一声。他不是怕死，他真心觉得专业的事应该由专业的人去办。他们作为普通人，在这里瞎掺和啥嘛！

想到程良宙从乌岩星系基地回来后突然智力飞涨，让他可望而不可即，冷荒那神奇感知能力也让他惊异不已，即使是茵茵，与他一起被卷上天际的茵茵，后来都让他刮目相看……唉，怎么他们都有奇遇，怎么我依然如此平庸，而且，怎么感觉越发彷徨了呢?

　　是呀，茵茵，怎么茵茵这次没来，她在哪里呢? 她现在怎么样了?

第二十六章 重返罗布泊

半小时后，霍释之准时到来，亲自驱车将他们送到军用机场。

他们坐的是国产军用吉普车，由于行事低调，并没有太多的武装警戒。此时的北京也处于非常时期，几乎每分钟都有人在医院或家中死去，整个城市的上空飘荡着一种不祥的气息。

秦鹏宇默默地看着窗外飞速后退的景物，心中异常平静。也许是军人出身，越是面临紧张的局面，他越发冷静。他并没有儿女情长地与妻儿长吁短叹，甚至没有告诉他们要去罗布泊。

近些年他出差极多，起初，妻子还抱怨过几句，后来双方都忙，抱怨的次数就少了。也不能说是感情淡了，也许，双方已经将对方当作亲人，不再如小情侣那般浓情蜜意。再说，秦鹏宇深知此行凶险，虽然他们去过罗布泊，但此行与三年前完全不同。那次是旅行，而这回他肩负着拯救人类的重任。他没把握一定能说服赤焰星系出手，更不确定乌岩星系是否能给机会让他们这样轻松地完成使命。此行可以说是前途未卜，吉凶难测。

他不能在电话里直接说他们要去做什么，霍参谋说得很清楚，出门之后，不许再向别人提任何此行的目的与任务，家人也不行。因此秦鹏宇只是淡淡地与家人说他要离开几天，问了家人的身体状况，嘱咐了一下千万小心，没事不要出门，千万不要碰乌岩食品和乌岩药品，又与儿子说了几句，便挂了电话。

还是多想想如何说服宇雅吧，秦鹏宇想着。

霍释之瞄了一眼心事重重的他，开口问道："还好吗？"

秦鹏宇扫了一眼他，淡淡地说道："嗯，多年的工作习惯养成，越是有挑战的事，越能激发好的体能与心理状态。死亡人数正以几何级增长，我想相关部门正在以各种能想到、做到的手段去努力改变这一局面。希望我们这个行动组只是一个奇兵，只是无数种方案中的一种罢了。"

霍释之看了他一眼，字斟句酌地说道："我不能透露太多有关解除危机的方案，但我希望你们能认识到，你们这个行动组是国家安全部认为最有希望的。"

他又补充道："国家安全部其实有两个不同的派系，一派主张直接与乌岩星系谈判，通过谈判，了解对方的目的，找到解决方案，也就是求和派；还有一派是主战派，他们主张动用人类全部武装力量，与乌岩星系决一死战。但问题是，这乌岩星系实在太过诡异，简直是杀人于无形。到现在为止，我们能发现的只是他们在地球的投资机构和他们支持者成立的反人类组织。没有见到一个，也没有一例报告说哪里有外星人亲手残害人类的。他们利用的多是程良宙、冷荒这样的傀偏人。"

顿了一顿，霍释之继续说道："你是军人出身，应该理解，当你不知道敌人在哪里，而危险又无处不在时，才是真正让人感到无比恐怖与绝望的。所以，即使你们无法说服赤焰星系出手挽救地球，也尽可能地锁定敌人的具体方位。这样咱们至少知道打哪儿，至于怎么打，能不能打得过，就交给我们了。"

不多时，军车已经来到机场内部，停靠在一辆军用运 18 支线飞机边上。霍释之不再多说，下车，庄严地冲秦鹏宇、柳洪辰等一行七人敬了一个标准的军礼。之后，目送他们在战士的陪同下，登上了军机。数秒后，飞机呼啸而起，消失在阴霾浓重的迷雾中。

两个小时以后，他们降落在米兰军用机场。

军车将他们送到了三年前入住的伊顿宾馆。楼前，停了两辆绿色路虎，与三年前的颜色型号完全相同。

秦鹏宇走到车前，转身对喻天格、胡兵、丁涛、李彬等人说道："天哥，兄弟们，明天上午七点整咱们出发，进入罗布泊之后，咱们兵分两路，我们第一队人员直接向霍去病墓进发，第二队人员向南绕行一百公里，从南面兜过去。二十四小时后，如果没有我们的消息，第二队人员则向腹地赤焰星基地可能方位行进，继续执行我们未完成的任务。"

不等喻天格开口，胡兵、丁涛就迫不及待地说道："鹏哥，要不咱们一起吧，反正外星人与你们熟悉，能答应也就一起完成了；如果不同意，我们第二梯队也形同虚设，没什么用的。"

秦鹏宇摇摇头，说道："不是，如果这里只有赤焰星系，你们说得对，分一拨两拨没什么区别。问题是，乌岩星系是否能让我们轻松地接近他们，这才是问题的关键。出于保密的原因，霍参谋没有跟我说得太透，但我觉得，从现在起，军方的侦察卫星一定在远程监控和保护着我们，一旦乌岩星系出手阻止我们，他们一定会在第一时间打击他们。咱们既是说客，也是诱饵。"

一席话出来，喻天格等人早已目瞪口呆。

吴莺不解地看了眼柳洪辰，目光充满了疑惑。

柳洪辰在她耳边轻声地说了句什么，她便不再作声。

看了眼众人，秦鹏宇笑了笑，说："都别愁眉苦脸的，兄弟们，咱们喝一杯去。在人类生死存亡的时刻，居然是我们站在了最前面，这是多么幸福的事。让我们好好庆祝一下吧！"

柳洪辰、丁涛、胡兵最先响应。可不是，当你根本无法控制事情的发展趋势时，不如坦然面对，尽最大努力去完成使命，这就是最好的应对。

酒是出征前完美的催化剂与润滑剂，那晚，他们喝得很开心，也很尽兴，虽然气氛依然有些压抑。而大战在即，谁也没敢喝得太多，都控制着量，只是让酒精在身体内慢慢地渗透，让激情在大战前夕那一点即燃的空气中绽放、升华。

天还没亮，秦鹏宇、喻天格等一行人向着罗布泊进发，重复上次的轨迹，希望能找到三年前发现的赤焰基地。

秦鹏宇坐在了第一辆车的驾驶位，按出发前的计划，他与柳洪辰、吴莺等三人上了第一辆车，喻天格、胡兵、丁涛、李彬等四人上了第二辆车。

出于多年的习惯，秦鹏宇、喻天格两人在出发前一小时已经来到车上，仔细地检查了车中的装备。好家伙，真全。两人对视一笑，也就是当时处于非常时期，他们不敢过于得意，如果是平时，他们能开心死。此时这些装备都是保障，是他们出行的生命保障，更是人类能否延续的希望。

风景依然，依然是那份亘古的苍凉。高低错落的岩层，在岁月与时光更迭后，曾经的罗布泊已经消失得无影无踪，剩下的唯有天地苍茫。当年的湖底，如今已经成为干涸、斑驳的旷野，在车轮碾过之后，扬起漫天无际的灰尘。

所有人都无心交流，无心观景，只是到点停车休整，然后继续赶路，而车速也比平时旅行快了许多。原因很简单，网络电台不时地传来人类文明世界的最新状态。仅仅在他们离开不到三天的时间里，又有数千万人失去了生命，而且，这个数据的增长毫无减缓的趋势。

秦鹏宇额头的汗不停地往下掉，不全是因为气候炎热。这三天，他突然感觉到前所未有的压力，人类的大量死亡虽然不是他的错，但如果他能早一天到，能早一天说服赤焰星系协助人类解除危机，则可以挽救很多人的生命。

到现在他还是不能理解，为什么国家安全部不直接用飞机将他们送来。"如果那样根本找不到赤焰基地。"当时，霍参谋这么跟他解释，这似乎是一个必要的程序，不沿着当年的轨迹，他们根本无法找到赤焰星系地球基地的所在。

这仿佛是一次朝圣，是一种古老的祭祀，是人类用诚意向更高的生命体表达致敬的祭祀。军机曾经在可能区域的上空进行过无数次搜索，但都毫无结果，只能希望秦鹏宇他们的生命磁场与赤焰星系有某种特殊的契合度，能在地面行车的过程中，发现三年前的密码。

秦鹏宇、柳洪辰在前排紧张地观察与搜索着。要找到赤焰基地，得首先找到那块军事基地的牌子，或者是霍去病圆形墓地。可是，他们看过霍参谋提供的十多个军事基地的相片，没有一张与当年他们看到的相似。奇了怪了，难道那个军事禁区的牌子也是赤焰星系造出的假象？

不应该吧，当时，一切是那么真实，那一切的一切，仿佛发生在昨天。那白底红字，那军事禁区森严的感觉，怎么可能会是假的？可是，如果是真的，他们已经在这里转了许多圈，怎么会没有看见任何标志呢？

气温越来越高，秦鹏宇头上的汗也越来越密集。黄豆大的汗珠一颗一颗地沿着他的额头和脸颊滚落下来。他的衣服已经湿透，他的眼扫向四周，一份难以言表的焦虑让他的心愈发煎熬！宇雅，宇雅，你在哪里？

吴莺此时似乎更为冷静，一路上，她并没怎么说话，上身挺得笔直，目光炯炯，整个人已经完全进入状态，成了一个专业的搜索机器。她的神经完全处在紧绷状态，任何特殊的与当年相吻合的迹象，都不会逃过她如鹰般的目光。

突然间，她的声音破空一般传来："鹏哥、阿辰，你们看，霍将军墓！"

秦鹏宇、柳洪辰顺着手指看过去，那熟悉的圆形山坳在夕阳的余晖下，静静地散着青烟，如霍将军当年轻鞭遥指，貌似慵懒，实则目光炯炯地虎视着北方，随时可能剑指天狼，带领千军万马，荡平犯我大汉之匈奴。一切看似平淡无奇，可一石一尘、一草一木却散发着无法遮掩的雄威。

霍将军墓就在不远的前方！

秦鹏宇、柳洪辰见状激动不已，连忙转向驱车飞驰而去。

不多时，三人已经驱车靠近，秦鹏宇停车熄火，三人下车，警惕地四下张望了一番，见无异样，便抓起长筒手电，向山洼一路小跑而去。

还是那座石门，威严肃穆。秦鹏宇、柳洪辰略一停顿，向墓门略一鞠躬，便不再犹豫，伸手推开了墓门。

"宇雅，宇雅！"进门后，秦鹏宇、柳洪辰便迫不及待地喊了起来。

并没有声音回应，秦鹏宇、柳洪辰相互对望了一眼，又四下仔细地看了一遍，壁画如故，雕像如故，但没有任何生命迹象。宇雅呢？他们心中的救星呢？

吴莺突然灵光一现，不再左顾右盼，也不理会正到处焦急寻找的柳洪辰与秦鹏宇，直奔霍去病雕像，伸手抓起霍将军胸前所挂的玄铁双鱼玉佩。电光石火之间，在吴莺对面豁然出现另一个美艳女子，柳洪辰、秦鹏宇二人不觉大吃一惊。

他们眼前赫然又出现了一位美艳的吴莺。

秦鹏宇顿时清醒，心中暗叹："原来如此！"

吴莺像是胸有成竹，淡淡地看了眼另一个自己，并没说话，更没有仔细观察打量一番，只顾四下张望。

"小猫，你们又来了？"此时，婉转动人的声音从四周响起，如绝版立体声展示，那声音要远优于人间所有顶级音响展示厅展现的绝唱。

随着声音的出现，隐隐中，一只巨大的九头凤凰凭空而现。

"宇雅！"秦鹏宇、柳洪辰、两个吴莺齐声惊喜地喊道。

宇雅并没有因为他们的失态而有任何异样的表现，依旧是优雅无比的身姿，若隐若现，美妙的声音在狭小的空间里，仿佛无处不在。

"你们来了！"是宇雅平静的歌声。

秦鹏宇似乎是最先找到视力的焦距的，他抬起头，无比激动、无比崇敬地看着宇雅说："万能的宇雅呀，万能的先知，您一定是早就知道我们会来到此地了，也一定知道我们为何而来。"略一停顿，他继续说道："人类已经面临极为严重的灾难，我们代表人类前来向您求援。"

宇雅没有说话，只是默默地望着他们，目光中充满了智者的理解与超然。

秦鹏宇望着她，充满了崇拜，按捺下激动的心情之后，继续说道："尊敬的宇雅，也许人类的生命对您来说微不足道，可是对我们来说，每一个正在逝去的生命，都是我们的亲人，都是情如手足的家人。为了您曾经喜欢过、关注过的地球生命，我们代表他们，恳求您的帮助。"

宇雅的目光中充满了智慧的光芒。

他就那样默默地看着秦鹏宇，沉默了片刻，再次优美地唱道："人类正在面临宿命中的劫难，我们又能怎样？"

秦鹏宇望着她，突然觉得人类无比渺小，一种无比的崇敬与激情瞬间涌遍了全身。

只听他如蚊蝇般的低诉："宇雅，万能的源者，人类正面临浩劫，希望伟大的赤焰源者能出手援助，救人类于水火。"

良久，宇雅幽幽地叹了一口气，说道："其实地球正在面临的一切，我们都非常清楚，可这是你们的事情，是冲维生命所必须承受的劫难，不是我们所能干预的。"

顿了片刻，宇雅继续说道："要知道，人类目前的局面，其实是你们自己造成的，我们根本无能为力。"

秦鹏宇似乎明白了什么，想了一下，突然抬起头，说道："宇雅，就算人类中某些人异想天开，想要冲维，可那与大多数人类毫无关系。您就忍心看着上亿人就此失去生命，重演人类一将成名万骨枯的历史悲剧吗？"

正要转身的宇雅突然回头，目光如炬，看了一眼秦鹏宇等人。那份压力让秦鹏宇等一时无法承受，都不觉晃了一下。

忍了一下，秦鹏宇继续开口说道："尊贵的宇雅，我能体会到您的深意。可是，不管某些人类有怎样的野心，不能因为他们的盲目自大，让人类这个种族的生存与繁衍受到牵连。我们作为人类的使者来到这里，请求您一定看在这如水般坚韧、生生不息、执着地奋斗数万年的生命的份上，给我们一个机会。我答应您，地球人类如果能在您的协助下得到延续，将来赤焰星系需要协助时，我一定会赴汤蹈火，拼尽全力，我代表我们的种族，用我们的生命与灵魂向您发誓。"

宇雅一脸严肃地踱着优雅的步子，似乎在思考着秦鹏宇的建议。

突然他停了下来，一脸严肃地看着秦鹏宇，唱道："你愿意为人类立下血誓吗？"

秦鹏宇一怔，虽然他不太明白什么是血誓，但既然宇雅这么说，一定是非常严肃的事情，而且人类已经处于即将灭亡的境地，还有什么能比人类文明延续更重要。管他什么是血誓，能答应的先答应再说，想到这里，秦鹏宇一脸严肃、一脸庄重地说道："尊敬的宇雅，我答应您！"

宇雅看着秦鹏宇，目光审视，继而又点点头，唱道："好，我记住了，我会告诉你们进行血誓的方法。不过，现在人类面临的情势十分危急，就算我们全力而为也很难化解，除非……"

没等宇雅说完，秦鹏宇迫不及待地跟道："宇雅，没有除非，只要是我们能做的，我全力配合您，哪怕，献出我们的生命。"

宇雅不解地看了一眼他，似懂非懂，自言自语："可是，当你的生命与灵魂已经不在时，其他人的生与死又与你有什么相关？"

秦鹏宇耳尖，已经听到，释然而坦荡地说道："尊敬的宇雅，我不知道我将做什么、怎么做，但我想告诉您，如果我的牺牲能换回人类的幸福与未来，我都将义无反顾。"

宇雅看着他，品味着他说的话，又补充道："人类呀，也许你并不知道自己在说什么，也不理解血誓背后的意义，我要提醒你，如果你们死去，表面看来是失去了生命，失去了未来，但其实你们的灵魂依然存在，你们的后续生命，或人类所说的来生还在。也许是地球的生命，也许是其他星系的生命，但生命还在延续，依然可以进化。可是，如果你们进行血誓，你的灵魂将永远属于赤焰星系，永无止息，除非有新功勋让你足以化解血誓。"

秦鹏宇不觉一怔，宇雅的话让他觉得非常意外，在无神论流行的当今世界，他不仅见到了高维度的五维生命，五维生命还告诉他灵魂会无限循环，这消息简直让他震惊。可，那有什么意义，他要的是，如果他的牺牲能让他的妻儿、他的家人脱离现在的苦难，那也值呀，何况，可能会让整个人类因此而摆脱灭族的命运。虽然可能存在灵魂转世，可是，那还是人类吗？那还有意义吗？人类、地球，可能从此将不复存在了。

不，不。

宇雅看着他，目光变得坚定，唱道："你叫秦鹏宇对吗？你要想好，如果你对伟大的五维星系做出承诺，对赤焰做出承诺，你的灵魂将永远属于赤焰星系，将来如果赤焰星系需要，任何时候，你都将无条件地为赤焰星系做任何事情，哪怕是付出你的鲜血与生命。而且，我要提醒你，血誓过程中如果血缘冲突，参与血誓的人员可能会出现反噬甚至会魂飞魄散，你可能没有来生。我再强调一遍，你可能是在用你无限的生命，换取人类极为渺茫的机会。你还愿意这么做吗？"

第二十七章　血誓

秦鹏宇抬起头，看着宇雅，坚定地说道："是，我一生都在追求自己的信仰，虽然直到现在，我也不知道自己此生真正需要和寻找的是什么。但我知道，如果有一天，在不得不做选择时，牺牲我，能够为我所爱的人和我的儿子换回一生的幸福，我会毫不犹豫，义无反顾地去做。"

"您说吧，需要我怎么做，您只管说目标，只要是我能力范围内的，我将全力以赴，无论生死。"秦鹏宇动情且坚决地说道。

宇雅定定地看了他几秒，又扫了一眼柳洪辰和吴莺，继而唱道："你们呢？"

柳洪辰只是看了一眼吴莺，并没有等她表态，或许是在她的爱的目光中已经找到答案，便坚决地说道："上仙，您说吧，需要我们做什么，只管吩咐！"

"上仙？"宇雅呵呵地笑了声，他似乎对这个名字很感兴趣，不过，他还是说道，"我可不是什么上仙，不过，我喜欢这个名字，因为我明白你想表达的意思。"

继而，他的神情变得庄重起来，目光充满了郑重与欣赏，唱道："好吧，既然你们执意为了你们的理想而牺牲，我也愿意协助你们。不过这件事情没你们想的那么简单，虽然乌岩星系的行为对地球造成了严重的伤害，也违反了《低维生命保护法》，但作为同在五维空间的赤焰星系也不能对他们采取任何动作，星际法庭也是一样。"

秦鹏宇等人听了这话全部惊得目瞪口呆。

宇雅并没有理会他们的表情，此时也无意解释，顿了一下，他继续唱道："而且，星际主流世界对地球文明也是持有不同态度的，有抱同情态度的，也有不少对一些人类无休止的贪欲极为反感的，对一些毫无节制的发展表示担忧。当然，也有许多源者对你们的文化表示出了极度的欣赏与同情。

"说实话，即使是我，有时也对你们人类的许多行为感到不理解，我真的不理解一些人类为什么会有那么多永不满足的欲望。难道你们不理解，生命就是一场没有终点的修行吗？整个生命的历程源远流长。地球是四维时空，可你们仅仅是三维生命体而已，你们怎么就能做出那么多不可理喻的事情。看看你们一些人类做的那些坏事，比其他四维世界历史上的所有坏事加在一起还要多。"

说到这里，宇雅略带愤意地扫了一眼众人，又看了一眼霍去病的塑像，唱道："那时的人类还相对比较单纯，我仔细地研究过人类史，别看人类的科技水平在不断提升，但在我看来，人性是越来越复杂。你们怎么就看不透生命的本质呢？你们真是被情爱、金钱、权力蒙住了眼睛。"

似乎他也觉得此时说太多有些不合时宜，于是话锋一转，叮咛道："既然你们决定愿意为人类付出一切，现在就听我的安排吧，不要忘记你们的血誓！"顿了一下，他继续唱道："马上回到你们的世界，做两件事，一是带回一个患病病体；二是带回一些乌岩食品和药品，我们要立即分析其成分与药性，以便针对性地提出处理方案。"

秦鹏宇等立马来了精神，响亮回答："是，马上落实。"

宇雅欣赏地看了一下三人，脸上都露出了笑意。

这两项任务对可以使用五维装备的秦鹏宇、柳洪辰、吴莺而言并不困难，他们在宇雅的示意下迅速穿上了个体飞行装备，向宇雅请示后便意念一起，腾空而去。

整个世界都因乌岩而乱，此时想找患病病体和乌岩产品简直是易如反掌。不过要患病病体而不是死者，这让秦鹏宇与柳洪辰伤了下脑筋，想起春妮儿正在病中，不如接她来，有赤焰星系五维生命的医术，也许可以挽救她的生命。

想罢，秦鹏宇在空中便联络了远在长春的马武，寥寥几句说明情况，安排他马上去找些乌岩食品和乌岩药品，他与柳洪辰即刻就到。

不多时，进入超音速飞行模式的秦鹏宇等三人已经在导航系统的引领下，在马武家小院落下。春妮儿此时已经昏迷不醒，奄奄一息。马武一脸憔悴地看着昔日驴友，目光中充满了期待。

秦鹏宇、柳洪辰并没多说，只是分别拥抱了一下马武，便递上备用飞行装备，让马武穿上，同时吴莺与马武一起又给昏迷中的春妮儿套上了备用飞行服。

几分钟后，数人准备妥当，柳洪辰给马武简单介绍了飞行原理，便牵着马武一起腾空而起。马武的身体协调能力极强，只几分钟便已经适应了飞行。看了眼背着春妮儿的秦鹏宇，双目示意，一同飞向罗布泊。

在五维飞行服内导航系统的协助下，返回基地简单至极。秦鹏宇等甚至不用语音描述地址，只是说了句返回基地，意念所致，数人已经进入超音速飞行模式，疾速驰回。

宇雅让赤焰星系工作源者将春妮儿推进了一个空间尺寸、形状、颜色均在不停变化的奇怪的装备中，马武并没有多问，只是静静地守在门口。他相信秦鹏宇、柳洪辰，相信他们不会害自己，此时的他们都在高度关注着春妮儿的状态。

见春妮儿已经进入生命中心，宇雅转身交代另一组工作源者去分析乌岩食品与乌岩药品的成分。继而他迈着高贵的步伐，以优雅无比的节奏，对秦鹏宇、柳洪辰、吴莺唱道："好了，地球的人类，现在让我们进行血誓吧！"

"来吧，伸出你们的右手，举过头顶，再从上而下，用意念将前额划开一个口子，取出一滴鲜血，再举过头顶，随我念出你们的誓言。"宇雅唱着吩咐道。

几人并未犹豫，按宇雅的吩咐郑重地执行着。

说来也奇怪，平时看似无奇的手此时却快如刀刃，在手势下划过程中前额已经被划开一道口子，那伤口又迅速复原，每个人的中指指尖上都多了一滴鲜血。而当手举过头顶时，那滴鲜血却瞬间化为血雾，弥漫在空中。

让他们更为吃惊的是，宇雅也不知从身体哪个部位伸出了一只类似人类手功能的爪子，在九头间正中的那个头颅上优美地划过，顺势一弹，一团绿色血雾也在交叠变幻的空间中散开，与秦鹏宇、柳洪辰等人的血雾混在了一起。

只听宇雅吩咐道："跟着我吟唱你们的誓言吧！"

"我发誓，今生今世我的灵魂与肉体都将属于伟大的赤焰星系，我永远无条件支持赤焰星系的任何决定，坚决执行赤焰星系的任何指令。当赤焰需要时，我将随时献上自己的灵魂与生命。"

血誓完毕，宇雅满意地看着众人，唱道："欢迎你们，从今天起，你们不仅是地球的公民，也是赤焰星系的源者了。赤焰不会让你们做无谓的牺牲，更不会像地球统治者那样要求你们做无耻的事。我只会要求你们，今生今世永远维护赤焰星系，让赤焰星系高贵的理念，在地球上传播。

"不过，今天不是说这些的时候，现在你们要为挽救你们的同类而努力了。这些，是我们所能做到的。"

说完，九个头颅上的十八只眼睛都望着秦鹏宇等人，他庄重地唱道："那位患者只是个医学采样，而你们带回的样品，虽然能进行成分分析，但只有病源与结果，没有中间过程等数据。现在我要你们当中的一个人，在赤焰源者面前服下这些食品与药品，源者将跟踪分析这些病理生成的原因，并实时跟踪变化过程，从而在最短的时间内找到解决问题的方案。

"不过，我要提醒你们，这个过程将会非常危险，也非常痛苦，甚至可能有生命危险。由于形势紧迫，我们不得不采用加速分析法，在病变过程中随时进行破体跟踪，分析过程需要采集病体的身体和心理信息，最佳的采集需要病体保持清醒的状态。只有这样，我们才能实时读取病体的所有身体与心理反应数据。为了更加精确地还原数据，在观察过程中，是不能进行麻醉的。参与配合测试的人将会非常痛苦，尤其在破体干预时，身体将承受如凌迟般的痛苦。如果第一个人没顶住，在采集过程中死去或昏迷过去，就需要第二个人继续进行。你们听懂了吗？想好了吗？谁先来呢？"

秦鹏宇默默地看了一眼柳洪辰和吴莺，向前走了一步，坚定地说道："我来！"

宇雅看着他，并没有着急表态，其中有两个脑袋分别看向了柳洪辰和吴莺，但更多头颅上的眼睛依然紧紧盯着秦鹏宇，过了许久，又重复唱了一遍："你要知道，这一切的感觉，将如你们古代凌迟一样痛苦，你确定愿意这么做吗？"

秦鹏宇坚定地点了一下头，声音有些激动地说道："如果我的牺牲，能守护我的儿子与所爱的人的生命，能拯救人类，我愿意。"

宇雅看着他，点了一下头，又看了一眼柳洪辰和吴莺："如果他没有扛住，还有人愿意继续吗？"

吴莺充满柔情地看着柳洪辰，两人四目相对，眉目传情，然后同时转头看向了宇雅，说道："我们也愿意。"

宇雅那高贵的头颅又点了一下，目光中充满了赞许之意，唱道："如果你们想好了，就跟我来吧。"

说完，他带着三人来到了一间房间，充斥着各种仪器仪表和检测装置，但与四维世界的稳定状态不同，这些装备在空间中不断出现重影层叠。

宇雅看着秦鹏宇，问道："你准备好了吗？"

秦鹏宇坚定地点了一下头。

宇雅其中一个头转向一台如检测仪状的东西，唱了句听不懂的话语。

让秦鹏宇、柳洪辰、吴莺等三人目瞪口呆的是，他们一直以为是五维空间设备的家伙，居然如生命一般发出了声音，主动移了过来。五维空间的机器人也太高级了，怎么跟活的似的？但紧接着，他们发现，这东西好像不是机器人，他是一个生命体，一个可以随时变换形态的生命体！

此时，那台仪器已经变了一个样子，样貌与人类相差甚远，也不像宇雅，他是一种类似球体的生命，周身还长着无数只手或爪子。他可以用那些爪子走路，也可滚动前行，甚至可以如气球般飞行。那无疑是个生命体，因为当那个"多爪球"沿着秦鹏宇滚了一圈之后，选定一个角度，突然伸出了若干只长短不一的手或爪子，轻松地将秦鹏宇托举起来，使其悬浮在空中。

正惊疑间，空间传来宇雅缥缈的歌声："记住，你要尽力保持清醒的状态，系统只能读取你清醒时的信息。一旦你昏迷过去，失去了意识，数据采集将中断。如果信息采集中断，数据分析不完整或不完善，信息采集还要继续进行，也就是说，你的同伴还要经历一次和你同样的痛苦。"

"准备好了吗？"宇雅问道。

"来吧。"秦鹏宇在空中喊道。

没有更多的交流，柳洪辰与吴莺只看到秦鹏宇浑身一震，一股水柱从空中直接射向秦鹏宇，没有任何飞溅，那水柱全部注入了秦鹏宇的体内。

那是已经被液态纳米化的乌岩食品与药品。为了加速实验，那些药品与食品已经被赤焰基地实验室化为溶剂，注入秦鹏宇的体内。

"现在乌岩食品与药品已经进入你体内，源者正在进行加速实验。生命体态检测仪会根据你的身体反应收集数据并快速计算配对，完成生物基因对抗演算，然后生成对应药剂方案。本来这是一个相对安全的实验，考虑到人类目前现状，我们不得不进行加速实验。源者会将每一种演算得出的可能的源污染、解决方案分别注入你的体内。因为注射频繁，所以每一次注射对你来说，都可能像是一把刀在割你的肉。"

"啊！"宇雅的歌声还没停下，秦鹏宇的惨叫声已经传出。显然，这是秦鹏宇下意识发出的，紧接着，秦鹏宇咬紧了牙关，想显示自己的英雄气概，但紧接着，又是一声惨叫。之后，听到的更多是闷声的低嚎，如野兽般的哀吼。

吴莺眼尖，已经看到秦鹏宇的嘴里，不知何时多了一个类似毛巾之类的软体，被秦鹏宇紧紧地咬在嘴里，以防止他无意识中将自己舌头咬断。

显然此时的秦鹏宇痛苦至极，他浑身在大幅度地扭动着，因为被一股不可见的强大力量所支撑着，他没有摔到地上。痛苦在不断加剧，他的身体在不停地扭动，每次注入都让他如身受凌迟。他的脸因为痛苦而急剧变形，但能看出他在撑，在苦苦地支撑着。

终于，在一次又一次的痛苦和挣扎后，秦鹏宇大叫了一声，嘴里的东西掉落，一口鲜血喷涌而出。

他不动了。

那位"仪器君"转动着球形上身向宇雅做了个示意。

宇雅平静地看着柳洪辰和吴莺，唱道："他已经昏迷了，也许还有救活的机会。可现在实验数据还不够，无法算出解药配方。下面你们谁继续？"

没等柳洪辰张嘴，吴莺就冲在了前面。

"我来。"吴莺冲宇雅喊道。

继而，她转向柳洪辰，柔情地说："女人的脂肪厚，耐疼痛能力比你们男人强。再说，秦鹏宇已经为男人们取了样本，让我为天下女人做些事吧。"

柳洪辰还要争执，吴莺已经将他推向一边，毅然地飞身一跃，向刚才秦鹏宇被悬空的位置飞去。

"仪器君"不等她落下，就瞬间将她在空中的优美姿势定格。

"啊！"一声喊叫，但随即又被吴莺忍住，下一声，又一声都这样努力地被吴莺压制着，声音虽然也是尽量控制，但频率却比秦鹏宇高了许多，也痛苦许多。

与秦鹏宇一样，吴莺的身上看不到血，但衣服却如被快刃划过一般，每一支水柱喷过，衣服上便多出一道口子。不多时，吴莺已经衣不蔽体。

柳洪辰心疼地看着在痛苦中煎熬与扭曲的吴莺，再也忍不住，冲向宇雅，喊道。他不得不用喊的，因为，他说话的声音已经完全被吴莺痛苦的喊声所盖住。

"我能与她一起接受检测吗？让我一起与她承受痛苦。"

"当然可以，这样效率可以更高，不过，如果她能扛得住，你不需要去的。"宇雅唱道。

柳洪辰二话不说，也学吴莺的样子，几步助跑，飞向吴莺，他在空中张开了双臂，试图用自己的身体去保护吴莺，保护他心爱的女人。能与她一起分担痛苦，哪怕一起死去，也是生命中最快乐最温柔的浪漫，是世间最浩然，也最温情的陪伴。

他们就这样并肩共同承受着世间最锥心的痛苦，目光中却又充满了爱意，一起品味着人间最惨烈的爱情。

就这样不知过了多久，实验停止了，在听到检测完成后，两人陷入昏迷。赤焰基地的源者们迅速通过高级演算系统分析整理着数据，一组组分析结果与数据从输出端导出。宇雅目光凝重地看着同事们忙碌着，似乎也失去了往日的淡定，在焦急中等待着其他源者的分析结果。

第二十八章　五维赤焰

宇雅紧张地看着源者们忙碌地工作着，不时问下结果。

罗布泊赤焰基地里，数百位赤焰源者工作着，参与此次乌岩食品与药品的成分研究与解决方案制定，因为人体细胞裂变影响原理及治愈方法是一项极其复杂的工作。由于事态严峻，实验成败与工作效率关系到整个人类的生存与毁灭，作为赤焰基地的最高指挥官宇雅动用了基地所有的研究型源者，这是赤焰基地自成立以来不曾有过的。

尽管罗布泊赤焰基地是在地球上，但在赤焰飞船强大能量的加持下，整个基地内部却与真实的五维空间一般无二。那里空间交错繁杂，在肉眼看来，好似不用 3D 眼镜直接观看的 3D 电影。而真实情形却是空间交叠不停，每个物体的形貌色彩并不固定，始终处在混沌的持续变化之中。

如果让一个没戴五维眼镜的三维生物来看，这里的房间似乎都交叠在一起，许多源者都挤在同一个位置上工作。事实上他们相互之间没有任何干扰，犹如许多列车飞驰地穿过一个焦点，眼看要相撞，应该相撞，却什么也没有发生。

原因很简单，因为从五维空间的角度看，他们并不在同一时空，与我们四维世界中不同楼层的房间相似。

这两百多名源者的研发方向并不一样，属于分科流水作业，各自将自己的最新研发数据输入中央控制器。控制器终端强大的计算力迅速分析整合出不同可能的结论，再由源者科学家进行分析与讨论，然后把优化的数据重新输入。大型控制器中原本已经存在大量的人类医疗病体修复数据，科学家们只要能正确分析乌岩病源对人类的影响及修复机理，很快就可以找到人类的解药。

过了几个小时，"仪器君"用他无数只小腿，推动貌似臃肿却异常灵活的身体来到宇雅身边，轻声唱道："宇雅，病毒解读基本完成，源者们正在进行应对方法优选。由于目前人类正在大规模死去，所以我们采取相对快速简单的方法，先抑制病毒不让它杀死人类细胞，再慢慢进行康复计划。估计不超过三个小时，所有解决方案就可以分析计算完成，下一步就是如何实施了。"

他看了一眼实验室病床上依然处于昏迷状态的秦鹏宇等三人，继续唱道："我想您不会让赤焰星系亲自出手救助人类，而是让人类自己救赎自己吧！"

宇雅的一个头转向"仪器君"，点了下头，吟唱道："虽然乌岩星系这次有些出格，甚至违反了《低维生命保护法》，但咱们也不能借口出手，否则容易引起星际争端。因地球的利益，与乌岩直接对抗并不明智。"

顿了一下，他继续唱道："我已经让米其君去请秦鹏宇的同伴了，估计很快就会到。咱们将配方交给他们，由人类医药工厂生产，能救回多少人的性命就看人类自己的造化了。"

他又看了眼秦鹏宇等三人，问道："这三个人怎么样了？有危险吗？"

"仪器君"唱道："这三人刚才身遭重创，不敢动他们，只是用生命仪维持着他们的体征，不敢使用任何药物，希望他们能扛到药物研发完成，正好成为第一批受益者。"

歌声没停，"仪器君"突然脸色大变，盯着实验室五维空间中的图表，歌声都有些跑调："宇雅，快看，秦鹏宇死了。"

　　果然，仪表上秦鹏宇的生命相关数据已经消失，一切归零。

　　宇雅脸色大变，身形一闪，已经到了秦鹏宇边上。他伸出一爪，用爪背感觉秦鹏宇的呼吸与体温，眼泪不觉流了下来。

　　"不行，你一定要救他，一定要救活他！"宇雅此时完全没了平时的风度与优雅，表现如地球上张皇的小女生。

　　"仪器君"也已经飞身来到三位地球人身边，他此时比宇雅沉稳得多，同时伸出若干只手探向秦鹏宇、柳洪辰、吴莺的前额、鼻息、心口、脉搏，几秒钟后，整个身体大球转了几圈，摇头唱道："秦鹏宇的生命体征已经完全消失，而一两分钟内，这两位地球人也将死去，人类的生命实在太脆弱了。"

　　"小猫，不！"宇雅看着吴莺，用哭腔唱道。

　　"仪器君"劝道："宇雅，算了，四维生命太过脆弱，他们能有机会体会到生命的精彩，并且能在有限的生命内，见到更高级的生命状态，已经非常幸运。何况，他们是为了他们种族而献身的，算是死得其所。从某个角度来讲，他们已经是非常幸运的了。"

　　"不！"宇雅悲伤地唱出发自肺腑的歌声。

　　"仪器君"吃惊地望着他，共事了几百年，没见过他这么动感情。五维生命极少会像他今天这样，"仪器君"不免吃了一惊。不过，毕竟是高维生命，理解力与洞察力都是极强的，只一品味便马上理解了宇雅的情感。

　　他不再作声，任由宇雅抚摸着吴莺、秦鹏宇、柳洪辰的尸体，并不说话。

　　过了许久，宇雅渐渐冷静了下来，他一个头望着吴莺、一个望着秦鹏宇、一个盯着柳洪辰，一副不舍模样，其余六个脑袋全部转向了"仪器君"。

"居深，"居深是"仪器君"的名字，宇雅唱道，"他们是我见过的最可爱的四维生命，最高贵的地球生命，你一定要救他们，咱们一定要救他们。"

居深低下头，这动作只有宇雅能看清，因为对于四维生命来说，看到只是"仪器君"身体的大球向前方滚了几圈。

片刻后，居深的球形身体又回转了几圈，在宇雅看来，他又抬起了头。居深用无数只眼睛同时看着宇雅，严肃地唱道："宇雅，我理解你，但我只能答应你试试。我的第七感告诉我，这一方法可行。但你要知道，一旦失败了，这三个地球人，可能从此失去了修行与轮回的机会。因为咱们都清楚，现在他们尽管已经没有了生命体征，但这只与他们的今生有关，他们的灵魂未必消亡。他们还有轮回，甚至升维的可能。你确定要这么做吗？"

"居深，不，居深，他们已经没有来世了。我深深地感受到，如果咱们不救他们，这四维世界已经没有他们的空间，二维三维也不会有。他们的灵魂已经在刚才的凌迟中，被绞杀殆尽，不能让他们就这么死去，这个时空不能没有他们。"

居深同情地望着他，有些不知所措。

宇雅的不同手爪同时轻抚着柳洪辰、吴莺、秦鹏宇等的脸颊，无限悲戚。突然，他的一个头从四维世界的朋友们身上抬起，突兀地问道："居深，意念之间，魂行万里的传说是真的吗？"

居深听了宇雅的歌声不觉吃了一惊，连忙唱道："宇雅，这太冒险了，咱们虽然是五维生命，但很难精确判断人类生命的走向与存活。可是我可以确定，此时让他们的魂魄穿梭太空，如果生命体征能修复倒也罢了，一旦失败，他们所有生命本身自带的修复功能、自愈功能就会全部失效。咱们这算干涉了生命自然进程，可能让这三个可怜的生命真的毫无机会了！"

宇雅坚定地点了点几个凤头唱道："居深，我的感觉告诉我，我生命深处的共鸣告诉我，他们会成功的。我地球的朋友们，会成功的。我不能让他们就这么死去，不能让他们就这样中断这绚丽多彩的生命历程。我们有血誓，我能感应到他们的生命没有彻底不在，我必须赌这一次。"

居深猛醒，血誓，对了，宇雅与他们有血誓，那么宇雅实际上已经是他们生命的高维监控者。这时如果宇雅说，他们的生命已经不在，便真是不在了。

想到这层，居深不再多说，球身一跃而起，在无数小爪的协助下飞向控制中心，无数爪子同时启动与操作着多个界面。不多时，居深回头对宇雅唱道："宇雅，闪电模式已经准备完毕，成功与否，生存与否，就看他们自己的造化了！"

宇雅对他投去了信任与求助的目光。

居深不再唱什么，只是继续低头摆弄着仪器，编写着程序，宇雅此时突然唱道："居深，将我的生命与他们写在一起吧，我陪他们回赤焰母星一趟，我们是有血誓的，我要为他们的生命负责。"

居深再次吃惊地望向宇雅。

宇雅并没有再多说，只是简单地将自己在地球站的工作迅速写成一个小结，将近期工作与未来短期计划做了一个汇总，便屈膝跪坐在了地上，十八只眼睛全部闭上，不再理会居深。

居深倒也不是拖泥带水的源者，见宇雅心意已决，也不再多言，只专心编写程序，不时抬头与宇雅确认信息。见宇雅已再无理会的意思，便坚定地按下程序启动键，只见宇雅的身体发出了强劲的光环，闪烁着化为一团能量球；而秦鹏宇、柳洪辰、吴莺三人的身体渐渐淡化，化为一缕青烟，若隐若现，与宇雅的能量球旋为一体。

突然罗布泊的上空出现惊雷无数，此起彼伏，闪电连绵，不多时，一道贯穿天地的巨大闪电从云层中霹雳而下，击穿了赤焰基地的五维穹顶，而那束蕴含了无穷能量的光芒只持续了一瞬间，强光一闪，便消失在罗布泊的夜色中。

几乎在同一时间，宇宙间突然激起了无数闪电，那巨大的能量流从这一宇宙时空，瞬间传导到了太阳系的边缘，而下一宇宙的闪光波能继续这一传导，无限巨大的能量就这样在无限、巨大的光芒中，从四维升为五维，在赤焰星系的宇宙中，激出了无限的能量涟漪。

数十万光年外的赤焰星系。

赤焰母星上，突然雷电交加，这在赤焰星系是极少见的。

在无数赤焰世纪之前，这里的生命体完成了五维境界的进化，不光是源者，整个世界的生命层级同时进维，这里的生命源者与万物一同进入了五维时空。升维的那天，整个赤焰星系沸腾了,所有生命为了这个伟大的时刻庆祝了整整一个赤焰月。

其实，这里没有太阳，也没有月亮，更没有人类所谓的时间。所谓月，也不过是四维期间赤焰源者们为了计量运动节点，将赤焰母星围绕无为恒星旋转一圈的运动周期而已。升维后，那种规律性的运动已经不复存在，而是转变为一种更为复杂的五维越点，让四维生命更难以理解。

赤焰星升维后，万物变得更加清晰流畅。可从低维生命的角度看来，世界却变得更为混沌，所有的事物都繁杂交织在一起。但那只是低维生命看到的结果，更高级别的赤焰星系生命能看清每一丝繁杂。所有生命行为，所有生命可能的走向，都在一个赤焰弹指间，被演算出了无数的可能轨迹。

每个生命体，每个事件可能的走向，均在那极短或极长的时空中完美地诠释，生命从有限变为无限，变得无限精彩！所有的一切都是完美的，完美的音乐，精致的美食，无可挑剔的人生。但评论界也有观点认为，这种人生太过细致，应该像六维世界一样，让每个生命源者可以体会完全不同的生命状态。

五维生命向往六维时空的精彩，六维生命体可以随着生命体的意念随意幻化成形。可他们又听说，六维世界的生命居然对他们的生命形态依然不满意，在追求七维生命的形态与意识，那是形态无处不在，意识无所不知的时空。

可那是什么，对于五维生命而言，完全听不懂，想不通。于是五维源者们决定只做好眼前的每一份工作，享受生命历程的每一刻。

赤焰星的每位源者对他们自己这么鼓励。

赤焰源者们有很多种沟通手段，他们可以通过脑波传递思想，可以通过器官振动发出各种类似人类的语言的信号，可以用眼神传递复杂的信号，可以用肢体的振动波传递私信密码，甚至可以直接通过心灵感应传递讯息。这些能力让五维生命体之间的沟通变得愉悦而又充满了层次，但所有赤焰源者都更喜欢通过音乐来传递信息，那沁人心脾的旋律是最动人的。无论是何种生命体，何种发声方式，对他们来说，歌声是共同的享受，共同的寄托，是所有赤焰源者的最爱。

在升维后创世纪的各种纪念活动中，赤焰星系的音乐狂欢在自然山谷、河流、星系的斗转星移中周而复始地进行着，成为所有庆祝活动的最热门选择。虽然赤焰源者不能像六维生命那般可以随意将自己变为山川与河流，但他们可以去订制中心，将他们自己订制成喜欢的生命形态。之后，与大自然合为一体，从那时起，他们便是自然，每一位源者便都是真正的自然的组成部分。

他们喜欢这样，喜欢这样的生活，喜欢这样的生命形态，五维世界不时也在讨论是否有必要继续升维。没有任何一位源者在讨论是否要降维，降回四维。

那日，赤焰星系的宇宙边缘防卫装置传来了特殊的警报，那是一股来自异度空间的雷电。其能量如此之强，一瞬间，便击穿了五维时空的防护墙体，直奔赤焰母星而来。

赤焰星系防护系统迅速分析、解读球形闪电的来源，发现这能量球中竟然带着赤焰星系特有的计数法则，那是他们上古时期流传的一首歌谣。

歌中唱道："在遥远的星系中，有我向往的生命，缥缈闪烁的夜空中，有我无限的遐思……"

"是赤焰星系宇外基地的源者波，具体信息级别需要进一步确认。"赤焰星系防护系统报告着，"这是一种极少采用的信息传递方式，风险极大，但可以超光速飞行，甚至运载生命灵魂体超光速飞行，一定是宇外基地出现异常变故了。"

不多时，赤焰星系完成闪电能量的信号分析，源者们意外地在数据解析中，发现了多个生命代码重复信号。这意味着这个能量球内竟然装载着若干个生命灵魂体，而且还是来自数十万光年外的地球基地！是宇雅，居然会是宇雅，这个上世纪的传奇源者竟然亲自采用了只有遇到极高危险级别时才会采用的闪电载体，不带肉身仅通过意念返回赤焰星系，还带了三个四维生命体回到赤焰母星。

这简直是爆炸新闻，可以说是赤焰星系历史上绝无仅有的一次重量级新闻。他是怎么做到的？其实，从技术角度来说，这对于赤焰星系不是太难。难的是，一个五维生命体，竟然愿意为了三个四维生命冒这么大的风险，灵魂在毫无保护的状态下回到赤焰星系。这究竟是怎样一种动因？

一时间，赤焰星系的自媒体热度急剧暴涨，这种情况很久没有出现了。赤焰星系已经有很多世纪没有以盈利为目的的媒体了，但这并不意味着媒体的灭亡，而是有另一种充满生命力的媒体兴起——自媒体。所有的新闻、节目都不再是以盈利为目的，而是以满足源者们的兴趣爱好为目的。

升维后赤焰星的源者们，已经不再需要为生存状态而发愁。他们的生命需要能量，但能量的来源不再只是食物，而可以直接吸收各种能量，热能、源能、势能、乌能等。赤焰星系的任何物质都可以补充生命所需的能量。更为关键的是，当一个源者有什么关于生命高级问题需要深入思考时，他可以进入冥想模式，进入清修模式，不再需要摄取任何能量。

源者们已经不再需要以性爱作为生命繁衍的方式，甚至，随着生命体的进化，每个源者，已经是中性。他们没有人类那种性爱了，如果有抚育自己后人的意愿，可以分割，可以组织，可以交融。

所谓分割，就是将自己的身体分出一半或一小部分，成为另一个生命，与自己相同或不同的生命。组织是每个源者各自分割出一小部分，重新融成新的生命体，或两个大生命体，相互交融在一起，变成一个更大的生命体。总之，不再需要性爱。

他们之间，大小生命之间，是完全平等的独立生命体。

先前存在的生命体，可以创造新的，或减少生命体数量，可以消耗赤焰星系的资源，或不消耗任何能源，所以一切均随意、随心。这一切特质造就了赤焰星系源者们的超凡特质，他们已经从心态上准备好进一步升维，为了更好的心灵状态而努力。

而这一日，宇雅竟然带着三个四维生命灵魂来到了五维赤焰星系！

宇雅，为什么？

第二十九章　浴火重生

赤焰星系。

赤焰星生命订制中心。

订制中心的常规功能是完成赤焰星系源者们对不同生命形态的追求。比如，居深，也就是那位"仪器君"，出行探索四维世界之前，他的生命形态是一座险峻山峰。严格来说，那是他与许多智慧源者一起组成的一个高级生命体。他们一起用他们的精神与养分，哺育出的生命。

那是一段多么愉快的生命经历，要知道，五维赤焰世界的生命复制并不是通过阴阳或男女双方性爱后生成后代，而是通过分割、组合、剥离等模式产生新的生命。当一位源者喜欢另一位源者的思维角度或深度，如果志趣相投，他们便会在一起组成一个新的生命体，一起享受另一种生命形态。有时，这种组合可以是由两个以上生命体组成的。

居深之前那个生命态便是如此。

可有一天，居深，精确地说，那个从山峰生命体分割出的生命意识突然对探索外宇宙产生了足够的兴趣，而那个意识逐渐成形最终成为独立源者意识。如同四维世界的人有不同爱好、倾向或精神分裂者有多个人格一般，这个意识愈发强烈，强烈到已经无法与原先的生命体或母体继续共存，山峰便来到了生命订制中心，在经历了一系列意识沟通，确认与考核后，订制中心便为他完成了生命改写，将他的生命分割成了两个部分，居深的球形身体就是他的新生命表现形式。

新的生命体热爱五维生命境界，也喜欢这种来去自由的感觉。那个订制了新形象的新意识源者就是居深。因为要去星系之外工作，居深便订制了这种仪器球体般的形象。他的原体对此表示理解。其实即使不理解，也不重要，五维的境界便是随心所欲，任何一个生命体或生命组织，都可以实现与订制自己所喜欢展现或希望拥有的形象。

如果一定要找出什么不满足的地方，那便是五维的生命都非常羡慕与向往六维的生命境界。因为在六维世界，源者们不需要去什么订制中心，他们自己就可以随意改变自己的形象。可是他们又无法理解六维世界的生命为什么会向往虚无的七维空间，一个生命体什么都看不见，也感觉不到的空间，那又有什么意义呢？奇怪的是，每每六维生命听到五维世界源者们表达这一困惑时，都只是露出宽容与理解的微笑，虽然那微笑对他们来说太过模糊，他们只能感觉到笑容背后蕴藏深意，却绝对无法理解。

今天，订制中心异常躁动，因为这里来了一批特殊的客人。宇雅不仅自己以灵魂态回到了订制中心，还带来了地球上的生命灵魂，而且是通过球形闪电载体带来的。宇雅疯了吗？她不知道危险吗？

中心的执事是个很务实的源者，虽然他无法理解宇雅的行为，但依然很快组织了订制中心的几位高水平源者，准备会诊后实施修复手术。、

订制中心的体制非常有趣，它其实是一个社会服务性机构。赤焰星系是没有政府的，只是由一些大大小小的社区派来的代表组成的临时协商机构，负责协调与管理星球上的日常事务。

五维世界的生存维系成本很低，因为五维生命对物质的追求极少，能量可以满足生存足矣。生不带来，死不带去，五维世界的源者根本不关心精神层面之外的事情。

而且五维生命的源者们都清楚地认知到，所谓的死，只是这个生命订制体的物理载体老化需要更新罢了，他们可以到订制中心社区服务部完成载体更新。或者任由载体死去，让他们的灵魂自由选择下一个载体。有段时间，这种选择反而很流行，源者们对千篇一律的订制形象已经没了兴趣，他们觉得订制中心太缺乏想象力，还是灵魂更具有自主意识，他会自己选择合适的新生命形态。

所以，订制中心完全就是一群义务源者组成的临时队伍。好在赤焰星生命源者的受教育程度都很高，几乎每位源者都可以胜任订制中心的工作。只是如果源者没有在订制中心工作过的话，他需要在培训中心接受填鸭式的信息写入培训。

正因为大多数工作源者都是信息写入培训出来的，所以他们的工作模式都是标准化的。当然也有部分源者对订制充满热情，他们只要有空，就会在星际网或社区网上报名，参加社区服务。不过他们的网与地球上人类的网可有本质区别，五维赤焰星的网是高速的全球覆盖网，每个源者自身便是网络终端，星球上任何位置，任何源者只要愿意，便可以接驳入网，用意识达成网络信息共享。

由于物质极大丰富，而源者们对物质又不再有特殊需求，大家都是各取所需，所以订制中心也是免费服务机构，参加服务的工作源者也都是义务劳动的。

每天上班时，工作源者们会聚在一起，由系统自动按每位源者能力大小、经验程度分派各自的工作，而每天的执事，也都是由系统自动分析选择分派的。

今天的执事是托森，一位已经生存近千赤焰年的源者，是一位服务经验极其丰富，订制创意也颇受好评的智者。

看了系统对宇雅及地球灵魂的分析之后，托森的神态颇为凝重，但内心却有些亢奋。今天将会是有趣的一天。他对自己说，已经很多年没有这种兴奋的感觉了。那年复一年，日复一日的重复的生活，已经让他有些厌烦。

托森还记得宇雅，宇雅的九头鸟形象便是他的创意。当时的宇雅突然对外太空充满兴趣，想换一个形象加入外太空培训营，以便将未来的一段岁月献给神秘的太空，宇雅觉得那才是最有意义的事情。

托森完全理解宇雅的做法，宇雅就是那种同情弱小的源者，心地善良。相对六维修炼，宇雅更喜欢发现与探索，他认为升维只是一个结果，他更享受升维中努力的历程。

宇雅这次以灵魂态回归，一定是遇到了什么难解的问题了。什么原因已经不重要，重要的是他成功了。他已经回到了赤焰星系，回到了订制中心。灵魂虽然受了些许损伤，但这些小问题对拥有近千年经验的托森来说，根本就不是事儿。

让他犯难的是怎么修复那几个被宇雅用赤焰密码带回来的四维生命灵魂。恢复成四维形态吗？那太初级了，这连刚来订制中心服务的新手们都能做到。他要做的是与众不同，他的原则是在他手上完成的生命修复或订制都必须是完美的。

分析数据后可以看到，这是三个四维生命的灵魂，居然还分阴性阳性，托森摇摇头，四维生命太低级了，这个首先要优化。嗯，三个生命体，是依然三个，还是干脆先修复成一个？那样便于他们心灵交汇，沟通畅快。很好。形象呢？一定要特殊的，有别于传统订制中心的，要让源者们一眼看去，便心生喜欢。嗯，有了，跟宇雅开个玩笑吧，宇雅不是管其中一个阴性生命叫小猫吗，就将他们订制成三头猫的形象。三只猫头中植入他们三个灵魂，可以独立思考。从道法来说，三层思维，可以让他们品味过去、现在、未来，三个时段，让他们更容易理解与融入五维境界。

　　想到这里，托森不禁哈哈大笑起来，他简直太佩服自己了，宇雅一定也会喜欢的。想到这里，他便伸出一只手，在空间一画，订制中心的屏幕画面已经出现。托森来到屏幕前，迅速写下程序，检查了一遍，又与其他源者们交流了一番，讨论了一些技术要点。见大家都没意见，托森便吩咐一位执行源者将灵魂存储室中宇雅及地球生命灵魂从球形闪电载体中导入信息分体机中，进行灵魂剥离与修复。

　　手术进行得很顺利，当程序运行到一半时，他已经听到宇雅的灵魂颤音："嗨，托森，咱们又见面了。"

　　托森微笑了，他也用灵魂密码与宇雅打了个招呼，同时提醒和打趣道："宇雅，专心些，你的灵魂中夹杂着四维生命，小心把他们伤着，或者小心把你的灵魂改写成四维了。"

　　宇雅听后哈哈地笑了："托森，你怎么还是老调调，还用老眼光看源。我都在四维世界外派那么久了，怎么会不理解四维生命的特点，放心吧，我敢通过球形闪电把他们带回母星，就是对他们有信心，也相信你一定能完成这次灵魂修复，并救回他们。"

　　说完，宇雅声音明显一顿，突然大笑起来："托森，你在干吗？怎么把他们写成三头猫的样子了？哈哈，小猫见到了，不知是会喜欢，还是要哭了。她虽然喜欢猫，可是有一天，她要是发现自己真的成了猫猫的形象，哈哈，不知她会有何反应？"

说笑间，宇雅已经精神焕发地从生命订制台上闪身出来，步态高贵、轻盈，九个凤凰头显得分外惊艳、妖娆。

他伸出两个大翅膀，与托森热情地拥抱了一下，九个大头全部靠在托森森林般枝繁叶茂的躯体上。之后，他又顽皮地用尖嘴在托森的树干上啄了几下，这才分开。

他们并没有继续亲热，而是专注地看着另一个订制仓中的情况。五维显示屏上可以看到一只三头小猫正在长大成形，生命体征已经出现，这说明秦鹏宇等三人的灵魂已经完成修补，并且正在写入小猫的躯体。没多时，那只小猫越长越大，竟然长到了豹子般大小，不同的是，这只大猫有三个头。

不多时，猫儿醒了，三个脑袋相互看着，一时愣怔，接着听到吴莺一声尖叫，竟然昏了过去。又听到柳洪辰与秦鹏宇急切的呼唤，吴莺的意识才慢慢醒来，紧接着窸窸窣窣的声音从订制仓内传来。又过了几分钟，一只雄健的三头猫出现在仓门口。

只见他昂首挺胸，一副威武的进攻姿态，但当其中一只猫头发现眼前源者有一位是宇雅时，开心地叫了一声，四足发力，竟然跃出丈许，跳到了宇雅面前。继而，后腿一撑，如人般站了起来，趴在宇雅身上。

宇雅开心地伸出了三只爪子，分别抚向三只猫头，流出了欣喜的眼泪。而秦鹏宇、柳洪辰此时也已经完全适应了猫形身体。五维科技当真了得，他们三人此时已经是心意相通，他们原本就是极聪明的四维生命，又经历过两次五维世界的熏陶与洗礼，见到这场景已经明白了大概。

只是见自己这三个活生生的人类，变成了这三头猫怪物，他们有些不知所措。秦鹏宇的意念一动，快速完成与柳洪辰和吴莺的思想交流，然后问道："宇雅，我们这是在哪里？我们怎么变成这个样子？"

宇雅笑盈盈地看着他们，唱道："这里是我的母星五维赤焰星球。在赤焰地球基地的信息读取过程中，你们先后昏迷、死亡。为了救活你们，我用球形闪电将你们的灵魂带到这里，只有这里的科技水平才能把你们救活。等你们元气恢复后，我们再通过高密度闪电传输技术，将咱们送回赤焰地球基地，送回你们的母星。"

看着他们的形象，宇雅的脸上再次充满笑意，问道："小猫，喜欢你的新形象吗？"

吴莺倒也超然，哈哈笑道："我喜欢了一辈子猫，没想到终有一天，自己竟然变成了猫的模样，只是委屈阿辰和鹏哥了。"说完，她扭头看向柳洪辰与秦鹏宇的猫头，笑意浓浓。

秦鹏宇与柳洪辰均是豁达之人，再加上此时他们之间心意相通，哪里还会介意这些。秦鹏宇笑着说道："宇雅，您把他们俩合体变为一只双头猫多好。怎么让我个大男人与他们结合在一起，这不成了永远的大灯泡了嘛！"

说完，他突然觉得哪里不对劲，猛然低头看向连体猫的下身，空空如也，除了消化系统出口外，哪里还有什么生殖器官，不由愣怔片刻，竟不知该说些什么。

宇雅是何等聪慧的生命，一眼便知，呵呵笑道："不用担心，五维或更高级生命体根本就没有生殖器官。我们也不需要像你们地球生命那样，需要受精后才能孕育繁衍后代，我们可以进行无性分割或繁殖的。这段时间先在赤焰星系休养还原，我带你们见识一下五维世界。"

"你们现在感觉怎么样？"托森唱着问道。

宇雅笑着介绍道："这是托森导师，也是我当年的形象设计者，非常智慧的一位五维源者，是他救活你们的。"

在三人表达感激之情后，宇雅继续唱道："托森之所以将你们三个写在一起，是因为怕你们四维生命的承受力与接受能力不够，写在一起，便于你们体会五维与四维间的本质区别，即同维时间差。在四维生命看来，五维就是物理坐标再加上一个时间轴。其实不然，要动态来看与想这个问题。因为五维世界中那个不同的时间轴其实是在同一瞬间发生着的。"

看着那只三头大猫一脸似懂非懂的模样，宇雅继续解释道："比如，在你们地球的乡间，你们出去野外探险，遇到了一个多岔路口，你不知该怎么走，但又不能不走，于是你们四维生命就会凭感觉或凭经验挑出一条路走下去。你知道五维世界是什么状况吗？一个五维源者同样站在乡间的多岔路口，首先，他看到的并不是简单的多岔路口，而是能看到沿着每条路走下去后的结果及后续的演变。修行越高的源者，能看到后续的可能性及产生的结果越多。

"举一个不贴切，但是会让你们四维生命比较容易理解的例子，便是你们中国人围棋中的计算，一个高手不仅能看到你的下一步棋，还能算到未来几步，甚至十几步、几十步。你们是通过计算想到、算到，而五维世界的源者是看到，真实地看到。生活变得很容易了吗？不是，其实更难了，因为你看到了无数种可能，这时，你需要做的不是该怎么办，而是在看清多种选择后，决定怎么做。我们的生活就像一个超容量的电脑，需要在无数的选择中挑选出更为正确的决定。因为这个世界所有生命都有这个能力，故而分出高手、庸才的标准便是，你能看到几重未来和在多短的时间内做出正确的选择。

"听起来很复杂吗？换句话说，如果五维生命非常计较得失，非常贪恋财富，迫切想拥有很多东西，特别是财富、权力、名誉，那生活便会很累。可幸运的是，我们的先知们，在打破维度禁忌冲维成功后，又给我们留下了一颗简单平常的心。既让我们拥有获得无数财富与物质的能力，又给我们返璞归真的本心与超然，赤焰星系或绝大多数的五维生命对拥有更多财富、物质、权力并没有什么兴趣，他们只是在追求心灵的最高境界！"

三头猫听着动容，齐声问道："你们追求的心灵最高境界到底是什么呢？"

"享受生命带给你的时光与经历，感知无垠宇宙的浩荡与悠远。"宇雅淡淡答着，好似陷入很久以前的回忆，"很多年前，我突然感知到无垠的宇宙对我的召唤，就来到这个订制中心，请托森帮我改制了形象，赋予了自己更高的追求目标。出发时，我以为我们将寻找到六维、七维甚至八维的升维之路，但没想到，阴差阳错，我们居然进入了四维世界。起初，我们想马上离开，但随着我们对地球文明的深入研究，我们对地球文明产生了浓厚的兴趣。我们也很想协助你们一起升维，之后再一同寻找高维入口或手段。"

宇雅又笑道："你们好好休养元气。我会带你们在赤焰星系各处看看，等你们灵魂完全复原，咱们再一同返回地球。

"现在，你们先回订制仓吧，托森会帮你们完善一下五维身体，做些程序升级。这样，你们能在五维世界适应得更快些，毕竟五维源者之间的差异还是很大的。你们现在顶多是初级订制，按你们地球话讲，顶多算是个菜鸟级别。"

托森看着宇雅,饶有兴趣地问了一句:"菜鸟,那是什么?"

宇雅看着他,咧嘴一笑,没有多说,只是冲着三头猫唱了句:"加油吧,四维三头猫,愿你们早日康复,你们的族人还需要你们呢!"

第三十章　神医

　　程良宙再次醒来时，已经躺在罗布泊南部若羌县的一家小医院里，是一位好心的牧羊人救了他。牧羊人发现他时他已经昏迷不醒，嘴唇干裂，显然，他已经在那里躺了很久。牧羊人没敢给他喂太多东西，只是给他灌下一些羊汤，之后又给他喂了些流食，等他身体略微恢复，才敢开车将他送往医院。

　　这里的牧民都非常善良，绝对不会见死不救。程良宙真的很幸运，如果不是走失了几只羊，牧羊人是不可能走进这几乎荒芜的罗布泊的。

　　三天以后，他们来到了若羌医院。那时，程良宙已经有了些意识，只是他的目光依然混沌，不知在想什么，或许什么也没想。他成天呆呆地坐在那里，护士来时，他只是毫无表情地看一眼，便继续看着天花板，或闭眼装睡。

　　他并不是故意这样，而是真的脑子一片混沌。

　　他依稀记得自己好像在一家大公司工作过，但又哪里不对，怎么会有许多开饭馆的记忆，有很多模糊的、令人头痛欲裂的画面。每次好像快要触摸到记忆碎片，他马上要想起什么的时候，就头痛得无法继续用脑，便在不知不觉中昏睡过去。睡着的他，很安静，很平和。

　　有一点他很肯定，这里的环境他非常熟悉，其中一个场景，在模糊中，被他抓住了，他似乎参加了一次探险旅行，也许正是那次旅行出了什么状况，他才出了意外。

医生的检查结果证明，他的身体机能在住院几天后已经基本恢复正常。他的智商也没有什么太大的问题，至少日常生活没问题，只是失忆了。过去的事什么也想不起来，说不清自己是哪里人，做什么的，为什么会来这里。会诊的结果，可能是旅行中意外受了某种刺激，让他暂时失去了记忆。

医药费倒不是问题，那位好心的牧民送他来时，已替他垫付了住院费用。除此之外，他的身上一无所有，没有证件，没有现金，没有信用卡，没有手机，什么都没有。

不过医院现在顾不上关心这些细节，与乌岩有关的病人才是首要的。乌岩毒素虽然基本得到控制，但情况并没有在本质上出现好转。世界各地虽然纷纷开发出了许多不同品种的抗生素，但都还在进行临床试验。联合政府也在一次雷霆出击后，宣称找到了可以从根本上消除乌岩食品与药品危害的解药配方。新闻发言人讳莫如深地宣布他们已经取得了解药配方，同时还义正词严地指责了一番。究竟指责谁，为什么指责，却让全世界听得云里雾里。但并没有人在意，现在谁还有心情关心政治，关心到底是怎么回事，关心哪里来的配方。他们都十万火急地投入大规模的抢救行动。时间就是生命，早一秒钟，就可能多抢救回一个生命。

问题是这解药配方的临床表现却有些莫名其妙，不知是生产过程中不同批次出了什么问题，还是不同厂家的工艺有偏差，又或许是解药原材料质量参差不齐的问题，有些地区的病人使用后药到病除，只两三天身体便恢复了。可有些地区，病人不仅没有出现好转，反而加剧了症状，用药没多久，就一命呜呼了。

是批次或来源问题？

世界卫生组织在分析了药品来源后，明确地指出，经查实，所有出问题的药品依然来自乌岩集团旗下部分药厂。

公众不禁惊愕，为什么这种情况下，还要选择乌岩集团的生产工厂？

世界卫生组织不得不再次发表声明，只有乌岩集团具备短时间大规模生产的能力，而且之前的事件不是乌岩集团故意捣的鬼，他们也在极力配合世界卫生组织彻查根源。究竟是哪个环节出的问题，世界卫生组织还在调查中，目前能做的，只是先通知各国政府使用指定批号的药品，边救边查，毕竟有大量生命因这些解药而获救。

乌岩系统内肯定还存在问题，可能有内奸。

程良宙所住医院也处在紧张忙碌的抢救行动中，医院里充斥着各式重症病人，程良宙的失忆在此时根本就无足轻重，医生看过他的体检报告，复查了他的身体状况后，告诉他可以出院了。

此时有无数生命需要抢救，哪里有时间去关注一个只是失忆的病人。

程良宙走出医院，漫无目的地在街上游荡，他不知道自己要去哪里，能去哪里。

世界刚刚经历灾难，百废待兴。人们还沉浸在失去亲人的痛苦中，可生活依然要继续，只要生命还在，日子就要过下去。

程良宙面对这世界有些茫然，他需要仔细想想这到底是怎么回事。是他也失去了亲人，感情上受了创伤，还是他出了什么意外，才变成这样。

他能感觉到自己应该是经过了什么惊心动魄的事情才会变成现在的样子。只是，他真的想不起任何事。下一步呢，他要去哪里？该怎么办？他的兜里空空如也，未来靠什么生存呢？

在街上漫无目的地走了几个小时，他那健壮鲜活的身体此时开始感到疲惫，肚子咕咕作响，去哪里弄点吃的？现在整个世界仍处于混乱无比的状态。

看着处于混乱状态的城市，他真不知如何是好。这里似乎死了很多人，而且还有一些人就要死去。几乎所有的饭店、餐厅都已经不再营业，不是人们不再需要吃饭，而是周围熟悉的人大量死亡，哪里还有人有心思去做生意呢？

程良宙计划去敲敲居民的门碰碰运气，也许能要到些吃的。先吃饱了，再想下一步，计划未来吧。

他走到了一个小区门口，那里已经没有门卫了，大门的栏杆被高高吊起。路上行人稀少，偶尔有人匆匆而过，神态焦急；有些行人失魂落魄，目光迷离地游荡；有些行人手舞足蹈，欣喜若狂。人生百态尽显。

程良宙天资聪敏，此时虽然失忆，也早不似他为乌岩集团总裁时那般智商超群，但只凭他原本的大脑也足以判断这等局面。见了那喜上眉梢的一位老爷子匆匆忙忙地冲出小区，心知他们家肯定有喜事，程良宙便迎了上去，客气地点头鞠躬说道："您好，老人家，看您这一脸喜色，肯定家里有好事呀！"

果然，老人家笑呵呵地停下了脚步，欢天喜地地打开了话匣："多亏了仙姑给的神药，我老伴和女儿都活下来了，有气力了，嚷嚷着要吃东西。我这不出来准备帮他们去老孙家打包些面条。之后还得去拜谢仙姑呢。"

见程良宙一脸迷惑，老爷子又喜滋滋地自己补充道："唉，如今这状态，所有餐馆都关门了，只有那开兰州拉面的老孙头能帮忙，他是我棋友。我这平时吃现成饭吃惯了，也不会做饭，只好去老孙头家请他做两碗面带回去给我家两位姑奶奶吃。"

程良宙听说，便跟着老人一起走着，继而问道："您说的仙姑，是怎么回事？"

"说起那位仙姑，她就在前面不远的山脚道观里。说来也奇了，其实现在早没人信那套，那云中道观也不过是个寻常的旅游景点而已。前些时候瘟疫、怪病横行，一位云游的仙姑在那道观住下，给附近的病人看病。一开始完全没有人信，以为是骗钱的骗子。可人家不愠不恼，只是继续帮人相面治病。有几位家人病了，没地方能治得好，只能死马当活马医地找她试试，谁知却无一例外地药到病除，这下仙姑就出名了。"

程良宙听着啧啧称奇。老人家突然看着程良宙，像是想起什么似的停下脚步问道："看我这兴奋得光顾着说我的事了，刚才您拦住我，请问是有什么事吗？"

程良宙略有尴尬地说道："也没什么，不瞒您说，我也是刚从医院出来，不知自己出了什么问题，也许是受伤或受了什么刺激，只是一点也想不起之前的事。我是谁，从哪里来都想不起来了。是一位好心人把我送到医院，住了几天院，身体倒是恢复了，可是脑子里一片空白，加上兜里空空，身上没有一点钱，也没有吃的，刚才正想去找家好心人，求些吃食呢。"

说完，他尴尬地看着老人。

老人家里正逢喜事，分外热心豪爽。他热情地说道："既然这样，你跟我来，我让老孙头帮你也下碗面，先吃饱了，之后你跟我一起回家，我再给你点钱，先渡过这难关再说。"

程良宙闻言，不禁大喜过望，一副感动得无以复加的样子，一脸真诚地冲老人来了一个九十度的鞠躬，说道："如此，您当真是我的再生父母了。"

这下倒把老人吓了一跳，但显然很受用，笑呵呵地摆手笑道："言重了，言重了。举手之劳嘛，谁遇到这种情况都会施以援手的。"

老人突然想起了什么，说道："你是说你想不起来以前的事了？"

程良宙点头，迷惑地看着他，等着下文。

老人接着说："等会咱们回家，给我家娘儿俩送完吃的后，你跟我一起去云中道观，请仙姑帮你看看，她一定能治好你的。"

程良宙虽然不以为意，但现在也没什么更好的办法，便点头同意了。

程良宙在老孙头家吃了一大碗加肉加蛋的兰州拉面后，身心愉快地陪老人回家，给老人妻女送完饭后，便与老人一同前往云中道观。

说是云中道观，其实并不是什么名山大川、仙境名胜，只是几公里外山脚下的一个普通道观，并不收门票。之前也没有什么人去观里烧香参拜。或许那仙姑真的有些手段，治愈了不少人。如今他们还没到，老远就已经看着前方人头攒动，人潮如涌了。

更有个别虔诚民众从很远开始便一路跪拜而来，口中喃喃，如朝圣者磕长头一般。

临近道观，老人似乎也受了周边气氛的影响，不禁跪了下去，冲着道观磕了三个响头，口中还喃喃地念诵着什么。

见老人这样，程良宙心中触动，不自觉地也跟着老人跪了下去，磕了几个头，双手合十，也兀自低声祷告了起来。

随着人流，他们走进道观。那道观不大，装潢也没显得十分庄严。可也许人气就是法气，此时不大的道观里，香火格外旺盛，香客的脸上都透着无比的虔诚，烘托出一种神圣的氛围。

除了上香的香客外，还有一条排着长队的人流缓慢地向里挪去。排队的人们表情不一，有的脸上写满了虔诚与期待，有的却是一脸焦急，不停地看着手表，不时往里张望。

老人指点道："先生，你就跟着排队吧，请仙姑帮你看看。我去殿里上香，等会儿完事了，咱们在观门口会合。"

程良宙点头应允，便排在队尾，一步步往里挪去。

那仙姑看病的速度很快，还有些志愿者在帮忙维持秩序和发放药品。尽管如此，程良宙也排了两个多小时，才堪堪来到离那仙姑和她助手几米的位置。此时，他已经可以清楚地看到那仙姑的面容。

那所谓仙姑却是一个衣着时髦、面容姣好的美艳女子，而边上那位助手更是令人称奇，分明是一张娃娃脸，却高大无比。他显然对看病极有天分，只看病人一眼，与那女子低低地交流几句，女子便低头写下药方，交给边上的志愿者。

看病并不收钱，只在桌上放了一个小箱子，上面写着"功德箱"，边上还有一行小字：看病免费，功德随意。

程良宙正暗暗称奇，那美艳女子无意中看了一眼排起的长龙，不知为何，只见她表情一怔，愣愣地看向程良宙。继而，那美女竟然面露惊喜，站了起来，拨开人群，向程良宙跑来。

眼看不到几步的距离，那美女竟然张开双臂，向程良宙扑了过来，给了他一个热情的拥抱。

程良宙的嘴张得大大的，周边人群的惊愕程度也远不在他之下。那美女丝毫没觉得尴尬，只是似乎发现了什么不对，双手握住程良宙的双臂，关切地问道："宙哥，你怎么了？你不认识我了？我是茵茵啊！"

茵茵，好熟悉、好亲切的名字！程良宙心里想着，可是，当他想继续细想这个名字时，突然头痛欲裂。茵茵十分善解人意，已经明白了个大概。

她已经松开尴尬的程良宙，却依然十分亲热地上下打量着他，关切地问了一句："宙哥，你是想不起来之前的事了吗？"

程良宙迷惑地看了她一眼，点了点头，弱弱地问了一句："请问姑娘，你认识我吗？"

茵茵嫣然一笑，答道："宙哥，咱们岂止认识，还曾患难与共。来，到里屋说话，我慢慢跟你说。"

程良宙能感觉到对方的善意，再说，他也太想知道自己是谁了，便点了下头，跟着茵茵走进了道场的内堂。

坐下后，茵茵给程良宙倒了一杯水，殷切而同情地观察着他。良久，她轻声说道："宙哥，你是遇到什么特殊事情了吗？之前的所有记忆都想不起来了？"

程良宙急切地说道："姑娘，我什么事也记不得，甚至我是谁，从哪里来，都想不起来。不过，我感觉好像我之前会很多东西，隐约觉得自己一眼便能看懂周围的人需要很久才能想明白的事情。但是我就是想不起来以前的具体事情，甚至包括自己的身份。"

他看了一眼茵茵，继续说道："比如您，姑娘，我看着觉得很亲切，可就是想不起来您是谁，咱们怎么认识的，一起经历过什么。而且，每当我想深入回忆时，就会头疼欲裂。请告诉我我是谁，到底发生了什么事。"

茵茵默默地、温柔地听着，不时轻声、体贴地小声安慰，等程良宙一股脑说完后，她才粲然一笑，说道："宙哥，是这样，你叫程良宙，来自广东，是一家饭店的老板。咱们一起参加过罗布泊探险，先后被外星人劫持了。后来又被咱们的队友秦鹏宇、柳洪辰、吴莺等救回。之后，听说你当上了乌岩集团的总裁，再后来，我就不知道了。

"不过没关系，与索尔在一起后，我好像多了些特异功能，也许可以帮你，但你的情况好像很复杂，如果我不行，就让我的儿子来。"略一停顿，茵茵轻声补充了一句："他是我与索尔的儿子，比我神多了——毕竟索尔是乌岩星系的源者，这孩子天生就不是普通人类。他肯定行。"

说完，茵茵呵呵地笑出声，脸上流露出幸福的神情。

程良宙不知所以地点了下头，他不明白茵茵说的索尔还有他们的儿子是怎么回事，而且，现在他对此根本就不感兴趣。但奇怪的是，他的行为和表情却与他的想法完全不一致。他惊讶地发现自己已经不自觉地随着茵茵幸福地笑了起来，还不时兴奋地接话赞扬着，仿佛他们是多年的好友，听到老朋友茵茵的好消息，发自内心开心快乐。

他完全不理解，甚至很鄙夷自己。但好吧，由他去吧。

他的嘴继续不听指挥地，几乎是下意识地说着："真是太好了，那就麻烦大外甥帮舅舅好好看看，最好能让我想起所有事，舅舅到时一定给他买许多好吃的，带他去玩最好玩的迪斯尼。"

茵茵倒是没有程良宙的心机，此时，她已经静下心，仿佛打开了她身体中的另一只眼，仔细地看了一番程良宙，继而说道："宙哥，有点奇怪，你这记忆好像是被五维技术抽去的，而且你的脑容量曾经开发到 50% 以上，如果我没判断错的话，曾经的你可能是人类有史以来最聪明的人了。但为什么你会变成这样，我就看不出了。没关系，让 Michael 来吧。"

看程良宙有些疑惑，便幸福地补充了一句："Michael 是索尔与我的儿子。"

接着，茵茵轻声地唱了起来，旋律美妙而悠扬，而且频率越来越高，高到最后，程良宙只看到茵茵的嘴还在动，已经听不到任何声音。

疑惑间，眼前忽地多了一个八尺大汉，浑身肌肉，与健美运动员一般，等这大汉转头看向自己，程良宙不禁笑出了声，这高大威猛的大汉，怎么长了一张娃娃脸，看着太喜感了。

茵茵却呵呵地笑出声来，说："宙哥，这小子一身腱子肉，却长了张娃娃脸。"说完，便慈祥地看着 Michael，轻声吩咐了几句。

只见 Michael 一脸严肃地再次看向他，神色凝重。依旧是那张娃娃脸，英气逼人，但程良宙想发笑的感觉蓦然不见，相反，还对他产生了些许崇敬之情。

"什么情况？"程良宙心底暗自嘟囔了一句。

正暗自思忖，见 Michael 突然伸出了手，按在了程良宙的头上，程良宙顿时觉得有一股能量注入自己的大脑，贯穿全身，整个人似乎翻腾起来。一股股能量在身体内乱撞，又不停地汇聚在一起，冲向脑顶天穴处，与 Michael 源源不断注入的能量融合在一起，再冲，再化。

突然，两股能量似激起了火山，在程良宙的脑海中轰然爆发，只见程良宙一声惨叫，瘫倒在地上，不省人事。

第三十一章 总裁出山

程良宙再次醒来时，已经是第二天的午后。

刚苏醒，他还有些迷糊。几秒后，程良宙蓦地坐了起来，目光炯炯地向四周望去。那毅然的神色，透露出内心无比的智慧与刚强。

他站了起来，环顾四周。屋内很静，但更突显屋外的喧嚣，门外很吵。他快步走到窗前，发现自己在二楼，所处的建筑像是庙宇或道观之类的。应该是道观，他看到不远处有红墙绿瓦及飘扬的大道旗。

想了想竟然不知自己为何身在此处，他机警地看了下四周的行人及门前络绎不绝的人流，人们井然有序地排队，不知在做些什么。买东西吗？显然不是。排队上香？可这是哪座道观，竟然这么火爆？想想无解，便回过头来四下打量，屋内的陈设再简单不过，一排旧式家具，一张八仙桌。

不像是他熟知的地方！

忽然有连续场景如井喷般地涌入脑海，乌岩药业、乌岩食品，自己是程良宙，乌岩集团总裁！对了，自己飞回罗布泊的乌岩基地，看清了乌岩星系的真实目的，因此与乌岩星系决裂，得罪了麦克，被他抽去了所有超能力及灌入他脑海的所有新知识。那些知识是什么，他记不太清了，但他记得，过目不忘对曾经的他来说只是基本能力。自己曾经学贯中西，是超今冠古的超人。

他又想起人类，大量的人在食用了乌岩食品或药品之后，进入了极度危险期，每天有很多人为此失去了生命。

对，现在是什么时候了？自己显然没有达成去罗布泊的目的，一定有更多的人类在这段时间失去了生命。这是哪里啊？

想到这里，他再次警惕地看了下四周，侧身走到门口，从门缝往外张望了一下，确认没有危险之后，从一侧轻轻地拉了一下门，没锁！他打开门，快速伸出头，左右望了一下，没有任何人，于是他走出房间，依然小心翼翼地向楼梯走去。此时虽不像最初那般紧张，但神经依然紧绷着。

到了楼下，他被门外的喧嚣所吸引。这是一栋极为普通的道观，他所住的是一进小院的后院二楼。院里熙熙攘攘，人潮涌动，没有人注意他，每一个人都很忙，神色肃穆，步履匆忙。

穿过人群，他走到了前院。这里的人更多，难道是赶上了道家大典？想着，他回头，看到主殿上方门楣上有三个大字——清风观。不熟！他是无神论者，对佛教、道教只是敬而不信，尤其是他在乌岩集团做总裁那三年，他的脑力得到极大开发，几乎所有信息、知识，他都是过目不忘，一通百通。在那时，他好像对佛道或鬼神有着一种超然的理解，是什么来着？此刻，他的脑子虽然清明，但记忆力却远不如当初。

嗯，好像也不是，应该说是那时的记忆力好得有些不正常，有些非人类了。想到这里，程良宙自己不觉笑出了声。

这是哪里？

他再次集中自己的注意力，环视着四周，同时向正殿内排队的人群走去。

一位美女正在正殿侧面的大桌前忙碌着，不时与身边一位身材高大的小伙子交谈，四周的服务人员围着他们紧张忙碌着。

这漂亮姑娘怎么那么眼熟呀？怎么像是她呀！

程良宙狐疑地挤进拥挤的人流，向侧殿走去。

就在此时，那女孩抬头看到他，两人目光相遇，女孩冲他友好地笑了下。她与身边的小伙子交代了几句，便起身笑盈盈地向他走来。他期待地迎了上去。

"宙哥，你醒了！"不等程良宙说话，茵茵已经笑着开口。

程良宙何等聪明，问道："茵茵，是你救了我？我怎么到了这里？"

茵茵欣慰地一笑，向后院一指，随口说道："来，宙哥，后院说话。"

他们又回到刚才的二楼，茵茵替程良宙倒了一杯水，递了过来，仔细地观察了一下程良宙，点了点头说："看来，基本恢复了。宙哥，之前的事，你都想起来了吗？"

程良宙神色凝重地点了一下头，又长叹了一声："都怪我轻信乌岩星系，中了他们的诡计。"停了几秒，他关切地问道："目前世界情况怎样，人类的死亡率控制住了吗？"

茵茵看了他数秒，叹了口气，低声说道："宙哥，你也不用太自责，咱们是四维的生命，生活在四维的世界，说实话，根本无力去对抗五维世界，根本不是一个层级的。好在有《低维生命保护法》，乌岩星源才不敢为所欲为，否则，情况更是难以想象。

"前些时候应该是鹏哥、莺莺、喻大哥他们又去了趟赤焰星的罗布泊基地，好像是带回了五维世界替咱们订制的解药。死亡率算是止住了增长趋势，终于有所下降。可是奇怪的是，几天后，死亡率出现波动。似乎是解药出了些问题，有相当部分解药居然根本不起作用，甚至有反作用。不知道是基因突变对解药产生抗体，还是解药本身出了问题。"

说着茵茵看了他一眼，停了数秒又低低地说了一句："我听说解药好像是被乌岩集团内部的自然派动了手脚。"

饶是茵茵的声音极低，但程良宙的听力极好，早已捕捉到关键字眼，急忙问："自然派？乌岩集团内部的？"

茵茵见事已至此，便不再犹豫，索性一五一十地说出了她所听说的一切。

坊间流传着一个说法，乌岩集团总裁程良宙叛逃，已经升维去了五维空间的乌岩星系。从那之后，乌岩集团内部便出现了一个所谓的自然派，他们当年都是程良宙忠实的追随者与崇拜者，程良宙的升维而去更给那些追随者带来了无数的动力。他们决心协助五维乌岩星系整治地球，清除垃圾人类，完成人类整体蜕变，实现地球升维。

茵茵说完，叹了一口气，说道："后来我才明白索尔原来是来自五维世界，要是早知道……唉！"她又叹了口气，随后呵呵地低笑了一声，"我不管，管他什么五维、四维，反正我知道，我已经有过此生最幸福的时候，而且现在有 Michael 陪着我，已经很开心了，其他的，真的不重要了。"

程良宙望着他，依他的秉性很想关心或嘘寒问暖一番，但此时有更重要的事在眼前，他顾不上安慰茵茵低落的情绪，直接问道："你说的所谓自然派，都是乌岩集团的员工吗？他们的首领是谁？你是说，秦鹏宇他们带回的解药配方，制作后出问题的药，都是自然派捣的鬼？"

茵茵忧虑地看了一眼他，唉声叹气地说道："宙哥，说实话，我真的不知道。"

她愣怔了数秒，突然想起了什么，继而又略带羞涩地说了句：“这外星人是有些古怪，咱人类怀胎十月，你看我这，与索尔才在一起一次，就像掏空了我这一生，然后就有了Michael 这小子。你说说出去谁信，他才三岁呀，怎么就长成这么个大娃儿！”

程良宙听了，不觉莞尔。

但心思又很快回到乌岩集团，他又看向茵茵。只听茵茵继续说道：“是了，至少从坊间传闻得知，那些出问题的药，都是来自乌岩集团内部。但也不是说整个乌岩集团都是坏人，比如他们董事长赵启天，就是一个绝好的人。听说他的妻子、孩子因乌岩病毒而死，没有人见过他流过泪，看到的，只是他比之前更加忘我地工作。”

茵茵突然看着他，说道：“宙哥，你快去吧，快回去，也许你能挽救大局，我在这里每天只能救下几百人，没有更多能力了，你回去主持大局，也许能帮助更多的人。”

程良宙一脸严肃地望着茵茵，浑身散发出义不容辞的正气。

两天后，曼哈顿舜宇集团总部。

程良宙坐在赵启天董事长的对面，两人都是一脸凝重，办公室气氛紧张。

赵启天盯着他，像是在判断着什么，之后，语气冰冷地问了一句：“所以，你承认现在的一切都是乌岩集团造成的，而你现在却无能为力？”

程良宙同样表情冷漠地点了一下头，回答：“我很抱歉，这确实是我的轻信与失误造成的。如果你想追责，咱们以后再说，等这件事过去，任何时候，我都等着您，等待着人类的审判。不过，现在请您相信我，我愿意用我的全部精力与能力，尽一切的可能去挽回这一切，至少能为人类再做点事情。”

赵启天有点激动，几乎是喊道："我凭什么再相信你，你，还有你的得力干将，你的好兄弟冷荒，你们已经害死了五亿人啊！五亿呀！你有几条命，你负得起责吗？就算你像冷荒那样自杀谢罪，也无法弥补你们的罪恶！你明白吗？"

程良宙的心瞬间一抖，他猛地抬起头，急切地问道："你说什么？冷荒他，他自杀了？"

赵启天冷冷地看了一眼他，语气略微缓和，说道："在你去找乌岩集团背后大佬求援的当天，冷荒畏罪跳楼自杀了。"

话音方罢，程良宙已经惊呆在那里，一时没了话语。原本，他匆匆从若羌转机赶到美国，路上盘算的，便是与好兄弟、好助手冷荒联手再做一番事情。虽然他心里极其清楚，以他们的实力，根本无法与五维生命较劲，但是要搞定乌岩在地球四维机构体系内的所有事情，他们哥俩还是绰绰有余。以他的智商谋略，以冷荒的身手，可谓无往不胜。

可如今，冷荒死了，他那么年轻，怎么就死了？

程良宙一时茫然。

赵启天此时的语气也缓和了一些："程总，乌岩集团确实对人类犯下了滔天罪行。冷荒年纪轻轻就走了，确实有些可惜，但是说实话，如果是我对人类犯下这种大错，我不会自杀，因为死也难以平息与弥补对人类的伤害。我会留下我的生命，会用我的余生去尽力弥补我的过错，让身心在忏悔与煎熬中度过。

"事已至此，多说无益。程总，你这次回来，有什么想法？"赵启天言归正题。

程良宙终是做大事的人，见赵启天如此以大局为重，不觉肃然起敬，略一躬身，慨然说道："赵董，良宙对人类犯下如此罪行，自会一力承担。虽然我的性命根本无法抵消我的罪恶，但只要我能为这世间做任何事，兄弟万死不辞。"

"不过，"程良宙话题一转，"这次我来，主要是听说乌岩内部出了自然派，对人类挽救同伴的性命的行为百般阻挠，并采用一些不可告人的手段，让辛苦找到的人类解药产生恶劣的副作用，再次夺去了许多人的生命。这次我回来，希望请命完成两件大事：一是整顿管理，保证解药保质、高效地送往世界任何需要的地方；二是铲除自然派，不留任何祸患。"

说完，程良宙不再絮叨，一脸肃杀地看着赵启天。

赵启天面无表情地审视着程良宙的脸，几秒钟后，一字一顿地说道："你已经让几亿人失去了生命，我凭什么再将指挥权交给你？我凭什么再信任你？"

程良宙毫不犹豫，朗声回道："因为没有任何人比我更清楚乌岩集团，这个世界上没有任何人能比我更快地让乌岩集团快速运转起来。赵总，请相信我，虽然舜宇集团也是一个优秀的集团，也有无数优秀的管理人员，但事件已经发生了一个多月，您肯定也一直感到力不从心，您和您的团队根本无法高效控制和运转乌岩药业集团。我可以自信地说，这个世界上，只有我程良宙一个人知道怎么快速有效地将乌岩药业集团、乌岩食品集团运转起来。这个管理核心不在流程，不在人员，在于对每一个管理者性格特点的高度了解。

"虽然现在的我，不似当年智慧超群，冠绝古今，但只要我坐在这里，即便以我现在的智商，也足以管理这一庞大机构，让其快速运转。"程良宙霸气地说道。

赵启天再次直视他的眼睛，许久，长叹了一声："就让我再冒一次险吧！"

三十六小时之后，程良宙坐在乌岩集团总部的办公室，紧张地忙碌着，他和他的团队已经连续工作了30多个小时。从离开赵启天的办公室起，他就没有睡过一分钟。困了，一杯浓浓的意式咖啡，或一杯极酽的广东工夫茶。

他们已经通过查询公司管理软件的轨迹，在后台发现了一些端倪。乌岩集团全球一共有8000多名员工，正常的内部业务订单、指令、任务，全部都是通过内部数据库系统完成。出于网络安全，自从公司进入6G式管理之后，便不再允许员工上班时间携带个人手机或6G私人智能随身系统。因为那个年代，正是5G与6G交换并存的年代。

印度人在乌岩集团的内部攻坚战中展示了其明显的技术优势。集团计算机部门的软件工程师有三成是来自印度，他们在收集分析数据时，发现乌岩集团中央控制计算命令体系中，有分项命令被间或性修改，时间虽然不长，但依据修改后条码指令所生产出来的配方，在那个无规则的时段中所生产出来的药品，似是而非，像是配方制品，但与真正的配方又有着极细微妙的差别。如果不是软件绝顶高手，根本看不出来程序差异；如果不是绝顶药剂高手，也绝不可能复核检验出其品质区别。

也就是这个原因，乌岩集团的药品出现问题之前，没有被诸多审查机构核查出来。

可是，他们是谁呢？是哪个环节出了问题？是人类，还是乌岩五维生命修改的指令？他们的目的又是什么呢？

程良宙陷入了沉思。

第三十二章　无处着力

乌岩集团总部会议室，程良宙面色阴沉地坐在首席位置，长条会议桌前坐着近二十位技术骨干。

他们有些人是本人在现场，多为总部上班的骨干员工，也有些是三维激光投影出的全球同步虚拟影像。

三维影像是通过座椅前桌上的一个小发射器投出的，人体形象真实无比，只有常参会的那些老员工才能一眼辨别出哪些是真人，哪些是远程传输过来的视频形象。

"Bhavin，汇报你的分析结果吧。"程良宙说道。

Bhavin是印度孟买人，身材高大，戴了副黑框眼镜，是乌岩集团电脑程序部主管，程良宙最信任的人之一，绝对的技术人才。

他毕业于印度久负盛名的印度理工大学。他是一位天才少年，13岁时，就获得印度少年软件大赛冠军。当时就有多家软件公司想高薪聘请他。可他却不为金钱所动，再说他也不缺钱。他有个有钱的爸爸，虽不是什么超级富豪，但家境殷实，家里五个孩子都能按各自兴趣自由发展。

他的父亲是位极其善良、极为虔诚的人，他生命中接触过的所有宗教，都成了他与孩子们的信仰。

信仰的原因，家里不吃任何肉类，不喝烈性酒。周末或节假日，喝些啤酒是允许的。

见程良宙点将，Bhavin将电脑与投影仪蓝牙连接，汇报道：

"程总、各位同事，经过我们部门三十多位同事四十八小时仔细排查，终于锁定了药方指令恶意修改是来自乌岩系统的九个不同终端，在九个不同时段分别进行的，均以不同代码对药方指令进行极其细微的修改。这些修改极其小心，即使是十分有经验的软件工程师，也很难轻易发现。

"令人吃惊的是，这些修改表面看起来很像流行的加速优化软件，而且这些程序小段里，如果只放入任何 3 或 5 小节，不会对药剂配方产生任何负面影响，但对任何 9 条组合并定向性编辑，则会产生令人震惊的效果。这些软件如何造成药性改变，到现在为止，药理科还没想通，但结果都已经确认。这 81 个程序组成的 9 组变种配方，从不同侧面、不同角度改变了解药的病理，有杀伤性的，有即刻让人体的心脏与血液供应系统出现阻塞的，还有一些是通过对人体的肝、脏、脾、胃、肾进行病毒性攻击，而让人体这些功能坏死的。正是由于这些软件的介入篡改，解药药性的本质才改变，从天使变魔鬼，从救命的良药变成令人致死的元凶。

"最让人不寒而栗的是，这些程序的入侵者都是咱们乌岩集团的员工，有些甚至还是持有一级密码的顶级软件工程师。在咱们内部，至少有 81 个软件工程师是自然派的人，是人类的叛徒。"

程良宙面无表情地听完 Bhavin 的报告，冷冷地问道："这些人的工号位置，都已经锁定了吗？"

Bhavin 点了一下头，低声继续说道："他们来自 9 个不同国家。"

沉默了几分钟，程良宙说道："将那 81 个叛徒的名字与所属公司及部门发上来。"

Bhavin 没有片刻犹豫，因为他知道，在座的所有人员都是程良宙最信任的人，他们的忠诚度不用怀疑。

程良宙一脸阴沉地看着会议桌上方的三维立体显示屏上的名单，不时用手轻滑界面继续浏览。乌岩会议中的多媒体技术可能是目前世界上最先进的了，三维立体显示，无边界，无死角，可以无延时播放蓝牙、黑牙接入。黑牙，是蓝牙的一种升级功能。它不仅可以将电子产品与对应装置关联，而且可以利用更多硬件，将四维影像甚至气味、风、水、雾等人体感觉和周边环境，通过黑牙系统硬件设施完成场景复原。

报告人可以用该系统展示各种多媒体文件。显示效果是 3D 的，其大小、字体、角度、亮度等因人而异。系统显示的虽然是同一份文件，但每一位阅读者可以根据自己的视力与喜好生成不同的阅读模式。

美国、俄国、英国、瑞典、日本、中国、巴西、南非、印度，居然都有自然派成员，难怪全球全线崩盘。思忖片刻，程良宙向公司安保部总裁安晨远吩咐道："安总，请与各分公司安保部经理联系，请他们配合当地警方，将所有参与修改解药程序的人，全部先控制起来，再请警方深入调查。同时，将会议内容与行动方案向赵启天董事长进行汇报。"

"Bhavin，辛苦你与软件部的同事继续观察与排查系统隐患，尤其重点监测控制了 81 个问题点后，是否还有其他隐患。"

说完，他看了大家一眼，见无异议，便说道："安总，即刻行动，并请随时汇报各地警方的抓捕情况。"

程良宙终于可以好好地睡一觉了，他已经有两天两夜没有合眼。他回到自己的住所，甚至来不及洗漱，就四肢无力地瘫倒在床上，睡死过去。

人虽然睡着了，可是睡梦中的程良宙却不轻松，一会儿梦到自己被外星人劫持，关在空中监狱；一会儿梦见无数人在病痛中呻吟然后死去，每一个死去的人，都用一种痛苦又麻木的目光看着他；一会儿梦见无数的冤魂向他伸手，迷离的声音喊着："还我命来。"

正在痛苦得无以复加的时候，他仿佛听到遥远的天外传来了电话铃声，直击他的心灵，让他全身一震。片刻的迷糊后，他彻底清醒过来，一把抓起了床头的电话，看了一眼手机上的号码，安晨远的。没有犹豫，立即接通电话，由于是夜间，他又在床上，所以他没有像上班期间那样打开三维视频模式。

手机里传来了安晨远的急迫声音。"程总，不好了，出事了。"安晨远喘着粗气说道。

程良宙心里一紧，但他遇事从来不慌。"别急，慢慢说，出什么事了？"

"程总，会议后，我们与9个分公司的安保部联系，并报了警。警方制定了抓捕方案，准备将所有犯罪嫌疑人逮捕审查，谁知，犯罪嫌疑人好像商量好似的，全体人间蒸发，更为可恶的是，所有人在离开时，都用他们的程序员密码，通过各自的终端，向系统植入了大量病毒。这些病毒已经让乌岩集团网络系统瘫痪，各地电脑工程师正在努力杀毒，要彻底解决系统问题至少需要二十四小时。"

程良宙听后，目光闪烁，接口问道："查出消息泄露的原因了吗？"

安晨远的声音有些低沉："没有，我调查过参会人员，我几乎可以用性命担保，这些人是可以信任的。"

程良宙愣住了，这是他从来没有过的。

他的智力远不如他当总裁期间了。那时的他，脑力超群，所有文件、所有信息都是过目不忘，所有的事情，无论是员工请示的工作内容，还是企业的突发事件，只要请示者话音刚落，基本上是同一时间，程良宙的思路就已经理清，给部下的指示或处理意见即刻脱口而出。

而此时，安晨远在电话那边等了几秒，他有点不适应目前的情况。但他并没有催问，毕竟，他知道程良宙大病初愈。程良宙身边的所有人都注意到这次重新回归的程良宙没有了原先那种超常的机敏，却多了一丝人情味与亲近感。

其实，他们更喜欢现在的程良宙，人又不是机器，人更需要感情。如果可以选择，他们更愿意选择现在的程总。因为，以前的程总像是高高在上的神，而现在的程总是实实在在的人。

程良宙没有让他等太久，他果决地对安晨远说："请致电Bhavin，你们两位马上到公司总部我的办公室等我。"

看了一下表，他继续说道："现在是凌晨三点四十五分，咱们四点十五分，也就是三十分钟后在我的办公室见。"

见安晨远没有异议，程良宙挂掉电话，边走边脱下睡衣，走向盥洗室。

他的脚步虽然很轻，但是他别墅里的所有照明装置都随着时间与环境噪声及室内主人的动作而变化。此时，走廊的灯已经亮起了柔和的光，盥洗室也似隐若无地亮起了暗黄色柔和的光。

当程良宙跨入沐浴区，红外射线感应到程良宙的体温、心率及生物信息后，室内的灯光亮度突然增加了几个级别，变成了日光般的明亮的光线。而温热的水柱，从上下左右前后多方位喷出。

他做了一个手势，水温随着他的手势从热渐变为温为凉。

他需要清醒，他需要冷水刺激一下自己的身体。

他最近给家里的管理系统改了程序，之前不需要，之前的他太聪明了。他的智商之高可以说是前无古人，后无来者。他的生活、工作完全在掌握之中，敏锐的观察力可以使他洞察世间一切。

可现在不行，很多事情需要思考，需要集中精力才能发现蛛丝马迹。不过没关系，他有信心。"你是程良宙，你是世上最聪明的人。"他冲着镜子，默默地注视了一下自己，用坚毅的目光看向镜中的自己，进行自我激励。

三十分钟后，程良宙办公室已经灯火通明。

程良宙目光冷峻地听着安晨远仔细汇报了9个国家的抓捕情况。

安晨远的行动已经非常小心了。上次会议结束后，他通过安保系统的6G网络专线，与9家分公司安保部经理分别召开了视频会议。要知道，平时因为经常在各岗位巡视，往往只用5G手机，就地找个安静的会议室就把会开了。而今天，考虑到要抓捕的人员是投奔了五维乌岩星球的人类叛徒，怕他们手里有五维世界的技术支持，特意选择了乌岩集团内部保密级别最高的6G网络专线。

部署之后，他们特意要求各分部经理先报警，与警方沟通清楚后，只是通知公司内部安保人员，全力配合各地警察的工作，本公司的安保人员甚至连要去做什么都不清楚，更不可能向其他人员传递消息了。

可就是这样，抓捕行动还是扑了一个空，而且全部扑空。

程良宙听完报告，也是后背发凉。按说他们的计划是严密的，保密措施是得当的，是哪个环节出了问题？程良宙一时找不到头绪。

想了下，程良宙抬头问 Bhavin："Bhavin，你们部门的同事还在继续监控并寻找公司药品生产流程的变更指令吗？"

Bhavin 毫不犹豫地回答道："虽然我们已经找到 81 个问题点，但是程序部依然按照会议决定继续监控程序运行，一方面为防止打草惊蛇，我们没有对发现问题的程序点做任何修改；另一方面全球程序部依然在继续努力排查新的问题点。"

程良宙点头，吩咐道："很好，会议结束后，马上通知全体员工对 81 个问题点进行全面修复。然后，继续监测存在的问题点，但是这次不要大面积进行排查，目前看系统存在的主要问题应该已经排查出来了，你只找最可靠的总部程序员，对系统进行分区式仔细排查。如果再查出问题点及有问题的程序员，不要再通过网络会议联系当地部门及地方警方。看来要借助军方力量，才能一举铲除这股邪恶力量。"

说完，程良宙看了一下表，说道："我现在就去见赵董，请他通过联合政府与各国军方沟通，先汇报情况，建立渠道，一旦查实，马上各个击破。"

三十分钟后，程良宙来到舜宇集团总部赵启天的办公室。

赵启天在等着他，并且，已经为他泡了一杯浓浓的上好乌龙茶。

听完了程良宙简洁的汇报之后，赵启天陷入了沉思。

几分钟后，他抬头看着程良宙，字斟句酌地说道："程总，目前情况似乎很复杂，你离开公司有一个多月，这段时间，公司在不断生产解药，奇怪的是，虽然有不少解药确实有问题，但也有一些解药是有效的。而且，我看过有关部门给我发来的分析报告，结论令人非常震惊。"

程良宙听了，更加严肃，不由自主、全神贯注地盯着赵启天。

"让我震惊的是报告的结论，这配方像是在选择性杀人，或是选择性救人。受过良好教育、品行端正、业绩出众的人，无论男女老少，存活率都极高，让人感觉这不是服用解药，而是通过解药在淘汰一些不符合某种标准的人类。"

顿了一下，赵启天继续说道："当然，那只是片面的说法，有些我们认为很优秀的人也死了，但是所有活下来的人，都是很优秀的人。所以，分析人员大胆地推测，似乎乌岩星系在利用某些原则淘汰他们认为不符合标准的人类！"

见程良宙投来不可思议的目光，赵启天面无表情地解释了一句："对不起，三天前你回来时没有及时告诉你，一则我想看看你的调查，与他们的分析是否相符；二则说实话，当时我对你还不是百分百地信任。"

不等程良宙表态，赵启天继续说道："这次抓捕行动失败，你觉得是哪个环节出了问题？"

程良宙目光凝重地看着赵启天，一字一顿地说着，全然不似上次那般慷慨激昂，更不如当年得到五维助力时那般英姿勃发，但绝对不失稳重。"这次排查工作虽然缜密，也非常注重保密，但仔细回想起来，我们有三个大的缺失。一是排查队人员过多，虽然只动用了程序部骨干力量，但是说实话，我离开的这一个月中，到底出了什么事，乌岩星系到底通过什么手段培养起自然派的人员，我们一无所知。所以，我们认为安全的排查队伍可能并不安全。退一步说，尽管这些人本身都是安全可靠的，但是这么多人在我的带领与组织下连续排查问题，想来，自然派成员也都察觉到了，提前做了防范。

"二是排查完成后，我们召开了全球网络通报会，虽然使用的是公司保密级别最高级 6G 保密网络，但以乌岩的科技能力与维度优势，他们如果想获取并了解我们的进度，现在想起来真的是易如反掌。"说着，程良宙看了一眼赵启天，补充了一句，"你没有见过外星人，你真的无法想象五维世界的科技是多么深不可测。

"三是我们高估了我们的安保能力与警方能力。现在想起来有些可笑，通过我们公司的安保网络与地方警方，就想抓到五维生命在咱们内部安插的奸细？"说完，他苦笑着摇了摇头。

赵启天听了，犹豫片刻，不太确定地说道："你说得有一定道理，但感觉你似乎夸大了乌岩外星人在这里起的作用。我承认，如果乌岩介入，别说咱们公司，就算全体人类的力量团结起来，都不一定斗得过乌岩集团。你说呢？"

程良宙听了点了一下头，赞同道："是，我也只是分析，只是把目前我看到的漏洞向您做个报告。我们已经做了部署，会更为仔细和小心地进行下一步工作。而且这次来，除了汇报工作之外，也是想请您帮忙。"

接着，程良宙把刚才会议情况与希望得到的支持向赵启天做了汇报。

赵启天听罢，毫不犹豫地说道："好，我马上联系。事实上，联合政府非常希望介入事件调查。因为目前乌岩食品、乌岩药品已经给人类带来了巨大的麻烦。实际上，公司内部已经有许多联合政府派驻的工作人员。我马上与他们驻公司的代表沟通。"

下午三点半，Bhavin 兴奋地跑到程良宙的办公室门口，甚至等不及程总助理王秘书通报，自己便象征性地敲了下门，也不等程良宙答复，便推门冲了进去。

程良宙也不怪罪，只是目光炯炯地看着 Bhavin，他知道，Bhavin 给他带来了好消息。

Bhavin 也不顾门外王玉廷是否介意，直接把门关上，四下望了一下，确认没有其他人，这才兴奋地说道："老板，全球网络系统病毒已经全部清除，订单执行系统恢复正常运转，我们已经将 81 个问题点全部修复。"说到这里，他停了一下，然后既兴奋又略感忧郁地说道："您知道吗，这帮自然派真是无孔不入，就在我们修复完程序不到半个小时，乌岩集团的法国分部和阿根廷分部又有人在重新修改指令，企图再次修改配方。

"来您办公室之前，我一直监视着这两位程序员，他们都还在各自工位上工作。您看怎么办？按计划请军方行动？"

"好，"程良宙二话不说，拨通了赵启天电话，"赵总，您还在办公室吗？我马上过来。"

程良宙也不再解释，便与 Bhavin 冲出了办公室。

乌岩集团总部与舜宇集团都在曼哈顿岛，走路也就 20 多分钟，程良宙没那个心情走，现在时间珍贵无比，每一秒钟都可能有人死去。

两人冲进地库，钻进程良宙的最新款路虎。他还是喜欢越野车，如果是因业务外出，他都是坐公司商务车，而自己上下班或私人外出，都是开他心爱的路虎。

不到十分钟，两人已经赶到赵启天办公室，程良宙冲门口的赵启天秘书 Sindy 笑着打了个招呼，也不敲门，直接推门进去。

一分钟后，联合政府驻公司代表约翰少校也出现在赵启天办公室。

程良宙又是一番说明，约翰少校一脸严肃听完，果断地站了起来，向几位敬了个军礼，说道："好的，先生们。我这就与联合政府武装部联系，请他们马上通过最高保密级通道，与当地国安部联系。请他们调用武装士兵，前往缉拿犯罪嫌疑人。你们等我的好消息吧。"

说完，约翰少校风一般地消失在门口。

赵启天与程良宙对望了一眼，目光中充满了期待与忐忑。

第三十三章　不可能中的可能

天已经大亮了，程良宙没有再回住所，而是直接去了自己的办公室。

他并没有像往常那样着急地打开电脑开始处理各种报告、邮件等，而是泡了一壶生普，将他最喜欢的一套茶具放在落地窗前不显眼的小架子上，一杯杯地喝着、思考着，仔细回味着这几天的每一个细节，试图找出上次抓捕过程中到底是哪个环节出了问题，也预想着这次军方出手的结果。

理性上，他完全相信 Bhavin 的工作能力及忠诚度，也相信军方出手这种状况根本不是问题，不会失手。可不知为什么，他有种不好的感觉，心里空落落的，是什么事处理得不对吗？不应该呀，这次排查已经控制在最小的范围。是赵启天有问题？不可能。难道这个 Bhavin 也不可靠，在贼喊捉贼？自己离开一个多月了，什么事都可能发生！

蓦然，一个想法闯进了他的脑海，让他不禁打了一个冷战：不会是乌岩在自己的身上或脑子里注入了什么脑波监视器之类的东西吧？难道他在想什么、做什么，乌岩会马上知道？如果真是那样，该怎么办？马上离开乌岩集团吗？将自己杀死吗？

旋即他又清醒过来，不应该，不可能。他回来以后，他那样忘我地工作，已经高效率地查出了八十一名自然派成员，如果乌岩能控制他的思想，何必让那么多自然派成员消失，直接把他控制住，不让他继续查下去岂不是更简单。

Bhavin 有问题？不，程良宙仔细分析了他的表现与工作结果，尤其是他汇报工作时看向自己的目光，眼睛是心灵的窗户，他不可能有问题。如果他有问题，没必要把程良宙完全不知道的情况全数汇报，只要把其中一部分信息传递出来就能完全体现他的能力与忠诚度了。

赵启天？不，他的家人全死在乌岩手上，不会替自己仇人工作。

电话铃声响起，程良宙做了一个手势，眼前显示出三维虚拟头像，是 Bhavin。他又做了一个手势，接通了电话，Bhavin 的影像立在他的面前，表情十分沮丧。

"老板，十分钟前，联合政府派遣的武装士兵冲进了法国和阿根廷分部的办公室，与上次一样，嫌疑人员已经消失得无影无踪，除了像上次一样在离开前给系统注入变种病毒之外，还在电脑屏幕上留了一段话。"

程良宙面色铁青，并不说话。

Bhavin 见他面色不好，也不敢再卖关子，小心翼翼地说道："屏幕上的留言是：国安部太慢了，下次换特种兵来试试！"

特种兵？

什么意思？

程良宙有点摸不着头脑："关特种兵什么事？国安部太慢了？他们怎么知道去的是国安部的人？"

"我也不知道，我还特意让两个分公司的人查了有嫌疑的自然派成员的背景，没发现什么与特种兵有关的事。"

"知道了，让我想想。"见 Bhavin 没有更多事情汇报，程良宙嘱咐了两句，便一挥手挂掉视频电话。

他抬起手腕，按下腕表上的一个键。

秘书王玉廷敲门后袅袅婷婷地走了进来，轻声问道："老板，有什么吩咐？"

"请生产部、技术部、市场部总监来，不是网络会议，而是请他们三位，到我的办公室来。"

程良宙对那个会议室，对网络已经产生不信任感，虽然他深知公司的 6G 安全系统是目前人类最为先进、最为安全可靠的系统。可是有什么用？不是一样可能会泄密，虽然目前为止他没搞清泄密的原因与渠道。

也许，传统的线下面谈才是最为安全的手段。

几分钟后，三位总监已经坐在他的办公桌对面。

"先生们，"程良宙开门见山，"程序部的工程师们经过努力排查，已经找到了 81 个问题点，这个生产指令程序的细微变更是造成乌岩集团工厂解药生产出现问题的原因。现在，这些问题已经排查清楚。虽然所有嫌疑人全部获讯潜逃，但是至少人类的主要危险已经解除。现在，我需要你们同时将修改后的正确程序、生产指令，以电脑程序及文档扫描版的形式发送到全球工厂。

"技术部一定要将现运行的程序与发送的程序进行仔细比对，不要放过任何细节。因为有迹象表明，自然派的人依然活跃在乌岩药业集团。他们随时可能通过各种渠道，修改生产指令。所以，你们要确保现在正确的生产指令不再被修改，即使被修改了，你们也要在第一时间发现，并更正。

"已经有几亿人死去，几亿呢！我们的每一分努力，都可能救回一个宝贵的生命。

"市场部，我希望你们投入更多精力关注药品的市场反馈，观察新药品的后续使用情况。

"我希望你们认识到，自然派的那些人类叛徒似乎无处不在，他们可能有乌岩五维技术的支持。所以，你们一定要加倍小心，也注意安全。我们已经犯下了严重的罪行，希望我们的行动，可以将功赎罪。

"行动吧，先生们。"见三位总监并无异议，程良宙干脆、果断地结束了会议。

"嘟嘟"，会议刚结束，程良宙的手机就响了，他目送着三位总监离开办公室后，才一抬手腕，按了一个信息分享键，将手机与屋内的显示系统通过黑牙连接。

此时，发来的只是两条语音微信。

"会议安排得不错，程总风采不减当年啊，不过，不要白费力气了，你们的努力都是徒劳的。"

"放弃吧，我们很快就会实现目标，70亿。"

程良宙一惊，连忙掏出手机，查看发信人。

系统信息！

想回信息，也无从下手。他只有被动接收信息的单向渠道，而没有办法主动沟通。

什么意思？会议不错，什么会议，不会是刚刚开完的会吧？

程良宙不禁头皮发麻。

70亿，什么70亿？要钱吗？

程良宙有些摸不着头脑，由他去吧。你说你的，我打我的。只有将解药生产渠道理顺，保证工厂能保质保量地顺利完成生产指标，才是解人类于倒悬的首要大事。

程良宙回到办公桌，打开电脑，开始工作。

赤焰母星上，一只三头猫正欢快地跳跃、奔跑。

赤焰母星的重力与地球上的完全不同，甚至与人类所处的宇宙都不太一样。

之所以这么说，是因为打小他们在学校里所学的万有引力定律在这里似乎完全不适用。也许是因为五维世界的维度坐标不同，人类所适应的那种质感还没发生，下一个时段的感受已经到来。不同时间轴上的事是同时存在、同时发生的。在赤焰的同一时间点，发生着不同时间点的所有事情，当一个生命选择了一个时间点，下一个时间点的所有事情，又在另一维度同时发生着，从地球生命的角度看来五维世界的时空是紊乱的。

对四维世界的人类来说，要理解这点，并不容易。这一过程就好比围棋比赛中，双方棋手落子前，一切可能性都存在，当一方落子，另一方肯定会有三五种的选择，对高手来说，甚至能算到未来几步、十几步应对的可能性。在赤焰星系，这种高手演算棋局的过程并非脑中假设，而是以真实事件的形式在不同维度同时发生着。而经历这一过程的生命，如有分身术一般，经历着人生的若干种可能。越是高级的生命，或是说，修行越高的五维生命，他能同时感受到或出现在不同时间维度的生命历程的机会便越多。

秦鹏宇、柳洪辰、吴莺，三个地球生命，以灵魂的形式来到赤焰，经历了赤焰生命订制中心的灵魂修复，以三头猫的生命形态活跃在赤焰星球。落地伊始，他们当真不适应，一点都不适应。这里似乎没有地心引力，也似乎根本没有空气阻力。

不科学。

至少他们感受不到，也许是因为他们仅以灵魂态来到这个世界。但是那三头猫是物质形态呀，怎么会没有重力感呢？

他看到宇雅，那个重新给予他们生命的五维源者，尊贵的九头凤凰。三头猫冲了过去，抱着宇雅，或者更精确地说，冲进了宇雅的怀抱。

没有体温，甚至没有触感，但他们的心灵可以感觉到宇雅的存在，体会到宇雅的开心与愉悦。

真心朋友，不同维度的心灵相印的朋友。

由于没有引力的束缚，他们只一蹬，便已经在数丈之外，那种轻盈的感觉，即便是小说中轻功第一的武林高手，也不及其万一。

落地时，也没有那种五脏六腑撕裂般的阵痛，更没有四爪着地时的撞击感。是的，他们只是轻盈地起飞、落地，身体就已出现在数丈之外，如此而已。

三人兴奋点是相同的，心灵相通，三头猫已经四爪如飞，狂奔了起来，那速度如风似电。似乎不是身体在跑，而是意念闪动，否则仅凭物理意义上的身体，怎么可能如此迅捷。这在地球上是不可想象的！

可事实上，确实是三头猫的身体在飞驰，蹿上跃下，飞越了高山，穿过了河流，体会了飞雪等。甚至有时，他们感觉到他们的生命同时存在于不同的时空，有时是在云端，而同时，他们又分明在海底，而此刻他们不是正在硬石层里吗？那是硬石呀，他们的肉身怎么可能穿行其间？

就在那意念之间，他们已经离开岩层，飞驰在高耸入云的水山之上。水山，一座放眼望去根本看不见顶峰的水山。可是水，如何能成山呢？可他们分明奔跑在水山的表面，没等他们跑到山巅，就感觉水山在那刻正化为雪水，继而升为云雾，而云雾却成了冰。那山的物理状态一直在变！

这不科学！他们的心灵又一次被震撼，怎么会这样？这个世界的物理过程都与地球上的不一样，但见多了，如梦般的不可思议的景象似乎也成了合理的必然。人间宇宙那可笑的束缚与古板，此刻却仿佛成了往昔的笑话。

这难道就是地球神话中所谓的仙境吗？

也许正是来过五维空间的生命写下了那些令人神往的篇章！

经历了千山万水，穿越了无数奇异的影像，所有的一切都让他们痴迷。这个时空的一切是那样新奇，景象奇丽，时而波澜壮阔，时而碧海清风，时而云山丘壑，时而雪海烟波。最奇妙的是，那些景色似乎同时存在于同一时间点，方才过去的一瞬间，仿佛已经经历了漫长的岁月，而生命中下一秒所迎来的一切，又层层叠叠如云似雾般存在于他们生命中。

不知奔跑了多久，他们仍然没有饥饿感，甚至没有疲惫感，他们只是一路狂奔，全身心地体会着五维宇宙的新奇与快乐。

"小猫。"他们突然听到了一声甜美温柔的呼唤。是宇雅！三头猫蓦地停步，回首望去，而后没有任何犹豫，只一瞬间，四爪腾飞，身体已在云端，他们竟然在云端上快速地奔跑。意念之间，他们已经回到生命订制中心，回到宇雅面前。

三头猫用充满感激而又兴奋的目光望着宇雅！

没有开口说话，因为不需要，他们与宇雅的灵魂早已相通。他们彼此都清楚感受到宇雅的欣喜与发自内心的快乐。

宇雅的心在问："喜欢这里吗？"

他们的心回答："太美了！"

"那你们是愿意留在这个世界，还是回到你们的时空？"宇雅问道。

那个低维、冷漠，充斥着欺骗、谎言、尔虞我诈的世界，有着无数自私的以自我为中心的丑陋人类。但那也有充满生机与快乐的一面，那里有他们的亲人、朋友，是他们出生与成长的地方，赤焰虽美，却非久留之地。

电光石火之间，三人的想法已经统一，他们用坚定的目光望着宇雅！

"如果依然想回去就要尽早，赤焰星系的时空坐标与地球不同。你们在这里虽然只待了赤焰星系短短的几个运动周期，可你们的四维世界已经过去一个多月。你们的同胞仍面临苦难。回去吧，他们等待你们的救援！"

亲人、朋友、同胞，在等待我们回去救援！

只一瞬间，虽然他们之间没有任何言语，没有任何歌声或其他讯息传递，相互间已经明白彼此的想法与心意。

地球，罗布泊上空，电闪雷鸣，大雨滂沱。

突然，天空一声巨雷震荡四野，一颗巨大的球形闪电划过整个夜空。

秦鹏宇、柳洪辰、吴莺三人出现在罗布泊的赤焰基地。

三人都赤裸着身体，身材俊美、匀称，全身上下没有一丝赘肉，他们都回到了人生最美的状态。

他们三人互相确认安全，每个人看向其他两人时都如注视着自己的身体一般，没有一丝羞怯感。他们已经分成了三个物理身体，那不重要，他们只是又分成了三股力量，每个部分里都有对方的意念，需要时，他们还会像在赤焰星系时那样，三人合一共同去实现目标，再享受遨游天地的快乐。

现在，他们做回了生命中最美的自己，回到了身体最美的时刻。

宇雅望着他们，目光中充满了柔情。

"欢迎回到地球。"宇雅唱道，"亲爱的，你们已经离开地球四十天，到现在为止，已经有五亿多地球人死去，乌岩星系的目标是清除七十多亿地球人，只剩下五亿的科学人口。快回去吧，回到你们的世界，救回你们的同胞吧！"

接着，"仪器君"居深简明扼要地将地球的情况，向秦鹏宇等三人做了汇报。

"现在要点有三，"居深如同战场上的将军，思路清晰地说道："一是赶到乌岩药业集团总部，纠正解药程序错误，你们用鲜血与生命换回的解药被乌岩集团发展的自然派成员修改了。

"二是尽快清除自然派的成员，他们已经无条件向乌岩效忠，这个组织的任务是贯彻乌岩的地球战略目标，将地球人口降到预定目标，之后，在乌岩协助下升维。

"三是恢复文明社会状态。人类有自己的发展模式，任何外星力量都不应该干涉其自然发展，包括乌岩，当然也包括赤焰。

"虽然赤焰是你们的朋友，但是我们也不会介入你们的发展，人类应该自己决定未来的命运。"

秦鹏宇看着居深，目光中充满友好与坚定："谢谢您，也谢谢您救了我们的性命。"

三人转向宇雅，吴莺第一个冲了上去，抱住了宇雅。

宇雅热情地拥抱了她，揽住了她美丽的身体，轻声赞了句："人类的身体真美。"

吴莺含着泪光，依依惜别地说道："谢谢您，把我变回了人生最美的样子。"

宇雅又分别与秦鹏宇、柳洪辰热烈拥抱着道别，轻声唱道："出征吧，勇士们，为了你们的亲人而战，世界将以你们为荣，为你们骄傲。"

第三十四章　自然派

乌岩集团总部。

秦鹏宇、柳洪辰、吴莺等三人坐在乌岩集团总裁程良宙的对面，听着程良宙介绍这段时间地球所发生的事。也许有相同的经验，又同在五维空间经历过，他们的智力均超越地球上的绝大多数生命。

当程良宙的最后一句话说完，秦鹏宇意味深长地看着他，开口说道："程总，我有一个感觉，咱们的对手虽然不是乌岩生命本身，但他们中一定至少有一个人，可能是他们的领导者，一定如当年的你一样，受过乌岩的大脑开发与身体升级改造。这个人的脑力、智力、执行能力都是超一流的。"

"从这两次的追捕失败和电脑屏幕上的留言都能看出这一点。"秦鹏宇停了一下，问道："乌岩集团成员中，在过去的三年有多少人有机会与乌岩源者接触，甚至有培训的机会？毕竟，这个产业的背后金主，是乌岩星系。"

程良宙目光冷峻，仔细地回想了一下所有可能的线索，之后字斟句酌地说道："应该没有，冷荒与我一起被乌岩劫持，只有他可能有这个机会，可是不久前在乌岩药品事件爆发后，他悔恨交加，痛不欲生，已经自杀了！其他人，至少我没有察觉，以我当时的智力与观察力，不太可能出现判断失误。除非，乌岩在公司还安插了暗桩，不到关键时刻不会启用。嗯，这确实是一种可能。"从他回到普通人类状态后，他虽然没有之前聪明，但性格变得更加沉稳，让原本就很精明的他，展现出一种别样风采。

"不过，乌岩集团在乌岩药业发展至一定规模之前，已经是全球隐形的巨大财团，其财力深不可测。而财富对这个世界的影响，则远远超过人们的想象。在成立医疗集团之前，其实乌岩已经建立起不可小觑的势力。我掌控乌岩食品集团期间，也经常能感受到这股隐形的力量。只是他们的影响主要体现在政治、军事，很少涉及医疗的具体事务，所以他们不太像自然派的成员。

"我的直觉是，自然派是乌岩星系在乌岩药业集团中撒下的种子，在我当总裁的三年中就一直存在，只不过他们是处于休眠状态。因为以我当时的能力，任何异常的情况都不可能逃出我的视线。"

秦鹏宇接着说道："所以，我们应该在乌岩药业内部软件系统链中制造机会，既然自然派目前所有活动均在线上完成，我们就找到并利用他们下指令的渠道，从自然派的系统中，将他们的指挥者一举拿下。"

程良宙目光中闪烁着一丝不解，柳洪辰微微一笑，说："程总，放心吧。现在是网络时代，表面看起来一切似是虚无，但其虚无背后存在着真实的行为轨迹。"

他看了一眼吴莺，吴莺嫣然一笑，三人心意相通，她自然知道这两位在说什么。"咱们就将计就计，既然他们每次都能未卜先知，我们就故意设局请君入瓮，将他们一网打尽。"

秦鹏宇继续说道："程总，请程序部的同事们再辛苦一下，我们需要对程序做一些全面的更新。"继而，他又将计划与程良宙仔细地解说了一遍。

一个小时后，程良宙组织的网络会议结束。Bhavin领命开始了为期二十四小时的紧张的程序修改，整个乌岩生产体系，再次进入新的一轮调整期。

乌岩的医药产品生产体系已经进入全自动化高效率生产阶段。乌岩集团世界各地的生产线，全部都是智能化全自动的，所有技术工作人员都只是自动化运行的保障团队。药品生产线全部处在超洁净无人车间，这个全球庞大的生产体系，全无手工制作的部分，完全由机器自动完成。只有在检修排查期间，车间内部才可能出现身着制服的检修人员。

员工上班时，大多坐在电脑前，进行所有物料的复核与二次确认，以防止总物流控制程序出现计量错误。毕竟数据量太大，严谨起见，程序执行过程总是分三级进行审核。

一级程序是由乌岩集团研发总部制定技术方案，再由程序部进行一级程序也就是总纲程序的编制；二级程序则是由生产物料部根据大配方，进行全球物资统一采购并下单进行分派后编制而成；三级程序，由各分厂将下发物资与上级程序进行比较对接，并现场确认执行。每一环节执行前，均由上一级自动或手动发出的密码确认。

理论上，三个生产环节缺一不可。这样既可以防止任何一个设计环节由知识结构或对生产现场环节不熟悉、不了解造成的差错，也可以相互监督，防止任何损害集团利益的行为出现。

所以，前两次程序修改都是在各级机构上出的问题，或者设计造成二三级之间默契失调，错误地确认信息，让身在总部的一级程序失控失觉。因为系统的实时确认密码在变，此时正确的密码，彼时却成了致命的毒药！

时空，所有的问题点都是由于时空不同！而解决问题最好的手段——"维度"，却是这个星球无法企及的高度。

Bhavin 按要求下达了指令，程良宙与秦鹏宇等站在乌岩中央指挥中心，目光紧张地盯着世界各地数十个生产中心，观察着可能的异常。

一小时前的会议上，秦鹏宇让各程序部在更新软件的过程中加上维度木马，要求全球的监测系统放弃配方比例、成分权重等细节上的数据监测，所有检测点均关注与非门，即任何分公司只能按原指定执行程序，不允许任何改动。因为一旦所有站点都执行细节监测，整个系统的灵敏度就会下降，将无法检测到各分站小程序的细微修改。秦鹏宇注意到，之前的程序都只是变动了几小节，而这些变动，如果不了解全面情况，即使是集团最高水平的程序员，也无法看出这个微小的程序变动是有害的。

而这次，秦鹏宇要求程序部下达程序时，禁止任何细节变动，只需要观测任何出现异动的地方。这样的话，以系统灵敏度，哪怕是一个小节的变化，几个微秒之后，总部指挥中心就能察觉。

程序更新不到 5 分钟，指挥中心的三个监测点开始出现闪烁，最先发出警报的地点是中国！源代码被改写的首发地点在中国！

程良宙不动声色，下令放大屏幕。

屏幕上的监测点被放大，出现了乌岩集团中国分公司的地标。

程良宙、秦鹏宇等四人相视一笑，走出指挥中心。乌岩总部的大楼楼顶安保措施严密，四人踏上平台，各自身着赤焰星系的飞行器，意念一动，消失在蓝天之中。

他们眼前的小型监测屏上，依然可以看到世界各地的程序执行情况，那几个点闪烁之后，系统又再次回到之前的状态，他们都清楚地知道，三个小时之后，系统程序将再次变更。如果不出意外，自然派成员还将在程序运行后的第一时间，对生产指令进行篡改，又会有成千上万的人，将在经过微调之后的"解药"的作用下，失去生命。

　　他们的飞行不是沿地表进行，而是迅速上升至两万多米的高空，在低阻力下以超音速飞行。到达中国大陆上空后，再下降高度，切入正确维度。由于极强的光衍射，赤焰星系的飞行服产生了类似隐身的效果，任何国家最先进的雷达技术均无法捕捉这些超音速微型飞行器的存在。

　　两个小时后，他们已经悄悄降落在乌岩集团中国分公司对面的一家五星级宾馆楼顶，并在当地安保部的引导下，进入一间豪华套房。

　　程良宙低声向安保人员吩咐了几句，四人安静地坐在会客厅的沙发上，程良宙做了个手势，大厅的灯光暗了下来，一个三维屏幕出现在房间中央，是乌岩集团中国分公司的软件监测图像，与他们在美国总部看到的一样。

　　这时，身处集团总部的 Bhavin 再次下令，上传变种生产程序，继续要求世界各分公司无条件执行生产命令，并开足马力全线生产，因为每浪费一秒钟，都可能失去一位同胞的生命。

　　四人紧紧盯着美国总部和中国分部的屏幕。

　　总部程序变更命令顺利下达，几秒钟后，世界各地接受确认信号。两分钟后，中国分公司的监测屏再次闪烁，随后又回归常态。

　　程良宙拿起了电话，拨通了中国分公司已经处于一级戒备的安保部电话，下达命令："马上封锁！"

程良宙火速离开房间，带着两个中国分公司的安保人员向楼对面的乌岩集团中国分公司冲去。

与此同时，乌岩集团中国分公司突然铃声大作，同时传来了安保经理武振声严肃的声音："特殊警报，特殊警报！公司所有成员及来访人员请注意，所有人员，请停留在原有位置，保持原有状态，严禁移动，否则，将被视为人类叛徒即刻逮捕。"

广播就这样持续着。

程良宙等三人飞速冲向了中国分公司的软件部，公司所有摄像头都已开启，监视着在场全体人员状态。

中国分公司在岗人员都被这突如其来的警报与通知惊呆了。所有人都不知所措地惊愕地相互望着，不知道发生了什么事，但大家都知道此时处在非常时期，也都默契地听从了安保部门的要求。毕竟，他们身处旋涡之中，深知形势已经到了异常严峻的状态。

程良宙等最先冲到软件部门口，一把推开大门，映入他们眼帘的，是数十名吃惊的软件部员工，全都张着大嘴，一脸惊异地望着他们三人，旋即大家又将目光转向窗户方向。

办公室巨大的玻璃幕墙已经破碎，地上散落了无数钢化玻璃碎片。

程良宙冲到窗边，向下望去。

却见秦鹏宇与一位身手矫健的高手在一处战斗起来，那人的身手诡异之极。不远处，柳洪辰、吴莺分前后两边站立，堵住对手可能的退路，警惕地关注着两人的打斗，随时准备上前帮忙。

程良宙见状，连忙对两位安保人员吩咐了几句，再次冲向电梯，向楼外奔去。

　　街上，秦鹏宇与那人激斗正酣。程良宙吃惊地抬头望了一眼几十层高的大楼，不敢相信那人从这么高的大楼上跳下来居然平安无事，还有能力与秦鹏宇打作一团。让程良宙更为吃惊的是，这次秦鹏宇归来，不仅身体变年轻了，而且变得这么能打。

　　程良宙再细看那跳楼者，一身西服，戴着副黑边眼镜，身手异常矫捷，那身形诡异至极，却也透露出熟悉之感。

　　"冷荒？"程良宙吃惊地失声喊了出来。

　　听到这喊声，那人一惊，虚晃一招，跳出圈外，向这边看来。

　　继而，他默默地摘下了黑边眼镜，右手伸向自己的脖子，向上一撕，假面具脱落，另一张面孔出现在众人面前。

　　冷荒！

　　程良宙激动却又觉得不可思议，一时间不知如何是好。

　　过了片刻，他才恢复了冷静状态，略带颤音地问道："阿荒，你不是跳楼自尽了吗？怎么还活着？而且，怎么成了自然派的人？"

　　冷荒面无表情地看着程良宙，微微一笑，那笑容虽然与以前一样，但在程良宙看来，却感到异常陌生与恐惧。

　　"宙哥，你回来了？"冷荒开口说道。

　　他抬了下头，看了一眼几十米以上的软件部窗户，缓缓说道："几个月前乌岩事件爆发时，无尽的罪恶感几乎将我压垮、是咱们两个人的过错才害死了数亿人的生命，自责感、负罪感让我无力自拔。我知道你去了乌岩基地，去求援或去质问，可那又能怎么样？事情已经发生，错误不可能再挽回。地球生命包括人类都太渺小、太脆弱了，你我都是见识过乌岩星系强大的人，如果他们想与地球为敌，人类根本不是对手，一点机会都没有。

"我当时的选择是自杀谢罪，用我的生命偿还我欠下的一切，我也做了。可是我没想到的是，乌岩星系的改造使我的身体出现了不可思议的变化。从乌岩总部几十层高的楼上跳下来，按理说以人类脆弱的躯体早就会被摔得血肉模糊，可是我没有！不仅没有，而且没有丝毫损伤。我从地上爬起来，惊异地看着自己与几十层高的大楼，不知是喜是忧。当时的我根本顾不上这些，满脑子想着自己犯下的大罪。

"于是，我继续自暴自弃，想出各种方法伤害自己，包括服毒、跳河、割腕、割喉。但奇怪的是，我已经成了不死之身。无论我采取什么方法，都无法结束自己的生命。于是我开始酗酒，可酒精却让我越来越兴奋，思路越来越清晰，往事给我带来的痛苦也越强烈。就在我不知所措、无所适从的时候，同为人类的乌岩投资集团特使找到我，苦口婆心地劝了我一晚上。

"特使说人类已经成为四维世界的毒瘤，无休止的贪婪不断地消耗与损害着世界的平衡。人类独有的战争、犯罪、暴力、无休止的索取，会让一个原本欣欣向荣的、即将升维的四维世界在未来快速走向毁灭。

"特使让我看到了太阳系未来的希望，只有将大部分不合格的人类从这个世界清除掉，世界才可能恢复平衡，未来才会存在希望。我们之前对人类造成的伤害，其实是在为地球排除垃圾，让世界再次恢复清明。宙哥，你难道没看出来吗，咱们的地球世界已经发展到多么不堪的状态，极少数贪婪的人类，用战争、犯罪、欺骗、暴力夺走了大部分人本应拥有的美好生活，这一切都是错误，甚至是邪恶的。

"上天既然选中我了，我就要为了四维世界的理想而努力，还我们世界一个清明。宙哥，咱们还一起干吧！咱们兄弟联手，一定会无往不胜！让那些人渣都离开这个世界，回到属于他们的地狱中去；让正直、善良的人们留下，一起创造更加美好的高维生活。"

　　继而，他转向秦鹏宇，又看了一眼柳洪辰和吴莺，继续说道："我能看出，你们三人已经获得了本质的改变，已经脱离了这罪恶的尘世，属于五维世界的存在。因为你们具有高贵的人格，所以回来拯救地球。但是，不要搞错自己的目标，我们的真正目的是创造美好世界，而不是不分青红皂白地将一堆垃圾当作宝贝呀！"

　　程良宙冷冷地看着冷荒，静静地摇了摇头："阿荒，你错了。这个世界虽然不完美，但毕竟是我们的家园，作为地球的成员，我们有责任、有义务去改善它，却没有资格去伤害自己的同类。我不是法官，我没有权力去审判你，但我是人类的一分子，我有义务捉拿谋害人类的凶手归案。"

　　说完，程良宙勇敢地向前冲去，挥拳便打。

　　冷荒只错步一转，就轻松地避过了程良宙的攻击。他淡淡地说道："宙哥，省点功夫吧，当年你脑力出众、战力超群，可如今已经废了，你现在的拳脚功夫与我相差太远，别不自量力了。"

　　程良宙面色一沉，也不答话，挥拳又要冲上前去，还未靠近冷荒，就见眼前两道身影一晃而过，已经与冷荒战作一处。是柳洪辰与吴莺。

　　秦鹏宇见状，也再次加入战团。饶是冷荒战力超群，也无法抵挡来自三位心意相通且经过五维洗礼的高级存在的围剿。

不多时，冷荒已经处在下风。

冷荒心里着急，手脚却丝毫不乱，看准一个机会，身体上旋，腰身带着双腿剪刀般前后踢向吴莺。吴莺并不与他硬接，只向后一转，单腿支撑，全身顺势360度旋转，闪过连环腿后，另一只腿已经踢向冷荒。

谁知冷荒那双剪刀腿却是虚招，借着吴莺向后旋转的空当，他已经以一个极为诡异的姿势跳出三人的围剿，起身就跑。

他快，秦鹏宇与柳洪辰更快，两道如鬼魅般的身影已经再次将他围住。柳洪辰低身扫腿，在冷荒飞身企图躲过横扫的一瞬，改变腿的方向，改扫为撩。冷荒正要回击，背部却被从天而降的秦鹏宇一腿蹬中，身形一晃，又结结实实地受了柳洪辰这一撩腿。就在他犹豫的那一瞬，两只胳膊已经被秦鹏宇、柳洪辰架住。吴莺不知从哪里变出了一根链条，抓住机会将冷荒五花大绑，使他动弹不得。

第三十五章　人类反击

国家安全部，某秘密审讯室。

冷荒坐在审讯椅上，腰上捆着两条钛合金链条，双手双腿被数圈钛合金环固定在审讯椅上，国家安全部的三名审讯官员坐在他的对面。

从表情看，冷荒并不配合，几位审讯官非常有耐心，继续问着他们所关心的问题。

由于审讯不顺利，而形势又紧急万分，非常之时，不得不采用非常之法。审讯室一侧的巨型单向玻璃墙外，站着被临时请来的程良宙、秦鹏宇、柳洪辰、吴莺等人，他们默默地观看审讯的过程。见进展不顺，程良宙转向秦鹏宇边上的少校参谋霍释之说道："霍参谋，能不能让我与他谈谈，我与冷荒一起被外星人劫持，又一起创办乌岩药业集团，也许他愿意与我说。"

霍参谋凝视了他几秒钟，点了点头。

门开了，程良宙走进了审讯室，几位审讯官已经听从霍释之的命令，暂时离开了审讯室。程良宙拉了一把椅子，坐在了冷荒对面，而此时冷荒身上的所有束缚也在程良宙的建议下全部解开。

程良宙给冷荒递了一杯水，默默地看他将水一饮而尽。

"阿荒，相信你与我一样，当知道因为自己的错误，几亿人死去时，一种强烈的罪恶感深深地压在心底，无法自拔。当时我的想法只有一个，一定要尽我自己的所有力量，尽快寻求解药，弥补自己犯下的罪过。你要知道，秦鹏宇、柳洪辰、吴莺他们为了人类，经历了如凌迟般的痛苦，以他们的生命为代价，才换回了人类的解药。而那些解药，却因为你和你的自然派的行动发生了变化。每天依然有数百万的人，因为你们的所作所为而死去。难道你追求的就是这种净化吗？用人类的生命，几十亿人的生命，换来地球的升维，难道就是你想努力的方向吗？

"你听说过五维星系记载的地球往事吗？在咱们人类之前，地球也曾经有过生命的辉煌，恐龙曾经创造出比现代人类更加辉煌的地球文明，他们为了地球升维，也付出了艰苦的努力。那次升维失败了，因为发动了星际战争，遭受了珈力星球的打击。但那时的地球生命是崇高的、团结的。全球的恐龙们，为了地球的升维，共同努力过，浴血奋战过，虽然失败了，但我认为那种失败是光荣的，如果成功了，那次升维还将是崇高的，是值得星际生命共同尊敬的。

"我认为，真正的进步是带领人类共同努力，一同去创造美好未来，而不是弱肉强食，用阴谋和强权去消灭弱者。你有没有想过，自然派现在正在做的，真的是你想要的吗？难道你真的愿意协助高维文明，杀死大量自己的同胞，将地球变为他们的'殖民地'。难道那就是你的光荣与梦想吗？

"咱们一同在乌岩集团打拼了一千多个日夜，我认识的你，是用自己的激情与梦想，为人类创造美好生活，让自己、让人类有尊严地延续下去，而不是靠高维外星人所赋予的能力，成为外星人的一条狗。"

听了这话的冷荒，眉间终于动了一下，低下了头。

"阿荒，你一定要清楚，尽管你已经在乌岩的培训下，有了预见未来的能力，不过你的预见能力还是有局限性，否则你也不会误入我们的圈套。以你的能力，都被我们抓获，更不要说那些小喽啰了。我只是想给你一个机会，给你一个赎罪的机会，让你余生能好过一些。我不想你在未来的每一天，都在悔恨中度过。"

冷荒看着程良宙，流下了眼泪。

国家安全部会议室。

岳将军走到秦鹏宇、柳洪辰、吴莺等三人面前，分别与他们热情地握了手，热烈而动情地说道："谢谢你们，我代表祖国谢谢你们，代表人类谢谢你们！感谢你们为人类的生存所付出的努力，向你们致敬。"

岳将军又走到程良宙的面前，紧紧地握住他的手，说道："也谢谢你，谢谢你成功地抓住了自然派头目，肃清了人类叛徒，让秦鹏宇他们用生命换回的解药开始真正发挥作用。"

继而，他又对四人郑重地敬了一个军礼，说道："谢谢你们，挽救了人类。我替他们向你们表示感谢，并致以最崇高的敬意！"

此时，会议室响起了热烈的掌声，那掌声来自会议室内所有的参会人员，来自网络联席国际会议的参会人员，来自地球联合政府行动指挥部的全体成员。

岳将军回到了主席位置，坐下，同时也示意众人落座。

地球行动会议正式开始。

乌岩事件爆发后，强敌当前，世界各国放弃纷争，积极斡旋，共享信息，努力配合，取得了不少成果。在秦鹏宇他们前往赤焰地球基地求助前，各国已经通力合作，分享了不少可能的解药配方，虽然效果不甚明显，但各国同仇敌忾，建立了精诚合作的基础。

当喻天格等刚带回秦鹏宇他们用生命换回的解药时，为了加快解药的全球推广，联合政府选择了受灾最为严重的七个国家成立了"地球行动"总指挥部。每个国家都指定一名本国国家安全部高官担任负责人，直接向各国首脑报告。

人类实现了从未有过的精诚团结。

岳将军对着屏幕上其余六国主席及代表说道："女士们、先生们，在秦鹏宇、吴莺、柳洪辰、程良宙等四位及地球联合行动组的共同努力下，全球范围内4980名自然派成员已经全部落网，据自然派首领冷荒交代，这是乌岩星系自然派的所有成员。"话音刚落，全场响起经久不息的热烈掌声。

略一停顿，岳将军继续说道："今天，联席会议需要讨论并做出决定的重要议题是，人类该如何应对乌岩星球在地球犯下的谋杀了数亿人类生命的罪行，以及是否要对乌岩集团地球基地实施军事打击！"

话音刚落，日本防卫省副部长，陆军上将川下居野便激烈发言："血债必须血偿，我们建议各国派出各自最精锐的部队，组建突击队向乌岩基地发起攻击。

"最新情报显示，乌岩星系在地球上一共有三个基地，分别在罗布泊、阿拉斯加和百慕大。这三处基地一共有100个乌岩源者，其中大部分都聚集在罗布泊。阿拉斯加与百慕大虽然号称基地，但其实只是两个办事机构，是与地球上其他外星机构沟通联络的站点。

"所以，我们日本国建议，组建后的联军分为三个部分，对付中国境内乌岩基地的联军由中方负责并派遣最高指挥官实施打击；阿拉斯加乌岩基地由美方派遣最高指挥官组织进攻；乌岩百慕大基地则由英方派遣最高指挥官负责。军事打击约定时间，同时进行。

"人类迟早有一天，需要再次向外太空发起攻势，就让这次行动，成为人类社会走向宇宙的第一战吧！"

秦鹏宇听着，表情并没有多大变化，只是心里嘀咕了一句，这日本还真是好斗呀。

德国代表发言："德国政府认为，乌岩星系虽然非常可恶，欠下的人类血债也一定要偿还，但是以地球今天的技术与军事能力，我们并没有与五维星际对抗的实力与资本，一切还是应该谨慎行事。"

俄国代表发言："我们俄方认为，人类虽然在军事与技术上暂时无法与乌岩星系对抗，但是俄国有着优秀的战斗传统，我们有决心、有信心打败任何来犯之敌。乌岩星系在地球上欠下了数亿人类生命的血债，必须付出代价。我们支持向乌岩地球基地发起攻击。"

意大利代表激昂地赞同："我们意大利也同意日本代表与俄国代表的态度，同意组建联军，打击乌岩基地。"

法国代表说道："法国人民并不怯战，如果需要，我们可以战斗到只剩最后一人。可是先生们，一定要冷静，地球目前没有实力与五维技术抗衡。"

岳将军看着美国代表霍顿将军并没有要先说话的意思，就开口表态："中国人民一贯坚持敌不犯我，我不犯人，敌若犯我，我必犯人的策略。乌岩星系既然在地球上犯下了滔天罪行，这笔血债就一定要偿还。"

顿了一下，他继续说道："不过，德国与法国代表的担心是很有道理的。今天地球的军事实力，没有战胜乌岩星系的可能，哪怕倾地球之力，也恐怕难动其分毫。我建议，各国组建联军，聚集在乌岩基地周围进行军事威慑。同时通过联合包括赤焰在内的其他友好五维星系，向星际法庭提出抗议，争取星际社会支援。如果得不到宇宙社会的理解与支持，联军再对乌岩基地实施军事打击。"

各国分会场出现一片议论声。此时，传来了美国分会场霍顿将军洪亮的声音。

"美国政府同意岳将军的建议，按目前情报分析，处于四维状态的地球没有实力与五维状态下的任何星系对抗。如果此时贸然向乌岩星系宣战，只能是自取灭亡。

"目前地球已经建立友好联系的五维星系有赤焰星系，情报显示，浩瀚的宇宙中还有更高境界的六维无极星系。地球行动委员会应联合递交公函，请求赤焰星系支持，向星际法庭及六维无极星系递交我们的抗议书。各国需要在 10 天之内，派遣最精锐的战队，分别在罗布泊、阿拉斯加、百慕大集结，对乌岩基地进行军事威慑，同时等待星际社会的支持。"

会议达成一致，最终同意美国霍顿将军与中国岳将军的建议，全球武装力量，集结罗布泊三地，围而不打，以军事威慑的方式，驱逐乌岩源者，勒令他们离开地球。如果不听劝告，再实施军事打击。

作为备用方案，人类将考虑通过赤焰星系转呈申请，向星际法庭递交地球抗议书，希望制裁乌岩星系。这项任务自然又落到了秦鹏宇、柳洪辰、吴莺三人身上。

秦鹏宇等人听完，不觉低下了头，良久不语。

在地球行动会议后，秦鹏宇等人立刻向岳将军表达了极度忧虑，他们都见识过五维生命的强大，强烈建议岳将军不到最后一刻，千万不要对五维生命动武，因为那真的只是螳臂当车，毫无作用。

岳将军当时只是深沉地看着他们，之后意味深长地说道："我理解你们的忧虑，但毕竟你们只是普通百姓，不了解国家机器的强大。再说，我们目前也只是进行军事威慑，并不是军事打击。对待外星生命，我们也必须做软硬两手准备。"

他们能怎么办？地球行动会议的决定，几乎代表了全人类的决定。

地球行动委员会不愧是人世间最优秀的组织，其效率之高无人匹敌。仅在会议结束七十二小时后，一支由联合国政府组成的多国部队，已经在罗布泊、阿拉斯加、百慕大群岛集结完毕。

此刻的罗布泊正值隆冬，刚刚下过一场数十年未遇的大雪，天地苍茫，整个罗布泊银装素裹，气氛肃杀。雪雾弥漫的深处，数百辆来自中国装甲部队的各式装甲战车已经将罗布泊乌岩基地围得水泄不通。

基地上空，三百多架飞机分三线布防，盘旋在罗布泊的上空。万米高空之上，更有七艘星际战舰悬停在太空中，以便一旦实施军事打击或发生军事冲突，消灭一切逃出包围圈的乌岩源者。

火箭军部队的各种重型火箭炮、导弹、小规模核弹的打击坐标也锁定了乌岩基地地球物理坐标，等待着联军将军部的命令。

寒风凛冽。

国际部指挥军的大屏幕前，岳将军与联军指挥官们正全神贯注地盯着大屏幕，紧张地注视着乌岩基地区域的动态。

为了更鲜明地表达对乌岩星系在地球上犯下滔天罪行的愤怒，经过地球行动组商议，一致同意在请求赤焰星系向星际法庭递交地球抗议书的同时，委员会不等星际法庭的判决结果出来，就向乌岩星系发布驱逐声明，要求乌岩地球基地成员在限期内离开地球。

地球行动委员会决定除了请赤焰基地代为向星际法庭递交抗议书外，也在罗布泊等基地通过不同语言及人类掌握的太空通用语言播报抗议书，并通过七国所有对外广播全时段向太空发送。

国际社会各媒体也深度报道了地球行动委员会的声明与决定。一时间，社会各界沸沸扬扬，一股反乌岩的热潮正在世界各地被掀起。为达到更好的宣传效果，激励人类社会重建乌岩食品与药品事件后的新生活，联合政府还决定，向全世界现场直播铲除乌岩基地的实况跟踪报道。

人类的力量前所未有地被调动起来。人们已经化悲痛为力量，从失去亲人的悲痛中走了出来，纷纷讨论、关注、支持着地球联军的行动，一股反乌岩、爱人类的风潮正在世界各地热烈掀起。

此刻的乌岩罗布泊基地已经在多国联军的团团包围之下。

前线将军部内，联军前线总将军罗亚飞将军转头向身边参谋下令："倒计时开始。"

"是，将军。"参谋立正答道。

"乌岩基地的源者听着，你们已经被地球联军包围。经地球行动委员会审议判定，你们对地球犯有谋杀数亿人类生命的罪行，我们代表人类，要求你们离开地球，立刻执行。地球已经向星际法庭递交了抗议书，星际社会对你们的审判，将在未来实施。现在，要求你们立刻离开地球，否则，我们将对你们进行打击。"

义正词严的声音在罗布泊上空重复响起。

　　联军所有指战员严阵以待，紧张地注视着罗布泊上貌似平平无奇的一处土包。表面上，那里平淡无奇，与广袤的罗布泊几千平方公里的土地没有太大的区别。但所有军人出发前，均参加过战前培训，知道那貌似平常的土地就是五维乌岩基地。

　　他们并不知道，等待着他们的将是什么。

　　但是对勇敢的人类战士而言，无论那里是刀山，还是火海，为了人类的未来，他们都将勇往直前。为了地球，为了死去的数亿人类同胞，今天，他们将勇敢地战斗。

第三十六章　地球武装

空气仿佛凝固，此时的罗布泊，万军齐聚，杀气腾腾。

战前，宁静得可怕。

总将军罗亚飞突然有一种不祥的预感，军人与生俱来的敏锐让他产生了一种极为不安的感觉。

他环顾四周，紧张地用目光扫视着临时作战指挥部的所有3D显示屏，埋伏在乌岩基地周边的陆军状态良好，外围的坦克装甲部队状态正常，罗布泊上空穿梭的战斗机群状态正常，高空、太空、外太空战舰编队正常。

那种不祥的预感从何而来？

他紧张地盯着乌岩基地所在的方位，尽管他看到的只是一块与周边数千平方公里的地表没什么区别的土地，但他深知，就在那个区域的五维视角，正是他们谈虎色变的五维乌岩基地。

突然，他眼前屏幕上的所有图像一闪，变成了无数雪花点，刚才还酷炫无比的三维画面全都消失得无影无踪。

他连忙命令通信兵与各部队联络。长波短波雷达的信息全部消失，指挥部如同一个断了电的电器，没了油的汽车，无法下达指令。四周静默无声，罗将军也静静地待在原地。

罗将军快速冷静下来并抓起军用对讲机大声地喊道："我是联军总将军罗亚飞，听到请回答，听到请回答。"

没有任何声音，整个指挥部安静得令人窒息，不祥的气氛迅速传遍整个将军部。

各国前线指挥官都有些惊慌失措，纷纷围拢在罗将军的身边，他们惊疑的目光扫向那些一分钟前还显示各国战机群威武英姿的立体屏幕。而此时，屏幕上除了雪花点，什么也没有。

突然，外面传来了重器坠落及爆炸的声音，将军们纷纷冲出帅帐，望向声音传来的方向。

原来，这所谓的前线指挥部，不过是用军用帐篷在罗布泊临时搭建的，军帐边是临时野外发电机。帐篷的位置极为隐蔽，暗藏在罗布泊一堆并不显眼的赤色雅丹群中。从几公里外看，能见到的只是壮观奇美的红色雅丹群，根本看不见雅丹群下掩藏的联军指挥部。

一名士兵跑来，行过军礼，急切地说："报告总将军，前方大量联军战机坠落，原因不详。"

指挥部内，各国联军指挥官全都惊呆了。

事实上，就在同时，不远处的所有装甲部队，所有战车的指挥系统全部失灵，电子指挥系统崩溃，所有机电包括点火系统也全部瘫痪。

所有装甲车上的士兵瞬间处于黑暗之中。

但他们应该感到幸运，因为高空中的飞行员们就没那么幸运了。装甲车失了动力，没了电，只是原地趴窝，而驾驶战斗机在空中盘旋的飞行员们，发现他们所有仪器仪表瞬间失灵，飞机完全失去了控制，急速下坠，反应快的当机立断按下了紧急逃生按钮，反应慢或希望能挽救战机的指战员失去了逃生的最佳时机，与战机一起殒命沙场。

深空和外太空的那些飞艇、飞船也无一例外，同一瞬间，所有仪器仪表全部失灵，好在它们在深空或外太空中，不至于像地球上空的飞机一般坠落。但可怕的是，所有电力系统失效，供氧系统的电解装备失效，它们的氧气供应系统出现问题，危险在即！

最不可思议的是，所有待命的全球火箭军导弹部队，同一时间指挥系统失灵，更为可怕的是，有不少控制技术相对落后的部队的导弹激发系统竟然无故被引发，指向乌岩基地的导弹竟然在本部直接爆炸。

需要感谢政府的坚持，为了避免罗布泊周边的居民受导弹、火箭攻击，中国军方强烈建议不使用空射、舰射、地射、潜射导弹，只允许常规低级别导弹参战。否则，导弹所在地的军民将会因为这次威慑性助攻，而遭受惨烈的损失。

准备一举歼灭五维乌岩基地的地球联军瞬间失去了战斗力。

罗布泊联合军团临时指挥部的军官们都蒙了，将军、参谋们想象过很多种对战时可能出现的状况，但无人想过现在这种情况会发生。

一支全球精英组成的部队，还没开战就已经陷入莫名的失控状态，所有武器武备，所有电子电器无线电波，所有现代科技打造的军事装备，此刻，全部陷入瘫痪。

所有的士兵此刻均自觉而无助地端起了手中的传统军械装备或抽出了腰中最原始的匕首，此时，那些野外生存的基本装备竟然成为士兵们手中唯一有效的武器。

罗将军的心有些乱，外表平静的他，内心波涛汹涌。

完了，联军已经战力全无。他们准备与五维乌岩星系决一死战的所有战力已经被彻底瓦解！作为军人，他想为了荣誉继续血战到底。可事实是，双方还没有真正对阵，他的部队就已经完全失去了战斗力。联军部队如打完炮弹的巨型地空导弹发射架，空有威武的外表，却没有弹药补充，已经无一用处。

罗将军攥紧了拳头，目前的状况让他不知该向哪里发力。过了良久，他哑着嗓子低声命令："报告通信系统状态。"

"报告总将军，通信系统中断，雷达系统电磁波信号消失。"犹豫了一下，通信参谋高声补充了一句，"所有对外通信全部中断。"

通信参谋虽然调到总部时间不长，但近十年的从军经验告诉他，联军此刻已经处于前所未有的危险状态。

罗将军飞快地思考着："此刻所有部队还没有进入作战状态就已经全部瘫痪，这仗是没法打下去了，联合指挥部下达的任务显然不可能完成。就目前军事态势而言，不要说完成联合指挥部下达的任务，就是想全师而退，都要看乌岩的眼色行事。

"当务之急，不再是想着如何完成联合指挥部的任务，而是马上向指挥部的将军们报告前军真实状况，请他们定夺。当然，更重要的是，让他们体会到前线的状态紧急，这仗真的没法打，对方军事力量与我方完全不在一个级别。"罗将军的心中充满绝望，此前积蓄起来的所有军人自豪感与自信，在那一刻全部瓦解。

想到此，罗将军命令道："马上将前线情况写成工作简报，通过信鸽，传报军部。同时派通讯员火速驾车赶回总部，将现场军情报告军部。注意，沿途确认无线电通信设备状态，在可以与总部进行有效通信时，即刻停车并第一时间向总部报告情况。"

秦鹏宇正在北京家中，与妻子韩月、孩子秦文杰一起吃晚餐，喝着酒，漫无边际地聊天，气氛甚是轻松。秦鹏宇的话不多，只微笑地看着妻儿海阔天空地聊，偶尔插几句嘴。当某个大话题吸引了他的注意力，或忽然有感而发，愿意与儿子分享时，才会长篇大论，滔滔不绝地分享自己的想法。

正聊至王莽篡汉，突然手机响了。秦鹏宇看着号码不熟，本想挂掉，但犹豫片刻，还是按下接听键，声音颇为冷淡地接起电话。

听到对方声音的瞬间，他突然直起腰，目光严肃起来。

是霍释之。他依然简单、简洁，简单得令人紧张。

秦鹏宇已经习惯，他站起身与妻儿拥抱了一下，说道："看来有大事，霍参谋让我马上去国家安全部。"

韩月是个明事理的人，并没有多说，只是起身，默默地拥抱了一下秦鹏宇，低声说了句："自己小心一点。"

秦鹏宇不舍地看了一眼他们，经历了诸多危险事件后，他对家庭产生了无限的牵挂。看着已经长大的儿子，用力地拥抱了一下他，低声道："小杰，现在外面很乱，照顾好妈妈。"

秦文杰懂事地点了下头，说道："爸，你要去很久吗？"

秦鹏宇看着儿子，故作轻松地笑道："应该不会吧，也许几个小时就回来了。"

看了一眼儿子，不舍之情再次涌出，秦鹏宇又将妻儿拥在怀里，分别在他们脸上亲了一下，换衣离开。

也许是非常时期，韩月与秦文杰如他要出远门一样，双双出门将他送到了电梯口。

秦鹏宇刚下楼就看见霍释之已经在不远处的军车旁静静地等候。

从霍释之的表情，秦鹏宇可以感受到有大事发生，他并没有多问，只是默默点了一下头，与霍释之握了一下手，便跳上了军车。

车上，秦鹏宇看着副驾驶位上霍释之的背影，见他并没有要说明情况的意思，便也默契地坐在后座，一言不发。他不是个多嘴的人，军人出身的他，能感受到前方战局出现异动。他无言地望着窗外，看着窗外已然入冬的景色和枯黄但依旧挺拔的梧桐。

国家安全部作战部会议室。

秦鹏宇进门，他毫无意外地看到了柳洪辰与吴莺已经面无表情地坐在会议室里，但让他有些意外的是，茵茵、喻天格、马武、春妮儿、高娟，甚至连很久没见过的胡兵也在。

见气氛严肃，秦鹏宇只是冲众人点头示意后依士兵指引坐下。

没等秦鹏宇坐定，会议室的门再度打开，进来的居然是程良宙，这倒让秦鹏宇吃了一惊，三年前罗布泊的队友，除了冷荒情况特殊，只有李彬、丁涛不在。他们今晚也会来吗？

岳将军并没有再给秦鹏宇困惑与疑问的时间，见众人坐定，便开口说道："你们应该能看到，今天在座的各位，都是当年你们一同前往罗布泊探险旅行的驴友，可惜李彬、丁涛已经在刚刚过去的危机中死去。

"也许你们并不了解，其实秦鹏宇、柳洪辰、吴莺曾在死亡的边缘，为了能请赤焰星系为地球配出适当的解药，他们三人经历了凌迟般的痛苦。要不是赤焰五维星系的医术精湛，他们也已经离开我们了。

"去世的人们原都拥有鲜活的生命，他们都是父亲、母亲、儿子、女儿，是我们的亲人。可是他们都离开了自己的家园，离开了他们出生长大的故土！

"没错，乌岩生命的层级确实要远高于地球，毫不夸张地说，真的高出咱们不止一个量级。但是五维又怎样，五维生命就有随意屠戮地球生命的权力与资格吗？我要感谢秦鹏宇、吴莺、柳洪辰等三人，为了人类种族的延续，无私献出自己的生命，不顾自身承受的巨大痛苦，为人类找到了解药。

"就在几天前，地球联军试图将乌岩赶出咱们的星系，但遗憾的是，由地球最精锐部队组成的精英中的精英战队，居然还没有来得及发动军事攻击，就已经被敌人消灭于无形，虽然此役中阵亡人数暂时还不多，但可怕的是，我们的铁军竟然在开战之前，就已经失去作战能力，幸亏乌岩的目标不是要将地球斩尽杀绝，否则，所有参战部队全部阵亡也不是什么意外的事。

"今天我代表国家安全部请你们来，就是代表国家、代表人类，请你们再次出手，利用你们生命中的奇遇，为地球，为你们的母星，复仇！"

第三十七章　重回赤焰星系

　　秦鹏宇等一干人被这一消息惊呆了，尤其是秦鹏宇、吴莺、柳洪辰等三人，虽然他们亲眼见识过五维的强大，但也没想到地球精英武装力量在他们面前竟然如此不堪一击。一时间，所有人都陷入深深的沉默。

　　过了许久，岳将军沉重地叹息了一声，说道："我虽然能想到地球的科技力量与五维乌岩有一定差距，但也曾认为凭着人类军人顽强的意志与抵抗精神，至少对把他们赶走还是有一定把握的。没想到……"

　　说到这里，他看了一眼秦鹏宇等三人，沉痛说道："如果我当初听从你们的劝告，今天至少不会输得这么惨。"

　　说完，他挥了挥手，恢复了些许精神，继续说道："胜败乃兵家常事，哪里摔倒，我们就从哪里爬起来。秦鹏宇，你曾经是人民解放军海军的一员，现在祖国需要你，希望你能为祖国再立新功。"

　　秦鹏宇听完，二话没说，站起来双脚一并，朗声应道："请首长指示，坚决执行命令！"

　　岳将军此时已经恢复了将军风度："秦鹏宇、各位，此战已经清楚证明，地球现有技术水平与武装力量完全无法与五维乌岩军对阵。"他特意用了"乌岩军"一词，以表示与之决战的决心。

　　"你们都曾经与五维有缘，或赤焰，或乌岩，现在需要你们代表地球前往赤焰地球基地，代表地球向他们求援。请求他们的舆论甚至武装支持。无论哪种，一定要请求对方协助人类将乌岩赶出地球。"

秦鹏宇、胡兵两位曾经在部队服役的退役军人，同时立正并习惯性敬了个军礼，齐声答道："是，坚决完成任务！"

喻天格、茵茵、吴莺、柳洪辰等也严肃、激昂地点头，跟着吼着："坚决完成任务！"

此刻，他们已经完全忘却了自己的身份，将自己当成了将赴战场的战士，成为祖国，成为人类的一把尖刀。

"请马上出发,南苑军用机场已经有专机在那里等着你们，直飞米兰军用机场。之后，与上次一样，由秦鹏宇、柳洪辰、吴莺作为第一梯队，驱车直奔赤焰基地。程良宙、胡兵、高娟为第二梯队，喻天格、茵茵、马武，组成第三梯队。每隔一小时，出发一辆车。现在与乌岩的敌对关系已经明朗化，为了防止乌岩军对你们发动袭击，军方会派车一路保护你们，直到离赤焰基地十公里为止。

"虽然直面乌岩军时这种保护可能毫无作用，但可以防止行动被类似自然派那样的奸人破坏。"

岳将军目光如炬，冲着众人挺直腰板，庄重地敬了一个标准的军礼。

"祖国等着你们成功的消息，人类等着你们成功的消息！"
所有人都挺直了腰板，心潮澎湃。

一小时后，一行人赶到军用机场，雨中登机，飞机如鹤一般飞向滂沱大雨的夜空。

三小时后，黎明到来之前，飞机降落在米兰军用机场。秦鹏宇、吴莺、柳洪辰下机后直接跨上早已在机场停放的一辆绿色路虎，出发。他们的前后各有五辆武装越野吉普保护着他们，十一辆车一起冲向罗布泊，向着赤焰基地飞驰而去。

有了上次的经历，赤焰基地的坐标已经不再是什么秘密，但是谨慎起见，军方从来没有试图监视赤焰基地，一则赤焰星系一直对地球友好，二则军方清楚地意识到，如果赤焰想与地球为敌，监视不仅起不到什么作用，还可能适得其反。

十一辆吉普迎着朝阳，如长蛇般向罗布泊深处飞速前进。山河依然壮美，浩日戈壁当年曾让他们激动不已，而现在他们却面无表情，满怀"风萧萧兮易水寒，壮士一去兮不复还"的舍身成仁的决绝。

很快，他们开到了赤焰外围雅丹群，这里离赤焰基地只有十公里。秦鹏宇等三人停车，与护送他们过来的上尉握手道别，便开车继续前行。身后留下了十辆军车和四十名列队敬礼送别的军人。

秦鹏宇驾着车，只是扫了一眼反光镜中的军人们，便不再多看，他已经做好全身心的准备，为人类贡献自己的全部力量。他们一行，已经是人类最后的希望。

他们一定要成功，可是，怎么做才能成功呢？

他们心里根本没数，也不知该怎么做，他们只是知道，宇雅会支持他们的。一想到那优雅的九头凤凰，心里就无限温暖，一种发自内心无限的信任感油然而生，他们不需要做什么准备，只需要见到宇雅，向他倾诉，他就会给他们最好的建议，最好的答案。

宇雅会的，他也能做的。

说来也怪，越是接近赤焰基地，他们的感觉便越发平和，不再有任何惶恐与不安，一种回家的感觉油然而生。回到温暖的家，如同离家打拼的孩子回家探望的感觉。而一路上，秦鹏宇开车并没有刻意地找路，好像目的地就在前方。而柳洪辰与吴莺也没有任何疑问，他们也不像平时那般卿卿我我，你侬我侬，而是前后排各自坐着，目光深沉地看着遥远的前方。

他们并没有选择使用五维飞行器前往，虽然那么做会快很多，但感觉缺乏对赤焰的尊重，他们是代表人类向高维生命求援。他们需要以这种方式表达对赤焰的尊重与祈求。

人类的重担此刻已压在他们三人肩上。所有的情爱在此时显得那么微不足道，他们回归到思考人类生存的问题，如何为人类族群去争取最后的生存空间。

精英战队的一败涂地让他们看清一个事实，必须不惜一切代价，尽快将乌岩赶出地球，否则，人类将永远成为乌岩豢养的一群宠物。

三人同时看到霍去病将军墓，并没有人像上次吴莺那样发出撕心裂肺的发自内心的激动的呐喊，甚至没有人发出声音，此刻他们心中充满无限的沉重与期待。

停车、熄火，三人几乎同时跳下路虎，飞步冲向墓门。

墓门大开，墓里并没有灯，但奇怪的是，竟然感觉亮如白昼。

壁画依旧，霍将军的雕像依旧。

更让三人诧异的是，霍将军身后的那扇五维之门，那曾经让他们感觉光怪陆离的五维之门，竟然也是开着的！

那种感觉那么亲切，赤焰星系上所经历的一切瞬间出现在脑海。

恍惚间，他们竟然真的有回家的感觉！

三人迫不及待地冲入了五维殿堂。

宇雅，亲爱的宇雅竟然正笑盈盈地看着他们。

吴莺最先忍不住高喊了一声"宇雅"，便飞身扑入了宇雅的怀抱。

宇雅张开他的双翅，将吴莺揽入怀中，用双翅轻轻地安抚她。同时，九个高贵的如凤凰般的头颅，均温柔地靠在吴莺头上、肩上。

吴莺已经泪流满面，泣不成声。

秦鹏宇、柳洪辰则默默站在一旁，注视着他们。许久，宇雅才抬起头来，目光温和地注视着他们，那份雍容与华贵让众人倾倒。秦鹏宇、柳洪辰也不由自主地走向宇雅，与吴莺一起，投入了宇雅的怀抱。

那种感觉，如离家多年的孩子回到母亲的怀抱一般，温暖而亲切。

许久，众人才将情绪平复。柳洪辰轻拥着吴莺的肩膀，轻轻摩挲，低声安慰着。

秦鹏宇已经彻底冷静下来，他凝视着宇雅，开口说道："尊敬的宇雅，人类失败了。地球联合部队试图将残害了数亿人的乌岩源者赶出地球，可他们甚至还没有动手就已经惨败。所有的现代高科技武器失灵，坦克失去了动力，飞机从天空坠落，部分指向乌岩基地的导弹、火箭失控自爆，在深空、外太空的飞船、宇宙飞船也失去动力，甚至连供氧系统也全部失效。地球组建的精英部队还没向他们发动进攻，就已经完全失去了战斗力。

"我们的政府派我们来向我们的友星，伟大的赤焰星系求援，希望您能协助我们将残害了数亿人的乌岩源者赶走。我们从内心深处认识到，与五维生命相比，地球生命太过脆弱、太过渺小了。尊敬的宇雅，我们需要您的帮助，人类需要您的帮助。"

说完，他竟然行了古老的单膝跪地礼。

吴莺与柳洪辰见状，也一同行礼，齐声说道："尊敬的宇雅，请帮助我们。"

宇雅目光闪烁，炯炯有神，双翅一扫，一股强大力道将三人托起，继而唱道："乌岩星系这次做得太过分了，我们帮助你们向星际法庭提出诉讼。不过，星际法庭位于比赤焰更为遥远的无极星系，离地球有数十万光年。传统的飞船旅行所需的时间成本太高，你们根本无法承受。我只能再次以灵魂态将你们送到奇点，通过黑洞将你们传输到无极星系。"

顿了一下，宇雅再次以怜悯的目光看向三人，说道："但是，如果那样的话，你们将会承受比上次还要剧烈百倍的痛苦。假如上次为了找到解药，你们承受的是如同凌迟般的痛苦，那么此次要从奇点经黑洞到无极星系，整个旅途中你们将承受持续不断的车裂般的煎熬，直到你们到达无极星。

"而且，你们要有心理准备，你们可能从此与地球上的亲人永远分别。因为无极的时空与地球完全不同，有点类似你们地球神话故事里说的，天上一日，地上一年。此去无极，路途遥远。等你们代表人类完成诉讼，再次返回地球时，可能已经是地球上五十年，甚至百年以后了。"

吴莺与柳洪辰相互对视了一眼，那柔情蜜意的眼神分明在说，只要能与你相伴，哪怕前方刀山火海、荆棘丛生，也不害怕。

而秦鹏宇却心里一疼，想着此去无极，竟然将与妻儿永别，不觉心里一酸，眼泪差点从眼眶中滑落。他连忙将目光转向其他方向，努力地控制着自己的情绪。

数秒后，他的目光再次决绝，如易水旁赴秦的荆轲。

秦鹏宇声音坚定地说："宇雅，如果我们的牺牲能换来家人与人类的幸福，我愿意。"

"我们愿意。"吴莺与柳洪辰的声音同样坚定。

随后，宇雅对秦鹏宇等说道："那你们今天好好休息一晚，我也安排一下相关事宜，带领你们起诉乌岩星系不是一件小事，你们先随我一起返回赤焰星系。我也需要将详细情况向长老会进行报告，之后，由赤焰星系的源者送咱们进入奇点，那样更为稳妥。"

第二天，宇雅带着秦鹏宇等三人走进传输间，这正是上次秦鹏宇等三人灵魂从赤焰星系返航落地的工作室。依旧是熟悉而陌生的五维重叠镜像，但因为三人已经有过在赤焰星系生活的经验，经过一夜的休整，他们的视力已经完全适应赤焰基地的五维特性。高抬脚、轻落步，三人已经稳稳地立在云蒸霞蔚般的传输间。

如梦幻般，三人手拉着手，相向而立。

一道强力闪光从云霞深处爆裂射出。只一瞬，未等三人发出一丝声响，三人的肉身已经瞬间被烧成灰烬，被传输间强大的地吸系统吸入除尘装备之中。

他们的灵魂已经在宇雅强大灵魂的包裹下，随着球形闪电划过罗布泊的夜空，向太空深处闪去，在天空尽头，下一个球形闪电骤起，新的高密度能量使他们的核载体再次快速充满能量，射向遥远的赤焰星系。五维赤焰星系的外层星级守卫又看到一团强劲的能量团飞速地向赤焰母星旋转而来。

那是以浮云形式在天际漫步的赤焰源者，云团迅速一闪，避开伤害，继而低声对自己唱道："奇妙的五维世界呀，来自遥远星际的光，照亮了浪漫世界无尽的夜空。"

在赤焰太空站，宇雅一脸疲惫地从还原室走出，但他顾不上休息，几个小跳便已经冲到控制室，急切地注视着秦鹏宇等三人灵魂的复原情况。

三头猫！

吴莺、柳洪辰、秦鹏宇等三人再次重回一体，心意相通。

三个猫头对视了一眼，猫眼中光芒闪烁。

翌日，赤焰星际长老会。

赤焰星系是个绝对自由的社会，他们早已不存在国家、民族的观念，也没有种族的区分，他们有的只是自由的灵魂及符合灵魂所愿的物理形态。他们的科技水平虽然已经高度发达，但灵魂力量依然不足，需要进化。虽然他们的肉身或者灵魂物理载体已经可以实现订制，但是，他们发自内心地向往六维星际那种随心所欲的幻化成形。

由于没有国家，所有的赤焰源都可以自由选择自己喜欢的生命形态及生存地点。赤焰源者没有性别上的区别，也不像地球上那样有两性相悦的爱情，他们有的只是性格相投或相异。他们喜欢独居，各自享受自己的生活。也有例外，个别相互吸引的赤焰源者选择两源或多源同居，但这种同居并没有地球上的性爱，因为他们的身体形态都是订制的，没有任何器官能产生性冲动。他们有的只是思想的碰撞，以及对生命、对宇宙的终极思考。

更为特别的是，赤焰源者在同居之后，非常享受共同的生活状态及思想碰撞，不少源者选择将各自的生命体融为一体，即成为一个具有多个灵魂的新的赤焰源。若干赤焰运动周期之后，如果多灵魂体中的一个或多个不再喜欢这种生活状态或共居一体的模式，他们便会再度来到赤焰生命订制中心，将他们的灵魂分离。他们便从此相忘于江湖，往来或陌路，一切随缘。

由于是灵魂意识体，他们并不需要任何食物或能量来维持生命。如果愿意，某些苦行僧般的赤焰源者甚至可以终年纹丝不动，只是深度思考他所关心的哲学或时空问题。

随着科学技术的发展，有些赤焰源者选择了探索无垠的宇宙，他们的太空探索，让赤焰源者了解到赤焰之外有同在五维层级的乌岩等数百个五维星系，以及数万个如地球般的四维世界，甚至还发现了宇宙中竟然有如神一般存在的六维无极星系。一切都让他们痴狂，但也让他们不安。于是，在全民投票之后，赤焰源者选出了一些哲学思维能力更强的源者组成长老会，再由他们安排和组织其他更细的社会结构。但这一切均凭源者高度的兴趣与自觉性，没有源者会要求或有权力要求其他源者做他不想做的任何事，因为保证心灵的高度自由，是赤焰星际神圣不可侵犯的原则。

宇雅站在高耸的群峰之间，四周青山围绕，翠柏层层，云雾升腾。五维空间的缘故，那些青山绿林在普通人看来，竟然如龙卷风般地在天际盘旋。而群山间飘浮着与阿凡达世界中相似的无数奇峰怪石，感觉似没有戴着 3D 眼镜观看立体电影一般，层层叠叠，云山雾罩。

宇雅优雅的歌声传遍山峰："尊敬的赤焰长老们，我是源者宇雅，赤焰地球基地负责人，在过去的几个地球月里，乌岩地球基地的乌岩源者采用间接手段，通过食品与药品杀害了五亿多四维地球生命，严重违反了《低维生命保护法》。地球人类代表，同时也是与我们赤焰星际立下血誓的三位人类伙伴，与我一起前来向你们申诉，请长老会决定是否可以协助他们，将乌岩源者赶出地球，还地球一个自由发展的清平世界。"

第三十八章　霍去病

秦鹏宇、柳洪辰、吴莺等三人灵魂化为五维时空三头猫，此时正雄姿勃发地站在宇雅的身边，前腿直立，后身蹲坐，三个猫头表情坚毅地看向远方，目光坚定，以一种类似蜻蜓的复眼模式注视着四面八方。他们已经习惯了五维空间的视觉方式，如果似地球上那般聚精凝神，可能反而什么也看不清，相反，越是放松心神，学会散焦，越能看清五维空间的总体形貌。

遥远的天际传来低沉的吟唱："宇雅，乌岩当真在四维地球世界谋杀了五亿多的生命？"

宇雅高亢的歌声回应："是，长老，地球的生命层级虽然很低，他们依然在通过低维生命中常见的那种两性繁殖方式繁衍后代，生命繁殖速度较快，但低维生命也是有灵魂的，那可是五亿多活生生的生命呀！"

远方群山中传出声音："长老，星际文明已经明确约定，高等生命不得通过任何直接或间接的方式影响低等生命的发展与进化，无论他们的行为模式、社会道德规范是否符合主流社会的价值观。听宇雅及地球生命的陈述，本源者认为，乌岩有罪，我们应该请无极星系对该星际进行制约性惩罚，至少应该在规定期限之内约束该星系在外太空的所有活动。"

"为了保证地球四维星系在近期不再遭受乌岩星系的进一步伤害，本源者认为，应该派赤焰星系的武装力量前往地球，监督并防止乌岩星系在地球上可能的进一步报复行动。"另一位源者的歌声飘来。

第三个歌声似乎来自地下："他们来自地球，如果我没有记错，赤焰星系以前就有过一个来自地球的血誓盟者，那是咱们的先源很久以前从地球带回来的。"

三头猫听得一头雾水，可宇雅却顿时眼冒精光。他突然激动地唱道："衢地长老，您说的是真的吗？难道霍去病的传说是真的吗？"

赤焰在地球罗布泊的基地，就在霍去病墓，但只是衣冠冢，而且宇雅一直觉得那墓地结构很怪，为什么墓地建设有许多赤焰星系五维元素的痕迹？他一直猜想，也许是因为霍将军是第一个与五维赤焰接触的四维地球生命，所以他去世后，赤焰为了纪念他而专门为他建了墓，自然有意无意地将赤焰的一些理念揉到了霍将军的墓里。

但令他百思不得其解的是，按赤焰源者的能力，即使是在几百赤焰年前，也不应该连地球上普通的小灾小病都治不好，怎么可能让霍去病在二十多岁便离开人世。原来，是他自己选择了离开地球，成为五维源者的血誓盟者，随先贤来到赤焰星系了。为了纪念自己在地球的生命历程，临走前，他在地球上建造了一个自己的衣冠冢。

原来如此！

三头猫看着宇雅，不明所以。

宇雅并没有再多说什么，只是冲着高山群峰深深地鞠了一躬，动作优雅而从容。

赤焰的风格就是那样简单，升维后的他们，更关注事情的本质，所有生命的智力水平均足够高，只需要简单将事情前因后果表述清楚，就足够让每位源者产生清晰的判断与结论。他们不须畏惧，也无所畏惧，这里的生命，只需表达自己对事物的态度与观点就可以，甚至有时，他们都不需要通过语言表达，因为赤焰源者如果足够专注，他们便可以清楚地看清每一位源者的思想，所以他们之间没有隐瞒，没有欺骗，整个世界如一潭清水，清澈见底。

回到赤焰太空站，宇雅的九个凤头，十八束温和而智慧的目光看着三头猫，那只由秦鹏宇、柳洪辰、吴莺等三人灵魂组成的五维生命体，温和地唱道："小猫，看来你们不需要再遭受黑洞奇点的折磨了。也许冥冥之中，早有人将解决方案安排妥当，等着你们去探索。从当初你们三人发现双鱼玉佩，找到霍去病墓地开始，这一切已经注定发生。

"我已经通过星际委员会找到了当年随赤焰源者来到赤焰星系的霍去病将军，他现在已经是赤焰源者之一，在狼居山修行。我见到他时突然悟到，也许霍将军来到赤焰，是因为当初他摸到双鱼玉佩时，就已经看到今天的使命与结局，所以他才年纪轻轻就离开了自己所爱的地球，来到赤焰星系。"

顿了一下，宇雅低声唱道："你们知道霍将军现在的形象是什么吗？"

三头猫已经听得热泪盈眶，早已发不出声。

"一只巨大的苍狼，这是他为了纪念自己当年在地球，为了当时的祖国曾经做过的事。他将自己变为狼的形象，就是为了成为乌岩的克星。知道为什么吗？传说中的乌岩星，在升维之前，一直被五维星际笑话为五维中的小绵羊。而草原上的苍狼正是羊的克星。"

"霍将军，他还活着？"秦鹏宇激动地问道。

宇雅瞄了一眼三头猫，淡淡唱道："严格来说，霍去病早已死去，在他离开地球时，就已经死了。现在存在的，只是霍去病的灵魂。"唱着，他又看向三人的赤焰形象，面无表情而又冷酷地说道："严格来说，你们三人在地球上的肉身也死了。与你曾经的时代已经分开了，现在存在的，只是你们的灵魂而已。即使某一天，你们再次回到地球，回归地球的生命形式，你们也不再是过去的自己。"

歌声一落，三人的灵魂不觉瞬间黯然神伤，但没几秒，秦鹏宇已经傲气十足地啸一声，继而豪迈歌道："星云尘封万里路，只为归途，踏遍千秋雪。我们肉身是否活着并不重要，重要的是，我们的灵魂依然可以为母星做些事情，为母星解决它的忧愁。至于我们的肉身是否活着，真的不重要。进不求名，退不避罪，唯人是保，正是我辈的追求。"

宇雅意味深长地看了他一眼。

"说得好！"随着一声豪迈的狼嚎，一只巨大的苍狼出现在宇雅和三头猫面前。

只见他，身高数丈，体健身强，双眼中冷峻的目光如寒冬之月，凝重而深远；四肢健硕而雄壮，如泰山之柱石；身形矫健，若南山之猛虎；霸气十足，如北海之蛟龙！

三头猫激动得几乎无法自已，如果依然是人形，也许三人会不由自主地躬身跪下。虽然激动万分，但此时他们也是五维源者的血誓盟友，他们的灵魂已经独立于星际，有的只是对对方的无比尊敬。

秦鹏宇最先从五维形体的禁锢中解脱出来，他意念一动，从三头猫中分裂出来，化身成人形。因许多生命往返，所以五维外星基地里模拟了六维无极星系的物理环境，成了赤焰星际中为数不多的随心场所。在这里，每一位源者，每一个生命都可以随心而动，让意念决定自己的形象。

秦鹏宇最喜欢与最熟悉的是自己地球上的形象，虽然不完美，但那是自己。不过，他变回的是年轻时的自己，形象俊朗，全身毫无赘肉。他双手一抱拳，冲苍狼深鞠一躬："霍将军在上，请受晚辈一拜。"

苍狼闻言，一声长啸，声音消失之时，一位英武无比的年轻将军出现在众人面前。金盔金甲，皂罗袍，虎皮战靴，腰间竟然还有一把三尺龙泉宝剑。

见状，柳洪辰、吴莺也纷纷变回了自己，他们并非刻意，只是下意识地寻回了自己当年最美的形象。两人相互对望了一眼，充满爱意，目光中瞬间闪过的分明是："我是多么幸运，竟然遇到了生命中最美的你！"

但只一闪，他们已经回到现实，回到了五维赤焰外星基地。

霍去病言简意赅，看了三人一眼，说道："速将乌岩军情再说一遍，不要漏过任何细节，也不要重复。"

秦鹏宇望着他，神情肃然，仿佛此刻他已经成为霍将军的帐下司马。静了数秒，理了一下思路，他便从乌岩基地的地形说起，将他们前去营救茵茵、喻天格、程良宙、冷荒四人时的所见所闻都详细地说了一遍，将能回忆起来的所有细节，都详尽描述。

霍去病面无表情地听完，又核对了一些他关心的细节，之后，双手一摊，众人眼前竟然出现了一幅五维地图。

霍去病继而说道："如果本帅的判断没错的话，乌岩源者驻扎之处正是本帅当年率军攻打匈奴兵分两路时水路的上船地点。沧海桑田，没想到，当时我碰到双鱼玉佩时所看到的一幕竟然是真的。当时与张骞说，他还不信，说我肯定是神魂分离时见的幻象。在我们打到狼居胥山下，庆祝汉军的胜利时，我决定跟随赤焰源者到这里来修炼，就为了等待这一天的到来。因为我坚信，每一个人都有自己的使命，上天既然选择让我得到了双鱼玉佩，并让我看到这一切，冥冥之中肯定有他的安排。"

继而，他叹了一声："当初水草丰美的罗布泊，怎么会变成如今的样子？"

说完，左手在图上一划，画中世界光阴如流水般逝去。日月星辰，斗转星移，那罗布泊在加速流动的岁月中，从巨大湖泊逐渐缩小，最终变成今天的荒芜干枯之地。

霍去病凝视着地貌的变迁，痛心疾首地说道："很久没有关注地球，没想到竟然变成今天的样子。"

吴莺怯怯地低声说了一句："霍将军，地球并不都是这样的，大多数地方都变得更美。人类在过去的千年时光中，在科技方面取得了巨大进步，基本摆脱了贫困与战争，过上幸福安定的生活。当然，人类还有很多缺点，需要自我完善与提升。但是我们的缺点不至于让我们遭到文明等级高于我们的外星源者的屠杀吧！"

霍去病冷酷地说道："世界本来就是弱肉强食，人类早期也是如此，如舜代尧、禹代舜，强者生存。"

熟读历史的柳洪辰感觉滋味不对，朗声确认："霍将军，您刚才说的是舜代尧、禹代舜，强者生存。也就是说，是舜通过武力替代了尧，禹也是通过武力夺取了舜的政权，而不是禅让？"

霍去病突然用一种奇怪的眼神看着柳洪辰，突然问道："这些我也是从赤焰星系了解到的，你们读到的历史版本，是司马迁写的《史记》吧？"

柳洪辰听后，脸不觉一红，喃喃说道："有《史记》，也有宋代司马光的《资治通鉴》。"

"宋代？"霍去病听了略一皱眉："这么说，我大汉终究还是亡了？"

"西汉、东汉，一共有 400 多年吧。"

"东汉？"霍去病又是一皱眉，略一停，叹了一口气，"千秋万代，功过评说，以后再谈吧。待本帅带你们赶走乌岩源者，再听你们好好说说这些年的历史变迁。"

他将头一转，又专注于五维地图，说："你们看，从远程星云下载的地图来看，乌岩基地的位置是这里，地球的兵家会认为这里是圮地。"看了一眼三人，他又解释道，"行山林、险阻、沮泽，凡难行之道，均为圮地。但从五维空间的视野来看，这里却是衢地，诸侯之地三属，先至者得天下之众。这里是外星文明最喜欢先行落脚的地方。一则是因为这里人烟稍少，安排行动极为方便；二则这里是地球之耳，从五维角度来看，这里是五维空间进入四维世界的最佳奇点。"

也不管三人是否听懂，霍去病又伸出右手，习惯性地从腰间抽出马鞭，指向乌岩周边地形，继续说道："你们只管听，知道我的大致方略就好，不需要你们听懂，只要求你们必须按我的要求做，就可以了。兵法上，这叫'善战者，求之于势，不责于人，故能择人而任势'。你们有多少人？"

忽然，霍去病问了一句，秦鹏宇一愣，继而机敏地回答："我们有三人，与我们一同来赤焰基地的还有六位战友。我们九人属于中国派到赤焰的三重行动小组。如果您需要更多兵马，哪怕是千军万马，中国武装力量，400 万雄师，将听您调遣。如果您需要更多兵力，我们还可以协调全球武装力量，全部听您指挥。"

"400万？"霍去病眼睛一亮，说道，"你是说我们大汉朝已经有400万的兵力了？"

"是的，中华儿女已经有400万现代武装力量！"秦鹏宇巧妙地偷换了一下名词。

看了一眼地图，沉思良久，霍去病最终坚定地一挥手，说："不用调拨军队，宇雅，请你马上将行动小组的另外六名队员送到这里，我要对他们进行特殊训练与安排。三天之后，咱们重返地球，驱逐乌岩，还我河山！"

第三十九章　霍家军

几个赤焰运动周期过去，五维世界的遥远星空再次出现球形闪电。

"仪器君"居深带着程良宙、胡兵、喻天格、茵茵、马武、高娟等六人的灵魂，来到了赤焰星球。

六人并不是被强迫来的，他们当时正按预定计划作为第二、第三梯队分别在赤焰基地的外围等候。到了预定时间，没见秦鹏宇他们出来，程良宙、高娟、胡兵三人便按照事先的行动方案，驱车前往赤焰基地。

意想不到的是，他们竟然没费任何力气就发现了霍去病将军墓，更让他们惊诧的是，刚踏进墓地，没等他们观察四周的壁画，前方竟然出现了一道玄幻之门。程良宙有过乌岩的五维经历，没有任何犹豫就踏了进去，胡兵军人出身，自然也不会怯阵，紧随其后，高娟虽然没经历过这阵仗，但见程良宙、胡兵毫不畏惧，便也豪气顿生，昂首挺入门后的空间。

光怪陆离的画面造成了眩晕，让胡兵、高娟有些难以适应。让居深颇感意外的是，程良宙竟然笑盈盈地看着他，这让他很没有成就感。

不过，情况紧急，居深没有时间与心情和他们理论这些细节，直接进入主题："我知道你们是谁，知道你们的目的。你们的朋友秦鹏宇、柳洪辰、吴莺已经清楚地传达了你们的诉求，并且已经随着我们源者前往赤焰星系为地球请求支援。

"他们已经找到了驱逐乌岩的方法，要求你们马上前去接受训练。现在要求你们马上去将你们第三梯队的三个人接来，我带你们一起前往赤焰星系。"

歌声坚定，不容任何质疑。

程良宙与胡兵、高娟对视了一眼，他们早已经在秦鹏宇、柳洪辰的交谈中，了解到赤焰星及居深的情况，没有任何犹豫，齐声回答："是，居深君！"

居深再次诧异地看了眼三人，那高贵的五维灵魂的自尊心受了小许的伤害，不满地想，"秦鹏宇这小猴子怎么将我所有事情都说出去了，让本源者一点神秘感都没有"。

不过，情势紧急，此刻他也没心情想这些细枝末节，指了身边的飞行服，唱道："这个你们应该不陌生吧？"

程良宙二话不说，上去干净利索地穿上飞行服，又多拿了三套，对"仪器君"鞠了一个躬，说道："居深君请稍后，我去去就回。"

又对还在一旁蒙圈的胡兵、高娟说："胡兄弟、高姑娘，你们在这里适应下，我去接茵茵她们。"

程良宙冲出将军墓，意念一起，甚至没见他腿部发力，人已经腾空而去，瞬间不见了踪影。

不要说从没见过这阵势的胡兵、高娟，就连居深也是大吃一惊，他还准备悉心指导、调教一番，可谁曾想这人是个老江湖，这是什么套路？这是去过哪个五维基地训练过吗？

居深哪里知道程良宙曾经与五维乌岩有过那么深的渊源！

不消片刻，程良宙已经带着茵茵、喻天格、马武等三人进来。茵茵和喻天格一脸平静，因为他们有过体验，不同的只是这次是自己穿的飞行服，而马武一脸兴奋地跟胡兵口沫横飞地吹嘘着空中飞行经历，他上次虽然与秦鹏宇等人一同飞过，可那时，他的心思全在春妮儿身上，根本无从感受。

居深没给他们太多时间，一脸郑重地将情况叙说了一遍，最后以询问的口气唱道："秦鹏宇他们在赤焰星已经找到了对抗乌岩的方法，需要人手结阵，要求你们全部过去，有问题吗？"

六人一听，全都兴奋异常，毫无异议。

居深见状，也不多说，直接将六人送到传输室。

继而出现了前面所述的赤焰球形闪电。

在赤焰星系生命中心，当居深带着六人进入巨大的训练室时，霍去病正在五维模拟地图前给秦鹏宇、柳洪辰、吴莺三人解说阵法。

吴莺见到茵茵，兴奋地冲了过去，紧紧地抱住了她。两人兴奋地叫嚷着，全然不顾周围人的感受。其他人虽然没那么夸张，但也都是兴奋地相互拥抱，用双手拍打着对方的肩背，只有高娟默默地看着众人，微笑着站在一旁。秦鹏宇见状，伸出双手，热情地迎了上去。

兴奋过后，秦鹏宇这才伸出手示意大家安静一下，然后郑重地向大家说道："各位，我来介绍，这位是咱们历史上著名的大将军霍去病前辈！"

众人均大吃一惊，如仰视天人般地注视着霍去病，尤其是茵茵，嘴张得老大，当真吃惊不小。她是模特，也是影视演员，还出演了一部抗击匈奴的古装戏《大漠谣》，剧中扮演的正是与年轻的霍去病有着爱恨纠葛的金玉。剧的结尾，霍去病假死，与她双双隐居。因为她在剧中的出色表演，倾情投入，金玉与霍去病的爱情故事感动了无数世人，赚取了不少眼泪。谁知，谁知，在她的生命里，她竟能真正见到活生生的霍去病，真正的原装正版！

此刻她都想冲上前去，紧紧地抱住他，如在电视剧中那样深情地叫一声"去病"，然后，如久别的情侣靠在他的肩头。

可她没有这么做，只是崇敬地看着他。自从索尔走进了她的生命，虽然只是短短的几个小时，她的世界似乎已经被填满，再装不下其他任何人，哪怕是她曾经爱过的霍去病！虽然那只是角色，但那次演出太过投入，还因此与扮演霍去病的演员有过一段恋情。

霍去病却丝毫没有留意到茵茵这瞬间流转的诸多情感，只是一脸严肃地看着众人，说道："从现在起，你们每一个人，都是我霍去病麾下的战士，都是我大汉的军人！我需要你们记住，军令大于一切！我要求你们严格服从我的命令，勇者不得独进，怯者不得独退。本帅曾经带着数万名勇士远征千里，一扫匈奴王庭。为什么？因为全军将士整齐划一，形如一人！"

霍去病那份英武的霸气，震撼了每一个人。

"现在你们有三天时间，本帅不管以前你们是什么人，但从这一刻起，都给我记住，你们是我霍去病麾下的军人。忘掉你们过去的身份、地位、职业，所有的一切，专心听我指挥，努力按我的训练要求与方法去做，你们就一定能成为最出色的战士，咱们一定能够战胜乌岩，将他们赶出地球！

"'善战者，求之于势，不责于人，故能择人而任势。任势者，其战人也，如转木石。木石之性，安则静，危则动，方则止，圆则行。故善战人之势，如转圆石于千仞之山者，势也。'"

那一刻，众人才真正认识到，霍去病之所以是千古名将，不是因为他是卫青的外甥，也不是因为他有汉武帝的垂青，而是因为他是真正的天纵英才，天生的将才！

三天的训练非常紧张。

第一天是军事技术培训。每个人都在自己的虚拟空间里进行一番身体素质检查，然后，生命订制中心的订制系统根据每个人的身体状态对每个人进行最适当的优化。之后，通过系统软件，输入格斗、枪械、武器使用、生存训练、驾驶技术等诸多技能提升单兵素质。

第二天是军事素养与战略视角培训。从局部战争与战略谋划的高度，对全体成员进行军事理论与军事素养教学。

第三天是成队配合训练。有了前两天的基础，九人已经成为古往今来少有的军事奇才，再进行整体磨合训练，霍去病这支奇兵，已经胜过千军万马！

当然，这一切都是在五维推演室中进行的。这些人，在赤焰星系的物理状态只是灵魂态。但正是这种灵魂态，才造就了他们无与伦比的学习吸收能力。

训练结束，看着训练结果，霍去病颇为满意地点了下头。居深也从控制室中走了出来，对宇雅和霍去病唱道："宇雅、霍将军，九人的训练数据已经植入他们的灵魂，成为他们终身的能力。他们的身体基因数据也传到赤焰地球基地控制系统的终端，回到地球后在赤焰基地就可以将他们打造成超级战士。咱们已经在这里耽误三天，因为不同的时间参照体系，地球时间已经过去一个多月。既然一切已经就绪，事不宜迟，咱们这就出发吧！"

地球，罗布泊突然出现巨大的炸裂声，撕裂了寂静的夜空，继而空中狂风大作、电闪雷鸣，天空突然下起了倾盆暴雨。伴着那巨大的球形闪电，宇雅、居深、霍去病以及他新打造的精悍的奇兵——霍家军，已经出现在赤焰地球基地。

经历这种传输，哪怕是这支铁军也有些疲惫，但形势已经迫在眉睫。宇雅和居深迅速进入工作状态，他们调出从赤焰星系传来的数据，将霍去病及霍家军所有成员还原成订制的物理实体态。

不多时，霍去病已经带着他的团队来到了前厅，也就是那衣冠冢的正堂内。霍去病饶有兴致地仔细转了一圈，又盯着那些壁画看了一会儿，表情十分复杂，既兴奋又怀念，有终于返回故国的快意，也有即将为祖国、为人类而战的豪情。

转身，他看着正堂上自己的雕像，微微一笑。他伸手将雕像上的双鱼玉佩摘了下来，端详了一下，充满笑意地挂在了自己的脖子上，并小心地掖到战袍里面。

他还是与当年一样的装束，汉时的红色战袍，黄金软甲，身材高大，英气逼人，束腰窄袖十分精干。

一挥手，众人面前出现了他们已经非常熟悉的乌岩基地五维地形图。它正明暗相间地在四维时空形态与五维时空形态之间来回转变。那种感觉，就如工程师将二维的平面图转为三维CAD图一般。这地图正将乌岩基地的三维物理形貌以三维、四维交替状态展现在众人眼前。

原来，我们的物理世界，我们的肉眼与感观所感知的，只是物质的一个方面，如盲人摸象。地球人所能看到的那个物理面，如同我们看一个建筑模型朝下的四维模型，我们看到的，只是毫无奇特之处的一个平面，但当你将平面拓展成立体图，你就会发现其背后另有乾坤。

他习惯性地用右手拿着马鞭指向眼前的五维时空图，向柳洪辰、吴莺、程良宙、喻天格、胡兵、茵茵、马武、高娟等吩咐道："你们八人，按计划，分别以八卦方位，分守在乾、兑、坤、离、巽、震、艮、坎位。要点，茵茵，你守的是艮位，东北方艮宫，是生门。兵法，围师必阙。因你与索尔的关系，这个人情让你来做。我们的目标是赶走乌岩源者，而不是消灭他们。

"鉴于乌岩星系强大的军事实力和星际法的约束，赤焰星系这次并不准备与乌岩翻脸，仅靠我们几个人和其他地球人类是无法战胜乌岩的。所以，这次作战的重点是阻止乌岩在地球的屠杀行径，将他们驱逐出地球。秦鹏宇，你的责任最为重大，你将代表地球、代表赤焰，去乌岩基地传达赤焰星系的态度，宣布我们的严正立场，如果他们不立即停止犯罪离开地球，意味着无视赤焰的调解，赤焰将视其为宣战，加入地球战争。而我们，虽然没有能力战胜乌岩星系，但要在地球灭掉这个小小的乌岩基地还是很有把握的。

"'上兵伐谋，其次伐交，其次伐兵，其下攻城。'所以，我们直接强攻乌岩基地是最不可取的。地球失去了无数生命，我也很难过，但生命已经逝去，一切均无法挽回。地球与他们的维度不同，根本没有能力与他们对抗，他们所犯下的罪行，我们将通过星际法庭去解决。记住我们的目标，不要冲动，秦鹏宇所带去的赤焰星系信息，是我们最重要的武器，是我们的第一招。乌岩如果能知难而退，同意撤离地球最好，毕竟他们要是知道赤焰站在地球这一边，已经向无极星系递交了申诉状，对他们是不小的震慑与压力。如果他们依然不肯改正，不离开地球，秦鹏宇你即刻想办法离开乌岩基地。你们八位，只要秦鹏宇离开，马上发起进攻。"

秦鹏宇眉间一挑，看向霍去病，迟疑地问道："将军，我是否可以见机行事，擒贼先擒王。传递完赤焰信息，完成我的任务，如果条件允许，咱们可以来一出要离刺庆忌、专诸刺王僚。"

霍去病目光闪烁，显然，他也有些认同这个想法，只是他不好直接说出，毕竟那个做法成功率不高，九死一生。而且，秦鹏宇的任务就是下战书，向乌岩施加来自赤焰的压力，如果他们不接受调停，即赤焰与乌岩已经撕破脸皮。当然，假如秦鹏宇有机会，先下手为强会更好。

正犹疑间，秦鹏宇继续说道："在乌岩源者眼里，地球人都是弱小的蚂蚁，但您说过，我们这些接受过五维训练的战士，在地球上肯定是无敌的。就算在赤焰星系，毕竟我们是经过特殊训练的特种兵，不要说普通乌岩源者，就是经过训练的普通源者战士，我们以一对十也不是没有可能。这些乌岩源者久居地球，久未经战，也没有地方、没有机会给他们打仗。而且，当我传递完赤焰信息，我的基本任务已经完成。乌岩基地之外的八大方位有兄弟们坚守，又有您居中指挥，您就让我试试吧。伐谋、伐交，我们都做过了，我的行动万一成功，咱们连伐兵这一层都省了。

"如果我偷袭得手，你们可不用等到我出来，到约定的时间就可以采取行动。"说完，秦鹏宇殷切地看着霍去病。

霍去病曲眉一挑，朗声说道："好，秦鹏宇，好样的。"

继而转向众人，朗声说道："各位兄弟，我们一定要一战成功，驱逐乌岩，还我河山！"

"驱逐乌岩，还我河山！"霍家军坚定高昂的喊声震动旷野！

第二天清晨，霍家军已经按照部署，悄悄去到各个方位镇守。数公里之外，某雅丹群之下，已经成为霍去病的临时指挥所。由于赤焰星系不便于介入正面对抗，所以这次武装突击，赤焰基地并没有派别的源者参加。

秦鹏宇曾经建议调一些地球军队前来配合，霍去病考虑了一下，并没有接受，他的理由是兵非益多，"惟无武进，足以并力料敌取人而已"。如果新来的士兵战力不够，反而麻烦。

对他们来说，通信是至关重要的环节。传统的无线电设备肯定不能用，这东西对乌岩来说形同虚设。他们用的是赤焰星系最新的两项军用装备：脑波强力传输和空气振波转码器。赤焰星系的交流是通过脑波或歌声进行，而这两种技术是这两种交流方式的军事级版本。

脑波版最实用，干扰也最小，泄密的可能性也是最低的，如果敌军察觉，并破译了脑波频率，则脑波系统会自动发出干扰源。系统会发出提醒，在指挥官下达切换命令后，全军统一切换到密级声波模式。这模式的传输效率相对较低，但是安全级别增加，可以在不同时段切换不同频率及不同密码。而队员一旦被俘，可手动或让系统自动开启自毁模式。

此时霍去病与秦鹏宇一起观看着临时指挥部内的五维实时模拟地图，八个不同编号的亮点显示霍家军已经按要求到达指定地点。而第九个亮点正在指挥部闪烁，那是秦鹏宇。见一切就绪，霍去病以鼓励的目光看着秦鹏宇，严肃地命令道："出发！"

秦鹏宇闻令精神一振，一个立正，刚要行军礼，想起霍将军是汉朝大帅，便顺势双手一叉，行了个古代军中叉手礼，沉声说道："遵命，将军。"

说完，他并不犹疑，意念一动，身形已经腾空，飞向乌岩星地球基地。

几个弹指后，乌岩星地球基地已经近在眼前。

霍家军每位战士的身体都由赤焰量身订制，全部都已经是五维视野，可以靠意识自主切换为四维模式、五维模式或双维比对模式。

秦鹏宇此时用的是五维模式，找到五维入口，直接降落。

由于地球武装力量久攻不下，为了减少不必要的伤亡，全球指挥部已经下令全军撤退，只是远远地观察，甚至不敢再用导弹指向乌岩星系地球基地。说来邪门，射击目标为乌岩星系地球基地的所有导弹全部自爆。一开始军方还没搞清状况，后来，有聪明人发现规律，经过确认与实验，才发现乌岩这个可怕的能力。

"他们简直不是人！"一位将军听到报告后，如是说。搞得参谋当即腹诽："对方是外星人，本来就不是人！"

地球军方不敢再对他们怎样，也拿他们没什么办法，渐渐地，整个乌岩星地球基地弥漫着一种不可一世的情绪，更觉得地球上这些"蚂蚁"真的不如早点死去，或者接受乌岩的改造。

除了乌岩的索尔，包括总司空麦克和黑德等诸多要员，全都认为地球人已经完全臣服，现在需要加快自然派骨干力量的建设。自从程良宙和冷荒叛变（他们一直认为这两个人是乌岩的叛徒），麦克和黑德便着手寻找新的可以接替冷荒的自然派首领。

这些事，他们已经不怎么让索尔去做。自从索尔与地球女人有过一次接触之后，整个源似乎都变了，变得不可理喻，变得软弱，每天只知道跟他们说什么四维生命也是生命，需要尊重他们之类。

"尊重？这些'小蚂蚁'有什么好值得尊重的。这个索尔！"麦克和黑德每次私下交流，就如是说。

此时，麦克、索尔、黑德三位源者正在讨论下一步地球工作，办公室通信系统突然传来值班人员的歌声："麦克，基地门口出现一位地球人，就是那次救走程良宙、冷荒他们那位。您快打开监控看看。"

闻言，麦克连忙用意念接通了指挥室的监控系统。在一堆五维图像中，选择基地门口的画面，放大，秦鹏宇的形象赫然出现在众源者首领眼前。

秦鹏宇正看着镜头，目光直视着众源者首领，显然他知道那里有监控器镜头。可是这小子怎么能看到五维画面？但从目光看，显然他看到了。

麦克"咦"了一声，继而说道："他要干吗？"

卫兵回答："他说自己是赤焰星系的信使，代表赤焰星系和地球而来。"

麦克犹豫片刻，命令："让他进来！"

第四十章　灰飞烟灭

　　秦鹏宇站在乌岩星地球基地五维指挥大厅，冷眼面对麦克、黑德、索尔，目光空灵。在地球人看来，他此时的目光是散焦状态，应该什么也看不清，似乎在沉思往事。但这种目光正是五维聚集法，他的目光正在适应并看清乌岩基地的一切。

　　他的身前，有三个身形诡异的怪物。

　　中间那个身材硕大，有无数颗巨大脑袋，有与人类相似的面部特征，比例却相差甚远，看着像河马的头颅，眼睛巨大，嘴很长，长而狭窄的脸颊底端是一对向上翻着的如拳头般大小的鼻孔。他长得如长颈鹿一般的脖子上顶了许多脑袋，似乎比宇雅还多，匆忙间数不清到底有多少，但十多个总是有的。

　　左侧那个，那形象与人类甚至动物都相差很远，冷不丁地在路上看到，会认为这是一个极为奇异的假山。可他与地球上的山水却很不同，他更缥缈，身上长满如长须般的藤蔓，随风飘舞。主人意念所至，藤蔓能急如闪电般地飞卷过去，当作进攻的武器，或如大象长鼻般可用于取物。他就是黑德，乌岩基地的二号人物。

　　右侧，云雾缥缈，如雪似雾的气液固三相不断循环着，看不出生命迹象，却更觉充满了生机。如果在地球上的某公司大堂见到，会惊叹于这一工艺品的精巧以及工匠巧夺天工的精湛技艺。但从赤焰星回来的秦鹏宇敏锐地感觉到，那一定也是一位源者，而且是位静修源者。他正是索尔。在认识茵茵之前，索尔的形象是山，一座伟岸的山。但自从与茵茵相遇，感受了地球的男欢女爱之后，他的性情大变，变得有些多愁善感，为此没少被麦克和黑德笑话。那次相遇后不久，索尔便去了生命订制中心，将自己的形象变成现在的样子，以此纪念他喜欢的那个柔情似水的地球女人。

此刻，麦克等三位乌岩源者正在看秦鹏宇带来的赤焰星系书信，类似地球的多媒体文件。此刻的五维指挥室内正飘荡着赤焰星系长老的歌声。歌声中充满了正气与凛然，内容却极为烦琐、难懂，秦鹏宇根本不知其所云。但看着那三个乌岩源者情绪激动，就能感受到他们的愤怒与惶恐。

秦鹏宇并不着急，只是冷冷地看着三个源者。

霍去病将军对他说过，那封书信是赤焰长老会的一致决议，书信中对乌岩星系在地球上的野蛮行径给予了强烈的谴责，如果乌岩星系不立刻停止对四维地球的暴行，他们将立刻与地球签订宗主保护协议，并视乌岩星系的任何进一步侵犯为战争行为。同时，他们郑重告知乌岩星系，赤焰星系已经替弱小的四维地球，向无极星系递交了诉讼书。

麦克看向黑德与索尔，用乌岩脑波传递着："你们怎么看？"

黑德很愤怒，他认为用脑波已经难以表达情感，必须用歌声，他用乌岩语言唱道："这些地球蚂蚁，居然敢跑到赤焰去搬弄是非，让我下一剂猛药，再用一个新配方杀他个几亿，让他们知道我们五维源者的厉害。"

没等麦克开口，索尔已经水化冰，歌声冰冷，如至严冬："黑德，咱们造成的杀戮还不够多吗？已经有几亿地球人在那场灾难中死去，你不觉得可耻吗？"

"怎么又在想你的地球小妞？你怎么不降维，与那帮蚂蚁生活在一起算了！"黑德反唇相讥。

麦克看不下去，喊道："够了，现在不是你们吵架斗嘴的时候。那些地球蚂蚁想让咱们走，不需要理会，可现在是赤焰星出面，我们必须重视啊。"

"赤焰又能怎样？那帮赤佬不过是想独占地球的资源，摆出一副同情弱者的姿态，但心底也看不上地球的愚昧与无知。何必这么虚伪！"黑德在边上轻蔑地唱道。

"我们只是初步完成母星下达的任务。地球的改造还远不够彻底，将地球人口总数控制在五亿以内，再通过基因改造，扶持另一种地球生命与人类抗衡，地球才能健康发展。以人类的智力根本无法挽救地球，必须靠我们高贵的乌岩源者替他们改造升级！"麦克唱道。

他们三位交流着、争吵着，全然没把秦鹏宇这"小蚂蚁"当回事。他们哪里会想到，秦鹏宇虽然听不懂那晦涩难懂的书信，可他们的日常对话还是听得明明白白。当听到麦克和黑德说出对地球不屑的言论时，秦鹏宇已经气愤到无以复加。不过经过特殊训练的他，此刻却极为冷静，静静地观察着事态的发展，当麦克也加入争吵，注意力分散时，他意念一起，整个人突然飞向麦克。

麦克的身材虽然硕大，脑袋众多，但当他们争吵时，秦鹏宇仔细观察发现，他所有脑袋都看向了另一边的黑德和索尔。就这一瞬间，秦鹏宇已经腾空而起，飞向麦克的背部。左手从左侧底部兜住麦克所有脖颈，右手将一把极为锋利的匕首从右侧绕过，刀锋抵住了麦克主脖颈的咽喉。

突然的变故让所有源者都吃了一惊，一时竟不知所措。

这时传来秦鹏宇冷冷的歌声，用的竟然是乌岩语言！"给你们十分钟时间，马上离开地球，否则，霍家军杀你们个片甲不留。"

培训时，秦鹏宇还被植入了乌岩语言系统，这是在场乌岩源者完全没有想到的，所以刚才用乌岩歌声交流，丝毫没有防范。此刻，麦克已经冷静下来，用脑波告诉黑德："我马上蹲下，你用藤蔓将这只臭虫打下来。"

黑德用脑波表示明白。

他们交流只用了不到一秒时间，说时迟，那时快，麦克突然一蹲，几乎同一瞬间，数根手腕粗细的藤蔓如棍似鞭般地抽了过来。

饶是秦鹏宇在五维经历了强化训练，也难敌这五维生命的全力进攻！只这雷霆一击，就将秦鹏宇从麦克的背上抽了下来。还没等落地，秦鹏宇的身体又被后续而来的藤蔓卷了起来，举向天空。

秦鹏宇不愧是五维强化过的钢铁战士，临危不乱，左手抓住卷住腰间的藤蔓，右手举起匕首向下一划，向藤蔓砍去。黑德没想到秦鹏宇有这么快的反应速度与能力，更没想到那秦鹏宇手中的匕首竟是赤焰精制，寻常的地球锐器对五维生命根本无法造成伤害，但赤焰精制就不一样了。他一时吃疼，捆着秦鹏宇身体的藤蔓已然断开，秦鹏宇瞬间从空中跌落。

五维生命毕竟不同凡响，没等秦鹏宇落地，黑德已经反应过来，忍着类似断指般的疼痛，再次挥动数根藤蔓砸过来。秦鹏宇一个空中急转，以一个诡异的姿势在空中突然发力，再挥匕首，飞向麦克。

他深知擒贼先擒王的道理，不想与黑德纠缠。

麦克与黑德刚才是大意，没想到这个地球小子有这种能力，现在哪容他再次得手，在秦鹏宇欺身靠近麦克的一瞬间，麦克的拳、黑德的藤蔓、索尔的冰块已经同时向他砸去。

秦鹏宇的身体一时间突然承受了来自三个五维源者的全力打击，瞬间崩溃，一口鲜血喷了出去，整个人一下失去知觉。

几公里外的霍去病已经感知到一切，毅然地用脑波下令："进攻！"

埋伏的霍家军同时在乾、兑、坤、离、巽、震、艮、坎八个方位扣动了电子束炮的扳机，瞬间，整个乌岩基地遭到来自四面八方的攻击。

赤焰产的电子束炮是一种比激光炮更为先进的杀伤性武器。激光束的横断面能量密度是 $10^7 W/cm^2$，电子束枪的横断面能量密度可在 $10^9 W/cm^2$，而电子束炮的横断面能量密度竟能达到恐怖的 $10^{10} W/cm^2$ 以上。这种高能武器的技术难度在能量密度，人类只能在真空环境下才能将电子束流集中形成高能束，在真空室内焊接或打孔，但在大气中目前对人类来说绝无可能。而对赤焰来说，不过是在电子束流生成的同时，多开通一道电子路径那么简单。

乌岩星地球基地的八卦八位瞬间爆炸，整个基地顿时一片火海！

霍去病冷静地看着五维战况地图，用脑波下令："柳洪辰、程良宙、吴莺、高娟，你们分别从震、离、坎、巽四个方位往里冲；胡兵、马武、喻天格、茵茵你们注意在五维掩护助攻。"

得令后的柳洪辰等四人意念一起，飞向乌岩基地的四个方位，这是乌岩星地球基地的四个五维入口。

柳洪辰在震位，主雷。眼见乌岩基地东大门已经在电子炮的第一轮攻击下大开，他也不管里面情形怎样，从腰间取了一堆自导中子手雷，按了自动瞄准按钮便扔了过去。好个中子手雷，也没见柳洪辰怎么瞄准，那手雷却像长了眼睛似的，冲着乌岩大门便钻了进去，两秒后，里面发出一声巨响。柳洪辰在五维观察镜下看得仔细，通道里仓皇应对的乌岩警卫被炸得东倒西歪，也不知那些生命是什么形态，只见五维镜下一堆热源来回乱窜。

程良宙在离位，那是他曾经被绑架的地方，他也曾多次返回这里，包括病毒事件暴发后那次。程良宙曾经带着满腔悲愤与渺茫的希望来这里求助，又在这里被收回了来自五维的超能力，成为一名智力平常甚至失忆的普通人。此时，他不再是乌岩集团总裁，不再是无意中帮助乌岩源者屠杀地球生命的帮凶，他是霍家军的一员，是离位火神，是地球的复仇者。

五维镜下，离位门内乌岩源者正在匆忙组织救火。程良宙微微一笑，低声说道："怪物们，今天让你们尝尝火神爷的三昧真火！"话音未落，程良宙早已按下按钮，手里的高能火焰束已经喷射而出，上万度的高温火球，一团团地飞进乌岩离位门。

高娟从巽门攻入，此刻她的目光中充满了仇恨。她的全家都因乌岩事件而死，一想到她那可爱的孩子倒在她怀里时依依不舍的目光，那种痛彻心扉的感觉就不由得袭上心头。她要为天下所有母亲复仇，为人间讨一个公道。

巽为风，但这可不是暖意微风，高娟怀中抱的是狂风发生器，每按一次按钮，都是一阵雷霆飓风。一时间，乌岩巽门内飞沙走石，饶是这些五维高级生命，也被吹得七荤八素，不辨东西。

吴莺从坎位攻入，坎为水，但她此刻带给五维源者们的可不是什么如水的温柔，而是滔天狂流！水神吴莺，怀中抱的是一门水炮，每扣一次扳机，出去的都是数百摄氏度高温的油水球。但凡有生命的物体碰到，先是物理烫伤，如果周边遇火，瞬间爆燃。

一时间，乌岩星系地球基地内鬼哭狼嚎！

麦克看着指挥室内的各方位五维监控视频，听到五维源者们撕心裂肺的叫喊声，第一次体会到了悲凉与恐惧。

但毕竟他是基地的最高领导者，突如其来的军事打击只给他带来数秒的慌乱，通过画面，他已经清楚地了解了状况。这次军事打击虽然不是来自赤焰，却是来自五维同等技术能力的物理打击。乌岩基地已经彻底报废，如果不及时撤离，他们的所有基地成员都要命丧四维地球。

现在要做的事是，及时止损，马上撤离地球。

想到这里，他果断地看向黑德和索尔："传我的命令，地球基地全体成员，马上上飞船，迅速撤离。"

几分钟后，三艘太空飞船从乌岩星系地球基地的东北方，也就是茵茵所守的艮位，腾空而起，消失在遥远的太空。

那里正是茵茵所守的生门，是唯一可以顺利逃脱的路线。围师必阙，这里是霍去病给他们留下的逃跑路线，防止乌岩源者做困兽之斗，以免发生没有必要的冲突。赶走乌岩源者，而不是消灭他们，这是他们的既定战略。

在乌岩星系地球基地被彻底毁灭之前，吴莺用水流开路，在火海中硬是开出了一条通路，冲到了已经奄奄一息的秦鹏宇身边，将他抱起来，冲出即将崩塌爆炸的乌岩基地。

吴莺抱着秦鹏宇，在高速冲击的水流的保护下冲了出来，飞上天空。与此同时，身后一声巨响，乌岩星系地球基地的自爆系统启动，整个基地，连同所有的仪器、装备、文件、多媒体，全部化为乌有，乌岩星系在地球上的所有工作记录全部同时销毁。

这是麦克下的命令，他不能让赤焰星系拿到乌岩星系在地球上实行配方计划的任何证据。作为总司空，他不能让自己的母星成为星际法庭的被告。

事情不能就这么结束，他还要回来的，乌岩源者，还会回来的！

"地球蚂蚁们，你们等着，这里终将是乌岩的养殖基地和备用猎场！"